万葉集難訓歌

一三〇〇年の謎を解く

上野正彦

学芸みらい社
GAKUGEI MIRAISHA

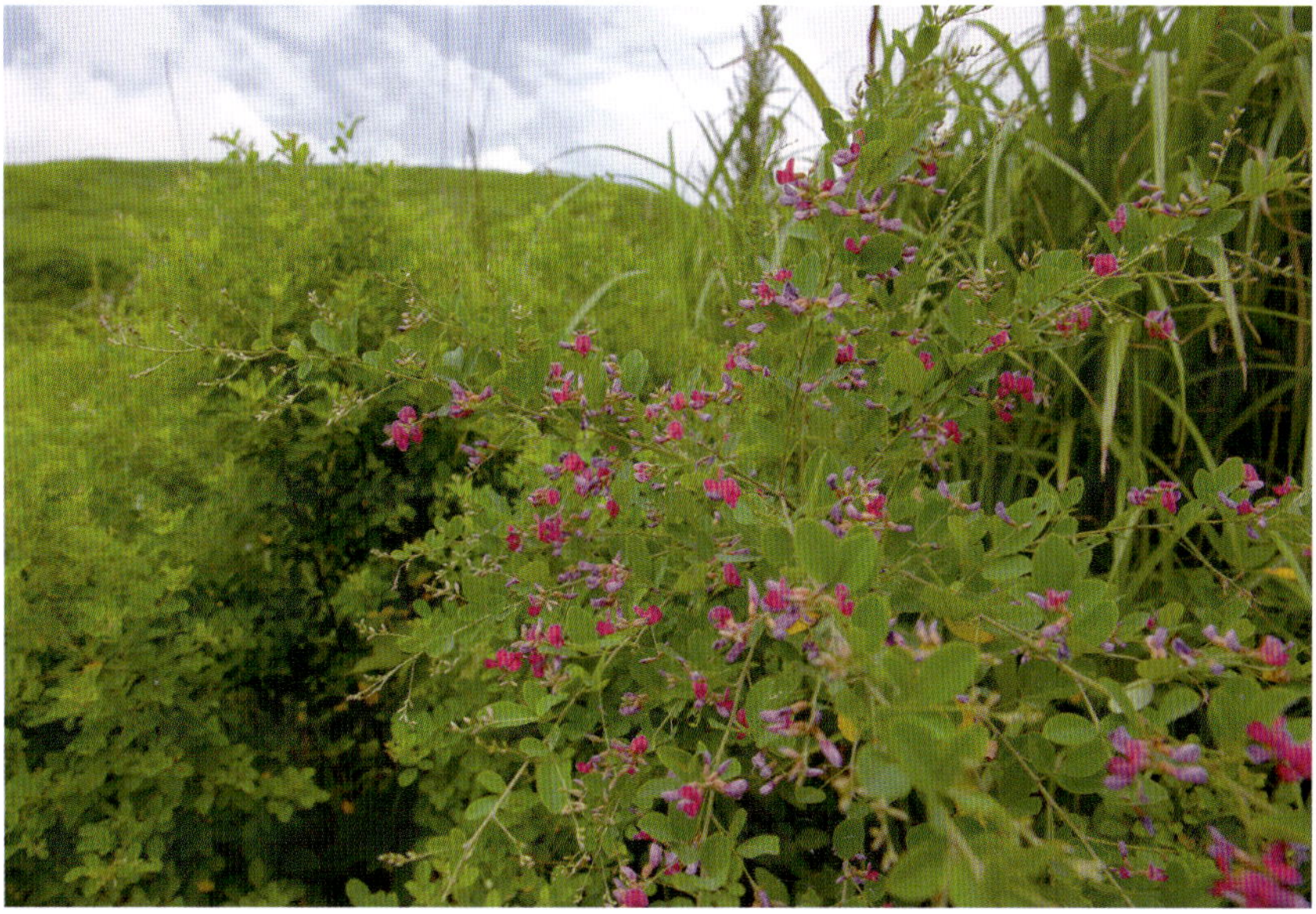

【口絵1】ヤマハギ（山萩）の花

⇨難訓歌一 18頁

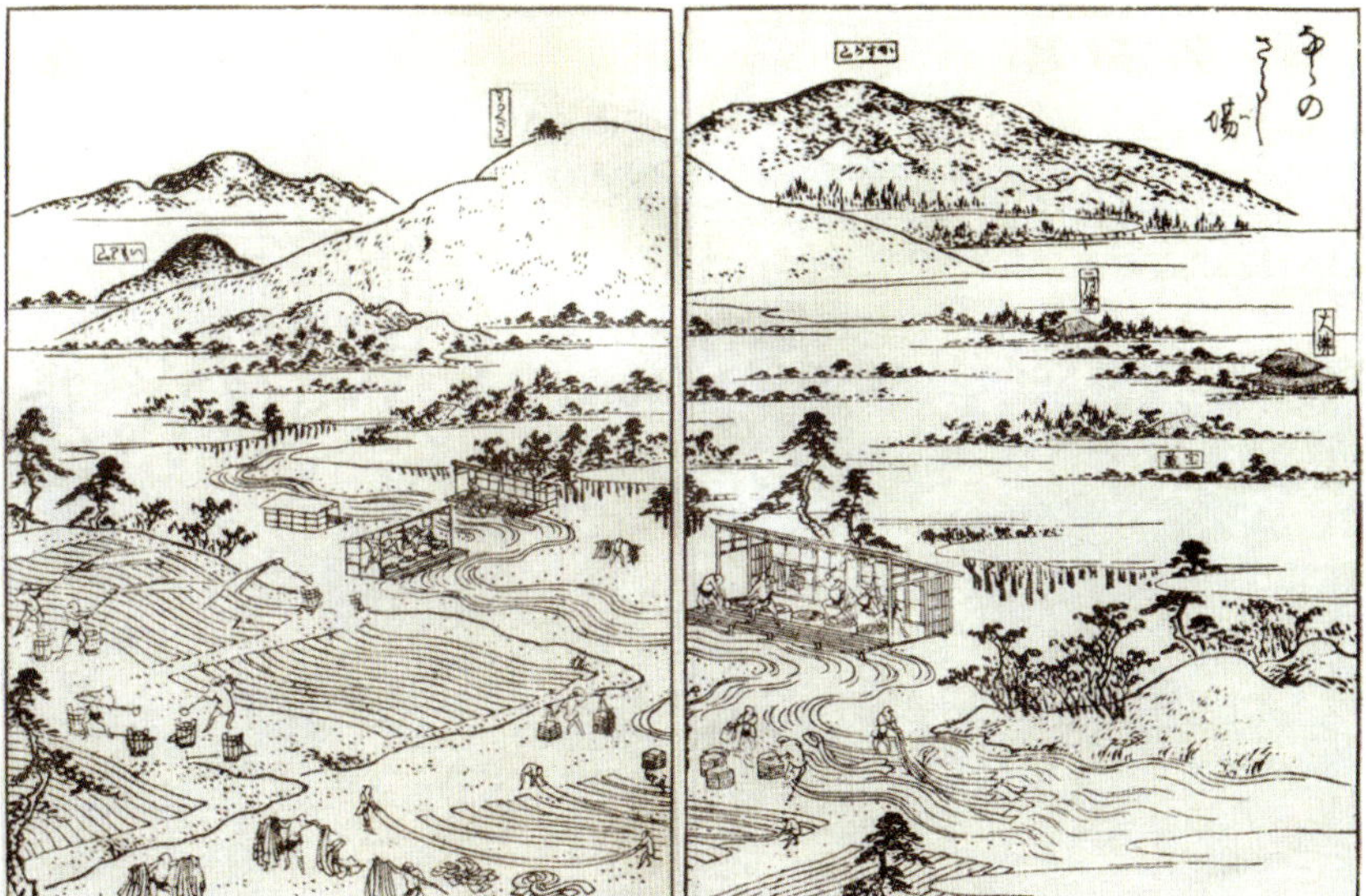

【口絵2】布を晒す風景〈『大和名所図会』1971年 歴史図書社〉

⇨難訓歌二 26頁

【口絵3】幕電現象の雲（男雲）〈撮影：岩槻秀明〉
⇨難訓歌七 63頁

【口絵4】アサザ（あさざ—古名・あざさ）〈撮影：水浦國詞〉
⇨難訓歌一二 92頁

【口絵5】久々利の宮への山の門（闕）〈多治見市大原、撮影：著者〉
⇨難訓歌一三 98頁

【口絵6】キキョウの実（あさがほの稔《とし》）〈「季節の花300」〉
⇨難訓歌一四 103頁

【口絵7】はんの木の花序（榛《はり》の綜麻《へそ》形《がた》）〈© Sabine Glässl – Fotolia〉
⇨誤訓歌一 254頁、誤訓歌二八 414頁

【口絵8】アオジの巣に托卵されたホトトギスの卵（茶色の卵はホトトギスのもの）
〈© yoshino toshiyuki/Nature Production/amanaimages〉 ⇨誤訓歌五 279頁

万葉集難訓歌

一三〇〇年の謎を解く

上野正彦

学芸みらい社
GAKUGEI MIRAISHA

はじめに

私は、六〇代半ばを過ぎたころから、古歌に対し、古語を用いて古歌風の歌を詠み合わせることに関心をもちました。小倉百人一首、古今和歌集、新古今和歌集の各一〇〇首、万葉集の一三一首について自詠歌を詠み、それぞれ詠著として出版してきました。

万葉集の歌に自詠歌を詠むには、対象とした歌についての解釈、背景などを知る必要があります。そこで、万葉集の多くの注釈書にあたりました。そして、分かったのです。

漢字だけで表記された万葉集の歌四五〇〇余首のうちに、まだ訓解されていない難訓歌が約四〇首あること、および名歌として人口に膾炙している歌を含め、訓解が誤っていると思われるものが相当数あることです。

そして、私が更に驚いたことは、万葉集の代表的な注釈書に、難訓歌に対し「訓義未詳」「後考を待つ」の記述が目立つことです。また、現代の訓解の基礎となっているのは江戸時代に主張された訓解で、誤字説に基づく訓解がみだりに多いことです。

＊

歌を詠む者として、自分の歌を他人から「いい歌ですね」「この歌、好きです」と言ってもらったときは詠み人冥利に尽きるというものですが、その人が、自分が詠んだときの心情と異なる内容の歌として理解し評価していることを知ったときほど、悲しいことはありません。

短詩型の歌は、公表すれば読者のものであるといわれますが、歌を詠む者としては、歌を詠んだときの自分の心情は、いつまでも変え難く大切なものです。

万葉集の愛読者として、そんな眼で万葉集の歌を眺めてみますと、一三〇〇年経っても何を詠った歌か理解してもらえていない難訓歌の歌々、詠み人の心情とおそらく異なる訓解をされている誤訓歌や誤釈歌の歌々、それらを詠った万葉歌の詠み人の無念さや悲しみを、ひしひしと感じます。

万葉集は、世界に誇るわが国最古最大の文化遺産であり、世界に比類なき最高の「世界文化遺産」というべきものです。歌を遺してくれた先人の、歌に託した心情を放置しておくことなく、かつできるだけ正確に訓解すること、少なくともその情熱を持つことこそが、後世に生きる日本人の責務であると信じます。私は、万葉集にこれらの歌を遺してくれた詠み人を「供養」する思いで、本書を執筆しました。

＊

万葉集のプロ（職業専門家）でない者が歌の訓解をすることに対し、疑問や危惧を懐く方が多いと思います。

しかし、逆に、プロでないことの利点もあります。

私は、趣味として、これまで多くの古歌に対して返歌や本歌取りの歌を詠むため、古歌の心情を探究する訓練を重ねてきました。また、本職の弁護士業務では、証拠と経験則に基づき、依頼人の過去の事実を把握し判断する作業を、約五〇年間続けてきました。

これらの経験と、若いころから万葉集の研究に携わっていないために、先学の見解により生ずる先入観に囚われないという、未経験の利点があります。

もちろん、誤りがあれば訂正することにやぶさかではなく、これが契機となって正しい訓解が生まれること、それこそが私の願いです。

私が長く身をおいてきた法曹界において、近年、一般国民の裁判参加である裁判員制度が導入されました。人の生命や自由を奪う刑事裁判は、刑法・刑事訴訟法に精通した裁判実務の専門家のみが関与すべきであるとの旧来の考えが、「専門家による判断の偏り《かたよ》」をおそれる現代社会の叡智によって、専門家と市民の協働が実現しているのです。

＊

万葉集の難訓歌や誤訓歌・誤釈歌を放置しておいても、刑事裁判とは違い、人の生命や自由に、今日明日、何の支障を来すものではありません。

しかし、万葉集の歌は、学校教育の教科書にとりあげられ、これからも日本人全員がこれに接し、将来にわたり日本人の心を涵養していくものです。

国民の広い分野の叡智を集め、万葉集の歌が訓解されなければならない所以です。

平成二十八年　五月十日

上　野　正　彦

目次

はじめに　3
凡例　13

第一部　難訓歌

誤った先入観がもたらした難訓歌　六首
難訓歌一　二一一三番　「手寸十名相」は「丈整《たきとな》へ」　17
難訓歌二　二六四七番　「東細布」は「東栲《あづまたへ》」　24
難訓歌三　三四一九番　「奈可中次下」は「なかなか繁《しげ》に」　31
難訓歌四　一二〇五番　「漸々志夫乎」は「やくやく癈《し》ぶを」　36
難訓歌五　一二三四番　「入潮爲」は「入り潮する」　42
難訓歌六　三二二一番　「汙瑞能振」は「梅よく震《ふ》る」　52
訓解に語学以外の知識を必要とする難訓歌　八首
難訓歌七　一六〇番　「面智男雲」は「望男雲《もちをのこぐも》」　60
難訓歌八　六五五番　「邑禮左變」は「里例《さとれい》さ反《かへ》す」　70
難訓歌九　一三二六番　「照左豆我」は「照る左《さ》頭《とう》が」　78

難訓歌一〇　二〇三三番「磨待無」は「磨《みが》き待たなく」　81
難訓歌一一　二八三〇番「中見刺」は「的見《まとみ》止《さ》し」　88
難訓歌一二　三〇四六番「安蹔仁」は「あざさ」　91
難訓歌一三　三二四二番「行靡　闕」は「行き靡《なび》ける　宮の門《もん》」　95
難訓歌一四　三五〇二番「等思佐倍己其登」は「稔《とし》さへこごと」　102

唱詠歌と表記歌の乖離による難訓歌　三首

難訓歌一五　一四五番「鳥翔成」は「鳥飛びて」　107
難訓歌一六　二四九番「宣奴嶋尓」は「宜《よろ》し奴《ぬ》島《しま》に」　116
難訓歌一七　二八四二番「使　念」は「使遣《つかひや》り　思ひて居《を》れば」　125

これぞ超難訓歌　三首

難訓歌一八　九番「莫囂圓隣之　大相七兄爪湯氣」は
（表の訓）「鎮《しづ》まりし　影萎《な》えそゆけ」
（裏の訓）「鎮《しづ》まりし　影な萎《な》えそゆけ」　132
難訓歌一九　一五六番「巳具耳矣　自得見監乍」は「御髪《みぐし》にを　自《おの》づと見つつ」　150
難訓歌二〇　三八八九番「葉非左思」は「灰差し」　160

異なる原文があることによる難訓歌　三首

難訓歌二一　一番「家吉閑名　告沙根」は「家聞かな　告《の》らさね」

「我許者背齒　告目」は「我れ乞はせば　告らめ」　165
難訓歌二二　一八一七番「云子鹿丹」は「云ひしかに」　175
難訓歌二三　三七五四番「多我子尒毛」は「君我が子にも」　182

歌の情況把握ができないことによる難訓歌　六首

難訓歌二四　五九番「妻吹風之」は「切妻《つま》吹く風の」　193
難訓歌二五　二六九番「我袖用手　将隠乎」は「わが袖もちて　隠《こも》らむを」　196
難訓歌二六　九七〇番「指進乃」は「さしすぎの」　202
難訓歌二七　一二五八番「少可者有來」は「稀《まれ》にはありけり」　207
難訓歌二八　一六五四番「言者可聞奈吉」は「言ふはかもなき」　210
難訓歌二九　四一〇五番（一云）「我家牟伎波母」は「わが家向《へ》きはも」　214

語彙の理解不足に起因する難訓歌　九首

難訓歌三〇　六七番「物戀之　鳴毛」は「物戀しきの　音《ね》に泣くも」　220
難訓歌三一　七二番「枕之邊人」は「枕の邊《へ》つ人」　223
難訓歌三二　二〇一二番「吾者于可太奴」は「我れは穿《うか》たぬ」　228
難訓歌三三　二三三八番「板敢風吹」は「板上《へ》風吹き」　232
難訓歌三四　二五五六番「徃褐」は「行きかねて」　235
難訓歌三五　二七六七番「八目難為名」は「傍目《をかめ》難《なん》すな」　237
難訓歌三六　二八〇五番「音杼侶毛」は「声とろも」　241

難訓歌三七　三五四一番「麻由可西良布母」は「間ゆかせらふも」　244
難訓歌三八　三八九八番「歌乞和我世」は「歌占《うら》ふ我が背」　247

第二部　定訓歌にみられる誤訓（準難訓歌）

詠まれている事象を誤解した誤訓　七首
誤訓歌一　一九番「衣《きぬ》に付くなす」は「衣《ころも》に付きて」　253
誤訓歌二　一六一番「たなびく雲の」は「つらなる雲の」　259
誤訓歌三　二五四番「ともしびの」は「留《とど》め火の」　262
誤訓歌四　七七二番「ほどけども」は「もどけども」　272
誤訓歌五　一九七九番「すがるなす野の」は「巣借るなす野の」　277
誤訓歌六　二八六六番「さ衣の」は「素衣《すごろも》の」　281
誤訓歌七　三八一七番「かる臼《うす》は」は「刈る蓮葉《はすば》」　284
意図的な誤訓　六首
誤訓歌八　八番「今は漕《こ》ぎ出《い》でな」は「今は漕ぎ来《こ》な」　289
誤訓歌九　四八番「野にかぎろひの」は「野らには焰《ほむら》」
「月かたぶきぬ」は「月西渡る」　313
誤訓歌一〇　一三〇四番「我《あ》が下心」は「吾《あ》を忘れめや」　330

誤訓歌一一　一四一八番「石《いは》ばしる」は「石《いは》たぎつ」　334
誤訓歌一二　二七五八番「恋ふるにし　ますらを心」は「恋せまし　占《うら》して心」　341
誤訓歌一三　三三〇〇番「ありなみすれど」は、「舫《もや》ひすれども」　345

誤字説がもたらした誤訓　九首

誤訓歌一四　一五一番「かからむと」は「かくあるの」　350
誤訓歌一五　二六八番「妻待ちかねて」は「嶋待ちかねて」　355
誤訓歌一六　三八五番「草取りはなち」は「草取るまなわ」　361
誤訓歌一七　五三七番「たへかたきかも」は「あへかたきとも」　364
誤訓歌一八　一一三七番「今は寄らまし」は「今は映《は》ゆらそ」　368
誤訓歌一九　一五六二番「ともしくもあるか」は「これしるく去る」　371
誤訓歌二〇　一八四九番「みなぎらふ」は「水樋《みづひ》合ふ」
「萌えにけるかも」は「芽生《めお》ひけるかも」　376
誤訓歌二一　二四八八番「立てるむろの木　ねもころに」は「廻《もとほ》り難《かた》き　心痛し」　380
誤訓歌二二　二五八四番「悪しくはありけり」は「稀にはありけり」　383

原文の誤記から生まれた誤訓　四首

誤訓歌二三　一〇九番「まさしに」は「まさでに」　387
誤訓歌二四　三四七番「楽しきは」は「さすらへば」　390
誤訓歌二五　六〇六番「おほなわに」は「おほなりに」

誤訓歌二六　二三七三番　「止む時なかれ」は「止む時なかり」　399
「恋はすべ無し」は「恋しきはなし」　402
一字一音表記の歌における誤訓　四首
誤訓歌二七　三三六三番　「杉の木の間か」は「過ぎの此の間か」　406
誤訓歌二八　三四三五番　「衣に　着き」は「衣に　付き」　410
誤訓歌二九　三九四一番　「焼けは死ぬとも」は「焼けは為《し》ぬとも」　415
誤訓歌三〇　四〇八一番　「かたはむかも」は「片食《かたは》むかも」　419

第三部　真相に迫る新釈歌（補追）

万葉歌の再発見　四首
新釈歌一　二〇・二一番　壬申の乱の先触れである額田王と大海人皇子の応答歌　425
新釈歌二　四五～四九番　人麻呂が石見に追放される原因となった「安騎野遊猟歌」　447
新釈歌三　二二三～二二七番　辞世の歌ではない人麻呂の「臨死時自傷歌」　472
新釈歌四　六一一番　別れた笠郎女に冷たい家持の返歌　491
弓削皇子に関する歌の謎　三首
新釈歌五　一一一番　「いにしへに恋ふる鳥」は葛野王のこと　496
新釈歌六　一一二番　孫の葛野王をかばった額田王の歌　501

新釈歌七　一三〇番　弟の悲恋を気づかう兄の歌　505
本書登場人物関係図　512
掲載歌年表　514
参考文献　516
あとがき　519

凡　例

一　本書の構成について

1　第一部の「難訓歌」とは、万葉集の歌はすべて漢字で表記されていますので、いまだその訓み方が分からない歌、および訓み方が定まらない歌のことです。万葉集の多くの注釈書において、難訓、訓義未詳、あるいは「後考を待つ」と注記されている歌です。

2　第二部の「誤訓歌」とは、多くの注釈書においてその歌の定訓とされている訓に対し、私が誤りであると考える歌です。定訓に誤りがあれば訓が定まらないのと同類ですから、本書において「定訓歌にみられる誤訓（準難訓歌）」としてとりあげました。

3　第三部の「新釈歌」とは、歌の訓は定訓として認められるものの、私がその訓による歌の従来の解釈に疑問があると考え、新たに解釈をした歌です。万葉集の歌は、正しい訓で読まれるだけでなく、正しい解釈がなされて一首の訓釈が完結するものですから、解訓の補追編として、万葉集の代表歌を含む七首に対する私の新釈を掲載しました。

4　歌は、冒頭の三首を除き、各分類ごとに、国歌大観の番号順に掲載しました。

二　歌の出典について

本書は万葉集の一般的な注釈書ではなく、むしろ注釈書の訓解を批評する立場に立って論述していますので、本書でとりあげている歌の訓および解釈について、特定の写本および注釈書を底本としていません。

あえて言えば、歌の原文および訓について、澤瀉久孝・佐伯梅友共著「新版新校萬葉集」（創元社）を基本とし、原文は、同書が原字を改めている場合は、後掲参考文献に記載の資料により、諸写本の中から著者の判断で原字を選択し、訓解については、後掲参考文献を参照して、独自の訓解を試みたものです。

本書において諸写本とは、主に元暦校本、類聚古集、紀州本、神宮文庫本、西本願寺本、京都大学本、陽明本、広瀬本、寛永版本を指しています。

三　引用書名について

引用した書名のうち、省略して引用しているものは、つぎのとおりです。

日本古典文學大系（岩波書店）	岩波古典大系
日本古典文学全集（小学館）	小学館古典全集
新潮日本古典集成（新潮社）	新潮古典集成
澤瀉久孝　萬葉集注釋（中央公論社）	澤瀉注釋
新日本古典文学大系（岩波書店）	新古典大系
新編日本古典文学全集（小学館）	新編古典全集
中西進　万葉集全訳注原文付（講談社）	中西全訳注
伊藤博訳注　新版万葉集（角川文庫）	伊藤訳注
岩波文庫万葉集（岩波書店）	岩波文庫
中田祝夫編監修　古語大辞典（小学館）	古語大辞典
古語林（大修館書店）	古語林
旺文社古語辞典新版（旺文社）	旺文社古語辞典
新選古語辞典新版（小学館）	小学館古語辞典
学研漢和大字典（学習研究社）	漢和大字典
旺文社漢和辞典新版（旺文社）	旺文社漢和辞典

第一部

難訓歌

誤った先入観がもたらした難訓歌

日常の生活において、誤った先入観を懐いていたため、目的に適った結果が得られなかったという経験はよくあるものです。研究の世界においても、同様です。

特に万葉集の訓解の分野においては、他の分野ではないことですが、平安時代、鎌倉時代以来の約一〇〇〇年にわたる研究成果が存在し、またこれまでの万葉集訓解の研究方法は訓詁学が主流で、先人の研究成果を探究することでした。

そのため、若いときから万葉集の研究に従事している人ほど、先人の訓解に永く親しむことになる結果、それが血肉の一部となり、先入観となってしまいます。

万葉集四五〇〇余首のほとんどが先人の叡智により訓解されているのに、万葉集成立後約一三〇〇年を経た今日においても未だ定訓を得ない、約四〇首の歌が難訓歌として存在します。

私は、難訓歌が永く訓解されないのは、本書で述べるようにいろいろな原因がありますが、その最大の原因は研究者の先入観にあると考えます。研究者は先人の訓解に支配され、それが深く先入観として身についているため、それと異なる新しい発想が生まれ難く、さらには難訓歌訓解への挑戦意欲さえも奪われてしまいがちです。

今回、私があえて難訓歌の訓解に挑戦したのは、「はじめに」で述べたように先学の研究成果に囚われる先入観なく、新しい訓解を生みだせる環境にいると考えたからです。

難訓 一 「手寸十名相」は「丈整《たきとな》へ」

二二二三 手寸十名相 殖之名知久《うゑしなしるく》 出見者《いでみれば》 屋前之早芽子《やどのわさはぎ》 咲尓家類香聞《さきにけるかも》

この歌を訓解するためには、詠われている萩について知ることが必須です。

【萩は丈夫な植物】 わが国で見られる萩の種類は数種ありますが、この歌に詠われているのは「ヤマハギ（山萩）」でしょう。ヤマハギは高さが約二メートルになり、枝はほとんど枝垂れません。これに対して、近ごろよく植栽されている「ミヤギノハギ（宮城野萩）」は、高さが一～二メートル、枝は地面に届くほど枝垂れるのが特徴（以上、「日本の樹木」山と渓谷社）で、それが見所です。

この二二二三番歌は、巻第十 秋の雑歌の「花を詠む」との題の下に、萩を詠った歌が三二首あるうちの一首ですが、三二首の歌のいずれにも萩の枝が枝垂れている情景を詠った歌がありませんので、萩はヤマハギと考えられます。

萩は、落葉期に古い枝を剪定することが肝要ですが、水遣り、施肥は特に必要はなく、ある程度の日当たりがありさえすれば、痩せ地でも生育する手間がかからない植物です。剪定された古い枝に代わり、毎年新しい枝が力強く幾本も伸び、それに花芽をつけます。

萩の名は、その「生え芽《はき》」に由来しているといわれています。

この歌の作者は、山か、野にあったヤマハギを掘り起こしてきて、自分の家の前に、おそらく垣根風に植えたのでしょう。野生のヤマハギの背丈は約二メートルもあり、かつ枝も無造作に張っているので【口絵1】、適当な高さ、幅に刈り込んで植えたことだろうと思われます。

【早花と初花の違い】　第四句の「早芽子」を、近年「初萩《はつはぎ》」と訓んでいる注釈書が多いのですが、「早萩《わさはぎ》」と訓むべきです。

初花は、その花が通常咲く時期の最初に咲く花を指し、万葉集では「始花《はつはな》」（一六五一番歌、二二七三番歌、四二五二番歌）「先芽《はつはぎ》」（一五四一番歌）と表記されています。これに対し、二一二八番歌の「早花」は、その花が通常咲く時期より前に早く咲いた花という意味です。この違いを無視してはなりません。

四二一九　わが屋戸の萩咲きにけり秋風の吹かむを待たばいと遠みかも

の歌の左注に、「右一首、六月十五日、見二芽子早花一作之。」とあります。

右の「六月十五日」は、陽暦の七月二六日で、真夏です。歌詞にも「秋風の吹かむを待たばいと遠みかも」と詠んでいます。すなわち、夏に咲いた、季節外れに早く咲いた萩の花を「芽子早花」と述べています。本難訓歌も「早芽子」と表記されていますので、やはり季節外れに早く咲いた「早萩」のことです。逆に、季節外れに遅く咲く「晩萩」の例は、一五四八番歌の題詞に「晩芽子」とあり、歌に「奥手有《おくてなる》」と詠われています。

■ 私の試訓

「**手寸十名相**《たきとなへ》」すなわち「**丈整**《たきとな》**へ**」と訓みます。

一首全体は、「**手寸十名相**《たきとなへ》　**殖之名知久**《うゑしなしるく》　**出見者**《いでみれば》　**屋前之早芽子**《やどのわさはぎ》　**咲尓家類香聞**《さきにけるかも》」で、

丈整《たきとな》へ　植ゑしなしるく　出で見れば　宿の早萩　咲きにけるかも

です。

歌の解釈は、背丈を整えて植えたので目立つ我が家の萩を、庭に出て行って見れば、その時期より早く花が咲いていたことよ、との意です。

【丈を揃えて植栽した】「手寸」は「たき」と訓み、「丈」「長」の意です。「たき」と「たけ」が同じであることは、多くの古語辞典に出ています（古語大辞典）。

「十名相」は「となへ」と訓み、「整《とな》ふ」の連用形で、意味は「整えて」です。

「相」は「あふ」「あひ」「あへ」と多く訓まれていますが、「あ」を省き、「ふ」と訓む例が「流相《ながらふ》」（八二番）「味澤相《あじさはふ》」（九四二番）「散頬相《さにつらふ》」（二五二三番）に、「ひ」と訓む例が「天霧相《あまきらひ》」（二二三一番）「雨霧相《あまぎらひ》」（三二六八番）、および「へ」と訓む例が「占相《うらなへば》」（二五〇七番）とあり、右の「相」は「へ」と訓みます。

「殖之名」の「之」の「し」は、過去（回想）の助動詞「き」の連体形であり、「名」の「な」は、断定の助動詞「なり」の連体形「なる」ですが、「なる」の撥音便「なん」の「ん」が表記されなかった形（小学館古語辞典、古語大辞典、旺文社古語辞典）です。意味は「植えたのである」です。

「しるく」は目立つの意で、本来「丈整へ　しるく植ゑしなる」ですが、倒置法を用いて「丈整へ　植ゑしな（る）しるく」となったのです。

【歌の作者の趣向】ここまでの句の意味は、丈、すなわち高さを整えて植えたのであるの意味で、前述のとおり、山野にあるヤマハギを屋敷に植えるについて、枝を切って高さを整え見栄え良くして植えたのだ、と回想しています。

ところで、ここまでの句の中に「萩」という詞が出てきませんが、本来「手《た》寸《き》十《と》名《な》相《へ》　芽子《はぎ》乃《の》殖《うゑ》之《し》名《な》知久《しるく》」などであるべきところ、「芽子乃」をあえて省略しているのです。

この歌を聞いたり、読んだりする人は第四句の後半までできて、初めて植えたのは「萩」であることが分かるという仕掛けです。この歌の詠み人が、植えた萩の所に行って初めて花が咲いていたことに気がついたように、歌の読者にも歌の下句を読んだとき初めて、それが萩の花であったと分かるように、意図的に「萩」を歌の下句に置いて詠っています。

これは、この歌の優れた趣向です。

高さを揃えて見栄え良く植えた萩が目立っていて、それが自慢のこの歌の詠み人が、庭に出て萩を見ると、まだ花が咲く時期には早いのに、もう既に花をつけているのを見つけて驚き、咲いていたことに感動しているのです。

植え替えられたり、日当たりの良くない所にある萩は、時期を間違えて咲くことがあります。歌に詠まれている「早萩」はそのような花であって、萩の花の花期において、これから次々と咲く、最初の花「初萩」を詠っているものではありません。

先訓と批評

以下に述べるように、諸先訓は若干の訓の相違はありますが、歌の意を「手間をかけて植えた甲斐があって、庭に出てみると、我が家の萩に初花が咲いていたのだ」と解釈している点が共通しています。

【「たきそなひ（へ）」「手もすまに」】　近年の注釈書には未訓のまま掲記されているものが多いですが、澤瀉注釋は「たきそなひ」、岩波古典大系は「たきそなへ」とそれぞれ訓を付し、中西全訳注は「手もすまに」と訓んでいます。ただし、新古典大系、岩波文庫は「手もすまに」と改め、それぞれ「しばらく、この訓に拠るが、なお後考を要する。」「仮に従う。」としています。

万葉集において、「手もすまに」と詠っている他例は、つぎの二例があり、原字は共に「手母須麻尓《てもすまに》」であり、「手寸十名相」と原字が全く違います。「手寸十名相」の原字が、なぜ「てもすまに」と訓めるのか、明らかにされていません。

一四六〇　戯奴《わけ》がため我が手もすまに春の野に抜ける茅花《つばな》ぞ食《め》して肥えませ

一六三三　手もすまに植ゑし萩にやかへりては見れども飽かず心尽さむ

「手もすまに」と訓む注釈書は、「手を休めずに」と解釈しています。

しかし、古語辞典の多くは「すまに」の語義は未詳とした上で、一応「手を休めずに」の意かとしていますが、古語大辞典は「あるいは『すま』を『すむ（速）やけし』『すみ（速）やか』の『すむ』『すみ』と同源として、手も早くの意とも考えられる。〔山口佳紀〕」としており、これが正解と考えます。

なぜならば、一四六〇番歌において、「手を休めずに」茅花を抜いたと解するよりも、「手早く」茅花を抜いてきてあげたからと解釈する方が、この歌の歌趣に相応しい。また、一六三三番歌においても、あまり気にせず手早く植えた萩なのに、見れば見るほどかえって見飽かず心が囚われると解すべきもので、多くの注釈書のように、手を休めずに植えた萩であったから、かえっていくら見ても見飽かず心を労するというのでは、「かへりて」の詞の使用が不自然というべきだからです。

「タキソナヘ」は、鎌倉時代の仙覺以来の訓で、手を働かせて用意するの意と解されてきましたが、他に使用例がなく、ほとんどの古語辞典はこの語を登載しておらず、登載している辞典（古語大辞典）でも、この歌の用例しか載せていません。

すなわち、「手もすまに」と訓むことは、原字も、語義も異なり、「タキソナヒ」「タキソナヘ」は詞の存在自体が疑われます。

【先入観に囚われる】　第二句「殖之名知久」の訓については、岩波古典大系、新古典大系および中西全訳注は「植ゑしもしるく」であり、小学館古典全集、新潮古典集成、新編古典全集および伊藤訳注は「植ゑしくしるく」と、分かれています。

「植ゑしもしるく」も、「植ゑしくしるく」も、「しるく」を、植えた「甲斐があって」の意味と決めてかかり、しかも原文の「殖之名知久」を、そのように訓むことには無理があるので、前者は「名」を「毛」の、後者は「名」を「久」のそれぞれ誤字として訓んでいます。

さらに、澤瀉注釋は、「植ゑしもしるく」と訓むべきといい、「名」は「雲」の誤字であるとしています。

本来、初句の「手寸十名相」を未訓としている場合は、それにつながる詞である第二句の訓も解釈が確定しない道理ですが、初句の「手寸十名相」を未訓としている著書までも、第二句の「しるく」を「その甲斐があって」と確定解釈をして、初句の「手寸十名相」を「手間をかけて」の意味であると推定しています。

第二句の「しるく」は、「はっきり」あるいは「目立って」の意と自然に解すべきであるのに、ことさら「甲斐があって」と解釈すべきであるとする囚われた発想が、先入観となり初句の意味を予断させ、かつ初句を難訓句にさせている原因です。

初句は私訓のとおり「丈整へ」と訓めること、および萩の植栽は前述のように、初めに植えるときも、その後も、剪定には手間がかかりますが、その他の手間がかからないことを思うと、手間をかけて植えた甲斐があってとの訓解は妥当ではなく、よく剪定をして丈を整え見栄え良く植えたので、との意に解すべきです。また、手間をかけて植えた甲斐があってとの解釈は、「早芽子」を「初萩」と誤解することにもつながっています。

むすび

本難訓歌は、誤った先入観が歌の訓解を混乱させ、難訓歌としている典型的な例です。すなわち、第二句の「しるく(知久)」を「甲斐があって」と解すべきとする先入観と、萩の成育に対する知識不足が重なって、初句の「手寸十名相」を「手を休めずに」とか、「よく準備して」と解釈できる歌句として訓もうとする先入観を招いていたのです。

萩に対する正しい知識なくしては、この先入観は払拭できません。

難訓 二「東細布」は「東栲《あづまたへ》」

二六四七　東細布　従空延越《そらゆひきこし》　遠見《とほみ》社《こそ》　目《め》言踈良《ことかるら》米《め》　絶跡《たゆと》間也《へだてや》

この歌は、巻第十一「寄レ物陳レ思」の部立にある歌です。二六四四番から二六四八番までの五首のうち本難訓歌を除く四首は、つぎのように地名と、そこにあることがよく知られている物に寄せて、男女の愛を詠んだ歌として訓解されています。

【地名とそこにある物の歌】

二六四四　小治田《をはりだ》の板田《いただ》の橋の　「小治田」は奈良県明日香村
二六四五　宮材《みやぎ》引く泉《いづみ》の杣《そま》に　「泉」は京都府木津川市
二六四六　住吉《すみのえ》の津守網引《あびき》の泛子《うけ》の緒《を》の　「住吉の津守」は大阪市
二六四八　飛驒人の打つ墨縄《すみなは》の　「飛驒」は岐阜県

それゆえに、これらの歌の間にある二六四七番の本難訓歌も、地名とそこにあることがよく知られている物が詠まれていると推測できます。

■私の試訓

「**東細布**《あづまたへ》」すなわち「**東栲**《あづまたへ》」と訓みます。

一首全体は、「**東細布**《あづまたへ》　**従空延越**《そらゆひきこし》　**遠見《とほみ》社《こそ》**　**目《め》言踈良《ことかるら》米《め》**　**絶跡《たゆと》間也《へだてや》**」で、

東 栲《あづまたへ》 空ゆ引き越し 遠みこそ 目言《めこと》離るらめ 絶ゆと隔てや

です。

歌の解釈は、東国で作られる栲（布）は、晒《さら》すために空中を長く引き延ばされてゆき、（両端を持っている二人の間は）遠くなってしまうので、互いに目を見ながら話すには離れてしまうでしょう、互いの関係を絶とうとして遠くに隔たっていくのでしょうか、そうではないのです、との意です。

万葉集において本歌を除き、「細布」を「栲《たへ》」と訓んでいる例が一五首もあります。

「白栲《しろたへ》」　二四一一番、二五一八番、二六一二番、二六八八番、二六九〇番、二八一二番、二八四六番、二八五四番、二九三七番、二九五二番、三三二四番

「敷栲《しきたへ》」　二五一六番　二八四四番

「布栲《しきたへ》」　二五一五番

「和栲《にきたへ》」　四四三番

これだけ多く「細布」を「栲《たへ》」と訓んでいるのですから、二六四七番においてだけ他の訓み方をするために「細布」と表記したとは思えず、二六四七番においても「栲《たへ》」と訓むべきと考えます。

「東」は「あづま」と訓み、おおよそ今の関東地方のことです。

【東国特産品の布「栲」】　前述のように、二六四七番歌の前後四首に地名が詠われており、本歌にも「東」が詠まれています。

万葉の時代、東の地方で布が作られていたことは、つぎの歌でも明らかです。

五二一　庭に立つ麻手《あさで》刈り干し布曝《さら》す東女《あづまをみな》を忘れたまふな

三三七三　多摩川にさらす手作りさらさらになにぞこの子のここだ愛《かな》しき

また、今の東京都調布市の地名は、昔この地方で布が生産され、租庸調の調として都に献上されていたことに由来するといわれています。

「栲《たへ》」は、栲《たく》で織った白い布を指しますが、布類の総称ともいわれています。また、栲《たく》は「楮《こうぞ》」の古名（以上、古語大辞典）です。この歌の「東栲」は栲で織った布というより、東の国で生産された布の意と解されます。

【布を晒す光景を思い浮かべる】　「従空」の空は、天空の意の「空」でなく、天と地の間を意味する「空中」の意です。

布を生産する作業の過程で、水に晒した布を乾かすために、長い布の両端を二人で持って、濡れた布が地面に接して汚れないよう、空中に浮かせて強く引っ張り合わなければなりません**【口絵2】**。強く引けば引くほど、両端の二人の間隔が離れていきます。本歌は、この情景を詠んでいます。両端を持つ二人は、愛し合う男女だったのでしょう。

「従」の「ゆ」は、移動・経過する場所を表す格助詞（小学館古語辞典）で、宙に渡しての意です。

このように二六四七番歌も、前後の四首と同様に、東という地方の特産品「栲」を物として、その作業に寄せて男女の愛を詠んでいるものです。

先訓と批評

「横雲《よこぐも》の」　鎌倉時代の仙覺、小学館古典全集、澤瀉注釋および新編古典全集

古くから「東細布」はこのように訓まれています。近年も、小学館古典全集は「夜明けの東の空に横たわる雲を、細い布にたとえた表記か。」といい、解釈は「横雲が　空を渡って姿を消すように　遠いからこそ　逢って語ることも避けているのだろう　切れるつもりで離れるはずはない」としています。

そしてさらに、「『横雲』は、『新古今集』ごろに初出する語」であるとか、「この歌の寄物は不明。」と疑問も呈しています。

また、新編古典全集は、「横雲―横に長くたなびいている雲。主に夜明け方の東方の雲をいう。原文の『東細布』はそれを東国産の良質の布に見立てた義訓表記であろう。」としています。

この先訓の誤りは、「東」は東の空、「細布」は薄い雲の連想から、新古今和歌集的先入観に基づき「横雲」と訓んでしまい、この歌が地方の物に寄せた歌であることを認識しながら、結局無視していることです。また、前述のように、万葉集に「細布」を「栲」と訓む例は多数ありますが、これも全く視野に入っていないのです。それは、「栲」と訓めば第三句の「遠見社」に結びつかず、「横雲」と訓めば容易に結びつくという先入観からでしょう。

しかし、東国は布の産地であり、その作業過程で布を晒すことは前記二首に詠われているように、よく知られていた光景であったのです。三三七三番歌から推測できるように、布を晒す作業として、男女が長い布の両端を持って空中に延ばしていくことが日常的にあったことでしょう。

布を延ばすごとに二人の間隔は遠く離れていき、顔もよく見えず、言葉もよく聞こえなくなりますが、それ

は二人が仲を隔てようと思ってしていることではない、と詠っているのです。延ばす布の長さは一〇メートルくらいと思われ、顔が見えないとか、言葉が聞こえないとかという距離ではありませんが、男女の愛の表現として離れてゆくことを少し誇張して詠っているのです。

「横雲の」の先訓は、この光景を想像できなかったのです。

「手作りを」　新潮古典集成および伊藤訳注

上四句の解釈はいずれも、手作りの布を空高く引き渡して長々と曝すように、長い道のりを隔てていればこそ、逢うことも語らう折もないのだろう、というものです。

「布を空に長々と晒す」という情景の解釈は、私訓に近いものです。私訓は布の両端を男女が持って長く引き延ばしていくために男女が遠く離れてしまう情景を想定していますが、「手作り」説では長々と晒すように長い道のりを隔てていればと、上二句を「遠み」を起こす序詞として解釈しています。第二句、第三句の情景把握が十分ではありません。

また、布を想定した訓であるとしても「東細布」を「東袴」と訓まずに「手作り」と訓む理由が定かでありません。地名を詠っている「東」の文字を無視しています。

ちなみに、「手作り」の万葉集における他の表記例は、三三七三番歌「弖豆久利」および三七九一番歌「手作」です。

「あさぬのの」　中西全訳注

原文「雲」の字を略したかとし、「東細布雲」とした上で、朝のヌノグモを略してアサヌノと訓むものです。「東雲（しののめ）」のことかとも言っています。

解釈は、前記「横雲」説とほぼ同じで、同じ批評があたります。

【訓を付さず】 岩波古典大系、新古典大系および岩波文庫

岩波古典大系の「補注」には、「シキタへと訓むか。この前後地名を含む歌多きによれば東国の細布の意にてテヅクリと訓むか。曝すために横に長く引く意か。古来ヨコグモノと訓んできたが、未だ満足すべき訓を得ない。」とあります。

新古典大系は、「アヅマタへと訓む案も提出された（井手至「『東細布空ゆ引き越し』考」『万葉』一七五号）と紹介しています。

岩波文庫は、「難訓。」「今は訓を保留する。」としています。

【先入観に囚われる】 以上のように「横雲の」および「あさぬのの」の先訓は、「東」「布」「空」等の文字により、強い先入観を懐き、「横雲」「あさぬの」と訓んでいるものです。

この歌は、前後に、地名とその地にある物に寄せて詠まれている歌群の一首でありますから、この歌においても地名が詠まれていないか、物は何か、を詮索すべきであるのに、まさに先入観が先行して、それを怠らしめていたのです。

さらに、「細布」の訓についても、他に一五例も「栲」との訓があるのに、これも全く眼中に入らないのは、先入観のなせる現象です。

「手作りを」の先訓の方は、三三七三番歌の「手作り」の詞が先入観としてあるため、「東」や「細布」の語に対して具体的な訓を検討することなく、「東細布」を戯書的に訓読して「手作り」と訓んでしまっているものです。

しかし、この歌の二つ前の「宮材引く」（山仕事）、一つ前の「網引の」（漁業）、そして一つ後の「打つ墨縄の」（大工仕事）の歌句に注目すれば、一連の歌は、各地の知られた仕事を具体的に表現していますから、本歌

の「東栲　空ゆ引き越し」は東国の布作りの仕事を具体的に詠んでいるものであることが分かります。

それゆえに、「東細布」を「手作り」という一般的な用語として訓むことは、この歌のもつ内容を希釈してしまうものです。

難訓三　「奈可中次下」は「なかなか繁《しげ》に」

三四一九　伊可保世欲《いかほせよ》　**奈可中次下**　於毛比度路《おもひどろ》　久麻許曽之都等《くまこそしつと》　和須礼西《わすれせ》
奈布母《なふも》

【伊香保を詠った歌々】　巻第十四　東歌《あづまうた》の国名分明歌の中の「相聞」に二二首、「譬喩歌《ひゆか》」に三首の「上野《かみつけ》の国の歌」があり、さらにその中に「伊香保」を詠んだ歌が九首あります。

本難訓歌以外の八首には、つぎのとおりいずれも伊香保の自然に寄せた歌句が詠み込まれています。

三四〇九　伊香保ろに天雲い継ぎ
三四一〇　伊香保ろの沿ひの榛原《はりはら》
三四一四　伊香保ろのやさかのゐでに
三四一五　伊香保の沼に植ゑ小水葱《こなぎ》
三四二一　伊香保嶺《ね》に雷《かみ》な鳴りそね
三四二二　伊香保風吹く日吹かぬ日
三四二三　伊香保の嶺ろに降ろ雪《よき》の
三四三五　伊香保ろの沿ひの榛原

したがって、本難訓歌も伊香保の自然の事象に寄せて詠んでいると考えてよいでしょう。第四句に「久麻《くま》」

と詠われており、川の曲がったところを「隈《くま》」といいますから、「伊可保世欲《いかほせよ》」の「世《せ》」は川の「瀬」のことです。

「世」を川の「瀬」に用いられていることは、同じ上野の国の歌三四一三番歌「刀禰河泊乃《とねかはの》　可波世毛思良受《かはせもしらず》」（利根川の　川瀬も知らず）に例があります。

【「欲」は間投助詞の「よ」ではない】「伊可保世欲《いかほせよ》」の「欲《よ》」は、感動・呼び掛けの間投助詞の「よ」ではなく、経過する場所を示す格助詞の「よ」であり、「……を通って」の意です。

つぎの歌に、その使用例があります。

三四二五「安素之河泊良欲《あそのかはらよ》　伊之布麻受《いしふまず》」（安蘇の河原を通って　石も踏まずに）

三五三〇「見要受等母《みえずとも》　兒呂我可奈門欲《ころがかなどよ》」（見えなくとも　子らが門を通って）

四〇五四「保等登藝須《ほととぎす》　許欲奈枳和多禮《こよなきわたれ》」（時鳥　ここを通って鳴き渡たれ）

■私の試訓

「**奈可中次下《なかなかしげに》**」すなわち「**なかなか繁《しげ》に**」と訓みます。

一首全体は、「**伊可保世欲《いかほせよ》　奈可中次下《なかなかしげに》　於毛比度路《おもひどろ》　久麻許曽之都等《くまこそしつと》　和須礼西奈布母《わすれせなふも》**」で、

伊香保瀬よ　なかなか繁に　思ひどろ　隈こそしつと　忘れせなふも

です。

歌の解釈は、伊香保の瀬を通ってゆくと、かえって頻繁に逢えると思うけれどね、川の曲がって隠れたところには弊害があることを忘れないでね、との意です。

【裏《うら》（心）の意味がある】 この歌には裏の意味があって、伊香保に住まいするわが背よ、男女の一線を越えると、頻繁に逢うようになると思うけれどね、陰で人が噂することを忘れないでね、というものです。

「瀬」は男女の逢瀬を意味し、「瀬を通って」すなわち「瀬を渡る」「川を渡る」は、男女の関係において一線を越える場合に使われます。但馬皇女《たじまのひめみこ》のつぎの歌は、同様に詠まれています。この歌は、但馬皇女が川を渡ったことを詠んでいるのではなく、穂積皇子《ほづみのみこ》と男女関係になったことを詠っているものです。

一一六　人言《ひとごと》を繁み言痛《こちた》みおのが世にいまだ渡らぬ朝川渡る

「なかなか」は「かえって」、「しげに」は「頻繁に」の意味です。

「下」を「けに」と訓む例は、一〇七五番歌に「更下乍《ふけにつつ》」とあります。

また、「思ひどろ」の「ど」は逆接の恒常条件を示す接続助詞、「ろ」は東国方言の間投助詞で、「思ひどろ」は「思へどろ」の訛りです。

「しつ」は、あやまち、欠点、損失などの意味がありますが、この場合は「弊害」です。

「忘れせなふも」の「なふ」は、東国特有の打消の助動詞です。

なお、「次下」は、元暦校本では「吹下」、類聚古集では「吹下尓」と表記されていますが、「すげに」と訓み「しげに」の訛りです。「吹下」が原文で、「すげに」と詠われていた可能性があります。

■ 先訓と批評

この難訓歌については、古来確かな訓解がなく、戦後出版された注釈書において、すべて第五句「忘れせなふも」以外は訓義未詳とされています。

しかしこれまで、第一句、第三句および第四句は「伊香保せよ（奈可中次下）おもひどろ　くまこそしつと」と訓むことは多くの注釈書に掲記されており、ほとんど争いがありませんでした。いな、第二句も多くの古写本において、「なかなかしげに」と訓まれています。

それであるのに、第二句が難訓とされてきたのは、そのように訓んだ場合に、一首全体の歌意が理解できなかったため、第二句に他に正しい訓があると誤解されてきたからです。

【訓義未詳の本当の原因】　しかし、一首全体の歌意が理解できなかった原因は、第二句の訓にあるのではなく、初句の訓の解釈に誤解があったからです。

これまで初句「伊香保せよ」の「せ」は「背」と理解され、その関係で「よ」は間投助詞の「呼び掛け」の「よ」であると信じられてきました。これは、強い先入観です。

しかし、最初からこのように理解したのでは、一首全体の歌意が理解できなくなります。

この歌においては、「よ」がまさにキーポイントで、格助詞の「よ」には「動作の行われる地点、経過する場所を示す。……を通って」の意のあることは、どの古語辞典にも掲記されており、この歌の「よ」が格助詞であることに気づけば、一首の歌意が容易に理解できるようになります。

そして、間投助詞の「よ」と、格助詞の「よ」の表記は、巻第十四の範囲内の歌においても、間投助詞「よ」の場合はつぎの歌のように乙類の「與」の仮名文字が用いられ、格助詞「よ」の場合は前に例示しましたように甲類の「欲」の仮名文字が用いられており、明らかに使い分けがなされています。

三三五八　或本歌　「伊《い》豆《ず》能《の》多《た》可《か》禰《ね》能《の》　奈《な》流《る》左《さ》波《は》奈《な》須《す》與《よ》」（伊豆の高嶺の　鳴沢なすよ）

三三七五　「伊《い》尓《に》之《し》與《よ》比《ひ》欲《よ》利《り》　世《せ》呂《ろ》尓《に》安《あ》波《は》奈《な》布《ふ》與《よ》」（去《い》にし宵より　背ろに逢はなふよ）

この歌は、難訓句とされていた第二句は、結局、昔から正しく訓まれていたのに、誤りないと思われていた初句の訓解が誤っていたために、第二句を含む一首全体の歌意を不明にしていたのです。

【二層の解釈】　初句の「世」を「背」、「欲」を間投助詞の「よ」と確信する、強固な先入観の存在が弊害となっていました。そして、古歌には、表の意味と裏の意味がある場合があること、すなわち、古歌は二層に解釈できるように詠まれている場合があることも、予想されていませんでした。

新編古典全集が「伊香保せよ—未詳。伊香保セは伊香保の地に住む夫の意か。ヨは呼びかけの助詞のようだが、原文「欲」は甲類で、呼びかけのヨ（乙類）とは仮名が合わない。」と、「ヨ」の仮名の相違を指摘しながらも正解に近づけなかったのは、まさに同書が吐露しているように「夫の意」とか「呼びかけの助詞」のようだとか思う先入観、および一義的な解釈に強く支配されていたからです。

難訓 四　「漸々志夫乎」は「やくやく癈《し》ぶを」

一二〇五　奥津梶《おきつかぢ》　漸々志夫乎　欲見《みまくほり》　吾爲里乃《わがするさとの》　隠久惜毛《かくらくをしも》

後述の「先訓と批評」で示すように、本難訓歌の「漸々志夫乎」は近年の多くの注釈書において、「やくやくしぶを」と訓まれています。

しかし、一首の解釈については見解が分かれます。小学館古典全集は「やくやくしぶを」と訓を付しながらも、「シブは、しだいに舟足が鈍ってきたが、などと解されているが疑わしい。後考を待つ。」と注釈しており、新編古典全集においては「やくやくしぶを―未詳。」「『志夫』が不明。」としています。すなわち、訓としては「やくやくしぶを」が一般的ですが、その訓を前提とする解釈が分かれ、一般的に納得できる解釈がないのが現状であり、未だ難訓歌といえます。

【「やくやく渋ぶを」と訓んだ場合】　「しぶ」の後の「を」を順接（あるいは逆接）の確定条件を表す接続助詞と解釈する以上、「を」に接続する語は活用語の連体形（まれに体言）であることになります。

「しぶ」を「舟足が鈍ってきた」と解釈する説は、動詞「渋る」「渋く」「渋かす」「渋くる」のいずれかを想定していると思いますが、これらの連体形は「しぶる」「しぶく」「しぶかす」「しぶくる」であるところ、難訓歌の原文にはこれらの活用語尾に相当する文字の表記がありません。

仮に、表記が省略されたものとして、「しぶる」「しぶく」「しぶかす」「しぶくる」と訓んだ場合は、いずれも第二句は字余りとなりますので、そのように詠んだとは考えられません（句中に母音があって字余りが許される場合ではありません）。

そこで、「しぶ」を名詞「渋」と想定してみると、名詞「渋」に対して、どの古語辞典も「垢《あか》、汚れ」「渋柿のしぶ」などとあり、「舟足が鈍ってきた」と解釈できるような「滞る」の語義は、見出し得ません。

以上のように、小学館古典全集の疑いも、新編古典全集がいう不明も理由があります。

■私の試訓

「漸々《やくやく》志《し》夫《ぶ》乎《を》」すなわち**「やくやく癈《し》ぶを」**と訓みます。

一首全体は、**「奥津《おきつ》梶《かぢ》　漸々《やくやく》志《し》夫《ぶ》乎《を》　欲見《みまくほり》　吾為里乃《わがするさとの》　隠久惜毛《かくらくをしも》」**で、

沖つ梶　やくやく癈《し》ぶを　見まく欲り　我がする里の　隠らく惜しも

です。

歌の解釈は、沖に出て梶を漕《こ》ぐ手もだんだん麻痺《まひ》してきたので、手を休めて眺めたいと思っている私が漕ぎ出してきた里は、波間に隠れて見えないことが残念であるよ、の意です。

【「しぶ」は麻痺すること】「志夫」は「癈《し》ぶ」の連体形で、意味は器官が働きを失うこと、感覚が麻痺することです。

本難訓歌は、岸から沖まで舟の梶を漕いできた人が、だんだん手の感覚が鈍り、または麻痺してきて、漕ぐ手を休めて、出発した岸の景色でも見ようとしていたときの情景を詠んだ歌です。

ところで、古語辞典には「癈ふ」とあって、「癈ぶ」とはありません。それなのに、どうして「志夫」を

「癈ぶ」と訓み、「癈ぶ」が「癈ふ」であると解するのかの検討が必要です。
「潮船」について、つぎのように一字一音の仮名表記の例があります。
「斯抱布禰」(三四五〇番)「志保不尼」(四三八九番)
「思保夫禰」(三五五六番)「志富夫禰」(四三六八番)
多くの注釈書において、「志保不尼」は「しほふね」、「思保夫禰」および「志富夫禰」は「しほぶね」と訓まれています。「斯抱布禰」は、「しほふね」とも「しほぶね」とも訓まれています。
「しほふね」と「しほぶね」は別の物とは思われませんので、同じ物が「しほふね」あるいは「しほぶね」といわれ、表記されているものと考えられます。
万葉集には、終止形の「しふ」が詠まれている例はありませんが、つぎのように連用形あるいは名詞の「しひ」が用いられている歌があります。

一七八三　松反りしひ(四臂)てあれやは三栗の中上《なかのぼ》り来ぬ麻呂といふ奴《やつこ》

四〇一四　松反りしひ(之比)にてあれかもさ山田の翁《をぢ》がその日に求め逢《と》はずけむ

四〇一四番の原字「之比」の「比」は「び」とも訓まれていますので、「しび」とも訓めます(八〇四番「阿蘇比《あそび》」、八七六番「等比可弊流《とびかへる》」、一一二三四番「多比由久《たびゆく》」)。

古語大辞典は、名詞「癈ひ」の用例として、四〇一四番歌の「之比」を掲載していますが、直後の項目の「しび(鮪)」において、「之比」を「しび」と記載している和名抄の例を掲記しています。

すなわち、「比」は、「ひ」とも「び」とも訓まれていますので、「癈ひ」のほか「癈び」といわれていた可能性は十分考えられます。そうであれば、動詞「癈び」の終止形として「しぶ」があったことも十分考えられますので、「志夫」は「癈ぶ」と訓みます（もっとも、「思保夫禰」「志富夫禰」も「しほふね」であり、「夫」を「ふ」と訓む場合もあるとすれば、「志夫」は「癈ふ」と訓むこともできます）。

「見まくほり吾する里」とは、自分が見たいと思っている里のことで、それは「自分が住んでいた里」すなわち郷里ではなく、「自分が舟を漕ぎ出してきた里」すなわち出航した里のことでしょう。

「を」は、原因・理由を示す順接の確定条件を表す助詞で、主に活用する語の連体形に付きますが、この歌の場合、「癈ぶ」の連体形「癈ぶ」に付いています。

万葉の時代、前記一七八三番歌の例により、「癈ふ」は四段活用だったとされています。

■先訓と批評

【江戸時代は誤字説横行】澤瀉注釋は、「しぶを」が分からないとした上で、いくつかの先訓を紹介しています。それによれば、概略つぎのとおりです。

萬葉代匠記（契沖）「志夫乎ハ澀ルヲナリ。」で「渋る」

萬葉集略解（加藤千蔭）「宣長云、志夫乎の三字尓水手の誤にて、やゝやゝにこげなるべし。しづかにゆるらかにこげと云也と言へり」で、本居宣長は誤字説

萬葉集古義（鹿持雅澄）「志夫乎は、莫水手の誤なるべし、さらばヤウ〳〵ナコギと訓べし」で、誤字説

増訂本萬葉集全註釋（武田祐吉）「ヤクヤクシブは、形容詞ヤクヤクシを動詞化したもの。だんだん沖の楫になつて行くをいう」で、動詞化説

このように、前三例の江戸時代の研究者の説では、「渋る」と、「こげ（水手）」「こぎ（水手）」の誤字説に分

かれていました。

ところが、近年は「やくやくしぶを」と訓んだ上で、「しぶ」の意味を、岩波古典大系は「次第に舟の進みが遅くなる意」、新潮古典集成は「渋滞する意か。」、中西全訳注は「楫の力も次第に鈍って来たものを。」、伊藤訳注は「ようやく鈍ってきた」と訳し、おおよそ同じ解釈をしています。ただし、新古典大系および岩波文庫は、「訓釈を保留する。」としています。

小学館古典全集および新編古典全集については、前述のとおりです。

【舟客を詠んだ歌ではない】　右の解釈に共通する特徴は、この歌を詠んでいる人を舟の客人と理解し、客人の思いをそのまま歌にしていると考えていることです。

すなわち、沖に来てようやく舟の速度が遅くなったので、舟の客人が自分の里の景色を見たく思ったが見えなかったと、想定していることです。

先訓はすべて、「志夫」が「癈《し》ぶ」であることに気がつかず、「渋」の意に訓んでいますが、「癈《し》ぶ」と訓めば、沖まで漕いできた舟の漕ぎ手が、手が痺《しび》れてきたので、少し休んで、自分が漕ぎ出してきた里の景色を眺めようとしたときの歌と、自然に理解できます。

「渋」と訓んで、舟の速度が鈍ってきたので、舟の客人が自分の住んでいる里を見ようとしたと解するより、ずっと合理的です。

なぜなら、舟の速度が鈍ってこなければ、舟の客人が里を見ようとしなかったというのは、いかにも不自然だからです。

この歌は、漕ぎ手が、沖に出るまではと脇目も振らず舟を漕いできたが、さすがに漕ぐ手が痺れてきたので、漕ぎ出してきた岸の里を確かめようと見たが、沖は波間が深く、波高に隠れて岸の里が見えないのが残念だと詠っているものです。

そうかといって、この歌を舟の漕ぎ手自身が詠んだと解する必要はありません。この歌は「羇旅作《きりよ》」にある一首ですから、旅の客人が漕ぎ手の立場になって詠んでいるものです。

笠金村が作った三六六番歌の長歌において、「海路《うみぢ》に出でて　あへきつつ　我が漕ぎ行けば」と詠んでいますが、「実際の漕ぎ手は舟人であるが、自ら漕ぐように詠っている」（岩波文庫）ものです。

本歌においても、初句の「奥津梶」の梶を漕ぐ人と、里を見たいと詠んでいる人を別人とする先入観が、「志夫」を「渋ぶ」以外には考えられないとの固定観念を生み、もって一首の訓解を誤らせてきたものです。

しかし、前述のように、舟旅においては、舟客が漕ぎ手の立場になって歌を詠むことはしばしばあったことです。

難訓五　「入潮爲」は「入り潮する」

一二三四　塩早三《しほはやみ》　礒回荷居者《いそみにをれば》　入潮爲　海人鳥屋見濫《あまとやみらむ》　多比由久和禮乎《たびゆくわれを》

【「入潮」の意味】　多くの古語辞典では、「入り潮」の説明として、「満ち潮」とも、「引き潮」とも、と正反対の両方の説明を掲載しています。片や、「出で潮」については、「満ち潮」と説明し、入り潮の対としています。

なぜ、多くの辞書が「入り潮」に、「満ち潮」との説明をしているかといえば、万葉集より後の時代の古歌の中に「入り潮」と詠い、その情景は「満ち潮」を詠っていると思われる歌があるからです（例「浦荒れて風よりのぼる入り潮におろさぬ舟ぞ波に浮きぬる」玉葉集）。

しかし、「出で潮」が「満ち潮」なら、反対の詞の「入り潮」が「引き潮」であることは自明です。

「出船」「入り船」について考えてみても、岸が本拠である舟が沖に出ることが「出船」、岸に戻ってくるのが「入り船」です。「潮」は本来沖にあるものですから、沖から岸に来るのが「出で潮」、岸から沖に戻るのが「入り潮」です。

鎌倉時代以降の古歌の中に、「入り潮」を「満ち潮」と誤解したものがあるので、多くの辞書では「入り潮」の説明に「満ち潮」と「引き潮」の双方が掲載されていますが、万葉集の歌である本難訓歌の「入り潮」は「引き潮」の意味と断定できます。

【入潮時の海人の姿とは】　つぎに、この難訓歌を詠った旅人は、自分を海人がどのようなことをしている姿と見られると、詠んでいるかを考えてみます。

上二句で、「潮速み　礒廻に居れば」と詠っていますので、この旅人はこの礒から舟に乗ろうとしたが、潮が速く舟が出なかったので礒で船出を待っているか、この礒まで舟に乗ってやってきたが、この礒の辺りは潮が速く危険であるため、舟を岸に停泊させ礒に上陸して退避しているか、のいずれかの状況でしょう。

潮が速い状態というのは、満ち潮あるいは引き潮のときにも見られますが、潮が速いので船出できない、あるいは舟を岸に着けて退避しているという状況は引き潮に対してでしょう。引き潮は沖に流れる潮ですから、舟が沖遠く流されると漂流して遭難するからです。昔の舟は、原則的に岸に沿って航行しました。また、引き潮で潮位が下がれば海底の岩礁が浅くなり、航行が危険あるいは不可能となります。

引き潮時の航行が危険であることを前提とした歌が、つぎのようにあります。

一三八六　大船に真楫《まかぢ》しじ貫き漕ぎ出なば沖は深けむ潮は干ぬとも

一六七一　湯羅《ゆら》の崎潮干にけらし白神の礒の浦廻をあへて漕ぐなり

反対に、満ち潮時に出港することを詠った歌がつぎのようにあります。

一七八〇　（前略）小楫《をかぢ》しじ貫《ぬ》き　夕潮の　満ちのとどみに　御船子《みふなこ》を　率《あど》ひ立てて　呼び立てて　御船出でなば（後略）

三五九四　潮待つとありける船を知らずして悔しく妹を別れ来にけり

四三九八　（前略）夕潮に　船を浮けすゑ　朝なぎに　舳《へ》向け漕がむと（後略）

そうすると、この旅人は、引き潮すなわち入り潮の磯にいることになります。

それでは、入り潮の磯で、海人が何をしている姿を想像しているのでしょうか。

入り潮になり、干潟や磯の潮溜《しおだ》まりに残った小魚や貝を鶴などの鳥が採ることを「あさりす」といい、万葉集に約一〇首詠まれています。「あさりす」には「安佐里須」の一字一音表記のほか、「求食爲」と表記されています。

入り潮のときに、干潟や磯の潮溜まりで、小魚や貝を採ることは、人間によっても行われ、万葉集につぎのように五首詠まれています。

①　八五三　あさりする（阿佐里須流）海人の子どもと人は言へど見るに知らえぬ貴人《うまひと》の子と

②　一一六七　あさりす（朝入爲）と礒に我が見しなのりそをいづれの島の海人か刈りけむ

③　一一八六　あさりする（朝入爲流）海人娘子らが袖通り濡れにし衣干せど乾かず

④　一二一八　黒牛の海紅《みくれなゐ》にほふももしきの大宮人しあさりす（朝入爲）らしも

⑤　一七二七　あさりする（朝入爲流）人とを見ませ草枕旅行く人に我が名《の》は告らじ

この五首を観察して明らかなことは、同じ「あさりす」の詞であっても、鳥の場合は原文は「求食爲」と表記されていますが、人が主体の場合は一字一音表記以外は「朝入爲」と表記されていること、および歌に詠まれた「あさりす」の主体は、①は「海人の子ども」あるいは「貴人《うまひと》の子」、②は「なのりそ」（海藻の名）に譬《たと》えられた娘子、③は「海人娘子」、④は「大宮人」、⑤は「名は告らじ」と言った娘子で、いずれも本職の「海人」ではありません。

【あさりする姿を想定していない】 ところで、本難訓歌と同様に旅人が、自分の姿を「海人とか見らむ」「海人とや見らむ」と詠んだ歌が、他に五首あります。

a　二五二　荒栲《あらたへ》の藤江の浦に鱸《すずき》釣る海人とか見らむ旅行く我れを
b　一一八七　網引《あびき》する海人とか見らむ飽《あく》の浦の清き荒磯を見に来し我れを
c　一二〇四　浜清み磯に我が居れば見む人は海人とか見らむ釣りもせなくに
d　三六〇七　白栲の藤江の浦に漁《いざ》りする海人とや見らむ旅行く我れを
e　四二〇二　藤波を仮廬《かりいほ》に作り浦廻《うらみ》する人とは知らに海人とか見らむ

これらの歌において、旅人が居る場所、および自分がそう見られるだろうという海人の仕事は、つぎのとおりです。

a歌　藤江の浦　すずき釣る
b歌　荒磯　網引する
c歌　磯　釣り
d歌　藤江の浦　いざりする
e歌　浦　浦廻する

これらの事実より、自分が海人と見られると詠む旅人は、見られる海人の作業を、「釣る（り）」「網引する」「いざりする」「浦廻する」と詠んでおり、決して「あさりす」とは詠んでいないことが明らかです。b歌およびｃ歌は本難訓歌と同じく、旅人は磯にいますが、「網引する」「釣りもせなくに」と詠い、自分を「あさりする」人と見られると詠んでいないのです。

それは、たまたま右五首の歌に「あさりす」と詠まれていないというのではなく、「あさり」は、釣りや網引きのように本格的な漁をする海人の行為ではないからです。

旅の途中の旅人も「あさりする」ことがあり得ますが、「あさり」は前述のように海人ではない、子供や娘子、大宮人がする行為ですから、「あさり」をしても、それを海人と見られると詠むことはあり得ないのです。

【潜きするではない】　このように、本難訓歌の旅人が自分を「あさりする」姿として詠んでいないとすると、「入潮爲」はどのように解釈すべきでしょうか。

「入潮爲」を、「潮に入ることを為す」の意と解釈して、「潜《かづ》きする」と訓むことも考えられます。しかし、それはつぎの三点より否定的に考えます。

一つは、この磯は、この歌を詠った時点では舟を出すのも危険なほど潮が速く、かつその潮は沖に向かって流れている引き潮と考えられます。

そのような磯で「潜きする」ことは、潜っている間に潮に流される危険性が高いためあり得ないことです。

二つ目は、万葉集において、「かづく」（活用形を含む）の表記は「潜」の字が二〇例、そのほか若干が一字一音で表記されていますが、圧倒的に「潜」が用いられています。

「かづきする」の表記として、「入潮爲」と書かれた可能性はほとんどないといえます。

三つ目は、「潜き」する海人の姿は、「釣り」や「網引」より万葉集に多く詠まれていますが、前述のように「海人とか見らむ」「海人とや見らむ」と詠まれている歌には、出てきません。

それは、潜きすることは、海人の仕事の中でも、危険な仕事であるために、普通の旅人にはできる仕事ではないので、それを旅人が行っていると想定し難いからです。

■私の試訓

「**入潮爲**《いりしほする》」すなわち「**入り潮する**」と訓みます。

一首全体は、「**塩早三**《しほはやみ》　**礒回荷居者**《いそみにをれば》　**入潮爲**《いりしほする》　**海人鳥屋見濫**《あまとやみらむ》　**多比由久和禮乎**《たびゆくわれを》」で、

潮速み　磯廻に居れば　入り潮する　海人とや見らむ　旅行く我を

です。

潮流が速いため、舟が出ないので磯廻に居ると、入り潮時の潮流が速いので漁に出られず磯廻で待機している海人と見られるだろうか、旅の途中の私の姿を、という意です。

【「入潮為」の意味】　前述しましたように、「入潮爲」を「あさりする」とも、「潜きする」とも訓むことは、相当ではありません。

前掲の同類の五首の歌においては、「浦廻する」以外の四首は「釣る（り）」「網引する」「いざりする」と典型的な海人の漁が歌に詠み込まれていますが、本難訓歌にはそれらの詞がありません。逆に、本難訓歌においては、旅人が磯廻に居る理由を「潮速み」と明確に詠んでいます。

この歌は、作者が自分の姿を海人の姿と見られるだろうと詠んでいる以上、自分の姿と海人の姿が似た状況にあることが前提となっています。

この歌において、まず自分の姿を潮が速いので磯廻にいることを明らかに説明していますので、海人も磯廻にいることになります。なぜ海人が磯廻にいるかを説明する詞が「入潮爲」であり、「入潮爲」は入り潮のた

め潮が速く、海に舟を出せずに磯廻で待機している海人の姿をいっているものと考えられます。

つぎの二首の歌は、いずれも船が波や潮の様子を見て待機している状況を詠んでいます。これらの歌に出てくる「礒隠り居て」「浦隠り居り」は磯廻や浦廻にいることであり、「さもらふ（ひ）」は「様子をうかがい、時の至るのを待つ。待機する。」の意（古語大辞典）です。

三八八　（前略）潮騒の　波を畏み　淡路島　礒隠り居て　いつしかも　この夜の明けむと　さもらふに
（中略）いざ子ども　あへて漕ぎ出む　庭も静けし

九四五　風吹けば波か立たむとさもらひに都太《つだ》の細江に浦隠り居り

本難訓歌に詠われている状況は、右二首とほぼ同じです。それゆえに、つぎのように、

潮速み　磯廻に居れば　さもらへる　海人とや見らむ　旅行く我を

と詠むところですが、「海人とや見らむ」と譬えて詠む以上は、海人の行為に対して「さもらふ」という詞が相応しくないので、「入潮爲」という詞を用いたのです。

「入り潮」時には、海人は海に出ず、必ず磯で待機することを知っていたであろう万葉人には、名詞「入潮」に「爲」をつけて表記すれば、「入潮爲」は海人が「入り潮時に磯で待機する」の動詞の意を表していることが理解できたのです。

すなわち、「入潮爲」は入り潮時に海人が磯で待機する行為を指しています。

同様の方法で表記した歌が、つぎのようにあります。

三六八　大船に眞梶しじ貫き大君の命畏《みことかしこ》み磯廻するかも（礒廻爲鴨）

四二〇二　**藤波を仮廬に作り浦廻する（灣廻爲流）人とは知らに海人とか見らむ**

右の歌において、名詞「礒廻」あるいは「灣廻」に「爲」を付けた詞は、いずれも動詞として「磯辺を漕ぎ進んでいく」の意と解されています。

古代における海上航行は安全のために岸に沿って航行していたので、「礒廻」あるいは「灣廻」に「爲」と表記すれば、舟が磯辺に沿って航行する意であることは誰しも理解できたのです。

特に、四二〇二番歌において、「海人とか見らむ」と詠まれている海人の姿が釣りや網引の業ではなく、「灣廻爲」であることが、本難訓歌の「入潮爲」と似ています。

さらにいえば、「あさりす」が「朝入爲」（二一六七番、二一八六番）と表記されているのも、「あさり」は「朝」の「入り潮」時に「爲」されることを表記しているものでしょう。

なお、「いりしほする」は、六字で字余りですが、句頭に母音音節「い」があり、つぎに「i」の音節が続くときは字余りの法則（佐竹昭広氏提唱）に合致し、他に一六九九番「いりえとよむなり」の例があります。

■先訓と批評

「入潮為」の先訓として、左記の三つがあります。

「かづきする」　小学館古典全集、新潮古典集成、新古典大系、新編古典全集、中西全訳注、伊藤訳注および岩波文庫どの注釈書も「入潮爲」を「潜きする」と訓ませる理由を説明していません。前述のとおり、私は歌に詠まれている磯の現場の状況および他の歌における表記文字との相違などから「潜きする」と訓むことは、不相当であると考えます。

「あさりする」　岩波古典大系、澤瀉注釋および間宮厚司「『万葉集』の「入潮為」考」（『日本文學誌要』）

岩波古典大系は、「あさり」に「漁」の字を用いています。干潟や磯の潮溜まりで小魚や貝を採ること以上の漁《いざり》一般を意味しているのかどうか、不明です。澤瀉注釋は、「入潮」を「アサリと訓む事少し義訓に過ぎるやうであるが」と評しています。

間宮氏の論文は、阿部美菜子氏の論文を紹介して、「あさりする海人」をみすぼらしく、卑下する対象として詠み、「旅人」が「海人」に見誤られることを不本意に思う、と指摘している点は傾聴に値するものです。

「いほりする」　土屋文明「萬葉集私注　新訂版」

前掲四二〇二番歌に影響を受けた訓と思われます。しかし、「入潮爲」を「いほりする」と訓むことは不可能です。

■むすび

「入潮爲」の表記例は、万葉集に本難訓歌以外にありません。

この歌と類似の前掲四首に「釣り」や「網引」をしている海人の姿が詠まれていますので、これが強い先入観となって、この歌の「入潮爲」も海人の業に直接関する詞で訓もうとされてきました。

しかし、本難訓歌の上二句「潮速み　磯廻に居れば」の歌句に注目すれば、旅人が自分と同じ姿と重ねた海人の姿が自ずと見えてきます。

すなわち、自分の舟も出ない状況で、海人が舟に乗って釣りや網引をしている姿に、まして潜きする姿に自分の姿を重ねることはないし、また前述のように磯で小魚をあさっているような人を「海人」と詠むこともないのです。

潮の流れが速く、舟が出ないので磯廻で待機している自分の姿を、同じように入り潮が速く海に出られず、磯で漁を待っている海人の姿に重ねて詠んでいるものです。

難訓 六　「汗瑞能振」は「梅よく震《ふ》る」

三二二一　冬木成《ふゆこもり》　春去来者《はるさりくれば》　朝尓波《あしたには》　白露置《しらつゆおき》　夕尓波《ゆふべには》　霞多奈妣久《かすみたなびく》　**汗瑞能**
振　樹奴礼我之多尓《こぬれがしたに》　鸎鳴母《うぐひすなくも》

巻第十三の巻頭歌の長歌で、春になったときに見られる代表的な景物を詠んでいます。

【春の景物のとり合わせ】　第六句までに、「白露」「霞」が詠われており、第八句には何かの「樹」が、続く結句には「鶯」が詠まれています。

万葉の時代から、「鶯と梅」のとり合わせはよく歌に詠まれています。

大宰府の大伴旅人邸において催された観梅の宴で詠われた、有名な「梅花の歌三十二首」にも、梅と鶯を共に詠んだ歌が七首あります。

そのうちの、つぎの歌は本難訓歌の末尾二句の情景とよく似ています。すなわち、「木末《こぬれ》」「下枝《しづえ》」「鶯鳴く」の歌詞が用いられています。

八二七　春されば木末隠《こぬれがく》りて鶯ぞ鳴きて去《い》ぬなる梅が下枝《しづえ》に

八四二　我がやどの梅の下枝に遊びつつ鶯鳴くも散らまく惜しみ

また、巻第十および第十九に、つぎの歌があります。

一八五四　**鶯の木伝ふ梅のうつろへば桜の花の時かたまけぬ**

一八七三　**いつしかもこの夜の明けむ鶯の木伝ひ散らす梅の花見む**

四二七七　**袖垂れていざ我が園に鶯の木伝ひ散らす梅の花見に**

このように鶯が詠まれ、「木末隠り」「下枝」「木伝ふ」と詠まれていれば、古歌においては、その樹は、梅を詠んでいることが多いのです。

したがって、本難訓歌の第七句にも「梅」が詠まれている可能性が高いと考えます。

私の試訓

「**汗**《う》**瑞**《め》**能振**《よくふる》」すなわち「**梅よく震**《ふ》**る**」と訓みます。

この長歌の末尾の三句は、「**汗**《う》**瑞**《め》**能振**《よくふる》　**樹**《こ》**奴**《ぬ》**礼**《れ》**我**《が》**之**《し》**多**《た》**尓**《に》　**鸎鳴母**《うぐひすなくも》」で、

梅よく震る　木末《こぬれ》**が下に　鶯鳴くも**

です。

歌の解釈は、よく震えている梅の枝先の下の方で、鶯が鳴いていることよ、の意です。鶯は、音声は顕著ですが、姿はあまり見せません。藪《やぶ》や樹の葉蔭にいて、何処で鳴いているのか、姿を見つけられないのが通常です。

この歌の作者は、梅の枝先が震えているのを発見し、その下の方で鳴いている鶯を見つけた悦《よろこ》びを詠っているものです。

【原字は「汗」か、「汙」か】　古写本のうち、類聚古集、広瀬本、寛永版本は「汗」と読めますが、元暦校本、神宮文庫本は明らかに「汙」と書かれており、西本願寺本および京都大学本は「汙」の字に見えます。

本来は「汙」の字であったものが、最終画の収筆を撥《は》ねるべきところを、筆写の際、それを誤って留めてしまった古写本があるので、「汗」の字がいくつかの古写本に残ることになったと考えられます。

八三七番歌の原文は、一字一音でつぎのように表記されています。

波流能努尓《はるののに》　奈久夜汙隅比須《なくやうぐひす》　奈都氣牟得《なつけむと》　和何弊能曾能尓《わがへのそのに》　汙米何波奈佐久《うめがはなさく》

「汙隅比須」および「汙米」に「汙」の文字が用いられていますが、どちらも「う」と訓んで「うぐひす（鶯）」「うめ（梅）」と訓読されています。

この八三七番歌においても、古写本の一部には「汗」と書かれているものもありますが、「汙」とみて「う」と訓まれていますから、本難訓歌においても同様に「汙」とみて「う」と訓まれるべきです。

「瑞」は「めでたい」ことを意味する文字ですから、略訓で「め」と訓みます。「希将見《めづらしみ》」（一九六二番）の「希」を「めづらし」の意味から「めづ」と略訓で訓む例と同じです。

後述のとおり、江戸時代より前の旧訓では、「瑞」を「め」と訓んでいます。

したがって、「汙」は「う」ですから、「汙瑞」は「うめ」であり、「梅」と訓みます。

「能」は「の」と訓まれることが多いのですが、「よく」とも訓むことは、つぎの歌にその例があります。

一二二五　玉津島《たまつしま》　能見而伊座《よくみていませ》　青丹吉《あをによし》　平城有人之《ならなるひとの》　待問者如何《まちとはばいかに》

なお、万葉集において、副詞「よく」は、右一二二五番「よく見ていませ」のほか、九七六番「よく見てむ」、一八四一番「朝明《あさけ》の姿　よく見ずて」、三〇〇七番「よく見てましを　君が姿を」と用いられており、その意には「注意深く」見る、「何回も」見るの意が含まれています。

すなわち、「よく」は普通程度以上の状態を指している詞で、本難訓歌の「よく」は、梅の枝先が普通の揺れ以上に震えている状態をいっています。

【枝が震えている原因は】　梅の下枝にとまっている鶯が鳴くことによって、その振動で枝の細い先端が小刻みに揺れるのです。「振る」と「震る」は同源語です。地震の古語は「なゐ」ですが、「なゐ」に「揺《よ》る」あるいは「振る」の動詞を伴って地震がする意を表したといわれています（古語大辞典）。すなわち、地震のような動きが「振る」であったのです。したがって、この難訓歌の場合、「ふる」には「震る」の字を当てる方が歌意に相応しいと考えます。

本句「梅よく震る」は六字の字余りですが、佐竹昭広氏の提唱する「句頭に単独の母音音節、『ウ』の音があり、その次にくる音節の頭音がmの時」との字余りの法則（例、三九三一番「海邊都禰佐良受《うみべつねさらず》」）に該当し、字余りが許される場合です。

もっとも、「能」を単に「の」と訓んで「うめのふる」と訓めば、「梅の振る」あるいは「梅の降る」と、五字で訓めます。しかし、前者は言葉足らずの感が免れず、後者であれば万葉集においては「ふる」には「散」「落」の文字が当てられています。

また、「下に」は、木末の「裏に」「蔭に」の意にも訓めますが、前掲二首に「下枝」と詠まれていますので、木末の下方にという意に訓み、下枝で鶯が鳴いていると解します。

この長歌の末尾三句は、鶯の声を聴いていた人が、何処で鶯が鳴いているのか分からずに探していたところ、よく震えている梅の枝先を見つけ、その下の方に隠れて鳴いている鶯を発見したときの悦びを歌にしたものです。

■先訓と批評

「雨の降る」　江戸時代より前の旧訓

「汗」の文字とみて「あせ」の「あ」と訓み、「瑞」を「め」と訓んでいるものです。

しかし、「雨の降る」ときに、鳥の声はあまり聞きません。鳥の声が聞こえ始めると雨が止んでいることが多いのです。雨の日の鳥を詠っているのは、梅雨時に鳴く時鳥《ほととぎす》の歌だけで、それは万葉集に数首あります。

この長歌は、春の代表的な景物を詠っていると考えますので、雨のときに鳴く鶯を詠っているとは思われません。

なお、万葉集において、雨のふるの「ふる」に「零」の字を当てた歌が六四例、「落」の字を当てた歌が一例で、他は「布流」「布良」「布里」などの音仮名表記が六例、「降」および「被」が各一例です。雨のふるの「ふる」に「振」の字を当てている例はありません。

「風の吹く」　契沖「萬葉代匠記」、岩波古典大系、中西全訳注および伊藤訳注

「汗」の文字とみて「かん」の「か」、「瑞」を「湍」の誤字として、「湍」は「瀬」の意であるから「ぜ」と訓むとするものです。

「風の吹く」についても、やはり風の吹く日に鳥の声を聞くことは少ないものです。

万葉集に風と鳥の鳴き声を詠んだ歌としては、風と鶴の鳴き声、秋風と雁の鳴き声を詠んだ歌がありますが、これらは木末の下にとまって鳴く鳥ではなく、季節も秋冬です。

仮に、春風の日に鶯の鳴き声が聞こえても、春の代表的な景物として歌に詠まれるかどうか疑問です。

なお、万葉集において、風のふくの「ふく」に「吹」の字を当てた歌が七〇例、「布久」「布伎」などの音仮名を用いた歌が一九例ありますが、風のふくの「ふく」に「振」の字を当てている例は全くありません。

【その他の訓のいろいろ】　江戸時代の荷田春満系統の説として「萬葉集童蒙抄」には「湍」を「嬬」の誤字とみて、朝妻山の「あさづま」と訓み、賀茂真淵「萬葉考」は「湍」を「微」の誤字とみ、さらに「能」の前に「竝」を挿入して「汗微竝能」の原字を想定し、神南備の「かみなみの」と訓み、鹿持雅澄「萬葉集古義」は泊瀬の「はつせのや」と訓んでいます。

これらは、この長歌に大和近辺の地名が詠われているとの予断に基づき、誤字説を唱え、強引に訓んでいるもので、首肯できるものではありません。

また近年、小島憲之氏および澤瀉久孝氏は、「瑞能」を誤字として「汙〇〇振《うちはふき》」あるいは「汙陳羽振《うちはふき》」と訓んでいますが、これも四字のうち二字までも無視あるいは変更して訓むもので、信じ難いものです。しかし、「はぶく」と着想している点は、他の訓とは異なり、私訓に近いものです。

【訓を付さず】　小学館古典全集、新潮古典集成、新編古典全集、新古典大系および岩波文庫いずれも訓を付さず、原文のまま掲記しています。

以上「雨の降る」「風の吹く」の先訓は、いずれも「汙」の文字を「汗」とみる先入観から抜け出せなかった結果です。

古写本に「汗」という字でなく「汙」と明瞭に表記されている例や、「汙」の字を用いて梅を「汙米」と表記している歌があるのに、強い先入観によってこれらが目に入らないのです。これも先入観が、難訓歌をもたらした好例といえます。

訓解に語学以外の知識を必要とする難訓歌

万葉集の大部分の歌は、詞や歌に関する知識で訓解できます。上代語の文法や音韻の専門知識、ときには古代中国文学の知識が必要なものもあります。

多くの歌は、人々が経験した日常的な風景および心情の中から生まれた歌で、万葉の時代であっても現代であっても、それは基本的に変わるものではなく容易に理解できますので、言語学の知識さえあれば訓読できます。

しかし、譬喩的に詠われている歌の中には、訓解に言語学以外の特別の知識を必要とする歌があります。譬喩を用いて歌を詠もうとする作者は、読者が日常的に気づかないような事柄を譬喩に掲げ、なるほどと思わせることを意図していることがあるからです。

譬喩に用いられている事柄は、作者の特別の経験や知識による事象であることがあり、また現代ではあまり知られていない事象であることもあります。

譬喩の正体を明らかにするためには、言語学だけでは足りず、例えば、生物学、気象学、法学、歴史学などの自然科学および社会科学の幅広い分野の知識が求められます。

難訓七「面智男雲」は「望男雲《もちをのこぐも》」

一六〇　燃火《もゆるひ》物《も》　取而《とりて》裹而《つつみて》　福路《ふくろ》庭《には》　入澄《いると》不言八《いはずや》　面智男雲

【天体好きの天武天皇】「天皇の崩《かむあが》りましし時の太上天皇《おほきすめらみこと》の御製歌二首」との題詞の下に、この難訓歌とつぎの歌（「つらなる」の訓については、「誤訓歌二」を参照）があります。太上天皇とは、退位した後の持統天皇のことです。

一六一　**北山につらなる雲の青雲《あをくも》の星離れ行き月を離れて**

「天皇の崩りましし時」とは、持統天皇の夫である天武天皇が崩御された時でありますので、持統天皇が天武天皇を偲《しの》んで詠んだ歌です。

そして、一五九番歌（後掲）においては「大后」と表記されているのに、一六〇番歌において「太上天皇」と表記されているのは、前者は持統天皇即位前に大后として詠まれた歌であるのに対し、後者については即位後持統天皇として詠まれた歌ですが、これらの歌が記録されたのがつぎの文武天皇の御代で、持統天皇は太上天皇と呼ばれていたので、題詞に「太上天皇の御製歌」と記載されていると考えます。

さて、本難訓歌にも、一六一番歌にも、「雲」が詠まれており、それは単なる偶然ではなく、天武天皇が天体に関心が高かったことに関係があり、難訓歌を解くカギとなると推察しますので、まずそれについて述べます。

天武天皇が、六七五年（天武四年）日本で最初の天文台「占星台《せむせいだい》」を設置したことは日本書紀に記載されています。天文台といっても現代のように科学的な気象観測のためというよりは、星や雲を観て吉凶を占うことが目的でした。皇帝は天体をも支配するという中国の思想が伝来していたことによるものでしょう。

【日本書紀にある逸話】 天武天皇が天体の占いに秀でていたことは、日本書紀の壬申《じんしん》の乱の記載中に、つぎの二つの逸話があることにより分かります。

少し長いですが、岩波文庫版の「日本書紀㈤」より引用します。

〔第一話〕
横河《よこかは》に及《いた》らむとするに、黒雲《くろくも》有り。広《ひろ》さ十余丈《とつゑあまりばかり》にして天《あめ》に経《わた》れり。時《とき》に、天皇異《あや》びたまふ。則ち燭《ひ》を挙《ささ》げて親《みづか》ら式《ちく》を乗《と》りて、占《うらな》ひて曰《のたま》はく、「天下《あめのした》両《ふた》つに分《わか》れむ祥《さが》なり。然《しか》れども朕《われ》遂《つひ》に天下を得《え》むか」とのたまふ。

（注・「式」は、回転して吉凶を占う陰陽道の用具）

〔第二話〕
天皇、茲《ここ》に、行宮《かりみや》を野上《のがみ》に興《おこ》して居《ま》します。此《こ》の夜《よ》、雷電《いかづち》なりて雨《あめ》ふること甚《はなは》だし。天皇祈《うけ》ひて曰はく、「天神地祇《あまつかみくにつかみ》、朕を扶《たす》けたまはば、雷《かみ》なり雨ふること息《や》めむ」とのたまふ。言《のたま》ひ訖《をは》りて即《すなは》ち雷なり雨ふること止《や》みぬ。

このように、天武天皇はたびたび天体の気象を占い、戦地で兵士の士気を鼓舞したり、また臣民に天皇が神の力を借りられる霊力のあることを示すことにより、国を治める手段としていたと思われます。

もちろん、天体の観測は、農耕の時期を知ること、および全国的に統一した暦を作るためにも必要だったことでしょう。

【雄略天皇に二重写し】　また、日本霊異記・上巻第一話に、雄略天皇が少子部栖軽《ちひさこべのすがる》という者に「雷《いかづち》」を捕らえさせたという有名な話があります。

その雄略天皇の御製歌「籠《こ》もよ　み籠《こ》持ち」が、持統天皇が発意した万葉集の冒頭歌として据えられている理由に関して、三谷栄一氏は、「雄略天皇を天武天皇の若かりし頃のイメージに二重写しとして把えていた持統天皇自身の心の姿を表わしているとみられ、その持統天皇の御心をみとっていた女帝周辺の人がこれらの歌を支えていたのであったのではあるまいか。」（萬葉集講座第五巻「磐姫皇后と雄略天皇―巻一・巻二の巻頭歌の位相―」有精堂）と論述しています。

そうすると、持統天皇が天武天皇に対して雄略天皇と同様に、雷でさえ捕らえさせることができる天皇と思っていたとしても不思議ではありません。

■私の試訓

「**面智《もち》男《をのこ》　雲《ぐも》**」すなわち「**望《もち》男《をのこ》　雲《ぐも》**」と訓みます。

一首全体は、「**燃火《もゆるひ》物《も》　取而《とりて》褁而《つつみて》　福路《ふくろ》庭《には》　入澄《いると》不言八《いはずや》　面智《もち》男《をのこ》　雲《ぐも》**」で、

燃ゆる火も　取りて包みて　袋には　入ると言はずや　望《もち》男雲

です。

歌の解釈は、稲妻の火を取って袋に入れると言わなかったであろうか、まさに人間を超えた姿と智力を持っていた男であった天武天皇は、「幕電現象」を呈している雲を遠くに眺めていると、その雲であると思われる、

との意味です。

「燃ゆる火も　取りて包みて　袋には　入ると言はずや」は、天武天皇が生前有していた超能力を表現することによって同天皇自身を指しているもので、同じような現象を呈する雲を眺めて、持統天皇はその雲に天武天皇を想い「男雲」と詠っているものです。

【「男雲」は幕電現象の雲】　夜、雷鳴は聞こえないが、遠くの稲妻が積乱雲の一部分に反射して明るく見えたり、あるいは積乱雲の中で稲妻が発生してその周りの雲が明るくなったりすることを、気象学上「幕電現象」といいます**【口絵3】**。

夜の暗闇の中で、時々明るい光を放ち、その瞬間だけ周りの雲が白く見える光景は印象的です。稲妻の光がすぐに消えるのは、雲が光を包んだためであるかのように見えます。

稲妻は、現代人なら誰でも放電現象であることを知っていますが、古代人は知らなかったでしょう。古代においても、落雷で火事が起こることは経験上知っていましたので、稲妻を「火」そのものと思っていたと思われます。

それゆえ、幕電現象を見た古代の人は、雲に反射する稲妻の明かり、あるいは雲の中で放電する稲妻の明かりが、雲の中に消えていく現象を、雲が袋となって火を包んでいると思ったことでしょう。

このことは、既に科学者・三矢保永氏が「光のサイエンス―万葉の雲と空の色―」という講演において、「面智男雲については、幕電現象を引き起こす夜の積乱雲には、火を包み込む超人的なイメージがあるため、気象学的には『男雲』説が魅力的であり」と指摘されています。

前記第二話で、「雷電なりて雨ふること甚だし」かったのに、天武天皇の祈禱で「雷なり雨ふること止みぬ」ことがあったとあります。

雷電、すなわち稲妻を伴う激しい雷雨が、天武天皇の祈禱で止み、今は遠くで幕電現象を呈している雲を見て、人々は、先程まで頭上で暴れていた稲妻の火が小さくなって遠くの雲に包まれてしまったと、天武天皇の神通力を驚き讃《たた》えたことでしょう。

それを見て、あるいは聞いて知っていた持統天皇は「燃ゆる火も取りて包みて袋には入ると言はずや」と表現したのです。「燃ゆる火」は稲妻であり、「袋」は雲です。

雲に人の魂をみるのは古代の人の常で、そのような古歌はたくさんありますが、持統天皇は天武天皇の崩御後、雲、特にこの超人的な光景である幕電現象を呈する雲を見るたびに、在りし日の天武天皇の姿を重ねて天武天皇を偲び、あえてこの雲を「男雲」と詠んだと思われます。

【「面智《もち》」は「望《もち》」である】「面智」は「もち」と訓み、「望」のことです。「望」は、遠くを眺めることを意味しています。

本字は「朢」で、人が目を見張って背伸びをし、遠くをのぞんでいる形に、月を加えて満月をのぞみ見る意であるといわれています（旺文社漢和辞典）。

後に「臣」の部分が「亡」にかえられ、無きものを見る、すなわち、願う、欲するという意味が加わったとされています。

本歌の場合、遠くに光っている男雲を眺めるという意味の「望男雲」ですが、それはまた今は亡き天武天皇を見る意味でもあります。

万葉集において「望」を眺める意に用いている例は、二番歌の題詞に、「天皇登二香具山一望國之時御製歌」、一五二〇番に「望者《のぞみは》多要奴《たえぬ》」があります。

また、「望男雲」の発想に近い言葉として、「望雲之情」（ぼううんのじょう）があります。他郷にある子が、故郷の空の雲を望み見て親を思う心をいい、中国の故事に基づくものです（旺文社漢和辞典）。「望月」が完全無欠の月をいうように、幕電現象の雲のような超能力を有する天武天皇を「望男雲」といったものです。

なぜ「望」と書かずに、「面智」と書いているかといえば、「男雲」に譬えた天武天皇を、「面」（容貌）においても「智」（知力）においても満ち足りた完全な男であった、と文字によっても讃えたかったからでしょう。なお、一六七番歌において、草壁皇子を「望月《もちづき》のたたはしけむと」と詠っている例があります。

■先訓と批評

これまでのすべての先訓は、「男雲」が幕電現象を呈している雲であることに、気がついていません。前記日本書紀の逸話についても、言及したものはありません。

それゆえに、後記仙覺の訓および解釈を除き、すべての先訓は第四句までの「燃ゆる火も　取りて包みて袋には　入ると言はずや」の歌句の意味を曲解し、そしてそれが第五句の難訓句とどのように結びつくかについて、腐心しています。

【第四句までを方術と想定】　小学館古典全集の注記にある「不可能と思えることさえも可能にする不思議な方術さえあるというではないか、にもかかわらず崩御した天皇を復活蘇生させることができなくて残念だという気持を表わす。」という解釈に代表されるように、他の先訓も概《おおむ》ねそのような「方術」を想定した上で、難訓の第五句を持統天皇が亡き天武天皇にもう一度逢いたいとか、もう逢えないとか、と悲嘆にくれている歌句として解釈できるように訓もうとしています。

しかし、そのような方術を持ち出してまで天武天皇を蘇生させたいとか、天武天皇にもう一度逢いたいとか、と持統天皇の心境を想定することは、何の根拠もありません。
また、そのような方術の存在も明らかではありません。
天武天皇が亡くなった後に持統天皇が詠った歌として、本難訓歌のほか、つぎに掲げる長歌と前掲の一六一番歌があります。

天皇の崩《かむあが》りましし時に、大后《おほきさき》の作らす歌一首

一五九　やすみしし　我が大君の　夕されば　見《め》したまふらし　明け来れば　問ひたまふらし　神岳《かみをか》の山の黄葉を　今日もかも　問ひたまはまし　明日もかも　見したまはまし　その山を　振り放《さ》け見つつ　夕されば　あやに悲しみ　明け来れば　うらさび暮らし　荒栲《あらたへ》の　衣の袖は　干《ふ》る時もなし

【持統天皇は理性的な人】　歴史家直木孝次郎氏は、その著「万葉集と古代史」において、持統天皇を理性的で現実的な性格といい、右の一五九番歌を「在りし日の天武の平穏な日常のすがたを、深い愛情をもってうたってはいるが、天武はすでに過去の人と認識されており、それをこの世に呼びもどそうとする呪術の陰影はまったく見られない。」と評しています。

直木氏が言うように、持統天皇は一五九番歌においては天武天皇と共に見た「神岳の山の黄葉」を、一六一番歌においては天武天皇が好んだ天体の「雲」や「星」「月」を見て、同天皇を偲んでいますが、亡くなった天武天皇にもう一度逢いたいとか、もう逢えないとかといった感情を表す表現は、一切見られません。

持統天皇は、現実を認めず、過去に戻ることによって、現実から逃避しようとする人ではなく、いつも現実を冷静に受け止め、未来に向かって行動できる人であったことは、右の歌二首のほか、持統天皇の歴史上の事

蹟からも明らかです。

これまでの先訓は、持統天皇の心情を誤って推断した結果、誤った解釈を前提として付訓しているものです。

以下に、各先訓を個別に批評します。

「面智男《もちをのこ》 雲《ぐも》」 仙覺「仙覺全集」

訓は、私訓と一見似ています。しかし、同じ「もち」でも、「持ち」と「望」の違いがあり、解釈も全く異なり、「モチヲノコクモトハ、モツヘキヲノコモ、キタル」の意と言っています。すなわち、「死人の枕上に灯した火を墓所に運ぶ男が来た」という解釈です。

当時の葬礼の習慣で、再度新たにすることは忌むべきことであったので、死人の枕上に灯した火を墓所でそのまま用いるため、灯火をとりて袋に包んで持って行くという意味と説明しています。

しかし、そのような習慣が仮にあったとしても、持統天皇が天武天皇を偲んで作った歌の内容として、相応しいとは思えません。

また、「面智男」を「もちをのこ」と訓んで、「持つべき男」の意に解するのは無理です。

「面智男雲《おもしるなくも》」 契沖「萬葉代匠記（初稿本、同精撰本）」

「面知トハ常ニ相見馴ル顔ヲ云ナリ。」という。しかし、「男雲」を「なくも」と訓むことは、用字例からも用語例からも、成立しないと後記澤瀉注釋が指摘しています。

「面智男雲《おもしらなくも》」 岩波古典大系

「古来難訓で、諸説がある、今仮りに、オモシラナクモの訓に従う。シルは領する意、自分の思いのままにする意。オモシルは従ってその人を熟知して意のままにする意。」と注釈し、その大意を、「今私はおなくなりになった天皇を何ともすることができないことだ。」としています。「なくも」の訓に対しては、右と同様の批判があります。

なお、新古典大系においては、一転、「結句『智男雲』は解読不能。一首の歌意も把握し難い」として原文のまま掲記しています。

「面知《あはむ》日《ひ》男《を》雲《くも》」　澤瀉注釋

前述のように、「男雲」は「なくも」とは訓めないとし、「をくも」と訓んでいます。

「面智」については、橘守部「萬葉集檜嬬手」が「面知日」の誤りとし「アハムヒ」と訓んでいることに賛同し、難訓句を「逢はむ日招《を》くも」の意と解しています。

しかし、著者自身、「逢はむ日」が誤字説の上に立った義訓である点にいささか不安が残り、と述べています。

「面《おも》知るを雲」　中西全訳注

「第五句古来難訓。あるいは男雲女雲（白雲と青雲）の称があったか。いずれにせよ次作と合わせて雲に霊魂を包みとどめるべく呼びかけた歌と見える。」と注釈しています。

「面《おも》知るを雲」の解釈が明らかでありませんが、「男雲」を「雲」として捉えようとしている点は、他の先訓には見られない着想です。

「智男雲」　小学館古典全集（原文のまま掲記）、新編古典全集（読み方不明）、新潮古典集成（定訓がない）、新古典大系（解読不能）、伊藤訳注（訓義未詳）、岩波文庫（解読できない）

いずれも「智」の前の「面」を、第四句の末尾に付け「入るといはずやも」と訓んでいる点が、共通しています。

むすび

難訓歌の結句「面智男雲」に、「男雲」とあるにもかかわらず「雲」を想定して訓んだのは中西全訳注以外にありません。それは、その上の四句が雲、すなわち「幕電現象」を詠んでいることを、科学者の三矢保永氏が気づくまで誰にも分からなかったからです。

幕電現象の知識のある人が、本歌を読んで初めて上四句の歌詞は幕電現象を詠っていることが分かるのです。言語学の知識だけでは到底分かるものではありません。

本歌は、持統天皇が天武天皇を偲んで詠んだ歌であることは明らかですから、四句までが幕電現象を詠んでいることが分かれば、結句で天武天皇を文字通り「男雲」と詠んでいることは明らかです。

「男雲」に対する先訓の迷走が、科学者の知識により正道に戻ったのです。

また、「面智」は「望」の「もち」と訓み、男雲である天武天皇を望む意と、天武天皇が完全無欠の男であったことの意の二層に詠んでいることを知らなければ、この難訓歌の理解は困難でしょう。

難訓 八　「邑禮左變」は「里例《さとれい》さ反《かへ》す」

六五五　不念乎《おもはぬを》　思常云者《おもふといはば》　天地之《あめつちの》　神祇毛知寒《かみもしらさむ》　邑禮左變

「大伴宿禰《すくね》駿河《するが》麻呂《まろ》が歌三首」と題詞のある三番目の歌です。

その後に、右三首に答えたと思われる歌を含む「大伴坂上郎女《さかのうえのいらつめ》が歌六首」がありますので、これらの歌は相聞歌です。

【恋歌風を楽しむ】　これらの歌の前には、「大伴宿禰駿河麻呂が歌一首」「大伴坂上郎女が歌一首」の組み合わせの歌が別に二組あり、その左注によれば、坂上郎女は佐保《さほ》大納言卿（大伴安麻呂）の娘、駿河麻呂は佐保大納言卿の兄弟である高市《たけちの》大卿（大伴御行）の孫であり、二人は同じ一族の近しい身内の関係にあったようです。

いずれの相聞歌も、恋人同士の恋歌のように装って詠んでいますが、左注に「歌を題《しる》して送り答へ起居を相問す」とありますので、真摯な恋歌でなく、恋歌風に詠んで互いの様子を歌で尋ね合って楽しんでいる類いの歌のようです。それゆえ、この難訓歌を訓解するに際しても、そのような類いの歌であることを念頭に置かねばならないと思います。

この歌の「思ふ」「思はぬ」は、ただ相手を好きだとか好きでないとかいうものではなく、「妻にしたい」「結婚したい」と思う、思わないという意味だと考えます。

すなわち、自分が本当に結婚したいと思っていないのに、思っていると言ったならば天地を支配している神様が知って、自分を許さないであろう、神罰を授けるだろう、と第四句までは詠んでいます。

【「何か作者の創意」とは】 澤瀉注釋は、本難訓歌に対し結句を「里の神」と訓んだ武田祐吉氏の訓に関し、つぎの二首を掲げて、以下のように論じています。

三一〇〇　思はぬを思ふと云はばま鳥住むうなての社《もり》の神し知らさむ

五六一　思はぬを思ふと云はば大野なる三笠の社の神し知らさむ

本難訓歌は、これらを「粉本としたもので、その二首の意をここでは第四句までにつゞめてしまったので、さうしてあけた結句へわざわざ重複の語を入れたとは考へられない。結句をあけたといふのは何か作者の創意をそこへ入れようとした爲だと思はれる。おそらくそれは作者の心を相手に傳へる言葉であるべきだと思ふ。その事は他の二首に「神し」とあるのが、ここには「神も」とある點からも考へられる。」というものです。

私は、同著のいう「何か作者の創意」につき、万葉集のつぎの歌を思い浮かべました。

三八〇九　商反《あきかへ》しめすとの御法《みのり》あらばこそ我が下衣返し給はめ

この歌には左注があり、この歌を詠んだのは、天皇の寵愛《ちようあい》を受けていた女性が、寵愛が薄れた後に天皇から形見の品を還《かえ》されてきたので、怨んで作った歌とあります。

歌意は、商契約の違反を許すという法でもあるというのならば、自分の下衣をお返しください、と居直っているものです。

男女関係の約束違反を「法」を持ち出して詠んでいるもので、同じ男女関係の約束違反を歌にしている本難訓歌と共通するところがあると考えます。

すなわち、昔も今も、男女関係の約束違反に対しては、まず心の問題として倫理上・宗教上の非難を持ち出しますが、もう一つ社会の規律違反として法律違反（婚約不履行とか離婚）を追及する発想は同じです。右の三八〇九番歌は、そのことを証しています。

したがって、本難訓歌の第五句にこめられた「何か作者の創意」は、「法律違反」ということだと考えます。

■私の試訓

「邑禮左變《さとれいさかへす》」すなわち**「里例《さとれい》さ反《かへ》す」**と訓みます。

一首全体は、**「不念乎《おもはぬを》　思常云者《おもふといはば》　天地之《あめつちの》　神《か》祇《み》毛《も》知寒《しらさむ》　邑禮左變《さとれいさかへす》」**で、

思はぬを　思ふと言はば　天地の　神も知らさむ　里例さ反す

です。

歌の解釈は、結婚する気もないのに、あなたを思っていると言えば、天地の神様もそれを知って罰を下すでしょうし、また里例の定めに反することになるでしょう、との意です。

【定められた結婚儀礼法】劉佩宜「日本古代の婚礼について——中国の『六礼』との比較——」（「古代日本と東アジア世界」『奈良女子大学21世紀COEプログラム報告集』6）によれば、中国では、周の時代から「六礼《りくれい》」という結婚儀式が形成されつつあったようです。

「六礼」というのは、納采・問名・納吉・納徴・請期・親迎であり、「六礼」という六つの儀式を経て、結婚のことが公に承認されたと説明されています。

日本の古代の結婚儀礼は、宗族制度に基づく中国のこれらの儀式と全く同じではなかったようですが、他の諸制度・文化とともに中国の「六礼」が日本に請来し、それを参考にして大和朝廷によって、「戸令」が定められました。

戸令は、戸籍、結婚、離婚、相続などについて定めた、現代の戸籍法と民法の親族・相続編を合わせたような内容の法律です。

万葉の時代、地方の最も小さい地方行政単位は五〇戸を一つの単位とする「里」であり、そこには「里長《さとおさ》」が置かれていました。山上憶良の有名な八九二番歌「貧窮問答の歌」に、笞《むち》をかざして税を取り立てる里長の声は、寝屋処《ねやど》まで来て喚《わめ》き立てる、と詠まれています。

大伴家持が部下の浮気を諭した歌だという、四一〇六番の長歌の前文に「七出例《しちしゆつれい》」とか「兩妻例《りやうさいれい》」という詞が出てきます。この「七出例」は戸令二八条に定めている、夫が妻を一方的に離婚できる七つの場合のことで、「子なし」「淫乱」「舅姑《きゆうこ》に仕えない」「多言」「盗み癖」「嫉妬深い」「悪い疾病」のどれかに該当すれば、妻を家から出せるという規定のこと、「兩妻例」は重婚を禁じている規定のことをいっています。

また、男が結婚の約束をした後、理由なく三か月経っても結婚しない場合は、女の方から婚約を解消できるとの規定が戸令二六条にあります。すなわち、結婚するといって、その後、三か月も男が女のところに通わなければ、女の方からの婚約破棄が認められていました。したがって、夜に徒歩で通える範囲が通婚圏だったといわれており、それは「里」の範囲だったようです。

以上のことを踏まえて考えますと、「邑」は都に対し地方の意ですから「里」、「禮」は戸令を指していますが、家持の歌にあるように戸令の個々の定めを「例《れい》」と称していますので、「邑禮」は、里に住む男女の結婚に関する定めを意味し、「里《さと》」の「例」と表現していると考えます。

「里例《さとれい》」という公式の法令名があったかどうかはともかくとして、「里家《さといへ》」（四六〇番）、「里長《さとをさ》」（八九二番）、「里廻《さとみ》」（一二四三番）、「里人《さとびと》」（三二七二番）をはじめ、「里内裏《さとだいり》」「里神楽《さとかぐら》」など、「里」を冠した合成語は多数ありますので、そのような表現方法と考えます。

なお、法律などの名称に「例」を用いることは、現在でも「条例」「法例」があります。

「例」を「れい」と訓むことは漢語読みですが、このように、漢語読みの語と「やまと言葉」で構成されている詞として、右の「里内裏」のほか三八二八番「香塗流塔」（かうぬれるたふ）、および三八四一番歌「佛造」（ぶつつくる）があります。もっとも、「佛造」を「ほとけつくる」と訓む説もありますが、字余りの法則に合致しませんので、「佛」を「ぶつ」と漢語読みするものと考えます（注）。

【婚約違反になりますよ】「變」を「かへる」「かへす」の意に訓んでいる例が、一一七七番「伊往變良比」（い行き返らひ）、一八二二番「君喚變瀬」（君呼び返せ）、三〇六八番「吹變」（吹き反し）および前述の三八〇九番「商變」（あき反し）にあります。

「かへる」「かへす」は、「もとの場所や状態に戻す、戻る」の意と、「逆にする、逆になる」の意があるとされ、後者は「反る」「覆る」とも書くとされています（古語林）。

したがって、本難訓歌においては「變」は、「反す」すなわち「逆のことをする」「違反する」の意と解します。

本難訓歌は、このように男女の関係が定められている当時の里の中で、男の私が結婚する意思もないのに、女のあなたに結婚する意思があるというようなことを言えば、神様も見逃さず天罰を与えるだろうし、それは里例の定めに違反することになるでしょう、と詠んでいる歌です。前記戸令二六条のことが、背景にあると思われます。

以上により、結句を「さとれいかへす」と詠めば七字ですが、母音の「い」を含むため、音節としては六音になります。

結句の句中に母音（「え」を除く）が含まれる場合は、一字を加えて八字の字余り句とし、音節として七音にすることで、据わりの良い歌になるといわれています。

万葉集の歌に多く、七番歌「借《かり》五《い》百《ほ》磯《し》所念《おもほゆ》」（い音・お音、九字）、三一番歌「亦母《またも》相目《あはめ》八《や》毛《も》」（あ音、八字）、三五番歌「名《な》二《に》負勢《おふせ》能《の》山《やま》」（お音、八字）、四六番歌「古部《いにしへ》念 尓《おもふに》」（お音、八字）、六五番歌「見《み》禮《れ》常《ど》不飽《あかぬ》香《か》聞《も》」（あ音、八音）、七五番歌「妹毛《いもも》有勿《あらな》久《く》尓《に》」（あ音、八音）など、枚挙に遑《いとま》がありません。

それゆえ、本難訓歌においても、「かへす」の前に接頭語「さ」を入れて八字にしているものです。

先訓と批評

【江戸期以降の訓例】 契沖は「邑禮《さとれ》」と訓み「悟れ」の意と解しましたが、澤瀉注釋は「借訓の文字に音假名をつゞける事は認め難い」と批判しています。

そのほか、賀茂真淵は「哥飼名《うたかふな》齋《ゆめ》」と訓み「疑ふなゆめ」の意、金子元臣は「邑借奈《いぶかるな》齋《ゆめ》」と訓み「訝《いぶか》るなゆめ」の意にそれぞれ解していますが、原字とあまりにもかけ離れています。

戦後の注釈書は、ほとんど「邑禮左變」を訓読未詳、難訓、解読不能、定訓なしとして訓を付していません。

【最近の唯一の新訓】 近年、出版された「万葉難訓歌の研究」において著者の間宮厚司氏は、戦後初めてこの難訓歌に挑戦し、つぎのように訓解しています。

訓　「邑禮左《くにこそさ》變《かへ》」（国こそ境へ）

一首の訓　「思はぬを思ふと言はば天地の神も知らさむ国こそ境へ」

歌意　「私があなたのことを恋しく思っていないのに、思っていると言ったならば、天地の神々もお見通しであろう。国こそ境をつけて隔たっているけれども」

「禮」を「こそ」と訓み得るかどうかを措くとしても、その訓から右歌意を導けるかどうか、疑問があります。

それは「国こそ境へ」の訓により「国こそ境をつけて隔たっているけれども」との歌意を導き、「『万葉集』では「コソ……已然形」で言い切りになる語句の多くが逆接確定条件句を構成する。」と述べていますが、「『…こそ…已然形』の形で結ばれた文が、後続の文に対して逆接の確定条件を表すもの。」(古語大辞典)、「『こそ~已然形』で文が終わらない場合、結びの部分が逆接の意で次に続くことが多い」(古語林)といわれています。

しかし、右の訓による歌句は、「国こそ境へ」と已然形で終わっており、「後続の文」がなく、逆接的に解釈できる場合ではないのではないかと思料します。

同氏が、逆接に解されている例として掲げている三つの歌例は、すべて「言い切り」ではなく、後続の句がある例です。

「天地の神も知らさむ　国こそ境へ」が、「国こそ境へ　天地の神も知らさむ」の倒置表現であり、その場合は前の句に戻り逆接的に解釈できる例があるというのであれば、問題はありません。

むすび

澤瀉注釋が指摘した「何か作者の創意」とは、天の神による神罰に対し、地(里)の法による罰則であったのです。

万葉集の家持の歌の中に、結婚に関する当時の法律を示す言葉として「例」が用いられ、どの注釈書も相当のスペースを割いて、「七出例」「兩妻例」の法律の内容を詳しく説明しています。

しかし、本難訓歌を訓解するに際して、誰も「禮」をその「例」に結びつけて考えなかったのです。私は法律家ですから「禮」は法のことであると直感し、家持の歌に詠われている「例」に到達しましたが、現代でも「法例」という名の法律が存在していることなどの法に関する知識がない人には、家持の歌にある「例」を知っていても、この難訓歌の「禮」を「例」に結びつけて訓むことができなかったのです。

「男雲」の「幕電現象」と同様に、異分野の知識がないと難訓歌が訓めない一例です。

注　万葉集の歌は「やまと言葉」を用いて詠むことが一般的ですが、漢語を用いて詠まれている歌も少なからずあります。

餓鬼（六〇八番、三八四〇番）、法師（三八四六番）、檀越（三八四七番）、布施（九〇六番）など、仏教関係の語が多いのは、もともとわが国になかった仏教ですから、これらの事象に対する「やまと言葉」が存在しないからです。

同様に、中国から導入された律令制度に関する語も、もともとそれに対応する「やまと言葉」はありません。仏教以上に、律令制度に関する事象が歌に詠まれることは少ないですが、行幸（三一五番）、過所（三七五四番関所の通行手形のこと）、課役（三八四七番）の律令制度に関する漢語も万葉集の歌に用いられています。

「例」は漢語ですが、「例」に相当する「やまと言葉」がないので漢語の「例」がそのまま使われているのです。

難訓 九 「照左豆我」は「照る左《さ》頭《とう》が」

一三三六　照左豆我　手《て》尒《に》纒古須《まきふるす》　玉毛《たまも》欲得《がも》　其緒者《そのをは》替而《かへて》　吾玉尒《わがたまに》将為《せむ》

この歌の第二句以下は、「手に巻き古す　玉もがも　その緒は替へて　我が玉にせむ」であり、訓も意味も明瞭です。

それゆえ、初句は「手に巻き古す玉」を持っている人のことを指すと、推定されます。

【過去の試訓】 江戸時代の契沖は、「てる」は物をほむる意で「さつ」は薩男（猟師）とし、荷田信名は、「てらふ」は物を売ることで、この歌の場合は玉売人であるとしています。近くは、誤字説により「ワタツミガ」と訓む井上通泰「萬葉集新考」や、夜に猪鹿を射る「照射者」であるかとする土屋文明「萬葉集私注」がありますき（以上は、澤瀉注釋による）。

また、伊丹末雄「万葉集難訓考」は、「左」を「比」の誤字として「比豆」を「人」、「照人」を「ウマヒト」と訓んで、貴人の意と解しています。

私の試訓

「照左《てるさ》豆我《とうが》」すなわち「照る左《さ》頭《とう》が」と訓みます。

一首全体は、「照左《てるさ》頭我《とうが》　手《て》尒《に》纒古須《まきふるす》　玉毛《たまも》欲得《がも》　其緒者《そのをは》替而《かへて》　吾玉尒《わがたまに》将為《せむ》」で、

照る左頭《さとう》が　手に巻き古す　玉もがも　その緒は替へて　我が玉にせむ

です。

一首の解釈は、立派な左馬寮の頭が手に巻いて古くなっている玉を貰いたいものだ、その緒を替えて私の玉としよう、です。

「譬喩歌」の中の「玉に寄せき」との題のある歌で、女性を「玉」に譬喩しています。

【役所名と官名】 まず、「左」は、左右大舎人寮、左右衛士府、左右兵衛府、左右馬寮、左右兵庫寮などの「左」です。このうち、左右馬寮の最高官位が「頭」でした（古語大辞典・付録「公家官制」による）。

難訓歌の「豆」はその「頭」のことで、「とう」と訓みます。「頭」は、従五位の人が任命された官位です。この難訓歌の「左豆」は「左馬寮」の「頭」を指しています。

源氏物語には、「頭中将」、「左馬頭」の語が出てきます。

「照」は「照る」の連体形で訓み、「美しく輝く」の意ですが、この歌では「立派な」とか「今をときめく」の意で、多数の下級官人を従え、羽振りのよい地位にあることです。

右の役所名および官名は、万葉時代の終わりごろ施行された養老律令に拠るものですが、その前の大宝律令の時代から同様の役所名・官名があったと思われます。

「てるさとうが」と六字ですが、句の中に母音「う」が入っていますので、字余りが許されます。

先訓と批評

近年の注釈書の多くは、「照左豆我」に「てりさづが」と訓を付していますが、「未詳」として、語義を説明していません。

「照左豆」に対して、助詞に「が」を用いられていることで、小学館古典全集、新編古典全集、岩波文庫は、「卑しい身分の男の名か」、「身分卑しい男の名か」、「身分低い男」と、また新古典大系は「親愛感もしくは軽侮の念が込められているのであろう。」と連想していますが、いずれも当たっていないと考えます。

この難訓歌を訓解するためには、万葉時代の官位および官職制度の知識が必須となります。

難訓 一〇 「磨待無」は「磨《みが》き待たなく」

二〇三三 天漢《あまのがは》 安川原《やすのかはらに》 定而《さだまりて》 神競者《かみしきほへば》 磨待無

この歌の第二句に「安川原」、および第四句に「神競者」と詠われていますので、古事記にある「天石屋戸《あめのいわやど》」の神話を題材にした歌と推察します。

【天石屋戸の神話】 その神話の大略を述べますと、つぎのとおりです（日本文学全集「古事記・万葉集」河出書房 を参考にしました）。

太陽神である天照大御神《あまてらすおほみかみ》が須佐之男命《すさのをのみこと》の乱暴を恐れて天石屋に隠れ、天上の高天原《たかまのはら》も、地上の葦原中《あしはらのなかつ》国《くに》も、真暗闇となりました。困った八百万《やほよろず》の神々が天安河《あめのやすのかわ》の川原に集まり、思慮深い思金神《おもひかねのかみ》の謀《はかりごと》で光を取り戻すために各神が競ってつぎのことをしました。

天津《あまつ》麻羅《まうら》は矛、伊斯許理度売命《いしこりどめのみこと》は鏡、玉祖命《たまのやのみこと》は玉飾りをそれぞれ作り、天児屋命《あめのこやねのみこと》と布刀玉命《ふとたまのみこと》は天香具山に生えている榊《さかき》の木を採ってきて、玉飾りや鏡などを取り付け、これを布刀玉命が御幣《みてぐら》として捧げ、天児屋命は祝詞を奏上しました。力持ちの天手力男神《あめのたぢからをのかみ》は、石屋戸の脇に隠れ、天宇受売命《あめのうずめのみこと》が石屋戸の前に出て踊り狂い、八百万の神はそれを見て大笑いしました。

石屋戸深く籠《こも》っていた天照大御神は不審に思い、石屋戸を細く開けて、どうしたのかと聞きましたところ、天宇受売命があなたよりもっと尊い神様がいるので喜んで笑っていると答え、天児屋命と布刀玉命がさっと鏡を差し出しました。天照大御神は目の前に明るく照り輝いている尊い神様がいることを不思議に思い、よく見ようと少し戸の外に身を出したとき、待ちかまえていた天手力男神が天照大御神の手を取って石屋戸の前に引き出しました。布刀玉命は素早く注連縄《しめなわ》を張り、天照大御神が石屋戸に戻れないようにしました。

このように多くの神々が競うように協力して、天照大御神を石屋戸から引き出し、天上の高天原も、地上の葦原中国も、明るい光の輝きを取り戻しました。

【天武天皇による国風化】　六八一年三月、天武天皇は、川嶋皇子・忍壁《おさかべ》皇子らに対して、帝紀《すめらみことのふみ》および上古《いにしへ》の諸事《もろもろのこと》を記し定めることを命じ、後の古事記および日本書紀の編纂《へんさん》作業が始まりました。しかし、その後中断したこともあり、古事記は七一二年、日本書紀は七二〇年に撰上されました。

実は、二〇三三番歌の左注に「この歌一首は、庚辰《かのえたつ》の年に作る」とあり、「庚辰の年」とは六八〇年であるといわれていますので、右の古事記編纂開始時とほぼ一致します。

また、二〇三三番歌は秋雑歌「七夕《しちせき》」との題の下にある三八首の歌群の最末尾の歌ですが、中国からわが国に機織り技術が導入された結果、それとともに中国の七夕の伝説も伝来して、七世紀後半にはわが国において七夕が年中行事化していて、この歌群が詠まれたものと思われます。

この三八首の七夕の歌に対し「右は、柿本朝臣人麿歌集に出づ」との左注があります。三八首のすべてが人麻呂作かどうかはともかく、二〇三三番歌は、中国伝来の七夕伝説の「天漢（天の川）」に、わが国の神話の高天原にある「安川原」を結びつけて詠んでおり、少なくともこの歌は人麻呂自身の作と思われます。

天武天皇の御代となって、わが国固有の神話や歌謡が収集され、これらを保護する文化政策が推進されました。そのような中で、七夕の歌といえば、それまでは中国の伝説に基づく男女の逢瀬を詠うものとばかり思われてきましたが、人麻呂は中国の伝説とわが国の神話とを融合させた斬新な歌を詠い、称賛されたのです。人麻呂は時代の潮流を素早く感知し、時代に迎えられたのです。

【人麻呂の歌と神話】二〇三三番歌は、天武天皇が推進した国風化の結実としての新しい大和歌の誕生であるとともに、続く持統天皇の御代において、人麻呂が神話を絡めて天皇の神格を讃え、宮廷歌人としての地位を確立して活躍するようになった原点というべき歌です。

このように、この歌は記念すべき歌であったので、特別に作歌年が明記されているものと考えます。新潮古典集成も「『人麻呂歌集』の七夕歌の最終歌として、特に意味をもつ歌なのであろう。」と注釈しています（注）。

前述のように、古事記の完成は七一二年ですが、人麻呂はそれ以前から古事記に記載されている神話を長歌に詠み込んでいます。

人麻呂が六八九年に詠んだ歌であることが明らかな、一六七番歌の草壁皇子に対する挽歌において、その冒頭に「天地の　初めの時　ひさかたの　天の河原に　八百万《やほよろづ》　千万神《ちよろづかみ》の　神集ひ　集ひいまして」と詠んでいます。同じく、六九六年に詠んだ高市皇子に対する一九九番の挽歌においても「神さぶと　磐隠《いはがく》ります」「天降りいまして　天の下　治めたまひ」などと詠んでいます。

人麻呂が、どうして神話に関心をもち、歌にも詠んでいるかといえば、人麻呂は若いとき忍壁皇子宮家の舎人《とねり》であり、その忍壁皇子が前述のように後の古事記編纂のもととなる神話などの収集をしていたので、人麻呂もその作業に関与していたからと考えられます。

私の試訓

「磨待無《みがきまたなく》」すなわち「**磨き待たなく**」と訓みます。

一首全体は、「**天漢《あまのかは》　安川原《やすのかはらに》　定而《さだまりて》　神競者《かみしきほへば》　磨待無《みがきまたなく》**」で、

天の川　安の川原に　定まりて　神し競へば　磨き待たなく

です。

歌の解釈は、天の川にある安川原に集まって、神話にあるように神々が競い合っているので、天の川は間もなく明るく輝いてくるでしょう、という意です。

【七夕と神話の融合】　前述のように、この歌は、中国伝来の七夕の話に、日本古来の「天石屋戸」の神話を絡めて詠んでいるところに、人麻呂の才智が光る歌です。

「磨き」の「磨く」に、「美しく飾りたてる」「光彩を加える」の意があることは、どの古語辞典にも掲載されています。

この歌は、第四句までの歌詞により、安川原で光を取り戻すために神々が競って協力した「天石屋戸」の神話を背景とする歌であると推察しますので、「磨」は光に関する言葉であり、「光を増す」の意の「みがき」と訓むと考えます。

なぜ「磨き」といったかといえば、「磨く」といえば鏡を磨くことを連想し、よく磨かれた鏡に映った自分の姿を見て天照大御神が石屋戸から身を出したという「天石屋戸」の神話により、磨いた鏡は光をもたらすものであるからです。

なお、「磨き」は「磨く」の連用形ですが、連用形は体言と同じ資格を持ち（旺文社古語辞典）、単独で名詞として用いられる（古語林）と説明されていますので、この歌では「磨き」は名詞として用いられています。

つぎに、「定まりて」は、「慣例となって」の意がありますので、人麻呂は中国の伝説とわが国の神話を合わせて、七夕の日には、天の川の安川原に、神々が集まる慣例があると想定して詠っているものでしょう。

「神し競へば」は、「天石屋戸」において光を取り戻すために、神々がとった行動を想定していることは言うまでもありません。

「無」を「なく」と訓む例は、二三七〇番「事告無《こともつげなく》」があります。

■先訓と批評

「麻呂も待たなく」　澤瀉注釋

「定まりて　神し競へば　麻呂待無《まろもまたなく》」と訓み、「磨」を「麻呂」の誤字としています。

解釈は、「神も先を競つて舟出をなさるので、自分も七夕の夜を待つてはゐられないことだ」であるとしています。

しかし、この解釈による歌であれば、わが国の神話の神々が、中国の七夕伝説に従って年に一度逢瀬のために先を競って天の川に舟出したことになりますが、それでは、わが国の神々に中国の伝説を真似させたことになります。そうではなく、天上に光を取り戻したわが国の神話の神々を主題として、舞台だけを中国の伝説の七夕にある「天漢」を借りた歌と見るべきです。

なお、同著は、「年待たなくに」あるいは「時待たなくに」と訓む他の訓例について、「磨き《と》」のトは甲類、「年《とし》」あるいは「時《とき》」のトはいずれも乙類で、仮名違いであると指摘しています。

「神競《こころきほ》へば磨《と》ぎて待たなく」　中西全訳注

解釈は「天の川の安の川原が神代の昔にきめられてしまってから、逢いたいと思う心がはやるので、心ははりつめるばかりで待てない。」というものです。

「神」を「定まりて」の前にもってきて「神代の昔にきめられ」とし、「競」の前の「神」を「こころ」と訓んでいる点に疑問があります。

「伽《と》ぎてし待たむ」　大谷雅夫「『萬葉集』と漢文学　季刊『文学』十巻四号」

「磨」を「とぎ（伽）」の借訓とみ、「とぐ」という動詞があったとした上で、七夕の日の星合を「安心して向き合って待っていよう」とするものです。しかし、「伽」の意味については、多くの辞書に、話の相手などをして、退屈を慰めることとあり、年に一度の七夕の星合を待つことに、「退屈を慰める」意が含まれる「伽」の詞は不似合いと考えます。

【訓を付さず】　岩波古典大系、小学館古典全集、新潮古典集成、新古典大系、新編古典全集、伊藤訳注および岩波文庫

いずれも原文のまま掲記し、訓を付していません。

■むすび

先訓は、七夕の歌ですので、いずれも男女の逢瀬を詠った歌として訓もうとしているものと思われます。

しかし、この歌は天の川における男女の逢瀬を詠った歌ではなく、安の川原で光を取り戻したわが国の神話を背景に、七夕の夜の天の川の美しい輝きを詠ったものです。

三八首の歌群の他の歌のほとんどが中国の伝説に基づく男女の逢瀬を詠んでいる中で、この難訓歌は七夕の

夜の天の川の美しさを、人々の心に宿る神話の中の叙景歌として詠っている新鮮さが、当時の人々の注目を浴び、高く評価されたものと思われます。

和歌が、中国伝来の漢詩とは別に、日本人固有の詩の存在として確立し、人々に強く認識されるようになったものです。

それゆえ、特別に歌群の最末尾に置かれ、作歌年が記載されたものと考えます。

この難訓歌の訓解には、作歌年が記載されている意味、および当時のわが国の文化政策に関する歴史への考察が必要です。

注　柿本人麻呂歌集の歌については、すべてが人麻呂の作かどうか、いつごろ作成されたものか、不明な点が多いのですが、詠まれた歌の年が明記されている歌が、本二〇三三番歌の庚辰（六八〇年）のほかに、一四六番歌の大宝元年（七〇一年）があります。

七〇一年一〇月、持統太上天皇は文武天皇と紀伊国に行幸しましたが、そのときの歌は一六六七番から一六七九番まで、および一四三番から一四六番までに登載されています。後者の一四三番および一四四番の歌の題詞には長《ながの》忌寸《いみき》意吉麻呂《おきまろ》、一四五番歌の題詞には山上憶良と作者名が記載されていますが、一四六番歌の題詞には歌の作者名の記載はなく、題詞の下に「柿本朝臣人麻呂歌集中出也」とあるだけです。

一四六番歌が、人麻呂の作であるとすれば、題詞の記載のこの相違をどのように理解すべきでしょうか。私は「第三部新釈歌二　四五番」で詳述するように、七〇一年において人麻呂は既に宮廷歌人ではなく、人麻呂が身を寄せていた天武天皇の皇子の誰かの随員として随行したと考えます。それゆえ、万葉集の編纂者は、作歌年を記載して、そのときは人麻呂が宮廷歌人でないことを明らかにしているものと考えます。

人麻呂歌集は、人麻呂が宮廷歌人でなくなった後に、それまで私的に詠んできた歌、あるいは収集した古歌を整理して編纂し、記念すべき、あるいは特別の時に詠んだ歌には、作歌年を記載したものと推測します。

難訓　二一　「中見刺」は「的見止し《まとみさ》」

二八三〇　梓弓《あづさゆみ》　弓束巻易《ゆづかまきかへ》　**中見刺**　更雖引《さらにひくとも》　君之随意《きみがまにまに》

この歌は、「譬喩」との題の中にある歌で、左注に「右の一首は、弓に寄せて思ひを喩《たと》ふ」とあります。

難訓句「中見刺」の三番目の文字の表記は、多くの古写本において、「刺」の偏が「朿」ではなく、「夹」あるいは「㐄」であるかのような字形が用いられていますが、一六九番歌、九五五番歌、二三八二番歌などの古写本の表記においても同様の字形であるものがあり、それぞれ「茜刺」、「刺竹之」、「打日刺」などと、「刺」の字として読まれていますので、本歌においても「刺」の字と判定します。

【弓の縁語】　前述のように、左注に「弓に寄せて」とありますので、この歌に用いられている弓に関する縁語に注目しますと、まず「更雖引」の「引く」があります。

また、「中見刺」の「中」も弓に関係のある詞です。

弓（弓道）において、的に矢が刺さることを「的中」「命中」といい、「中り《あた》」ともいいます。

つぎに、「弓束」は弓の中ほどで握る部分のことであり、そこに皮が巻かれますが、その皮のことをも指します。この歌は「弓束巻き替へ」と詠っているので、その皮を新しく巻き替えたことを意味しています。

そして、この歌は「思ひ」すなわち男女の思いを譬えて詠っていますので、弓束の皮を新しく巻き替えるということは、男が新しい女を得ようとしている譬えです。

■私の試訓

「**中見《まとみ》刺《さし》**」すなわち「**的見《まとみ》止《さ》し**」と訓みます。

一首全体は、「**梓弓《あづさゆみ》　弓束巻易《ゆづかまきかへ》　中見《まとみ》刺《さし》　更雖引《さらにひくとも》　君之随意《きみがまにまに》**」で、

梓弓　弓束《ゆづか》巻き替へ　的見《まとみ》止《さ》し　更に引くとも　君がまにまに

です。

歌の解釈は、弓の弓束の皮を新しく取り替えて、新しい女性を射とめようと、新しい的を見たものの、途中で思いとどまって、改めて私に弓を引こうとしても、それはあなたの自由ですよ、との意です。

他の女性に心変わりしようとしている男性に対して、元の女性が寛容な気持ちを表明しながら、男性が再び戻ってくることを期待して詠っているものです。

【的は女性】「中」は前述のように、弓に関係のある語です。弓は矢で的を射る用具で、的の中に矢が刺されば「的中」「命中」です。

「的」は、その「中」を射るものですから、「的」と「中」は同義です。

それゆえ、本歌において、義訓により「中」を「まと」と訓みます。

六一番歌においては、「射流《いる》圓方波《まとかたは》」の「圓」を「まと」と訓んでいます。「まと」は、円形だからです。

なお、日本書紀天武五年正月の記載に「的《まと》に中《いあた》るひとには禄給《ものたま》ふこと差有《しなあ》り。」（岩波文庫版　日本書紀㈤）とあります。

この難訓歌においては、的は新しい女性を意味しています。すなわち、男性は新しい女性である新しい的を

中てようと、弓束の皮まで新しく取り替えたのです。

「見さす」は、見かけて中途で止める意（古語大辞典）であるところ、新しい的（女性）を見ている男性に対して、男性のこの状況を知った元の女性が、途中で止めて、改めて元の的である私に弓を引いても、あなたの自由で、あなたをそのまま受け容れますよと、男性の気持ちが再び戻るように誘いをかけているのです。

■先訓と批評

「中見さし」　岩波古典大系、小学館古典全集、澤瀉注釋、新潮古典集成、中西全訳注および伊藤訳注

「中見さし」の意味についてはほとんどが未詳とした上で、「目印」「目星」をつけることとか、途中で中止することとか、あいまいで意味あり気な視線をおくることとか、それぞれ異なる想定をしています。

「中見《なかみ》わき」　新編古典全集

原文を「中見判」として、「中見わき」と訓み、相手の心をよく見確かめたからは、の意としています。

【訓を付さず】　新古典大系　岩波文庫

本難訓歌は、「弓に寄せて思ひを喩ふ」との左注がありますので、歌に用いられている詞が弓あるいは弓道で用いられている詞と関係があることは十分推測できます。

前述のように、弓道において、矢が的に的中する意味の詞として、一般的な漢字である「当たる」は用いず「中る」と書きます。弓道について全く知識がなく、「中る」を「当たる」と思っている限り、「中」が弓に関係のある詞として用いられていることに気がつきません。

本難訓歌も、その訓解に特別の分野の知識が必要な歌です。

難訓 一二 「安蹔仁」は「あざさ」

三〇四六 左佐浪之《さざなみの》 波越安蹔仁《なみこす》 落小雨《ふるこさめ》 間文置而《はさまもおきて》 吾不念國《わがおもはなくに》

この歌を訓解するに際しては、この歌が「寄物陳思」との部立の中にある歌であることを認識する必要があります。なぜなら、同じ物に寄せた歌は纏《まと》まって掲載されているので、訓解したい歌の前後の歌が何に寄せて詠まれているかを調べれば、訓解したい歌が詠んでいる物の見当がつくからです。

三〇四六番歌についていえば、三〇三八番歌から三〇四五番歌までは「露」あるいは「霜」、三〇四七番歌から三〇七五番歌までは「植物」です。

それゆえ、三〇四六番歌は「露」あるいは「霜」か、「植物」かということになりますが、一首の他の歌句を観察すれば、「露」あるいは「霜」ではなく、植物に寄せて詠まれた歌であり、「安蹔仁」は植物の名であると見当がつきます。

私の試訓

「安蹔仁《あざさ》」すなわち「**あざさ**」と訓みます。

一首全体は、「**左佐浪之《さざなみの》　波越安蹔仁《なみこすあざさ》　落小雨《ふるこさめ》　間文置而《はさまもおきて》　吾不念國《わがおもはなくに》**」で、

さざ波の　波越すあざさ　降る小雨　狭間《はざま》もおきて　我れ思はなくに

です。

解釈は、水面に浮いている「あざさ」の葉が小さい波を乗り越えてゆくように、また小雨が時々降るように、間を置いて私はあなたを思っているのではない（常に思っているのです）、の意です。

「あざさ」は、現代名は「アサザ」で、ミツガシワ科の水生植物**【口絵4】**。小さい円形の葉が水面を覆うように浮かびます。夏に、五弁の黄色い花を咲かせます。

水面に小波《さざなみ》が立つと、水面を覆うように浮かんでいるあざさの葉が、広がっていく波の上を乗り越えていくように見えます。注意すべきは、波が何かを越えていくのではなく、何かが波を越えていくと詠っていることです。それは、舟や浮き草のようなもの以外は考えられません。

穏やかに（安）、少しの間（蹔《ざん》＝暫）を置いて起こるこの情景を三〇四六番歌は、「安蹔」の文字を用いて「あざさ」の植物名の一部を表記しようとしたものです。

万葉集には、他に一首「あざさ」が詠われています。

三二九五　（長歌の一部分）蜷《みな》の腸《わた》　か黒き髪に　真木綿《まゆふ》もち　阿邪左《あざさ》結ひ垂れ

三〇四六番歌の「仁」は、人名として「さと」「さね」と訓読みされています（漢和大字典）ので、「あざさ」の「さ」に当てられたものか、あるいは「左」あるいは「佐」であったものが誤写されて「仁」と表記されたものと考えます。右三二九五番の歌では「左」が用いられています。

平安時代の古写本に既に「あさに　ふるこさめ」と訓が付されており、「安蹔左」あるいは「安蹔佐」が

「あざさ」と訓めないままに、「左」あるいは「佐」がつぎの句の「降る」に続く格助詞「に」であると解されて、「仁」と誤写された可能性もあります。

【二つの序詞と「さ」音の連続】　第三句の「降る小雨」は、降ったり、止んだり、やさしく間隔を置いて時々降ります。

「波越すあざさ」と「降る小雨」は、共にゆったりと、やさしく間隔をあけて発生する事象ですから、どちらも第四句の「間も置きて」を引き出す序詞として用いられています。

「波越すあざさ」と「降る小雨」は並列的に序詞となっており、この間に「に」を入れて、「波越すあざさに降る小雨」と訓むべきではなく、それでは序詞の意味が不明確になります。すなわち、「波越すあざさ」「小雨」と事象を限定して訓むと、「間も置きて」に対する序詞として理解することが難しくなります。

なお、第四句の「間」を多くの注釈書では「あひだ」と訓んでいますが、初句に「さざ波」、第二句に「あざさ」、第三句に「こさめ」と「さ」音が続きますので、第四句の「間」をも「はさま」と訓んで「さ」音を四句まで重ねた方が、一首の声調が優れていると考えます。

このように、各句に同音を繰り返す趣向は、三四三二番歌などにもあります。

▒先訓と批評

「あざに」

岩波古典大系　あざ—未詳。アゼと訓むのは正しくあるまい。地勢上の特殊な穴や窪みなどを指したのかもしれない。

澤瀉注釋　「『蟗』の字、音假名に用ゐた例は無く、或いは誤字かとも考へられ、これもなほ今後に残される問題だと思ふ。」

新古典大系　訓み方不明。今は仮にアザと訓む説に拠るが、意味不明。

中西全訳注　未詳。田のあぜ、崖（あず）、洞穴ら諸説。浅瀬のことか。

岩波文庫　仮にアザと訓んでおくが、未詳。

【訓を付さず】

小学館古典全集　「安蹔」は難訓。「蹔」は「暫」と同字で、ザミ・ザムなどと読むことは可能だが、ザ・ゼなどとは読めない。後考を待つ。

新潮古典集成　安蹔　訓義未詳。地名とも田の畦《あぜ》の意ともいう。

新編古典全集　第二句、訓義未詳。「蹔」の字をゼに当てたとみるべき可能性は低い。

伊藤訳注　訓義未詳。仕切りあるいは畦か。

以上、「あざに」と訓む説も、「安蹔仁」を何かに特定して解説しているものはありません。

また、植物名であろうと予想した説もありません。

難訓 一三 「行靡 闕」は「行き靡《なび》ける 宮の門《もん》」

三二四二 百岐年《ももきね》 三野之国之《みののくにの》 高北之《たかきたの》 八十一隣之宮尓《くくりのみやに》 日向尓行靡《ひむかひに》 闕矣《を》 有登聞而《ありときけて》（後略）

この長歌は、昔、現在の岐阜県可児市久々利にあった景行天皇の行宮の泳《くくり》の宮を訪ねて行く旅人が、美濃《みの》の国の険しい山の道中を詠んでいるものです。

この歌を理解するためには、松田好夫博士の久々利の古道についての記述を引用している澤瀉注釋の記載が参考になります。

【久々利《くくり》への古道】

久々利の古道であり、内津峠を越えて美濃國に入る。「その前に高く立ちはばかり、久々利の方面を完全に隠してゐるのが高社山《たかやしろ》で海抜四百十六米餘、漸く國境に達したその前途を妨げてゐる。それは今までの尾張の山でなく、美濃の山、他國の山である。この山のために眞直に久々利に向ふことが出來ず、道は東に高社山南麓を迂回しなければならぬ。兩方から急な山が迫つて深い谷の道を、多くの山襞が作る八十隈を過ぎて漸く出るのが大原（多治見市）である。そこの普賢寺の側を通つて、今のそれでない昔の久々利道を北に向ふ。國鐵太多線、多治見街道を根本驛の北で越して、高根山の西を又山に入つて新田を經、山の中を新しい道を避け、人の通る道を棄て、古い道、廃れた道を求めて行く。やがて久々利番場野の西へ出るのである。（後略）」

【「闕」は五音に訓む】　この長歌の「日向尓」以下の全文を掲げると、つぎのとおりです。

そして、以下のように対をなしています。

日向尓《ひむかひに》行靡　闕矣《を》有登《ありと》聞而《ききて》　吾通《わがかよふ》道之《みちの》　奥十山《おきそやま》　三野之山《みののやま》（A）

靡得人雖跡《なびけとひとはふめども》　如此《かく》依等《よれと》人雖衝《ひとはつけども》　無意山之《こころなきやまの》　奥礒山《おきそやま》　三野之山《みののやま》（B）

Aの第一句「行靡」を「ゆきなびける」と訓めば、A・Bとも、第一句は一一音、第三句は八音、第四句は五音、第五句は五音と音数が同じですので、難訓句を含むAの第二句も、Bの第二句と同じ一二音と推定されます。

そうすると、「闕」を除く「矣有登聞而《をありとききて》」は七音で訓まれていますので、「闕」は五音で訓まれる詞ということになります。

■私の試訓

「**行靡闕**《ゆきなびけるみやのもん》」すなわち「**行**《ゆ》**き靡**《なび》**ける　宮**《みや》**の門**《もん》」と訓みます。

一首全体は、「**百岐年**《ももきね》　**三野之国之**《みののくにの》　**高北之**《たかきたの》　**八十一隣之宮尓**《くくりのみやに》　**日向尓行**《ひむかひに》　**靡闕**《ゆきなびけるみやのもん》　**矣有登聞而**《をありとききて》　**吾通**《わがかよふ》　**道之**《みちの》　**奥十山**《おきそやま》　**三野之山**《みののやま》（後略）」で、

ももきねの　美濃の国の　高北の　泳の宮に　日向ひに行き靡ける　宮の門を有りと聞きて　わが通ふ道の　おきそ山　美濃の山　（後略）

です。

解釈は、美濃の国、その高い北のところにある泳の宮に、その南の方に、山が靡いているところに宮の門があると聞いて、私が通ってきた道は、嘆息させるほど奥深い山の多い美濃の山である、との意です。

「ももきねの」は、美濃の枕詞。

【南から宮殿に入る】「高北の」とは、広く平坦な濃尾平野の北端にある前記内津峠を越えると美濃の国の台地が続きます。

久々利の行宮がある辺りは水田もある平坦なところですが、濃尾平野から見れば、標高が高く、北にある場所であるので「高北の」と詠んでいるものです。

「日向ひ」とは、「日向《ひなた》」という言葉があるように太陽がある、南の場所を意味します。

宮殿あるいは神社・寺院は、通常、南に向かって建てられており、南から入ります。

「南大門」が正面にあります。また、熊野詣では、北の吉野から入るのではなく、わざわざ南紀に廻って、日を背にうける南の方から参詣されました。

泳の宮へも、南の尾張の方から高社山を迂回して、泳の宮に至る道であったことが前記引用文により分かります。

【山の鞍部が門のように】「闕《けつ》」は、「城壁や土塁の一部がU型にくぼんだ門のこと」（漢和大字典）で、宮城の門を意味するとされています。「禁闕《きんけつ》」「鳳闕《ほうけつ》」は、「禁門」と同じ、皇居の門のことです（注）。

前記引用文に「兩方から急な山が迫つて深い谷の道を、多くの山襞が作る八十隈を過ぎて漸く出るのが大原（多治見市）」と記載があるように、濃尾平野から美濃の多治見の大原を経て北の方向にある久々利に向かうには、国境に立ちはだかる高社山（海抜約四一六メートル）と道樹山（同四三七メートル）の鞍部である内津峠（同約三〇〇メートル）を越えて行かなければなりません。

この峠を登りきったところにある大原の普賢寺から振り返れば、取り巻く山の稜線がそこだけがU字形に大きく切れ込んで、開かれた「門」のように見える鞍部があり**【口絵5】**、まさに「門」を通って来たように見えます。

すなわち、濃尾平野から見た場合、高社山と道樹山からなる連山は泳の宮を取り囲む城壁のように見え、内津峠の道は、この城壁をえぐって作られた入り口のように見えたので、人々はそれを「闕」といい、この歌の詠み人は「闕を有りと聞きて」と詠んでいるのです。

前記音数の検証の結果、「闕」は五音に読む詞ですから、「宮《みや》の門《もん》」と訓みます。

なお、万葉集では「門」は「かど」あるいは「と」と読まれることが多いのですが、「中国風の構えの大きなものを「もん」といい、古来からある日本風のものは「かど」といった」と辞書（小学館古語辞典）にあり、この長歌は、山の鞍部を構えの大きい宮殿の門と想定して詠んでいるので、「もん」と詠んでいると考えます。

【山が靡くとは】　この歌において、「靡」という語が二ケ所に出てきます。「靡く」は、力に押されて横の方へ傾き伏すことで、「行き靡く闕」とは、尾張の方から見て、行く手の高社山と道樹山の山塊が靡き、低くなっている鞍部に拓かれた道を、行宮への門とみて「闕」と詠んでいるものです。

また「靡けと人は踏めども　かく寄れと人は突けども　心なき」（B部分）の歌の表現は、引用文にあるように、尾張から来た旅人の「その前に高く立ちはばかり、久々利の方面を完全に隠してゐるのが高社山で海抜四百十六米餘、漸く国境に達したその前途を妨げてゐる」美濃の山々に対して、靡いて低くなれと足で踏んでみても、真っ直ぐ進むために片方に寄ってくれと手で突いてみても、通行の邪魔をしている山が心ないと嘆いているのです。

奥十山および奥礒山は、いずれも「おきそやま」と訓まれ、多くの注釈書では、山の固有名詞とみて、その所在を不詳、あるいは所在につき諸説ありとしていますが、私は「おきそ」は「嘆息」のことで、奥深い山が多いこと（奥十山）に、あるいは岩石の突き出でた奥深い山（奥礒山）に嘆息しているものであり、固有名詞ではなく、「嘆息させる山」の意と解します。「おきそ」が詠われている歌として、山上憶良の「日本挽歌」の反歌の一首（七九九番）に、「我が嘆くおきその風に」があります。

■ 先訓と批評

「行き靡ける手弱女《たわやめ》」　澤瀉注釋

「闕」は、欠けていることを意味し、「行靡」と「矣」の間に字句が欠落しているとの「注記」であるとする松田好夫博士の説に同調し、「行靡」と「矣」の間に、日本書紀に記載のある景行天皇が泳の宮で八坂入媛を皇后に迎えたという故事の連想に基づき、「手弱女」の語を挿入して「ゆきなびける手弱女をありと聞きて」と訓み、この長歌を相聞歌であるとしています。

最近、六七七年（天武六年）の紀年のある木簡が発見され、「加尓評久々利五十戸　丁丑年十二月次米三野国」との記載によって、当時、美濃の国の久々利が都の人々に知られていたことが明らかとなり、そのことにより、万葉の時代に、既にその地に景行天皇と八坂入媛のロマンの行宮跡があったことも、当然都の人々に知られていたと推断されます。

この長歌は、その憧れの地への道行き歌として詠まれ、都の人々に愛誦されていたものであり、この歌の歌詞にあるように、大和の都の人々にとっては美濃の久々利は嘆息するほど遠い山深いところであると思われていたのです。

したがって、相聞歌ではないと考えます。

「い行き靡《なび》かふ大宮を」　中西全訳注

「日向尓　行靡　闕矣」を「日向《ひむかひ》にい行き靡《なび》かふ大宮を」と訓んでいます。「山々が靡き、日がただ照りに輝く意か。」との解釈は明瞭ではありませんが、「闕」を大宮と訓んでいることが注目されます。

【訓を付さず】　岩波古典大系、小学館古典全集、新潮古典集成、新古典大系、新編古典全集、伊藤訳注および岩波文庫。

いずれも「行靡闕」に対し、難訓、難読あるいは訓義未詳として訓を付していません。

むすび

この難訓歌は、「闕」とは何か、何を指しているか、またどう訓むかにかかっています。

「闕」という字の漢和辞典における説明「障壁をえぐって門になっているところ」を、自分の知識および経験に基づき、この歌の中にどのように想定できるかが問題です。

私は鎌倉に居住していますが、昔、幕府が置かれていた鎌倉は前面が海、後背は山によって城壁のように囲まれ、入り口としてその城壁の山を切り開いた七つの「切り通し」がありました。すなわち、「切り通し」が、鎌倉幕府への門になっていたもので、この歌に詠われている「闕」も「切り通し」と同じようなものと想像しました。

私は、久々利の南にある愛知県と岐阜県の県境の内津峠を訪れ、そこの地形を見分し、そこが久々利への入り口、すなわち「闕」であることを確認しました。

今は、内津峠を越えなくとも、木曽川の方面から久々利に至ることができますが、昔は氾濫の多い木曽川沿いではなく、山を越える内津峠の道が開かれていたのです。

この歌の「闕」の訓解は、机上の詞の論議だけでなく、久々利への道に関する現地の踏査が必須であると考えます。

注 日本書紀において、「闕」は「造二起宮闕一、擬二將瓦覆一。」（斉明元年冬十月）と記載され、「宮闕《おほみや》を造《つく》り起《た》てて、瓦覆《かはらぶき》に擬将《せむ》とす。」と読まれていますので、闕は宮の門を指しています。

他にも、「詣レ闕朝獻」（斉明元年、同四年秋七月など）は「闕《みかど》に詣《まう》でて朝献《ものたてまつ》る。」と読まれていますので、日本書紀においては闕は皇居の門を指していることは明らかです（以上は、岩波文庫版『日本書紀㈣』による）。

難訓 一四 「等思佐倍己其登」は「稔《とし》さへこごと」

三五〇二　和我目豆麻《わがめづま》　比等波左久礼杼《ひとはさくれど》　安佐我保能《あさがほの》　等思佐倍己其登　和波《わは》
佐可流我倍《さかるがへ》

この歌は、巻第十四「東歌」の中の「相聞」の部にある歌です。

前後の歌は、草花に譬えて男女の愛を詠っている歌ですから、この歌は「あさがほ」に譬えて詠んでいる歌でしょう。

【桔梗の花の実】　万葉の時代、「あさがほ」は何の花を指していたか、キキョウ、ムクゲ、アサガオ、ヒルガオなどの諸説がありますが、ここでは最も有力説である「キキョウ（桔梗）」の花と想定します。

第三句および第四句以外の歌句の意味は明らかで、「私の可愛い妻を、他人は引き裂こうとするが、私は離れるものですか」です。

それゆえに、第三句・第四句は、桔梗の花の何かを「離れない」ことの譬えとして詠っていると推察できます。

この譬えを考えるとき、つぎの二首が参考になります。

二二七五　言《こと》に出でて云はばゆゆしみ朝顔の穂には咲き出ぬ恋もするかも

二七八三　**我妹子《わぎもこ》が何とも我れを思はねばふふめる花の穂に咲きぬべし**

両歌に詠われている「穂」は、本来はイネ科の植物の花序のことですが、他の植物についても高く突き出ている茎の先端にある花や実が付いている状態にも用いられます。

桔梗は花が終わるとその部分に、花の姿から想像できないことですが、厚く硬い外皮をもつ壺形の大きな実ができ、その実の中がさらに小部屋に分かれていて、内に小さい種がたくさん入っています【口絵6】。

そのことを、二二七五番歌は、「朝顔の穂には咲き出ぬ」と詠っており、花ではなく、種の入っている実の状態を指しています。

私は、本歌においても、作者は桔梗のそのような実に収まっている種の姿を想定して、「離れない」ことの譬えにしていると考えます。

■私の試訓

「**等思佐倍己其登**《としさへこごと》」すなわち「**稔さへこごと**《とし》」と訓みます。

一首全体は、「**和我目豆麻**《わがめづま》　**比等波左久礼杼**《ひとはさくれど》　**安佐我保能**《あさがほの》　**等思佐倍己其登**《としさへこごと》　**和波佐可流我倍**《わはさかるがへ》」で、

わが愛妻《めづま》　人は放《さ》くれど　朝顔の　稔《とし》さへこごと　我《わ》は離《さか》るがへ

です。

歌の解釈は、私の可愛い妻を、他人は引き裂こうとするけれども、あの桔梗の花の種さえも硬い実の中に固まって入っているように、どうして私たちは離れることがあろうものか、いや離れない、という意です。

「朝顔」は「桔梗」であることは前述しました。

桔梗の花は可憐な印象を与えますが、前述のとおり、その種は思いのほか硬い大きな実の中に包まれて固まって入っており、外から取り出してばらばらにするのは容易ではない状態ですので、このことを離れ難い男女の愛を詠う譬えとして用いているものです。

【「等思」は「年」ではない】　「等思」は「稔《とし》」と訓みます。「稔」は「禾」(作物)に「念」(中にふくむ、いっぱいつまる)の会意兼形声文字(漢和大字典)で、実の中に種がいっぱい含まれていることを表しています。

「朝顔の稔さへ」は、「桔梗の実に入っている種さえ」の意です。

「ここと」は形容詞「ここし」の語幹に「と」が付いたもので、意味は、凝り固まった状態のことです。「がへ」は、「どうして……なものか、いや……でない。」との反語の意。

先訓と批評

近年の注釈書における、第三句以下の解釈を示せば、つぎのとおりです。

岩波古典大系　幾年でも、私は決して離れはしない。朝貌の―枕詞。サクにかかる。**年さへこごと**―日月はおろか年までも。

澤瀉注釋　朝顔のやうなあの人を、年まで幾年たたうとも私は離れる事があらうか。

中西全訳注　朝顔が毎年からまるように私はどうして離れよう。「さへこごと」は、サヘク如か。サフ(障)の再活用で朝顔を蔓草とすると、からまるように、の意となる。

小学館古典全集、新潮古典集成、新古典大系、新編古典全集、伊藤訳注および岩波文庫　いずれも「としさえこごと」の訓のままで、解釈をしていない。

岩波古典大系、澤瀉注釋および中西全訳注は、いずれも「等思」を年月の「年」と訓解した上で、前句の「朝顔の」について枕詞であるとか、その他の理由を付していますが、不自然であり、納得できるものではありません。

二人が「離れない」姿を、「あさがほ」の何に譬えているかを発見することが、この歌の訓解の核心です。

万葉の時代に比べ、現代では人々が植物の生態を身近に知り得ないことが、この歌を難訓歌としている原因です。

唱詠歌と表記歌の乖離《かいり》による難訓歌

どんな歌でも一つの歌は、人に伝える二つの表現方法をもっています。一つは、声すなわち音による伝達です。そして、もう一つは文字による伝達です。歌の歴史においても、個人の作歌過程においても、前者すなわち唱詠歌が先行し、後者すなわち表記歌が後に生まれます。

聞く人の聴覚に訴える唱詠歌においては、歌の内容とともに、否むしろそれ以上に、音韻の美しさ、すなわち調べが尊ばれます。枕詞、序詞および歌語は、歌の内容とともに、調べを重視するために生みだされた唱詠歌の技法です。

片や、他人の視覚に訴える表記歌においては、歌の内容を文字の訓や音で正確に表記することが基本ですが、表記による歌の伝達が一般化してくると、より視覚的な効果を求めて、歌の内容の理解に必ずしも必要でない活用形語尾などの文字の表記は省き、歌の内容を視覚的に印象的に訴えることができる文字による、絵画的な表記が登場します。

すなわち、文字の訓読により音に転換して歌を理解する前に、文字から直接に視覚的に歌の内容を読みとらせる方法です。

訓解は、言ってみれば表記歌から唱詠歌を再現する作業ですが、このように二つの表記方法は特性および目的が異なりますので、その表現方法が互いに大胆であればあるほど、表記歌から唱詠歌の再現が困難となります。

難訓 一五 「鳥翔成」は「鳥飛びて」

一四五　鳥翔成　有我欲比管《ありがよひつつ》　見良目杼母《みらめども》　人社不知《ひとこそしらね》　松者知良武《まつはしるらむ》

この難訓歌は、有間皇子の有名なつぎの歌、

一四一　岩代《いはしろ》の浜松が枝を引き結びま幸《さき》くあらばまた帰り見む

に対して、長忌寸意吉麻呂《ながのいみきおきまろ》が詠ったつぎの哀咽《あいえつ》歌、

一四三　岩代の岸の松が枝結びけむ人は帰りてまた見けむかも

に対し、さらに山上憶良が追和した歌です。

【鳥は霊を運ぶもの】　この難訓歌の第二句以下の訓によれば、初句の「鳥」も「翔」も、この歌における基本的に重要な語であると判断します。

というのは、追和の対象である長忌寸意吉麻呂の歌は、結んだ松の枝を有間皇子が生きている間に再び見たであろうかと詠んでいるのに対し、山上憶良の歌は有間皇子が亡くなった後のことを詠んでいます。

鳥は、地界から天界まで行き来することができる存在として、古代の世界各地の民族により畏敬されて、人間の霊を天上に運ぶと信じられていました。わが国の古代においても、鳥が霊魂の運搬者と考えられていたこ

とは、民俗学者・折口信夫氏が明らかにしています。

天智天皇が崩御したとき、大后が詠った挽歌である一五三番歌に「夫《つま》の　思ふ鳥立つ」とありますが、鳥が死者の霊を運んで行くとの当時の思想の表れです。

それゆえ、難訓歌の作者である山上憶良もこのことを知っていた上で、初句の「鳥」は有間皇子の霊を運んでいる鳥を詠み、霊は高いところに存在すると思われていたので、「翔」により霊が空高く飛んでいることを詠んでいるものと思われます。

「翔」は動詞に用いられる語ですから、それに続き、「成」をあえて述語として訓む必要はなく、つぎのように接続助詞として訓んでいるものと考えられます。

【「成」の使用例】「成」は、万葉集においては、「成る」あるいは「成す」の活用形で訓まれることが　最も多いのですが、つぎのように義訓としても訓まれている点が目立ちます。

五三四　「雲尓《くもに》毛《も》欲《が》成《も》」「鳥尓《とりに》毛《も》欲《が》成《も》」

五三四番歌で、遠妻《とほづま》に逢いたい気持ちを、大空を行く雲になりたい、空高く飛ぶ鳥になりたいと詠み、願望の終助詞「もがも」を「毛欲成」と表記しています。

一般に、願望の終助詞「もがも」は、「毛欲得」と「も」に「得」を用いた例が、万葉集に四一九番歌をはじめ一三例ありますが、願望の内容が特に「成りたい」と詠んでいる五三四番歌においては、「もがも」の「も」に「成」の字を当て、「もがも」と訓ませているのです。

「得」も「成」もこれらの文字の本来の音や訓によっては、「も」と訓むことはできませんが、視覚的に意味をよく伝達できる文字として選択されているのです。義訓的な表記方法の一例といえます。

二四一七　「神成《かむさびて》」

「神さびて」は、二四一七番歌の場合は、「歳をとって」の意です。

五二二番歌に「神家武毛」を「神さびけむも」と訓んでいる例があり、「神」の一字を「神さび」と訓んでいますので、二四一七番歌は、「神」の一字で「神さび」と訓める理屈です。

すなわち、二四一七番歌においては、「成」を「さび」と訓ませるために「成」を挿入しているのではなく、「さびて」の「て」（接続助詞）と訓ませるために「成」を用いているのです。

一六　一九九　九七一　一七〇五　三二二一　「冬木成《ふゆごもり》」
三八二　「冬木成《ふゆきにて》」
一〇五三　「百樹成《ももきにて》」

三八二番以外の「冬木成」は「春」に続き、「冬隠り《ふゆごもり》」と訓み、「春」の枕詞とされています。

「成をモリと訓むのは成と盛との通用と見る説と、成を戊（もる）の誤写とみる説とある。」（岩波古典大系）とし、「成」を「もり」と訓み、「隠り」の意に解しています。

これに対して、三八二番歌は「筑羽乃山矣《つくばのやまを》　冬木成　時敷時跡《ときじきときと》」であり、「春」の枕詞として使用されていないことは明らかですが、一般に「冬ごもり」と訓まれています。

「百樹成」については、「成は茂に通じ」として「百樹茂《も》く」（岩波古典大系）と訓み、他に「もり」「なし」と訓む論者もいますが、すべて「繁る」の意に解しています。

しかしながら、同じ「樹木」という詞の下の「成」を、三八二番では木の芽が出ない隠《こも》っている状態の意に解し、一〇五三番では茂っている状態と解するのは、あまりにも都合がよすぎます。

「成」は、ただそのような状態であることを意味している詞にすぎず、三八二番においては「冬木にて」と訓み、筑波山はまだ冬木であるので登山する時期ではないとの意に、一〇五三番においては「百樹《ももき》にて」と訓み、「百」は多くの意ですから樹が多くて、と解すべきと考えます。

このように、万葉集においては、「成」の字は、いろいろな状態を示す詞の表記として多用されていることが、右の三例により分かります。

それだけに、「成」を含む歌句を訓むときは、「成」を「なす」「なり」と訓む以外に、前後の文脈および音数（声調）との関係で「成」をどのような詞として訓むか、難しい判断が求められます。

「成」は、「そういう状態に成っている」ことを示す動詞として「なす」「なる」、また接尾語の「なす」として「ように」と解釈されるほかに、「そのような状態に成って」の意を示す接続助詞の「て」「にて」として「成」が使用されることがあるからです。

例えば、一九番歌の「衣尓著成　目尓都久和我勢」は、従来「衣《きぬ》に付くなす　目に付く我が背」と訓まれていますが、「衣《ころも》に付きて　目に付く我が背」と訓むべきものと考えます。この歌においても「成」は接続助詞の「て」であり、「付きて」と訓むところです（誤訓歌一　一九番を参照）。

■私の試訓

「**鳥翔成**《とりとびて》」すなわち「**鳥飛びて**」と訓みます。

一首全体は、「**鳥翔成**《とりとびて》　**有我欲比管**《ありがよひつつ》　**見良目杼母**《みらめども》　**人社不知**《ひとこそしらね》　**松者**《まつは》**知良**《しるら》**武**《む》」で、

鳥飛びて　あり通ひつつ　見らめども　人こそ知らね　松は知るらむ

です。

歌の解釈は、大空高く飛ぶ鳥に（有間皇子の霊は）運ばれて、いつも通って来ては松の枝の結びを見ているけ

れども、人はそのことを知らないが、松はきっと知っているだろう、との意です。

【表記に対する聴覚と視覚】 前述しましたように、問題は「成」の訓です。

私は「鳥翔成」の三文字を、有間皇子の霊が大空高く飛ぶ鳥により運ばれている意に解し、「鳥翔」は「とりとび」と訓み、「成」は「て」と義訓により訓みます。

まず、「翔」を「かける」と訓み「鳥翔けりて」としないのは、六字の字余りになるからです。「翔」を「飛ぶ」と訓む例は、三一九番歌「翔毛不上」（とびものぼらず）および五四三番歌「天翔哉」（あまとぶや）とあります。

つぎに、接続助詞の順接の確定条件に用いられる「て」は、「既にそうなっている前提を理由・原因として、順当に後ろに続ける」とされており（古語林）、本歌においては、「有間皇子の霊が既に鳥により大空高く運ばれている状態」と成っていることを理由として、「て」によって「いつも通ってくる」と続けています。すなわち「既にそう成っているとの状況」を、簡略に接続助詞「て」の一字によって、後ろに続けているのです。

「鳥飛びて」と朗詠されるのを聞けば、鳥が人の霊魂を運ぶことを知っている上代人は、誰でも有間皇子の霊が「鳥により空を飛んで運ばれている状態になって」の意と理解できます。

しかし、この歌を文字で表記する場合、「て」に当たる文字を、通常の「而」のような文字を用いて「鳥翔而」と表記した場合、「鳥により空を翔けるように運ばれている状態」に「なって」であることを視覚的に伝えることができないのです。

すなわち、聴覚は一音ごとの意味を判定するのではなく、前後の連続する複数の音を総合的に認知する中で、例えば「て」の音は身体の「手」か、接続助詞の「て」であるかを即座に判断し、後者の「なって」の意味と理解できます。

これに対して視覚は、文字の一字一字の音や訓を選択・認識しながら追っていくものですから、自ずと判断は個別的であり、例えば「鳥翔而」の文字より「而」を「て」と訓むことができても、「なって」の意味であることを直ちに理解することは困難です。視覚的に「て」を「なって」と直ちに理解させるためには「而」の文字より、「成」の字を「て」と訓ませる方が優れています。

「鳥翔成」の文字を見れば、その訓を考えるより前に、「鳥により空を飛ぶように運ばれている状態」に「なって」の歌意であることが、直接視覚的に理解できます。そして、この文字を見た人は音数的にも「鳥飛ぶなり」とは訓まず、「鳥飛びて」と訓んでくれると期待できるのです。

歌が文字で表記され伝達されることが一般的になると、歌意を伝達しやすい文字を基準に選ばれることになり、その場合、本来の音から離れた文字（例えば「成」を「て」や「も」と訓む）による表記となりますので、歌の訓が難しくなります。

前述の「神さびて」を「神成」と書いて訓ませているのも、その一例です。

すなわち、「老い人に成っている状態」を、「恋をも更にする」ことに続ける接続助詞の「て」に相応しい文字として「成」が用いられているのです。

上代の人は「神成」と表記すれば、視覚的に「神さびて」と理解できたように、鳥が人の霊を運ぶと信じていた上代の人は「鳥翔成」の文字を見れば、「鳥飛びて」人の霊を運んでいることと当然に理解できたのです。

「鳥成」では、有間皇子が「鳥になり」と理解されますので、「翔」を入れて「鳥飛びて」と、鳥が有間皇子の霊を運んでいる意を明らかにしているものです。

「成」という文字があるからといって、当然に「なり」とか「なす」とか、訓む必要がないことは、前に五三四番歌の例でも述べたとおりです。

▒ 先訓と批評

古来、二〇例近い先訓があります。

その大半は、「鳥翔成」の「成」を「なす」などと二音に訓むために「鳥翔」は三音で訓まなければならず、「鳥」を「とり」と訓むと、「翔」は一音で訓むことになり、窮してしまいます。

すなわち、「成」に二音を費やした場合、「鳥翔」を三音で訓んで、全体を五音で整合性のある訓解に至ることは困難です。

そこで、「翔」を「翅」の誤字として、「鳥翅」を「つばさ」と訓むとか、「鳥翔成」全体を義訓で「あまがけり」と訓むことになります。

「天翔《あまがけ》り」 新潮古典集成、澤瀉注釋、中西全訳注および伊藤訳注

現在、多数の支持を得ている訓です。

はじめ佐伯梅友氏が訓んだもので、義訓であることが特徴です。解釈は私訓に近いものですが、「鳥」が訓み込まれていないのが欠点です。

この歌は、有間皇子の霊を詠っていることは確かですが、直接有間皇子の霊が天上を飛んでいると詠んでいるものではなく、鳥が有間皇子の霊を運んでいることを主題にした歌でありますから、鳥が詠まれない訓は歌の主意に反します。

安易に、義訓に走り過ぎており、原字（「鳥」）に忠実でないと考えます。

「翼《つばさ》なす」 小学館古典全集、新古典大系、新編古典全集、阿蘇瑞枝「萬葉集全歌講義」および岩波文庫

「翔」を「翅」の誤字とし、「鳥翅」を「つばさ」と訓み、「つばさ」は鳥のことと説明しています。それは、土佐地方の方言で鳥類を「とりつばさ」ということを根拠にしています。

そうであれば、「鳥翅」をなぜ「とりつばさ」と訓まないのか、疑問です。「鳥翅」あるいは「鳥翔」にしても「鳥」の文字があり、根拠にしている方言も「とりつばさ」であるのに、「鳥」を省き「つばさ」と訓むことは、「成」を二音数の「なす」(「ように」の意)と訓むことが先行し、「鳥翔」を三音数で訓もうとする結果であると思われます。

音数合わせの結果、肝心の「鳥」を直接詠まない訓になっています。

【訓を付さず】　岩波古典大系

「古来難訓。」として、原文のまま掲記。

むすび

音声による表現と、文字による表現の人間の理解の差違は、現代の日常会話の伝達においてもみられます。対面あるいは電話による音声の会話から、近年は文字によるメールの会話が急速に普及しました。一時期、文字によるメールの会話は、感情の表明が十分ではなくトラブルが発生しましたので、感情を表す絵文字などが多数開発されるようになり、絵文字を用いたメール文が多くなりました。

すなわち、メール文や、短歌のように文字数が少ない文字表現では、感情を十分伝達するには工夫が必要だったのです。メールにおいては、絵をとりいれて視覚的に感情表現を補っています。

万葉の時代においても、唱詠から文字表記に歌の表現方法が移行していく過程で、視覚的な文字による表記が試みられたことを見逃してはなりません。「孤悲(恋)」などの義訓や戯書がその代表です。

本歌の「成」もその一例（メール文の絵文字的役割を果たしている）で、それに気づき難いために難訓歌となっていたものです。

難訓 一六 「宣奴嶋尓」は「宜《よろ》し奴《ぬ》島《しま》に」

二四九 三津埼《みつのさき》　浪矣《なみを》　恐《かしこみ》　隠江乃《こもりえの》　舟公《ふねなるきみは》　**宣奴嶋尓**

【浪を怖れて何をしたか】 この難訓歌を訓む場合、一番のポイントは、「浪矣《なみを》恐《かしこみ》」の「み」です。山部赤人の有名な歌である「若の浦に潮満ち来れば潟をなみ」の「み」と同じです。

「み」は、原因・理由を表す接尾語として知られています。この歌の場合、波を畏《かし》こみ、何が、何をした原因・理由となったと詠んでいるかを考えてみる必要があります。

それは、明らかに、舟公が「隠《こも》った」ことです。「舟公」とは、舟の主人（所有者）あるいはその舟に乗っている最も地位の高い人でしょう。

のちに述べますように、これまでの多くの訓例は、「舟公」のつぎにある「宣」の字を「宣《の》る」と訓み、「奴嶋にと宣る」と訓んでいますが、波を畏れて、何故、舟公が奴嶋に行けと宣言しなければならないのか、その原因・理由の因果関係が不可解であります。

また、「宣」を「宿」の誤字と見て、「宣奴」を「宿りぬ」と訓む説は、既に波の静かな「隠り江」にいる舟公が、何故に波を畏こみ「嶋に宿りぬ」と詠まなければならないか、これまたその原因・理由の因果関係が不可解です。

【「隠り江」は歌語】 これまでの先訓に共通している点は、「隠江乃　舟公」とあることにより、「隠り江」を特定の場所である隠れた入江であると解釈し、そこに舟公がいることを前提として一首を訓読しようとしていることです。

その「隠り江」は何処か、昔、今の兵庫県西宮市辺りにあったという入江ではないか、という論者もいるぐらいです。

しかし、この歌をよく理解すれば、「隠江乃　舟公」は、舟公が特定の場所である「隠り江」に避難していることを詠んだ歌ではないのです。

この歌を単純に詠めば、「三津の崎　波を畏こみ　隠りたり　舟なる公は　○○○○嶋に」となる歌です。

しかし、詠み人（柿本人麻呂）としては、「隠り」とくれば、「隠り」の美しい歌語である「隠り江」と、つい続けたくなるのです。それによって、この歌を音声で聞く人に、美しい調べとなって聞こえるからです。

不思議なことに、聞く人には、「隠り江の」と「江」が入っていても、「江」は気にならず、「隠り江」を「隠り」の意味で使っているということを、自然と理解できるのです。

【「隠り沼」と同じ】　このことは、「隠り江」と類似の詞である「隠《こも》り沼《ぬ》」を用いた、つぎの歌によって説明すると、さらによく理解できます。

二七一九　**隠り沼《ぬ》の下に恋ふれば飽き足らず人に語りつ忌むべきものを**

この歌においても「隠り沼の下に」は、特定の沼の下に、の意味で詠んでいるわけではありません。単に「心に秘めて恋ふれば」の意であることは、聞いている誰にでも理解できるのです。

音声の言葉どおりに、「沼の下に恋ふれば」などと不可能なことを、誰も想像しないのです。「隠り沼の下に」の音声が心地よく耳に響くだけで、歌の意味は「心に秘めて恋していたが満足できず他人に話してしまった、避けるべきだったのに」と詠んでいると誰でも分かるのです。

　したがって、「隠江乃　舟公」も、波を畏こみて、「隠りたる舟公」の意味であり、文字に表れている「江」に囚われて、特定の場所の江を想定し、その江に隠れた舟公などと理解することは、歌の正しい解釈ではないのです。くどいようですが、「隠り江」の「江」は歌の調べを美しくするために歌語の一部として用いたもので、歌の技巧であり、意味（内容）はないのです。

「波を畏こみ隠った江にいる舟公」であれば、「隠り江」と「隠る」の連用形を用いて「江」に続けるべきではなく、連体形を用いた「隠る江」「隠りぬる江」「隠れる江」「隠りたる江」などであるべきです。

【折口氏の疑問】　この点に関し、万葉集の研究者で歌人の折口信夫氏は、「折口信夫全集」（ノート編第十巻）の二四九番歌についての記述において、「上句と下句をつづけるとわからない。隠り江にいるところの舟君では、意味が成り立たぬ。いちばん問題は、「江」と「乃」とだ。「みつのさきなみをかしこみこもりつつ」あるいは、「こもりゐし」ならば解ける。人麿ほどの人の歌だとも感じぬが、わかることはわかる。結局「江乃」が判断できると、わかってくるだろう。が、これについて、参考になる異本がないので、うっちゃっとくよりしかたがない。仮説を立てるより方法がない。訓めるのは、「なみをかしこみ」までで、後はみな問題になる。」と述べていることは興味深く、さすがに的確な示唆であると思います。

　折口氏のいう、「こもりつつ」あるいは「こもりゐし」なら、誰でも理解できますが、人麻呂は「隠り江」という美しい歌語を用いたかったので、「江」が歌に登場することになったのです。現実には、特定の「江」を意味していないにもかかわらず、舟公が「隠り江のように隠り」と譬喩的に詠むことになった結果、「隠り江」と「舟公」は同格となり、「隠り江の」という同格の格助詞「の」が挿入されることになったのです。この「の」は連体修飾の「の」ではないので、「隠り江」にいる「舟公」と解釈すべきではないのです。

この難訓歌においては、結句の「宣」をそのまま「宣」とし、第四句の「舟公」の述語とみて、動詞と解する説が多いようです。しかし、前述のように、主語の「舟公」に対する述語にあたる詞は「隠り江」の「隠り」でありますから、「宣」は述語としての動詞である必要はなく、つぎの名詞「奴嶋」を修飾する形容詞である可能性があります。

【舟公は長田王】 ところで、この歌は「柿本朝臣人麻呂が羈旅の歌八首」の冒頭の歌です。また、この歌の直前に「長田王、筑紫に遣《つか》はさえて、水島に渡る時の歌」（二四五番、二四六番、二四八番）があり、後には「柿本朝臣人麻呂、筑紫の国に下る時に、海路にして作る歌」（三〇三番、三〇四番）があります。

長田王は万葉集巻第三の編集に深く関わり、人麻呂の右羈旅歌八首をはじめ前後約三〇首は長田王の資料から出ているという伊藤博氏の研究（新潮古典集成一「萬葉集の生いたち（一）」）がありますので、私は本難訓歌は人麻呂が長田王の筑紫行に随行したときの歌で、「舟公」とは長田王を指していると考えます。

■私の試訓

「**宣奴嶋尓**《よろしぬしまに》」すなわち「**宜**《よろ》**し奴**《ぬ》**島**《しま》**に**」と訓みます。

一首全体は、「**三**《み》**津埼**《つのさき》　**浪矣**《なみを》　**恐**《かしこみ》　**隠**《こもり》**江**《え》**乃**《の》　**舟公**《ふねなるきみは》　**宣**《よろし》　**奴**《ぬ》**嶋尓**《しまに》」で、

御津の崎　波を畏こみ　隠り江の　舟なる君は　宜《よろ》し奴島に

です。

歌の解釈は、御津の崎の波が荒いので畏れて、舟の主人は荒波を避けるために多くの名もない島のうちから、適当な島を選んで隠れた、すなわち避難したという意味です。

【「宣」は「宜」の誤写】　現存している諸古写本では「宣」と表記されていますが、「宜」の誤写と判断し、「よろし」と訓みます。

その理由は、前述のように、「奴嶋」の前の字は「奴嶋」を修飾する字であるべきところ、「宣」は動詞に用いられている字ですが、「宜」は多く形容詞に用いられる字であること、「宣」と「宜」は極めて近似した字体の字であること、および澤瀉注釋が指摘しているように、集中には「宣」の文字は、歌の文字としては他に一例も見えないが、「宜」はつぎのように多く用いられていることによります。

「宜 君之《よろしききみが》」（一九六番）、「宜奈倍《よろしなへ》」（二八六番）、「宜 國跡《よろしきくにと》」（三二二番、一〇五〇番）、「宜名倍《よろしなへ》」（一〇〇五番）、「闕之《かけの》宜《よろしき》」（一八一八番）「宜 山之《よろしきやまの》」（三三三一番）。

【奴嶋とは何か】　御津崎は、淀川と旧大和川が合流して難波江に注いでいた河口辺りで、当時は「難波八十島《なにはやそじま》」といわれるほど多数の島（中州であろう）が点在していたといわれています。難波潟から出航して行く防人が、近くに見たい島が多くあるのに見て行けないと詠んだつぎの歌に、難波潟には当時多くの島があったことが窺《うかが》われます。

四三五五　よそにのみ見てや渡らも難波潟雲居に見ゆる島ならなくに

それらの島の名残と思われる多くの名前、例えば佃島《つくだじま》、出来島、姫島、歌島、柴島、中島、御幣島《みてじま》などが大阪市などの町の地名として残っていますが、この歌に詠まれている「奴嶋《しま》」は見当たりません。

だからといって「奴嶋」が固有名詞ではなかったとは言い切れませんが、つぎのように普通名詞として用いられている可能性があると考えます。

「難波八十島」の中でも、大きい島や特徴のある島は名前を付けられて呼ばれていましたが、その他の多くの島は名前もなく、名前のある島に仕える「奴婢《ぬひ》」や「奴僕《ぬぼく》」の島であるかのように見えたので、それらの島を「奴嶋《ぬしま》」と呼んでいたと考えられるのです。

地位の低い役人を「奴官」（漢和大字典）といいますが、同様の表現です。

「宜《よろ》し」は、「良し」が申し分なくよい意であるのに対し、まあ水準に達している・まあよい、の意であるといわれています（古語林）。

本歌において、舟公が隠れた島を「宜し」と形容しているのは、波を避けるために最もよい島と知られている名前のある島ではないが、とりあえず、まあ波を一応避けることができる名前もない島、すなわち「奴嶋」に隠れたということでしょう。

【「宜《よろ》し」と訓む理由】「宜《よろ》し」は「シク活用」の形容詞ですから、名詞「奴嶋」に付く場合、連体形の「宜しき」ですが、本歌においてはつぎの理由で「宜し」と訓みます。

1　万葉集二番歌の「うまし国ぞ」の「うまし」について、小学館古語辞典は、「古くは、シク活用の形容詞は『うまし国』のように、『語幹（終止形と同形）＋体言』の形で体言を修飾した」と説明しています。

古語林も「シク活用は、上代には「うまし国」のように語幹（終止形と同形）が、体言を修飾する形しか見られない。」と説明し、旺文社古語辞典も「上代では、シク活用の形容詞の場合は語幹（終止形と同形）が、体言を修飾する。」と同様の説明をしています。

また、「同じ」についても、連体形には「おなじ」と「おなじき」の両形がある、とされています（古語大辞典）。万葉集に、その例として、四〇七三番「於奈自久爾奈里《おなじくになり》」、四〇七六番「於奈自伎佐刀乎《おなじきさとを》」があります。

2　さらに「シク活用」の形容詞である「愛し」は、「うるはし」「はし」「うつくし」「かなし」と訓まれ、その連体形は「愛しき」です。しかし、万葉集では、つぎのように表記されています。

【「し」と表記されている九例】

五四三番「愛《うるは》し夫《づま》」　一五二一番（一云）「愛《は》し妻《づま》」　二四二〇番「愛《うつく》し妹《いも》」
三二七六番「愛《うつく》し妻《づま》」　三四八〇番「可《か》奈《な》之《し》伊《い》毛《も》」　三四八六番「可《か》奈《な》思《し》伊《い》毛《も》」
三五七七番「可《か》奈《な》思《し》伊《い》毛《も》」　四三九二番「有《う》都《つ》久《く》之《し》波《は》波《は》」　四四三二番「可《か》奈《な》之《し》伊《い》毛《も》」

【「しき」と表記されている九例】

四三八番「愛《うるはしき》　人《ひと》」　三三五一番「加《か》奈《な》思《し》吉《き》兒《こ》呂《ろ》」　三五四九番「加《か》奈《な》之《し》伎《き》世《せ》呂《ろ》」
四一八九番「波《は》之《し》伎《き》和《わ》我《が》勢《せ》故《こ》」　四二三六番「愛《うるはしき》　吾《わが》妻《つま》」
四三三一番「波《は》之《し》伎《き》都《つ》麻《ま》良《ら》」　四三九七番「波《は》之《し》伎《き》多《た》我《が》都《つ》麻《ま》」
四四〇八番「可《か》奈《な》之《し》伎《き》吾《わが》子《こ》」　四四一三番「麻《ま》可《か》奈《な》之《し》伎《き》西《せ》呂《ろ》」

3　以上の結果、万葉集においては、「シク活用」の形容詞が体言を修飾する場合、語幹（終止形と同形）をもって修飾している場合と、連体形をもって修飾している場合があったことが明らかですので、本難訓歌の場合は、前者により「宜」は「宜し」と訓みます。
なお、「宜し女《め》」という語が日本書紀にあったことも、各辞書に掲載されています。

■先訓と批評

「奴島《ぬしま》にと宣《の》る」　新潮古典集成

「奥まった入江の船で風待ちしていた主君は、『さあ皆の者、奴島《ぬしま》へ』と指令を下された。」と訳しています。
この訳によれば、御津が崎の波が荒く、それを畏れて奥まった入江の船で風待ちしていた主君が、「波が治まった」ので『さあ皆の者、奴島へ』と指令したことになりますが、この歌の何処にも「波が治まった」ことを意味する言葉はなく、そのように解釈することは不自然であります。この歌の主題はあくまでも「御津が崎の波が荒い」ことだと思います。それゆえ、この訓および意訳は妥当ではないと考えます。

「宿りぬ島に」 澤瀉注釋

「宣」を「宿」の誤字とする理由は、「宣」の字が万葉集の歌に用いられていないことと、「宣」の筆写が「宿」の筆写と極めて近似しているからであるとしています。

その上で、「宣《の》る」では「つ」（宣りつ）であるべきで、「宿る」であれば「ぬ」（宿りぬ）となるとも指摘しています。

「宣《の》る　美奴《みぬ》の島へに」 中西全訳注

原文を「舟尓公宣　美奴嶋尓」と表記し、「舟に公宣《きみの》る　美奴《みぬ》の島へに」と訓み、「御津の崎の波が恐ろしいので入江の舟で君は祈っている。美奴の島に。」と訳しています。そして「第五句あるいは①美奴メ（敏馬）の島に②美奴の島廻（み）に、とよむべきか。美奴の島は所在不明。」と注釈しています。

「宣」を祈ると解し、「美奴の島」を想定している点は独創的ですが、入江にいることと美奴の島に祈ることの関係が不明です。

「野《ぬ》島《しま》にと宣《の》る」 伊藤訳注

「奥まった入江の船で風待ちをしていた主《あるじ》の君は、〝今こそ野島に〟と宣言され給うた。」と、訳しています。

これに対しては、新潮古典集成に対するのと同様の批評をすることができます。

さらに「野《ぬ》島」は、淡路島北端の西海岸にあるといいますが、直ぐ後に詠われている二五〇番歌および二五一番歌では、その島が両歌とも「野嶋」と明記されているのに、二四九番歌ではなぜ「奴嶋」と表記されているのでしょうか。

「奴嶋」は、「野嶋」と区別して表記されていると考えるのが普通だと思います。

【訓を付さず】 岩波古典大系、小学館古典全集、新古典大系、新編古典全集および岩波文庫いずれも、原字のままで掲載し、定訓がない、難訓としています。

■むすび

この難訓歌は、古歌の詠み方に習熟し、「隠り江」という歌語の使い方を知らないと、正しい訓読ができない歌です。

歌は、唱詠と表記の二方法によって表現され伝達されますが、前述のように、唱詠された歌を文字で表記した場合、読者は表記された文字により視覚的に理解しようとします。

本難訓歌でいえば、原字「隠江」の「江」を、視覚による文字の印象から「隠り江」を詠んだものと理解します。

しかし、既に詳述したように、唱詠歌においては「隠る」という意味を「隠り江」という美しい音韻の歌語を用いて詠っているもので、歌の内容として「江」と詠んでいるものではないのです。歌の唱詠と表記の違いがもたらす難訓歌の例です。

難訓 一七 「使念」は「使遣《つかひや》り思ひて居《を》れば」

二八四一 使念 新夜《あらたよの》 一夜不落《ひとよもおちず》 夢見与《いめにみえこそ》

【原文に異伝がある】 この歌は、巻第十二「正述心緒《せいじゅつしんちょ》」との題がある歌で、「柿本人麻呂歌集出」の歌です。

初句および第二句の原文は、つぎのように異なるものが伝えられています。

「使　念」　元暦校本

「我心　不望使念」　古葉略類聚鈔

「我心　木望使念」　廣瀬本

「我心　等望使念」　紀州本　西本願寺本　神宮文庫本　陽明本　京都大学本　寛永版本

何故このように異伝が生じたか、その原因は明らかではありませんが、後に検討します。

近年の注釈書は、原文として「我心　等望使念」を採用し、

「**わが心　乏《とも》しみ思へば**」　岩波古典大系

「**我が心　ともしみ思ふ**」　小学館古典全集、新潮古典集成（ただし、原文不掲載）、新編古典全集

と訓むもの、「我心　不望使念」を採用し、

「**わが心　見ぬ使思《つかひも》ふ**」　中西全訳注

と訓むもの、原文を「我心（等）無便念」とし、

「**我が心　すべ無く思へば**」　澤瀉注釋

と訓むもの、選択した原文は不明ですが、

「**我が心　為《せ》む術《すべ》もなし**」　伊藤訳注

と訓むものに、分かれています。

新古典大系および岩波文庫は、「等望使念」に訓を付していません。

ところで、小学館古典全集は、その頭注において「ただし、なるべく字数を少なくしようとするこの前後の『人麻呂歌集』の表記の実態からみると、このようにトモシを仮名書きにすることは不釣合い。また、元暦校本に「我心等望」の四字がないことや、ミの補読などにも疑いがある。」と自ら指摘しています。

同様に、岩波古典大系も、頭注において「この第一・第二句、古来難訓。十数種の訓がある。今、誤字・顚倒などのない説による。ただし、使をシの仮名に使う例は、これ以外にない点が疑問。」と、自訓に疑問を呈しています。

【省略表記が多い人麻呂歌集の歌】

このように「我心　等望使念」の原文には、看過できない疑問があります。万葉集では「ともし」は「乏」の字を用いることが多いのに、小学館古典全集も指摘するように字数の少ない人麻呂歌集の歌に、あえて「等望使」の一字一音表記をするのは不自然であること、および「我心　等望使念」とあるいずれの古写本よりも、「使　念」とある元暦校本の方が、時代的に古いことから、「使　念」が二八四二番歌の原文であったと考えられる余地があります。

【一句一字表記の例】　そうすると、二八四二番歌の初句は「使」の一字となります。

万葉集の歌には、初句の五音を漢字一字で表記している例は、二三七一番歌「心《こころには》」、二四一八番歌「何《いかならむ》」、二四九二番歌「念《おもふにし》」などがあります。

そして、第二句の「念」も一字ですが、七音の第二句を漢字一字で表記している例は二八四五番歌「語《ものがたりして》」に、第四句の例ですが二四四七番歌「念《おもひしことは》」にそれぞれあります。

二八四二番歌においては、「使」と「夢」が主題です。

人麻呂歌集の歌ではありませんが、同じ「正述心緒」の歌につぎの歌があります。

二八七四　慥《たしかなる》　使乎《つかひを》無跡《なみと》　情乎《こころを》曾《ぞ》　使尓《つかひに》遣之《やりし》　夢《いめに》所見哉《みえきや》

この歌も「使」と「夢」が主題になっており、頼りになる使者がいないので、自分の気持ちを使者として遣りましたが、あなたの夢に私が現れましたか、との意とされています。ちなみに、万葉の時代、相手を思っていると、その人の夢に自分が現れると信じられていました。

この歌は、本難訓歌の訓と解釈に参考になります。

■私の試訓

「**使《つかひやり》　念《おもひてをれば》**」すなわち「**使遣《つかひや》り　思ひて居《を》れば**」と訓みます。

一首全体は、「**使《つかひやり》　念《おもひてをれば》　新夜《あらたよの》　一夜不落《ひとよもおちず》　夢見与《いめにみえこそ》**」で、

使遣り　思ひて居れば　新た夜の　一夜も落ちず　夢に見えこそ

です。

歌の解釈は、私の気持ちを伝える使者も遣り、あなたのことをずっと思い続けておりますので、今夜から毎

夜、あなたの夢に私が現れて欲しい、の意です。

元暦校本の原文により、訓解したものです。

前掲の二八七四番歌は、自分の気持ちを伝えてくれる確かな使者がいないので、自分の気持ちそのものを使者としましたが、あなたの夢に私が現れましたかというものであるのに対し、本歌は、自分の気持ちを伝える使者も遣わした上に、あなたのことをずっと思っているので、今日から一夜も欠かさず私を夢に見て欲しい、というものです。

一部の注釈書は、歌の作者の夢に相手が出てきて欲しいと解釈していますが、作者が相手を思っているから、相手の夢の中で自分を見て欲しいというものであることは、「こそ」が他にあつらえ望む意を表す終助詞（古語大辞典）であることからも明らかです。

先訓と批評

この難訓歌の「我心　等望使念」などに対する先訓は、既に記述しました。

「使　念」を原文とする訓解は、私の試訓以外にありませんので、これについて説明します。

【元暦校本を基本に】　まず、「使　念」を原文とした場合、何故「使　念」が、後の写本において「我心　等望使念」などと表記されるようになったか、また、初句も第二句も、一文字であるような表記はあり得たかを検討する必要があります。

前者について、元暦校本によれば、巻第十二の歌は二八四一番歌から一首ごとに、前に漢字による原文表記、つぎに仮名による訓表記の二通りの表記がなされています。

しかるに、本難訓歌の二八四二番歌と続く二八四三番歌は、漢字による原文の表記はつぎのように二首分が続けて一首のように表記され、また仮名による訓の表記は全くなされていません。

「使念新夜一夜不落夢見与愛我念妹人皆如去見耶手不纒為」

このことより、元暦校本が作成された一一世紀、それは万葉集の編纂から三〇〇年が経過したころですが、既に「使　念」の訓み方が分からなくなっており、二八四二番歌は一一文字と極端に字数が少ないため、つぎの二八四三番歌と合わせて二四文字で一首と誤解されて表記されたと考えられます。

そして、その後の時代において、二八四二番歌と二八四三番歌の二首であることが判明したときに、字数の少ない二八四二番歌に脱字があったと考えられ、下三句の歌句の意味を斟酌《しんしゃく》して、初句および第二句に「我心等望」などと四字を追加補足して筆写されたものと推定できます。

後者については、短歌五句のうち、一句を一文字で表記している例は前掲のほか、多くあります。

五句のうちの二句までもが一文字表記の歌として、つぎの歌があります。

一三一四　**橡《つるばみの》　解濯《ときあらひ》　衣之《きぬの》　恠《あやしくも》　殊欲服《ことにきほしき》　此暮《このゆうべ》　可聞《かも》**

本難訓歌は、「柿本人麻呂歌集出」の歌ですが、人麻呂歌集の歌の中には、助詞および活用語の語尾が省略して表記され、文字数を減らし、一首の文字数が本難訓歌と同じように一一字であることは決して珍しいことではありません。

その意図は、目で読む歌として、助詞や活用語の語尾を省略して、その歌の主題になっている詞のみを目立つように表記して、目で読む人にその歌の意味を強く印象づけることにあります。

本難訓歌は、今夜から毎夜、相手の夢に自分が現れることを期待する根拠を、「使」および「念」という二つの文字を端的に表示することによって、読者に相手のことを強く思っていることを印象づけているのです。結論として、本難訓歌の初句および第二句の原文が「使　念」であった可能性は高いと判断します。

むすび

本難訓歌は、視覚的に歌を表記する究極の姿を示しています。文字を絵画的に表現して、歌意を視覚的に伝えようとする斬新な技法です。それだけに、表記が唱詠歌的発音に忠実でなく、不完全でありますので、後世の人の誤解を招き、原文に脱字があると判断されて、後世において余計な文字が補足されました。それが、難訓歌となる原因となりました。歌の訓解において、誤字説による加筆ほど、より歌の訓解を混乱させるものはないのです。

これぞ超難訓歌

一概に難訓歌といっても、難訓の程度に差があります。一般的に難訓の範囲の文字数が多い場合は、当然訓の選択が多様になり、より難訓となります。

二句にわたり難訓とされている「莫囂圓隣之　大相七兄爪湯氣」および「巳具耳矣　自得見監乍」がその例です。前者は文字数が一二字に及ぶ上に、容易に訓読されないように表記されているとの憶測もあり、超難訓歌の地位を不動にしています。

「葉非左思」のように、文字数の少ないものでも、超難訓のものがあります。それは、前述しましたように譬喩の部分が難訓句にあたる場合、譬喩となっている事象および譬喩になる理由が現代人の知識・感覚では容易に発見し、理解できないからです。譬喩であることすら気づかないものです。

私が選ぶ難訓歌ベスト5は、つぎのとおりです。

1位　　九番歌「莫囂圓隣之　大相七兄爪湯氣」
2位　一五六番歌「巳具耳矣　自得見監乍」
3位　三八八九番歌「葉非左思」
4位　六五五番歌「邑禮左變」
5位　一六〇番歌「面智男雲」

難訓一八「莫囂圓隣之　大相七兄爪湯氣」は

（表の訓）「鎮《しづ》まりし　影萎《な》えそゆけ」

（裏の訓）「鎮まりし　影な萎えそゆけ」

九　莫囂圓隣之　大相七兄爪湯氣　吾瀬《わがせ》子《こ》之《が》　射《い》立爲兼《たたせりけむ》　五可《いつか》新《し》何《が》本《もと》

（あるいは）射《い》立爲兼《たたせるかね》　五可《いつか》新何《あはな》本《む》

この難訓歌は万葉集中訓解が最も難しい歌として、昔から多くの人の関心を集めています。

この歌を解読するには、原文の訓みに取り掛かる前に、まず誰が誰を詠んだ歌であるかを検討すべきであると考えます。鎌倉時代の仙覺以来、この歌の上二句に対し幾多の訓が試みられていますが、その方向が定まらず、後述の「先訓と批評」で紹介しますように、それらの訓により詠まれているという歌の内容が全く異なります。

【誰の誰に対する歌か】　この歌が斉明天皇に代わって額田王が詠んだ歌か、額田王の私的な歌か、また詠まれている「わが背子」とは誰かについての考証が十分なされないままに、字句に対して訓を付そうとしているからであると考えます。

この難訓歌の内容は、万葉集における歌の配列、特に前後の歌との関係、題詞などによりある程度推測されますので、これを明らかにすれば歌の訓も方向を得るものです。

まずこの歌は、「紀の温泉《ゆ》に幸《いでま》しし時に、額田王が作る歌」との題詞から、斉明天皇の紀の湯行幸の際に、随伴した額田王が作った歌であることは異論がないでしょう。

そして、この歌の内容については、額田王が大海人皇子あるいは中大兄を思い詠んだ額田王の私的な歌とする見解が大勢です。しかし、私は、同行幸中に起こった有間皇子事件の有間皇子に対する斉明天皇の思いを、額田王が代わって詠んだ歌であると解します。

その理由は、以下のとおりです。

【額田王が詠った斉明天皇の回想】 この歌の題詞に「紀の温泉に幸しし時に、額田王が作る歌」とありますが、単に額田王がこの歌を詠んだ時期だけを特定しているものではありません。

「(地名) に幸しし時に、(宮廷歌人名) が作る歌」との形式の題詞が、他にも万葉集に存在しますが、この題詞がついている歌は、宮廷歌人が幸しし天皇 (あるいは太上天皇) に代わって詠んだ歌であるか、天皇に奉《たてまつ》るために詠んだ歌であることを示しています (三六～三九番、七〇番、二三五番、九〇七番、九一七番、九二〇番、九二八番、九三五番の各歌の題詞)。

天皇との関係で詠まれた歌でなく、単なる私的な歌の場合は、題詞に「幸しし時に」とあっても、宮廷歌人の名前は記載されることがないのです (例として、一四六番、一一一番、九五〇～九五三番)。

七番歌の額田王のつぎの歌は、過去の旅での出来事を回想した最初の「曽遊歌《そうゆう》」として有名です。

七　**秋の野のみ草刈り葺《ふ》き宿れりし宇治の宮処《みやこ》の仮廬《かりいほ》し思ほゆ**

これは、皇極天皇 (後に斉明天皇) が退位した後である六四八年 (大化四年) に比良《ひら》に行幸した際、かつて夫・

舒明天皇と共に比良の行宮に行幸した途上の宇治の宮処における出来事を回想し、それを額田王が代わって詠んだものであるといわれています。なお、斉明天皇は六五九年（斉明五年）にも比良に行幸していますが、七番歌は「明日香の川原の宮に天の下知らしめしし天皇《すめらみこと》の代」の歌とありますので、斉明朝の歌ではありません。

【八番歌の後に配列された理由】　続く八番歌は、斉明天皇が六三九年（舒明一一年）に夫・舒明天皇と行幸したことのある伊予の湯に、六六一年（斉明七年）西征の途上でまた立ち寄り、昔、夫と共に楽しんだ月夜の舟遊びを想い出し、再び月夜の舟遊びを楽しもうと月の出を待っている斉明天皇の気持ちを、額田王が代わって詠んだ歌です（「今は漕ぎ来《こ》な」と訓むことは、「誤訓歌八　八番」参照）。

八　熟田津《たきたつ》に船乗りせむと月待てば潮もかなひぬ今は漕ぎ来《こ》な

このように、七番歌も八番歌も皇極あるいは斉明天皇の行幸先での出来事の回想を額田王が代わって詠んだ歌ですから、九番歌も六五八年（斉明四年）紀の湯に行幸した際の出来事を斉明天皇が回想し、額田王が代わって詠んだ歌であると推察されます。

すなわち、七番歌、八番歌および九番歌は皇極・斉明天皇の回想を代わって詠んだ額田王の「曾遊歌三部作」と位置づけられます。

中西全訳注において「天皇は西征後九州に崩じ、八番歌以後の紀の温泉行幸はない。この点、十二番歌まで、年代上は八番歌より前にあるはず。」と指摘されていますが、その認識は重要です。

すなわち、八番歌の結句を「今者《いまは》許《こ》藝《ぎ》乞菜《いでな》」と「乞」を「いで」と訓んで、勇ましく朝鮮半島に向けての軍船の出航を詠った歌とする出航説をとれば、作歌時期の歴史的順序は、まさに七番歌、九番歌、八番歌でなければならないのです。しかし、八番歌が出航の歌ではなく、前述のように月夜の舟遊びの回想歌であるとすれば、回想されている出来事の歴史的順序は、七番歌、八番歌、九番歌となります（舒明天皇は六四一年一〇月に崩御しており、六四〇年四月に伊予の湯から帰京した後、比良に行幸していません）。

三つの歌は回想歌として、万葉集に正しく配列されているのです。

熟田津を詠んだ八番歌は、作歌時期の歴史的順序で配列すれば、航行の経路からいっても「印南国原《いなみくにはら》」が詠まれている一四番歌の後に置かれるべきですが、数首以上も繰り上げて八番歌として配列されている理由は、万葉集の編纂者が明らかに七番歌、八番歌、九番歌を曾遊歌と認識し、曾遊歌は回想されている出来事の歴史的順序によって編纂しているからです。

万葉集の一〇番以内の位置にある各歌が、基準もなく配列されているわけがありません。

つぎに、斉明天皇が誰を回想した歌か、です。歌の「わが背子が」が誰であるかです。

【「背子」は有間皇子】　斉明天皇が当時「背子」と呼ぶと考えられる親しい身内の男性は、子である中大兄および大海人皇子、孫の建王《たけるのみこ》そして甥の有間皇子の四人でしょう。

七番歌および八番歌で回想されている人は、既に亡くなっている夫帝でありますから、九番歌においても亡くなった人を回想していると考えられます。そうすると、建王か有間皇子ということになりますが、八歳で亡くなった建王は紀の国に行ったことがないので除かれ、有間皇子ということになります。

「背子」は女性が夫あるいは恋人を指している場合が多いのですが、甥を指している歌として、叔母の大伴坂上郎女が甥の大伴家持に対する、つぎの歌があります。

九七九　**我が背子が着る衣薄し佐保風はいたくな吹きそ家に至るまで**

なお、九番歌を額田王の私的な歌であるとした上で、この「背子」を額田王が大海人皇子あるいは中大兄を指して用いていると考える説が多いのですが、額田王は二〇番歌で大海人皇子を「君」、四八八番歌で天智天皇を「君」とそれぞれ詠んでいますので、両者に対しては「背子」と詠まないと考えます。

　万葉学者・伊藤博氏は、「歌が有間皇子事件のあった折のものである以上、第三句の『我が背子』には、当の有間皇子を擬する道がありそうである。」と言い、当時、「同母きょうだいの結束が、現代人の想像を絶して緊密であった」とも言い、「有間皇子は、斉明女帝にとってその同母弟の子である。時の実権をにぎる中大兄皇子にとって、孝徳天皇やその子有間皇子がどういう存在であろうと、斉明女帝の心には、別途の、言い知れぬ感慨が秘められていたであろう。」と、その著書「萬葉集釋注」で指摘しています。

　また、日本書紀によれば、斉明三年九月に、紀の牟婁温湯《むろのゆ》に行ってきた有間皇子が、「纔彼《ひただそ》の地《ところ》を観《み》るに、病自づからに蠲消《のぞこ》りぬ」と言ったことを斉明天皇が聞いて喜び、「往《おは》しまして観《みそなは》さむと思欲《おもほ》す」と言われたとの記載があります。

　斉明天皇は、有間皇子から牟婁の湯の話を聞いていたので、翌四年一〇月に紀の湯に行幸したのです。

【皇子の死を悼んだ天皇】

　以上のことを踏まえますと、有間皇子事件は、表面上は有間皇子が斉明天皇の政権に謀反を企てた事件でありますが、この事件は皇位継承に絡み、中大兄が有間皇子を陥れた事件であることを斉明天皇は察知しており、有間皇子を自分に対する謀反人とは全く思っていなかったと考えられます。

　むしろ、同母弟の亡き孝徳天皇の遺児として特別に親愛の情深く思っていた有間皇子までもが、皇位継承争いの中で葬られてゆく現実を目の当たりにし、いたく悲しんだと思われ、九番歌は有間皇子の心境を想う斉明天皇の回想歌である、と結論づけてよいと思います。

　斉明天皇の心は、あのとき有間皇子が牟婁の湯の話をしなければ、またその話を聞いても自分が紀の湯に来なければ、このような悲しい事件は起こらず、有間皇子が命を落とすこともなかったのに、との痛恨の思いがあったことでしょう。

さらに言えば、有間皇子は自分を可愛がってくれている伯母が天皇であるので、命だけは助かるのではないかと一縷《いちる》の望みを懐いていたことが、つぎの歌から窺えます。

一四一　岩代の浜松が枝を引き結びま幸《さき》くあらばまた帰り見む

有間皇子が中大兄の糾弾をうけたときも、「天と赤兄《あかえ》と知らむ。吾全《もは》ら解《し》らず」と答えたと日本書紀に書かれていますが、この「天」は当時の「天皇《すめらみこと》」である「斉明天皇」のことを指しており、「天皇に聞けば解るだろう」と中大兄に反発し、かつ天皇の助命を期待したものと考えます。

もちろん、斉明天皇は自分に期待する有間皇子の気持ちを痛いほど知っていましたが、中大兄の決定を覆す力はなく、有間皇子への回想歌さえ中大兄を憚《はばか》って、第三者には容易に訓めない歌として残すほかなかったと推察します。

それだけに、この歌の「下三句は、どこかしら荘重で、神秘で、強く人を魅了する味わいがある。これが尋常な背景を持つ歌でないことだけはたしかであろう。」と伊藤博氏も言うように、有間皇子事件という悲劇を背景とする斉明天皇の言い知れぬ深い悲しみの中から生まれた、有間皇子に対する斉明天皇の心からの鎮魂歌であるのです。

■私の試訓

「**莫囂圓隣之《しづまりし》　大相七兄爪湯氣《かげななえそゆけ》**」すなわち「**鎮まりし　影な萎《な》えそゆけ**」と訓みます。

一首全体は、「**莫囂圓隣之《しづまりし》　大相七兄爪湯氣《かげななえそゆけ》　吾瀬子之《わがせこが》　射立爲兼《いたたせりけむ》　五可新何本《いつかしがもと》**」で、

鎮まりし　影な萎えそゆけ　我が背子が　い立たせりけむ　厳橿《いつかし》が本

です。

歌の解釈は、有間皇子事件で鎮められた私の愛《いと》しい有間皇子が、わが影は決して萎えずにゆけと、護送の途上、この神聖な橿の樹の下にお立ちになって願ったことであろう、との斉明天皇の回想歌です。

「萎え」るは、力がなくなること、しおれることであり、ここでは特に死に向かうことを意味しています。

有間皇子は紀の湯で中大兄の審問を受けた後、紀路を護送され藤白坂《ふじしろさか》まで来た一一月一一日、処刑されました。時に、満一八歳の若さです。その死を聞いた後、斉明五年一月、同じ紀路を飛鳥の都に帰る斉明天皇が、その途上にあった橿の樹を見て、有間皇子を偲《しの》んで詠った歌です。

【難訓字の連続】まず注目すべきは、「囂」の字です。この字は「かまびすしい」と読まれます。

この字は、多くの口（上に二つの口と、下に二つの口を書く）と、その間に頁（この字は「頭」や「顔」の旁《つくり》です）があり、頭の周りに口を寄せ集めて、がやがや言い騒ぐ意を表しているといわれています。

蘇我赤兄が有間皇子に謀反を唆《そそのか》し密議をしたこと、またそのことを赤兄が中大兄に通報したこと、中大兄が紀の湯まで連行された有間皇子を厳しく糾弾したこと、そして有間皇子も「天と赤兄と知らむ。吾全ら解らず」と応酬したことを、斉明天皇は、「囂」の字によって表現しているものです。

斉明天皇は、有間皇子事件が多くの口によって仕組まれた事件であることを察していたので、「囂」の一字をもって、有間皇子事件を言い表しました。

すなわち、斉明天皇は有間皇子事件を「囂」の一字によって象徴したのです。

そして、有間皇子に謀反の企てがあったという形でこの事件が落着したことを「かまびすしい（囂）」ことが「莫」（ない）状態になったと表現しているのです。

つまり、「莫囂圓隣之」の意は、有間皇子事件が鎮まったこと、有間皇子が鎮められたことを言っており、その訓は「鎮まりし」となります。「圓隣之」の三文字を「まりし」と訓むことは、「圓」を訓仮名で「ま」、「隣」「之」を音仮名で「り」「し」と訓むことになり、訓仮名と音仮名の混用ですが、他にも訓仮名・音仮名の混用例があります。

三三番歌「浦佐備」（うらさび）　一五九番歌「裏佐備」（うらさび）

二六五一番歌「目頬次吉」（めづらしき）　三二四三番歌「湯良羅」（ゆらら）

三五〇二番歌「目豆麻」（めづま）　三九七八番歌「眼具之」（めぐし）

注目すべきは、「鎮まる」の連用形「鎮まり」の後に、回想の助動詞「き」の連体形「し」（之）を用いている点です。それは、前述のようにこの歌が回想歌であるからです。

後述の「先訓と批評」に掲記しますように、これまで「莫囂圓隣之」を「静まりし」と訓んでいる例がありますが、「鎮まりし」と訓んだ例はありません。

「大相」の「相」は、「人相」「形相」の語があるように「すがた」の意味で、有間皇子のことを指しています。「大」は「大君」の「大」と同じように、有間皇子に対する尊称です。したがって、「大相」は一応「すがた」と訓めますが、これから検討する第二句全体の訓みの字数を考えますと、「すがた」と訓めば、どうしても音数が多くなることと、有間皇子は既に死亡していますので、「すがた」を「影（かげ）」と訓むべきと考えます。

「七兄爪」は「ななえそ」と訓み、「な萎えそ」の意です。すなわち、動作の禁止を表す副詞句「な……そ」の形の間に、動詞「萎ゆ」の連用形の「萎え」を入れた形です。

意味は、事件によって鎮められている有間皇子が、己が萎えることを禁止しているのです。

「七」を「なな」と訓む例は、三四〇番歌に「七賢《ななのさかしき》」、四二〇番歌に「七相《ななふ》菅《すげ》」とあるほか多数あり、「兄」を「え」と訓む例は、一九六番歌に「宿《ぬ》兄《え》鳥之《どりの》」、二一三番歌に「百《もも》兄《え》槻木《つきのき》」があります。

万葉集において、「萎え」という言葉には、「萎」（一三八番、一九六番）および「奈要」（一三一番、二二九八番、四一六六番）の字をもって表記されているのに、本歌において「な萎えそ」を「七兄爪」と表記したのは何故でしょうか。

「え」に「兄」という字を当てたのは、有間皇子事件の仕掛人蘇我赤兄と首謀者中大兄の両人の名前に「兄」という字があり、その両人を暗示してのことでしょう。

万葉集において、「な……そ」の「そ」には「曾」「所」などの乙類の万葉仮名が当てられています。

「爪」の使用例は万葉集に本難訓歌のほかに九例ありますが、八例が「つま」、一例が「つめ」といずれも訓仮名で詠まれています。

上代において漢字音を仮名書きすることは極めて少なく、江戸中期に至って本居宣長らにより、漢字の字音歴史的仮名遣いが考えだされ、明治期以降に普及したといわれています（古語大辞典・付録）。

その漢字の字音歴史的仮名遣いによれば「爪」は「サウ」ですが、それは前述のように、江戸中期以降に定められた字音にすぎません。

本難訓歌が詠まれた六五九年のころは、六三〇年から始まった遣唐使も三度帰国しており、それ以前にわが国に伝来していた漢字の呉音に加え、漢音が導入され、呉音に代わり漢音も多く用いられていたと思われます。

「爪」の呉音は「ショウ」、漢音は「ソウ」ですが、「爪牙」（そうが）、「爪痕」（そうこん）と現代でも読まれていますので、漢音伝来以降は「爪」は漢音の「ソウ」と読まれることが一般的であったと考えられます。

三六二番歌における「名乗藻」、九四六番歌および一一六七番歌における「莫告藻」はいずれも「なのりそ」という海藻に「な告《のり》そ」をかけて訓解されており、「そ」の「藻」は、乙類の「ソ」であり、呉音、漢音ともに「ソウ」です。

また、甲類の「ソ」として多く用いられている「蘇」は、呉音は「ス」、漢音は「ソ」です（以上、呉音・漢音の出典は、漢和大字典）。

そこで、右三文字の隋・唐時代の音韻である「中古音」の発音について比較してみると、台湾大学中国文学系のサイトによる「漢字古今音資料庫」（A）および前掲漢和大字典（B）によれば、つぎのようになっています。

	聲母（A）	韻母（A）	聲母（B）	韻母（B）
「爪」	tʂあるいはtʃ	au	ṭṣ	ãu
「藻」	ts	ɑuあるいはâu	ts	au
「蘇」	s	uoあるいはu	s	o

「爪」と「藻」の発音記号には若干の相違がありますが、これは古い言語の復元音には復元者によって必然的に生ずる程度のもので、本難訓歌が詠まれたころの日本人は、「爪」の漢音を「藻」の漢音「ソウ」とほぼ同じ「ソウ」と発音していたと考えられます。

したがって、「爪」も「藻」と同様に「ソウ」の「ウ」を省き、乙類の「ソ」の字音仮名として用いられていたと考えられます。

現に、宣長より少し前に生きた契沖は、本難訓歌の「爪」を「ソ」と訓んでいます。

近年において、初句を初めて「静まりし」と訓んだ土橋利彦氏も、「爪」を「ソ」と訓んでいます。

諸古写本において、「謁氣」と「湯氣」との表記が拮抗していますが、澤瀉注釋において、『謁』の文字が仙覺校合以降の諸本にのみあり」といい、元暦校本や類聚古集の平安期の写本には「湯」とありますので、「湯氣」を原字と考えます。

「湯氣」は「ゆけ」と訓み、「行く」の已然形です。

万葉の時代は、已然形で言い切る用法がありました。その例は、四七一番歌「山隠しつれ」および六五九番歌「奥もいかにあらめ」があります。詠歎の意をこめる場合に用いられています。

また、「湯氣」を「ゆけ」と訓むのは、訓仮名と音仮名の混用ですが、この場合「由気」と音仮名を用いず、訓仮名「湯」を用いたのは、紀の湯に行幸中に起こった事件に関する歌であるからです。このように、音仮名をあえて用いず、訓仮名を混用するのは、音仮名を用いるより、訓仮名を用いた方がこの歌の語の表記として相応しいからです（他の例、三二四三番歌「湯良羅」（ゆらら）、三三番歌「浦佐備」（うらさび））。

第二句以下は、中大兄の断罪の前に、有間皇子の命は風前の灯《ともしび》であったのに、健気にもわが命萎えずに生きてゆけと厳橿が本に立って願ったことだろう、と斉明天皇が甥の死の直前の姿を瞼《まぶた》に浮かべ、切なく回想しているものです。

わが子・中大兄の仕組んだ事件により、甥の有間皇子を失った斉明天皇の悲痛な心の叫びが聞こえてくる名歌です。

しかし、以上の訓による歌は、斉明天皇の心（うら）を詠んだ「裏」の歌です。

【天皇としての建て前の歌は】　天皇としての面（おもて）を詠んだ「表」の歌の訓は、つぎのとおりです。

有間皇子事件は、時の権力者であった中大兄が仕組んだ事件であり、天皇である斉明天皇であっても、有間皇子の死を哀惜するような歌を表立って詠めませんでした。

当時、「禁止」を表す表現は、「な……そ」のほか、「な……」と、「そ」を伴わない表現もありました。

後者の方が強く禁止する意であるといわれていますので、斉明天皇の心の歌としては「そ」がない「影な萎えゆけ」の句の方が真情に合い、かつ声調も優れています。

それであるのに、「そ」を入れることによって、第二句を八字としたのは、どうしてでしょうか。

「そ」を入れることによって、「大《か》相《げ》七《な》兄《え》爪《そ》湯《ゆ》氣《け》」と訓ませられるからです。そう訓んだ場合は、字余りにもなりませんので、むしろ一般的にはこのように読まれるでしょう。

「七」は「なな」ではなく「な」と訓まれ、「そ」は上代においては清音であった強調の助詞の「そ」と解されて、第二句は「影萎えそゆけ」と読まれます。

その意味は「謀反を起こし鎮圧された有間皇子の影は萎えてゆけ」と詠んだ歌となります。

そして、第二句がこのように訓まれた場合、第三句以下は「吾《わが》瀬《せ》子《こ》之《が》　射《い》立《たた》爲《せる》兼《かね》　五《いつ》可《か》新《あ》何《はな》本《む》」と訓まれ、一首の歌意は、「謀反を起こし鎮圧された有間皇子の影は萎えてゆけ、皇子はあの世に旅立っただろうから、いつかきっと（あの世で）逢うだろう」と解釈されていたと推察されます。

現在、九番歌の下二句は冒頭掲示のように「射《い》立《たた》爲《せり》兼《けむ》　五《いつ》可《か》新《し》何《が》本《もと》」と訓まれていますが、鎌倉時代の仙覺は、「イタタセルカネイツカハアハナム」と訓んでいたのです。

紀州本、西本願寺本、神宮文庫本、陽明本、京都大学本、寛永版本の六つの古写本には「イタタセルカネイツカアハナム」との訓が書かれており、元暦校本にもそのように読める記載があり、後述のように、契沖・真淵の前はそのように訓まれていました。

「なむ」は、「推量の意味を強調確述する意」を表しています（古語大辞典）。

すなわち、斉明天皇（作者は額田王）は、第二句の「七」をスイッチ装置として、

「な」と訓んだ場合は、面（表）の歌、

鎮まりし　影萎えそゆけ　我が背子が　い立たせるかね　いつか逢はなむ

「なな」と訓んだ場合は、心（裏）の歌、

鎮まりし　影な萎えそゆけ　我が背子が　い立たせりけむ　厳橿《いつかし》が本

と、それぞれ別の訓解が成立するように歌を詠んでいるのです。

その結果、後世の人は上二句の訓が分からず、したがってスイッチ装置の存在に気づかないまま、下二句の訓だけは、前記のように二様に訓まれてきたのです。

前記伊藤博氏はこの点を感知し、「一首の上二句は、本来、斉明女帝とその側近たち数名にしかわからない謎の表記だったのではあるまいか。」と述べています。

すなわち「七」を普通に「な」と訓ませることによって、他者には謀反を起こした有間皇子の死を冷静に詠んだ歌と見せかけ、「七」を「なな」と秘《ひそ》かに訓めば、有間皇子の死を哀惜した心の歌となるように、斉明天皇の側近によって仕組まれた謎の歌なのです。

額田王の才智が、一三六〇年ぶりに輝いて見えてきます。

万葉集における最高の難訓歌として、一三六〇年の謎を秘めた理由がここにあります。

なお、心（裏）の歌の「かげななえそゆけ」は八字の字余り句ですが、「なな」のように同一行の音節が連続する場合は、字余り句の法則に合致し、同様の字余りの例は、一一三六番「濡れつつも行かむ」、四一三〇番「帯びつつけながら」にあります。

これまで、多くの先人は誤字・義訓を駆使して訓んできましたが、初句の初めの二文字「莫囂」と、第二句の初めの二文字「大相」はいずれも義訓を用いているものの、他は誤字なしで訓める歌であったのです。

▩先訓と批評

九番歌について、古来、多数の訓例が林立しています。左の伊丹末雄氏によれば、昭和四五年の時点で、約九〇の説があるとしています。現在までの代表的なもの七例を掲げます。

① 仙覺 「莫囂圓隣之大相七兄爪謁氣《ユフツキノアフキテトヒシ》」（夕月の仰ぎて問ひし）
② 契沖 「莫囂圓隣之大相七兄爪靄氣《ユウツキシオホヒナセソクモ》」（夕月し覆ひなせそ雲）
③ 賀茂真淵 「莫囂國隣之大相古兄氏湯氣《キノクニノヤマコエテユケ》」（紀の国の山越えてゆけ）
④ 土橋利彦 「莫囂圓隣之大相七里爪謁氣《シヅマリシカミナナリソネ》」（静まりし雷な鳴りそね）
⑤ 澤瀉久孝 「莫囂圓隣之大相七見爪湯氣《シヅマリシウラナミサワク》」（静まりし浦浪さわく）
⑥ 伊丹末雄 「莫囂圓隣之大相七兄爪湯氣《ユフツキノカゲフミテタツ》」（夕月の光踏みて立つ）
⑦ 間宮厚司 「莫囂圓隣之入相七見似湯気《シヅマリシユフナミニタツ》」（静まりし夕波に発つ）

まず、全体についての感想を述べます。

初句については、昔は「夕月の」または「夕月し」と訓まれることが多かったのですが、近年「静まりし」に収束してきた感があります。

第二句については、諸説とも「誤字説」の競演で、したがって未だ訓も様々で収束していく気配がありません。

そして、多くの訓例において、誰がどのような状況において詠んだ歌か、判然としないのも共通しています。

ただ訓むことに精いっぱいで、この歌の九番歌としての位置づけなどの考証に至っていないという印象をうけます。

まして私訓のように、二通りに訓むことを提案している先訓はありません。

①「夕月の　仰ぎて問ひし」　鎌倉時代に万葉集を研究した学僧・仙覚

「莫囂」を「閑寂」の義であるから「夕」の意であるとし、「圓隣」はまた「夕月」なりと、初めて訓みました。

一首全体を「ユフツキノ　アフキテトヒシ　ワカセコカ　イタ、セルカネ　イツカハ《（マヽ）》アハナム」（佐佐木信綱編「仙覺全集」）と訓み、一三、四日の夕月のごとく仰ぐ我が背子にいつか逢える、と詠んだ女性の相聞歌と述べています。

しかし、この難訓歌は万葉集巻第一「雑歌」の中の九番目の歌で、相聞歌であるはずがありません。

②「夕月し　覆ひなせそ雲」　江戸時代の万葉学者・契沖

その著「萬葉代匠記精撰本」の文中で、つぎのように訓みました。

「ユフ月シ　覆ヒナセソ雲　吾セコカ　イタ、セリケム　イツカシカモト」

歌意は、「月夜ニ立テ、我方ヲ見ヲコスラム妹カ許ニイツカ歸リ至ラムトナリ。」（「契沖全集」第一巻）と、女性を想い詠んだ男の恋歌と解釈しています。

「紀の温泉に幸しし時に、額田王が作る歌」との題詞からかけ離れ、なぜ男性の歌なのか、なぜ九番歌としてそのような歌が登載されているのか、疑問です。

初めて下二句を「イタ、セリケム　イツカシカモト」と訓んだ点が評価されますが、その意は「妹カ許ニイツカ歸リ至ラムナリ」としています。

③「紀の国の　山越えてゆけ」　江戸時代中期の国学者・賀茂真淵

「莫囂圓」を「莫囂國」であるとし、「莫囂國」は「サヤギナキクニ」として、神武紀に大和国を当てているから、その「隣之」国は紀の国であるとする、訓です。

「大相」を大きな姿という意味で「山」と訓んでいますが、いずれも荷田春満の先訓にある訓といわれています。「七兄爪」の「七」を「古」、「爪」を「氐」の誤字として、「越えて」と訓んだのは誤字説による勝手訓みですが、「湯氣」を「ゆけ」と訓んだのは評価できます。また、「イツカシカモト」をさらに「厳橿《いつかし》が本」の意としました。

④「静まりし　雷な鳴りそね」　土橋利彦「文学　第十四巻第十一号」

初めて「莫囂圓隣之」を「静まりし」と訓んだことは、高く評価できます。しかし、前述したように私は「鎮まりし」と訓むべきと考えます。

「大相」を「雷《かみ》」と訓み、「七兄爪」の「兄」を「里」の誤字とし、「な鳴りそ」と訓んだのは、無理筋ですが、「七」を「ナナ」と訓み、下の「爪」に着眼し「な……そ」の禁止形で訓んだのは、見識を示すものです。

⑤「静まりし　浦浪さわく」　澤瀉注釋

「莫囂圓隣之」を「静まりし」と訓むことは前記土橋氏に、「大相」を「ウラ（浦）」と訓むことは宮嶋弘氏に従うとした上で、「七兄」を「七見」の誤字として「ナミ（浪）」、「爪湯氣」を「サワク（騒く）」とそれぞれ訓んでいます。

また、この歌が詠まれたころ、額田王と大海人皇子の関係がまだ続いていたと考え、「わが背子」は大海人皇子を指したものと解すべきとし、額田王が大海人皇子を思って詠んだ歌と解釈しています。

そして、この歌の情景を「静まりし浦浪」が「さわく」紀の海を眺めての、作者額田王の感懐と考えられるとの記述がありますが、この上二句の解釈と続く句の「わが背子」すなわち大海人皇子が「厳橿が本」に「い立たせりけむ」ことが、どのような情景として、結びつくのか明らかではありません。

「わが背子」を大海人皇子とする理由として、「京大本には題詞の右に『奉二天武天皇一歌也』と朱筆の注が加へられてゐるのも正しいと考へる。」としていますが、何百年も後に加えられた注を、それだけで直ちに信用することはできません。

⑥「夕月の　光踏《カゲ》みて立つ」　伊丹末雄「万葉集難訓考」

「大相」を「カゲ」と訓むとする点は首肯できますが、「七兄」を「フミ」、「爪」を「テ」と訓むことなどは納得できる訓ではありません。

⑦「静まりし　夕波に発つ」　間宮厚司「万葉難訓歌の研究」

初句の訓は、前記土橋氏の訓「静まりし」と同じです。

第二句の前半の「大」を「入」、「兄」を「見」、「爪」を「似」の誤字として、「入相」を「夕」、「七見」を「波」の意と解して「夕波に」と訓み、後半の「湯気」は水蒸気を連想して「タツ（発つ）」と訓んでいます。

「静まりし夕波に発つ我が背子がい立たせりけむ厳橿が本」と訓み、歌意を「まず我が背子は旅の安全を祈願するために神聖な樫の木の下にお立ちになった。その後で、船出に好条件の静まった夕波の時に出発した」であるとしています。

間宮氏自身、⑦の訓につき「最大の弱点は三文字もの誤字を想定したところにある。」と自認しています。

この歌の「わが背子」を、有間皇子と想定している点は賛同できますが、同皇子が海路護送されたという前提には疑問があり、また謀反の嫌疑で捕らえられ、護送の往還において処刑を怖れていたであろう有間皇子が、船出の安全を祈ったというのも違和感があります。

むすび

万葉集の各歌を山の一座に譬えれば、独立峰の一座ではなく、連峰あるいは長い山脈の中の一座であることが多いといえます。それは、万葉集の編纂者が一定の編纂意図の下に歌を収集して配列しているからです。

それゆえに、難訓歌に登頂する前には、その峰が単独峰か、連峰か、編纂者の意図をよく確かめてから行動をしなければなりません。

一群の歌、前後の歌、あるいはその歌の形から編纂者あるいは歌の作者の意図を知ろうとしないで難訓歌の原文の訓にとりかかるのは、登ろうとする山の位置や姿を事前に何も確かめもしないで頂上を目指すに等しく、難訓歌という一座に登り始めても、道に迷い、文字どおり「遭難」するだけです。

私が三八首の難訓歌の解読に際し、まず、歌の配列・題詞・左注などを重視して記述しているのは、このような理由によります。

九番の難訓歌に対して、斉明天皇の曾遊歌三座の連峰の一座と捉えて解読したものです。

難訓 一九「巳具耳矣　自得見監乍」は「御髪《みぐし》にを　自《おの》づと見つつ」

一五六　三諸之《みもろの》　神之《かみの》神須疑《かみすぎ》　巳具耳矣　自得見監乍　共不寐夜叙多《いねぬよぞおほき》

この歌は「十市皇女《とをちのひめみこ》の薨《こう》ぜし時に、高市皇子尊《たけちのみこのみこと》の作らす歌三首」との題詞がある歌の最初の歌です。後の二首は、つぎのとおりです。

一五七　神山《かむやま》の山辺《やまへ》真麻《まそ》木綿《ゆふ》短《みじか》木綿《ゆふ》かくのみからに長くと思ひき

一五八　山吹《やまぶき》の立ちよそひたる山清水《やましみづ》汲《く》みに行かめど道の知らなく

一五七番歌は、三輪神社の幣《ぬさ》のように短い逢瀬であったのでもっと長く続くものと思っていたというもの、一五八番歌は、山吹の咲いている山清水に水を汲みに行きたいが道を知らないというもので、上三句は十市皇女が逝った美しい世界を詠んでいると思われます。

【異母姉弟】　さて、この難訓歌を訓む前に、どうしても十市皇女と高市皇子の関係を知っておく必要があります。

十市皇女は大海人皇子（後の天武天皇）と額田王との間に生まれた子、高市皇子は大海人皇子と尼子娘《あまこのいらつめ》との間に生まれた子ですが、確かな出生年は分かりません。大海人皇子には多くの男女の子供がいましたが、二人は最初の女子および男子で、十市皇女は高市皇子より年上だったと推測されます。すなわち、幼い時から高市皇子にとっては、十市皇女はいつも眩《まぶ》しい思いで眺めていた「お姉さま」（異母姉）だったのです。

しかし、その後、成長した二人には過酷な運命が待っていました。

十市皇女が一五、六歳になったころ、天智天皇（当時、中大兄）がその長子で、後に次期天皇にと考えるようになった大友皇子の妻となりました。それには、後に天智天皇の後宮に入った母・額田王の意向もあったと思います。

十市皇女には、大友皇子との間にすぐに葛野王《かどのおほきみ》が生まれ、このころまでは順風満帆の人生でした。

ところで、天智天皇の弟で大皇弟といわれていた大海人皇子は、当然天智天皇の次は自分が天皇になると思っていたのに、天智天皇がわが子・大友皇子を次期天皇にする意向であることを知り、やがて身の危険を感じて吉野に隠遁《いんとん》し、他日を期しました。

そして間もなく、天智天皇が病気で崩御しましたので、大海人皇子は機を見て吉野を発《た》って兵を挙げ、天智朝の後継者である大友皇子と戦いました。これが、日本の古代史最大の内戦である「壬申の乱」です。

既に一九歳になっていた高市皇子は、直ちに父の大海人皇子の軍陣に馳《は》せ参じ、父の信頼を得て前線の将として活躍し、大友皇子の近江軍を忽《たちま》ち打ち破りました。

追い詰められた大友皇子は自ら死を選び、大海人皇子が僅か一か月の戦いで勝利します。

その後、大海人皇子は都を飛鳥に置き、六七三年、天武天皇として即位しました。

このように、壬申の乱の勃発により、高市皇子と十市皇女は、互いに敵将と敵将の妻の関係になってしまったのです。

乱後、父・天武天皇の都である飛鳥に引き取られた十市皇女は、そこで高市皇子に出会《でくわ》すこともあったでしょう。十市皇女は高市皇子の妻になったという説もあります。高市皇子としては妻にしたい気持ちがあったでしょうが（当時、同母の兄妹あるいは姉弟の間での結婚は厳しく禁じられていましたが、異母間の兄妹あるいは姉弟の結婚は認められていました）、十市皇女は夫が亡くなった戦いの敵将の妻となる心境にはなれず、高市皇子の思いをなかなか受け入れなかったと思います。

【十市皇女の急死】天武天皇は、そのような薄幸の娘を憐れみ、またその原因が自分の起こした壬申の乱にある自責の念からでしょうか、泊瀬《はつせ》倉梯《くらはし》に新たに神宮を建て、十市皇女は既婚の女性ではありましたが、そこの斎宮として余生を全うさせようとしました。

六七八年四月七日、斎宮として出立するときに至り、十市皇女に「卒然《にはか》に病発《おこ》りて宮の中に薨ず」という事態が発生しました。古来、この事態を十市皇女が自殺したと考える人がいます。死の理由については分かりませんが、天智朝に身を置いた十市皇女としては、天武朝の戦勝を祀《まつ》る新宮の斎宮になることを拒否したのだと思います。

少し、二人の関係の説明が長くなりましたが、難訓歌を含む前述の三首は、このときに高市皇子によって詠まれたものです。

高市皇子が十市皇女の突然の死に遭遇し、悲痛な思いで詠んだ歌と解されます。

■私の試訓

「**巳具耳《みぐしに》矣《を》　自得見監乍《おのづとみつつ》**」すなわち「**御髪《みぐし》にを　自《おの》づと見つつ**」と訓みます。

一首全体は、「**三諸之《みもろの》　神之神須疑《かみのかみすぎ》　巳具耳矣《みぐしにを》　自得見監乍《おのづとみつつ》　共不寐夜叙多《いねぬよぞおほき》**」で、

三室の　神の神杉　御髪《みぐし》にを　自《おの》づと見つつ　共寝《いね》ぬ夜ぞ多き

です。

歌の解釈は、三室神社の神杉のように貴いあのお方の御髪だけを、おのずと目に浮かべながらも、一緒に寝ない夜が多かったことよ、の意です。

十市皇女の美しく長い黒髪が毎夜瞼に浮かぶが、思うように共寝ができる夜の少なかったことよと高市皇子が嘆いている歌、歌詞は「共寝ぬ夜ぞ多き」ですが、ほとんどないという意味だと思います。


【序詞により引き出されるもの】　この難訓歌を解読する最重要のポイントは、上二句の「三室の　神の神杉」が第三句の詞を引き出している序詞であることです。

この歌のつぎの前掲の歌、

一五七　**神山《かむやま》の山辺真麻木綿《やまへまそゆふ》短《みじか》木綿《ゆふ》かくのみからに長くと思ひき**

も、上三句「神山の　山辺真麻木綿　短木綿」の「短か」が、結句の対となる「長く」を引き出しています。

歌のこの構造、すなわち序詞を用いていることの認識なくして、この難訓歌の正しい訓はあり得ません。

そこで難訓歌の序詞「三室の　神の神杉」を観察しますと、「神」すなわち「かみ」という音が二度も出てきます。それゆえ、第三句の詞の中に「かみ」が詠まれていることが十分推測できます。

「かみ」は「髪」、そして古語では「くし」あるいは丁寧語で「みぐし」といったことが連想できます。

この歌は、高市皇子が十市皇女を偲んでいる内容の歌です。当時の男性が女性の容姿の何処に最も魅かれたかというと、女性の長く黒い髪であったといわれており、高市皇子が十市皇女の髪を詠んでいることが十分考えられます。

以下、漢字の訓の検討に入ります。

【巳と已は違う文字】　第三句の最初の文字「巳」は、本難訓歌の左注にある「癸巳《みずのとみ》」の「巳」で、「み」と訓みます。

これまで、多くの先訓は、この最初の文字を「已」と見て、それを前提に「い」と訓んでいることが多いのですが、古写本を見ますと、「巳」と明確に判定できるのは寛永版本、広瀬本の二つ、「已」と明確に判定できるのは西本願寺本、陽明本の二つ、どちらとも判定が難しいのは、類聚古集、紀州本、神宮文庫本、金沢本、京都大学本の五つに分かれます。

さらに言えば、万葉仮名で「已」は「イ」、「己」は「コ」と詠みますが、これに「巳」を加えた三文字は、僅かな字画の相違（最終画が第一画にくっ付いているか、少し離れているか、全く離れていて第二画とくっ付いているかの相違）で、今のように活字ではなく、毛筆で書き写された古写本においては、混同されて筆写されていたのが実態でしょう。

この難訓歌の古写本においても、前述のように「巳」と「已」との混同が見られますが、同歌の左注にも使用されている「巳」である可能性が高いと考えます。

つぎの「具」は、「ぐし」と訓みます。「具」を「ぐ」あるいは「ぐす」と訓むことは異論がないでしょうが、「ぐす」の連用形である「ぐし」と訓むことについては疑問を呈する人がいるかも知れません。

しかし、動詞の連用形で訓ませる例は、高市皇子の三首のうちの一首である一五八番歌においても、「振」を「ふく」の連用形「ふき」と訓ませ、「山振」を「やまぶき（山吹）」と訓んでいる例が現にあるのです。

したがって、「巳具」は「みぐし」であり、髪の古語です。日本書紀に清寧天皇について「天皇、生而白髪」

とあり、「天皇、生《あ》れましながら髪白《みぐし》し」と読まれています。

「巳」とみて「巳具」を「御髪《みぐし》」と訓んだ例はこれまでになく、新訓です。

よって、第三句「巳具耳矣」は、「巳具耳矣《みぐしにを》」と訓みます。

「に」は、動作の対象を表す格助詞です。

「を」は、願望の意をこめた間投助詞で、八〇七番歌「用流能伊味仁越《よるのいめにを》」および三一〇八番歌「夜夢乎《よるのいめにを》」にその例があります。

「にを」は、これらの句において「だけでも」「なりとも」と解釈されています。

したがって、本句においては「御髪だけを」の意と解することができます。

【「自得見」とは】　第四句の最初の「自」を「おのづ」と訓むことは、三二三五番歌に「自然《おのづから》」の例があり、つぎの「得」は「と」と訓む例が多くあります。
「知利奴得母與斯《ちりぬともよし》」（八二一番）、「得之波岐布得母《としはきふとも》」（八三〇番）
「得志能波尓《としのはに》」（八三三番）、「久毛尓得夫《くもにとぶ》」（八四七番、八四八番）
「自得見」は「おのづとみ」と訓み、三文字で一つの事象を表現しています。例えば、実際に目を開いて十市皇女の髪を見ようとするのではなく、自然と十市皇女の髪が脳裏に思い描かれてくるとか、自分の瞼に思い浮かんでくるという事象を、「自得見」という三文字で表現していると考えます。
その「自得見」に続いて「監乍」の文字があり、これは「見つつ」と訓みますので、「自得見」と「見つつ」の「見」が重複しているように思われるかも知れませんが、同様の表現の例が、二二三三番歌「君之形見尓　見管思奴幡武」、五八七番歌「吾形見　見管之努波世」および二一七六番歌「公形見迩　監乍将偲」にあります。
また、万葉集の他の歌の中に、同義の語を重ねて一つの意を表現している例は、「暮夕《ユフベハ》」（六四番）、「集聚《ツドヘ》」

（四七八番）（以上、澤瀉注釋）のほか「遣使《ツカハシシ》」（一九九番）もありますから、そのような一例ともいえます。

よって、第四句の五文字「自得見監乍」も原字どおり「自得見監乍《おのづとみつつ》」と訓むことができます。

【甲類・乙類の問題】　最後に「巳具」を「御髪《みぐし》」と訓むことについて、いわゆる万葉仮名の甲類・乙類の検証が必要です。

すなわち、「御髪《みぐし》」あるいは「美髪《みぐし》」の「御《み》」「美《み》」は甲類の「み」ですから、「巳」も甲類の「み」でなければならないからです（もっとも、三八三番歌の原文の「卌」（四十）の「よそ」の「ソ」は甲類の仮名ですが、訓は、乙類の仮名が用いられる「外《よそ》」の「ソ」と訓んでいる例があります。）。

ところで、ある仮名文字が甲類であるか、乙類であるかの調べ方は、岩波古典大系によれば「固という万葉仮名が出て来たとする。固は、越す・畏し・前妻《こなみ》という単語に使われている。そこで、固は越す・畏しを書く仲間、つまりコの甲類に属するということになる。」というものですが、「巳」は万葉集において、十二支の六番目の「巳」以外に「巳具」「上巳《じようし》」「不巳《やまし》」の語がみられますが、「み」の訓を持っていると思われる語は「巳具」のみです。

しかし、平安時代の喜撰法師の有名な歌や枕草子に、方角を示す「辰巳」という詞が使用されていますので、万葉の時代から「辰巳」は「たつみ」と訓まれていたと思われます。その「辰巳」が姓名として、「辰巳」「辰見」「辰美」として使用されています。

右の「見」「美」は甲類の「み」ですから、「巳」も甲類の「み」と推断できます。

先訓と批評

つぎに代表的な注釈書を掲げ、先訓を批評します。

「行くに惜しと　見けむつつとも」（已具耳矣自得《イクニヲシト》　見監乍《ミケムツツ》共《トモ》）契沖「萬葉代匠記」

誤字説をとらずに、原字のまま訓を試みている点、および「第二ノ句マテハ杉ヲ過ニカラン為ノ序ナルヘシ。」と言い、序詞を念頭に置いた訓である点はさすがです。

しかし、序詞の中の「杉」が第三句の言葉を引き出すと考えたものの、結局、第三句に「すぎ」と訓める文字はなく、「已具」を「イク」と訓み、「徒ニ逢ヌ月日ノ過行ヲ惜トナリ」と解しています。

第二句の末尾の「すぎ」と第三句の最初の「行く」とを結びつけて「過ぎ行く」と訓み、解釈するというのは、序詞の使用というより「句割れ」「句跨《また》り」の問題です。

「夢にだに　見むとすれども」（已目耳谷《いめにだに》　将見監為共《みむとすれども》）岩波古典大系

一首全体の訓を「三諸《みもろ》の神の神杉夢《かみすぎいめ》にだに見むとすれども寝《い》ねぬ夜ぞ多き」と掲記しています。

それは、「已」から「共」までの原字一〇字のうちの五文字までを「誤字」とした上での訓です。誤字と言うだけで何の合理的な根拠も示さない訓で、訓解に値しないものです。

それは訓解したという人の独断の歌句にすぎず、原歌と何の関係もないものといってよいでしょう。

現に、後記澤瀉久孝氏が「『夢にでも見たいと思ふけれど』ならば『ねない晩が多い』でなくて『ねられない晩が多い』でなければならぬ。」「『いねぬ夜ぞ多き』でなくて『いねらえなくに』とか『いねかてなくに』『いねかてぬかも』などあるべきだと思ふ。」と指摘しているように、右の訓は論理的にも矛盾しています。

さすがに、新古典大系は、「第三・四句は解読不可能。」「訓を付さないでおく。」として、右の訓を引き継がず、岩波文庫も「解読できない。」としています。

「よそのみ　見つゝ」（四其耳矣《ヨソノミ》　自得見《ミ》監乍《ツツ》）澤瀉注釋

本難訓歌に対する訓釈は、未完成であることを、著者が認めています。しかし諸訓例を詳細に検討しており、参考になります。

それによると、第三句のはじめを「夢」とする説が多いが、「夢《イメ》」のイと「齋《イ》む」とをかけるために「みもろの　神の神杉」の序はことごとしすぎる感があるといい、「具」と「目」の誤写の実例がないこと、「已」は音読で「目」は訓読である点からも「イメ」の訓は成立しないと言います。

その上で、著者は近づき難い神杉を、思う人をよそに見る譬喩と解して、初めて高市皇子と十市皇女の関係を詠う適切な序となると言い、第三句は「よそのみ」という語があって生かされるとし、「已具耳」は「四其《ヨソ》耳《ノミ》」の誤字とするものです。

序詞を重視して、第三句の訓を考えるという考え方は正しいものの、結局、自己の歌の解釈が優先して、それに無理矢理に文字を合わせる「誤字説」の通弊に陥っています。

「夢のみに見えつつ共に」（已目耳矣《いめのみに》　得見乍共《みえつつともに》）　中西全訳注

「具」（類は具）は「目」の誤り、「自」も混入した名残とみる、「監」（ミ）は「見」の衍《えん》かと注釈しています。

やはり、誤字説です。右の「類」は「類聚古集」のこと、「衍」は誤って入った無用の文字のことです。

「過ぐのみを　蔀《しとみ》見つつも」（已具耳矣《すぐのみを》　自得見監乍共《しとみみつつも》）　永井津記夫「万葉難訓歌の解読」

「已」は「すでに」という意味で、訓の一部を用いた訓、いわゆる略訓の例として「已」を「す」と訓み、「已具」を「すぐ」すなわち「過ぐ」と訓むとしています。誤字説によるのではなく、「過ぐ」と訓み、かつ上二句の序詞の「神杉」の「すぎ」に引き出された「過ぐ」で、申し分ないようにみえます。

しかし、「過ぐのみを」は、「過ぐるのみを」でなければ文法的に誤っています。

すなわち、副助詞の「のみ」は活用する語の連体形に付くとされており、上二段活用の「過ぐ」の連体形は「過ぐる」であり、「過ぐ」ではないのです。

「過ぐるのみを」であれば正しいのですが、「已具耳矣」の四文字の中に「る」に当たる文字がありませんので、「過ぐるのみを」とは訓めず、したがって「過ぐのみを」と訓むことは文法的に誤っていることになります。

【訓を付さず】　小学館古典全集、新潮古典集成、新編古典全集および伊藤訳注

難訓。「夢にだに見むとすれども」ほか多数の試訓があるが、どれも確かではない、として訓を付さず、原文のまま掲記しています。

■むすび

難訓歌解読の歴史は、「誤字説」の歴史といってもいいぐらい多くが誤字と解され、原字と異なる文字を当てて訓読されています。

活字での出版ではなく、毛筆の筆写による時代では、特に草書体による文字は判別し難いものもありますので、違う文字に筆写され伝承されてきたことは考えられないことではありません。

しかし、僅か数文字の難訓句の文字が二文字以上、また時には過半数の文字を誤字であるとするのはあり得ないことです。

誤字説の多くは、その難訓歌に対して、その人の解釈が先行し、原字ではどうしてもその解釈に合うように訓めないので、原字を誤字であるとし、自分の解釈に合う訓の字を探して当てているという場合が多いと思います。江戸時代の訓に、特に多く見られます。

安易な誤字説は、訓読の放棄に等しいものです。それはもはや訓読ではありません。

私は本書の三八首の難訓歌解読に際し、誤字説によったものもありますが、なるべく誤字説をとらないように努めました。

難訓二〇「葉非左思」は「灰差し」

三八八九　人魂乃《ひとだまの》　佐青有公之《さをなるきみが》　但獨《ただひとり》　相有之雨夜乃《あへりしあまよの》　**葉非左思**所念《おもほゆ》

「怕《おそ》ろしき物の歌三首」との題詞がある、三首目の歌です。

一首目は天上、二首目は海上、そして三首目のこの難訓歌は地上のもので、想像すると恐ろしいと思う光景を詠んでいます。

【「はひさし」を万葉集より探す】「葉非左思」は、文字を忠実に訓むと「はひさし」です。万葉集の中で「はひさし」の動詞形「はひさす」の語を用いた歌として、つぎの歌があります。

三一〇一　**紫者**《むらさきは》　**灰指物曾**《はひさすものぞ》　**海石榴市之**《つばいちの》　八十街尓《やそのちまたに》　**相兒哉誰**《あへるこやたれ》

この歌の上二句は、第三句の海石榴市という町の名を引き出す序詞ですが、布を紫に染めるとき、紫草《むらさき》の根の汁に椿の木を燃やした灰を媒染剤として加えることを「灰差す」といい、「灰差す」といえば、「椿」を連想するので、「灰差す」を海石榴市の序詞にしています。

本歌の「葉非左思」も右「灰差す」と同じことをいっているものです。万葉の時代の人々は、この染色方法を用いたときの状態は誰もがよく知っている知識であったので、この状態を「思ほゆ」を修飾する譬喩として用いていると推察します。

■私の試訓

「葉非左思《はひさし》」すなわち「灰差し」と訓みます。

一首全体は、「人魂乃《ひとだまの》　佐青有公之《さをなるきみが》　但獨《ただひとり》　相有之雨夜乃《あへりしあまよの》　葉非左思所念《はひさしおもほゆ》」で、

人魂の　さ青なる君が　ただひとり　逢へりし雨夜の　灰差し思ほゆ

です。

歌の解釈は、人魂のように真っ青な顔の君がただ一人居て、逢ったあの雨の夜の光景が、「灰差し」をしたときのようにはっきりと瞼に浮かんで思われてくる、との意です。

【紫色に染色する方法】「灰差し」とは、紫草の根の汁で紫色に布を染めるとき、紫色を発色・定着させるために、紫草の汁に、椿の木を燃やしてできる灰を加えることです。

辻野勘治「万葉時代の生活」に、当時の染色について、つぎのように記載されています。

「紫草で染色するには、その根を石臼ですりつぶし、つぶした根を桶の上にのせ、桶の中には染めるべき布を入れておく、上から湯をかけると根の液汁が下の布に滲みこんでゆく。浸し染めと言われる方法である。（中略）椿の木を焚いた灰は桶の水に加えて灰汁を媒染剤とするのである。（明治前日本農業技術史）」

灰を差すことによって、布が紫色に鮮やかに発色し、定着する状態になりますが、まさにその灰差しをしたときのように、人魂のような青い顔をした君と逢った雨の夜の光景が、鮮やかに瞼に浮かび消えずに想い出されてくる、と詠んでいるのです。

他に、染色に擬《なぞら》えて「思ほゆ」と詠んだ歌に、つぎの歌があります。

五六九　韓人《からびと》の衣染むといふ紫の心に染《そ》みて思ほゆるかも

ところで、「逢へりし雨夜の」も、「灰差し思ほゆ」も、共に八字で字余りです。しかし、共に句中に母音「あ」あるいは「お」がありますので、字余りの法則に合致しています。

先訓と批評

「久しく思ほゆ」（非左思久所念）　契沖「萬葉代匠記」

「思」の下に「久」あるいは「九」の脱字があるとして、結句を「久しく思ほゆ」と訓みました。それは第四句「相有之雨夜乃」の末尾の「乃」はないものとし、そこに「葉」を置き、第四句を「逢へりし雨夜は」と訓むことを前提にしています。

しかし、「非」は乙類の「ヒ」で、「久し」の甲類の「ヒ」とは仮名が相違する、との指摘があります。

「葬《はぶ》りをそ思ふ」（葉振乎曾所念）　岩波古典大系

「非は振の草体からの誤、左は乎→戸→左という経過をとった誤と思われる。戸と左との誤写は元暦本巻十九などに例が多い。思は曾の誤ではないか。巻末に誤写の多いことは、よく知られている。」と誤字説を展開しており、その理由付けは「見事」と評するほかありませんが、ともかく四字のうち三字までも誤字とする訓は異常で、到底納得できるものではありません。

やはり、新古典大系では、「葉非左思所念」を原文のまま掲記し、「結句は解読不可能。」「訓みを付さないでおく。」としています。

【訓を付さず】　小学館古典全集、新潮古典集成、新編古典全集、澤瀉注釋、中西全訳注、伊藤訳注および岩波文庫「葉非左」の三文字は、訓義未詳としています。

■むすび

この難訓歌については、染色の知識が一応必要です。しかし、「灰差す」の語は多くの古語辞典にも載っており、その意味を知ることはさして困難ではありません。むしろ、「灰差す」という語が、歌においてどのように用いられているかに思い至るためには、古歌に対する嗜《たしな》みが必要です。

古歌は、美しい言葉の譬喩を用いて、より鮮明に歌意を鑑賞者に伝えたいと工夫を凝らしています。「灰差す」「灰差し」は、つぎのように平安時代の歌にも詠まれており、色鮮やかに映えている状態の譬喩として用いられています。

紫に　八入《やしほ》染めたる　藤の花　池に灰差す　ものにぞありける　斎宮女御（後拾遺集巻二　春下）

言はねども　思ひ染めてき　錦木《にしきぎ》の　灰差す色に　出でやしなまし　藤原仲実（堀河院御時百首）

佐保姫の　ほのかに染むる　桜には　灰差し染むる　藤ぞうれしき　兵衛督源師澄《もろずみ》（宇津保物語）

異なる原文があることによる難訓歌

一〇〇〇年以上前から、毛筆の筆写で歌の原文が伝承されてきた万葉集の歌ですから、なかには各古写本の表記が異なっている歌があり得ます。

原文が異なれば、どの表記が元の正しい表記かの判定が困難となり、当然複数の異なる訓解が生まれる原因となります。

各訓解者が、正しい原文の表記として異なる原文の表記を選択し、その表記に対して訓解を行うからです。

人は誰でも、自分の主観に合った表記、あるいは自分が想定した訓解に合った表記を選択しますから、多様な訓解が生まれることとなります。

難訓 二二　「家吉閑名　告紗根」は「家聞かな　告《のら》さね」「我許者背齒　告目」は「我れ乞はせば　告らめ」

籠毛與《こもよ》　美籠母乳《みこもち》　布久思毛與《ふくしもよ》　美夫君志持《みぶくしもち》　此岳尓《このをかに》　菜採須兒《なつますこ》

（A）**家吉閑名　告紗根**　虚見津《そらみつ》　山跡乃国者《やまとのくには》　押奈戸手《おしなべて》　吾許曾居《われこそをれ》

師吉名倍手《しきなべて》　吾己曾座《われこそませ》　（B）**我許者背齒　告目**　家呼毛名雄母《いへをもなをも》

この歌は、万葉集冒頭の歌として知られ、多くの人に愛誦されています。万葉集の一般書あるいは専門書によって、この歌の訓はその書物に書かれている訓が定訓であるかのように読者は印象づけられますが、実は、右太字で示したAとBの部分に対しては、複数の訓が存在しています。すなわち、まだ定訓がない状態であるといってよく、定訓がないという意味において、これも難訓歌です。

【「妻問《つまどい》」されたとき】　この歌は「名告り」の歌ですが、「名告り」とは万葉の時代、男が妻にしたい女に出会ったとき、女の家や名を聞き、女がそれに応えて家や名を告げたときは妻になる承諾をしたことになるという「妻問婚《つまどいこん》」の最初の段階です。

それですから、女は男から家や名を聞かれても、いつも素直に自分の家や名を男に告げていたわけではありません。万葉集に、こんな男女のやり取りの歌があります。

一七二六　難波潟潮干に出でて玉藻刈る海人娘子《あまをとめ》ども汝が名告らさね

一七二七　あさりする人とを見ませ草枕旅行く人に我が名は告らじ

また、女が家や名を聞かれる場合、その男と初対面ですから、女も男の家や名を聞いてから答えようと思うことも多いでしょう。三一〇二番歌は、そのようなときに詠われた歌です。

三一〇一　紫は灰さすものぞ海石榴市《つばいち》の八十《やそ》の衢《ちまた》に逢へる子や誰《たれ》

三一〇二　たらちねの母が呼ぶ名を申さめど道行く人を誰れと知りてか

なかなか家も名も告げない女に対し、女の不安を取り除くために、男の方から自分の家と名を女に告げることもあったと思われます。

【原文に相違がある】　各古写本における、AおよびBの部分の原文はつぎのとおりです。Aについては「吉」「吉」か「告」、Bについては「者」があるか、ないかの相違があります。

	A	B
元暦校本	「家吉閑名　告紗根」	「我許（者）背齒　告目」（者）は添え書き
類聚古集	「家吉閑名　告紗根」	「我許背齒　告自」
西本願寺本	「家吉閑名　告沙根」	「我許者背齒　告目」
紀州本	「家吉閑名　告沙根」	「我許者背齒　告目」

神宮文庫本　「家告閑名　告沙根」「我許者背歯　告目」
陽明本　「家吉閑名　告沙根」「我許者背歯　告目」
京都大学本　「家吉閑名　告沙根」「我許者背歯　告目」
広瀬本　「家告閑名　告紗根」「我許者背歯　告目」
寛永版本　「家吉閑名　告沙根」「我許者背歯　告目」

■私の試訓

Aに対し
「家吉閑名《いへきかな》　告紗根《のらさね》」すなわち**「家聞かな　告《の》らさね」**と訓みます。
一首の前半は、

籠《こ》もよ　み籠持ち　掘串《ふくし》もよ　み掘串持ち　この岡に　菜摘ます児　家聞かな　告《のら》さね

Bに対し
「我許者背歯《われこはせば》　告目《のらめ》」すなわち**「我れ乞はせば　告らめ」**と訓みます。
一首の後半は、

そらみつ　大和の国は　おしなべて　我れこそ居れ　しきなべて
我れこそ座《ま》せ　我れ乞はせば　告らめ　家をも名をも

「家吉閑名　告紗根」を「家聞かな　告《のら》さね」と訓む理由は、まず原文を尊重したことです。もっとも、神宮文庫本と広瀬本には「家告閑」とあり、「家告《の》らせ」と訓む先訓もありますが、「閑」を「せ」と訓むことに無理があります。

【強面《こわもて》の訓はどうも】「家聞かな」は、初対面の娘子に対し、娘子の気持ちを尊重し、こちらの希望に応えて娘子の方から家がどこであるかを言ってくれるのを期待し、それを聞きたいと表現しているものです。

「家告らせ」では、初対面の娘子に一方的に家がどこかを告げなさいと命じる表現となり、穏当ではありません。

初対面の娘子との間に恋を実らせようとする場合は、自分の希望をいきなり相手に要求するのではなく、自分の希望を相手に伝えるとともに、相手の気持ちを尊重する立場に立って、相手の行動に期待していることを伝えるのが、昔も今も常道でしょう。

すなわち、相手に強制をして不安や困惑を生じさせる表現は下の下であって、相手に、この人は自分の気持ちを尊重してくれる優しい人だと思わせる表現が上です。

それは、古代の天皇であっても、同じです。なぜなら、家を告げよと言われたときは、娘子は相手が天皇であることをまだ知らないのですから。

また、天皇が娘子に優しく接していることは、娘子が持っている「籠」「掘串」に「美籠《みこ》」「美夫君志《みぶくし》」と、美称の接頭語「み」を付け、それを持っている娘子を美しい娘であると匂わせている表現にも表れています。

【強調の助詞の「こそ」でない】「家聞かな告さね」と娘子の気持ちを思い遣って優しく問い掛けた天皇でしたが、娘子に困惑した様子が見られ、返事がありませんでした。

そこで天皇は、娘子の困惑を解くためには、自分の方が先に名告らなければならないと思ったのです。

天皇の名告りの構造は、つぎのようになっています。

そらみつ　大和の国は
おしなべて　我れこそ居れ
しきなべて　我れこそ座せ
我れ乞はせば（家をも名をも）告らめ

すなわち、「我れこそ居れ」と「我れこそ座せ」は並列の関係で、下の句に続いています。「こそ」の用法について、「……こそ……已然形」の形で結ばれた文が、後続の文に対して逆接の確定条件を表すとされており（古語大辞典）、ここの「こそ」は単なる強調の助詞の「こそ」ではないのです。

したがって、右歌句は、我れは大和の国を「おしなべて」および「しきなべて」支配している者であるけれども、私がお願いしたのですから、娘子あなたも家も名も告げてほしい、との意です。

天皇は、当初、自分は大和を支配する者であるから、いまさら娘子に家も名も名告る必要がないと思っていたけれどもという気持ちを、逆接の確定条件を表す「……こそ……已然形」を並列的に重ねて詠っているのです。

【「者」の字の存在】　Bについて、「西本願寺本」以下の七古写本がすべて「我許者背齒　告目」となっています。

また、「元暦校本」には「者」の添え書きがあります。

澤瀉注釋は、「背」の字を、借訓の「そ」と思いつかなかった中世の点者が「者」という「よけいな加筆」をしたため、その後の古写本は意味不明のまま、「者」を原字として踏襲してきたにすぎない、と述べています。

しかし、万葉集の中で「背」を「そ」と訓む例は、五二番および一九九番において「背友乃」を「そとも の」と訓む場合だけであり、かつ助詞「こそ」に対し、七六例が「許曾」の表記であり、「許背」の例は他にありません。

したがって、澤瀉注釋の前記指摘は必ずしも当を得たものとは思えません。

私は「我許者背齒　告目」の表記を正しいものとして選択し、「我れ乞はせば　告らめ」と訓みます。

「乞はせば」の「せ」は、尊敬・親愛を示す助動詞「す」の已然形で、この歌では未然形「さ」も「告らさね」で用いられています。

「ば」は順接の確定条件を表す助詞で、希望・願望を意味する助詞「む」の已然形「め」(「目」は乙類の「め」)で、「告らめ」と受けています。已然形で言い切る例は、四七一番歌「山隠しつれ」および六五九番歌「奥もいかにあらめ」にあります。

「我れ乞はせば　告らめ」の意味は、「私がお願いしたのですから、(家も名も)告げてほしい」と希望しているのです。娘子に対する天皇の一途《いちず》な思いが伝わってきます。

なお、天皇の行為に「乞」を用いている例として、九〇番歌の左注に「天皇歌以乞」とあります。

先訓と批評

1　Aに対し、近年の代表的な訓はつぎのとおりです。

「家聞かな　告らさね」(家吉閑名　告紗根)　岩波古典大系
「家聞かな　名告らさね」(家吉閑名　ゝ告紗根)　小学館古典全集
「家告らな　名告らさね」(家告奈　名告紗根)　新古典大系
「家告らせ　名告らさね」(家告閑　名告紗根)　新編古典全集
「家告らせ　名告らさね」　原文不掲載　新潮古典集成

「家告らせ　名告らさね」（家告閑　名告紗根）　澤瀉注釋
「家聞かな　名告らさね」（家吉閑　名告沙根）　中西全訳注
「家告らせ　名告らさね」　原文不掲載　伊藤訳注
「家告らな　名告らさね」（家告奈）原文不掲載　岩波文庫

大別して、「家聞かな」と「家告らな」「家告らせ」に分かれます。前記のように、Aの二番目の文字が写本により「吉」「吉」と「告」に分かれていますので、前者は「吉」「吉」を採り、後者は「告」を採った上で、つぎの「閑」を「せ」、あるいは「奈」の誤字として「な」と訓むものです。

澤瀉注釋は、「家告らせ」と訓む理由として、「第一『家聞かな』といふ言葉の存在に疑問がある。」としています。

しかし、古語大辞典は、「聞く」について「尋ねる。問いただす。」（ある内容を聞き知ろうとすることから、逆に他に発言を求める意を表す。）を掲げ、「散り散らず聞かまほしきを古里の花見て帰る人も会はなむ」の拾遺和歌集の歌を引用しています。

また、万葉集につぎの歌があります。

二七一〇　**犬上《いぬかみ》の鳥籠《とこ》の山なる不知哉川《いさやかは》いさとを聞こせ我が名告《の》らすな**

二八〇五　**伊勢の海ゆ鳴き来る鶴《たづ》の声とろも君が聞こさば我れ恋ひめやも**

右の「聞こせ」「聞こさ」は、いずれも「聞く」の尊敬語「聞かす」が転じて「聞こせ」「聞こさ」となったもので、「おっしゃる」の意とされています。

今でも、初対面の人に名前を聞くとき、「お名前を告げてください」というより、「お名前をお聞かせください」というのが、相手に対し丁寧な言い方として通用しています。

すなわち、「告る」は相手の行為であるのに対して、「聞く」は自分の行為であるところ、相手の名前などを知るという目的を、「告る」という相手の行為を要求する表現によって達成しようとするのではなく、「聞く」という自分の行為を表現することによって、同じ目的を達成しようとする表現方法が昔からわが国に存在しています。

また「家告らせ　名告らさね」と「告る」という言葉を重ねることは、相手の女性を圧迫し、かつ性急な印象を与え、かえって女性に返事を躊躇《ちゆうちよ》させることになります。

2

Bに対する近年の代表的な訓は、つぎのとおりです。

「われにこそは　告らめ」（我許背齒　告目）　岩波古典大系
「我こそば　告らめ」（我許背齒　告目）　小学館古典全集
「我こそば　告らめ」（我許背歯　告目）　新古典大系
「我こそば　告らめ」（我許背齒　告目）　新編古典全集
「我れこそば　告らめ」　原文不掲載　新潮古典集成
「吾《わ》にこそは　告らめ」（我許背齒　告目）　澤瀉注釋
「われこそは　告らめ」（我許曽者　告目）　中西全訳注
「我れこそば　告らめ」　原文不掲載　伊藤訳注
「我こそば　告らめ」　原文不掲載　岩波文庫

これらの違いは、「われに」あるいは「吾に」と、「に」を入れるかどうかです。

「に」を入れれば、「告らめ」の主格は娘子になり、「に」を入れなければ、「告らめ」の主格は天皇になり、歌意は正反対になります。

「に」を入れる理由として、岩波古典大系は「すでに大和の国を治めている者だと自らを明らかにした天皇の言葉としては不適当となる。」といい、澤瀉注釋は、「吾こそ大和の國を家とする天皇だと述べられたのであるから（中略）今更『家をも名をも告らう』といふ事は無用の言である。」と述べています。

しかし、「そらみつ　大和の国は　おしなべて　我れこそ居れ　しきなべて　我れこそ座せ」の歌句は、前述のように大和を支配している者である自分（天皇）は、本来娘子に名を聞く必要もないけれども、という気持ちを表している歌句です。

単純に天皇の名告りの歌句でないことは、「……こそ……已然形」の逆接の確定条件の文体が用いられていることで明らかです。

さらに、原文にない「に」を入れる説明として、それによって天皇が娘子に対して、「（他の人には言わなくとも）自分には言うでしょうね。」（岩波古典大系）とか、「相手の心を誘導して、のつぴきならぬ決断を求めたのである。」（澤瀉注釋）としていますが、そのように屈折した解釈をしなくとも、この句を私訓のように「我れ乞はせば　告らめ」と訓めば、優しく素直に、娘子に家と名を告げるように願望していることになります。

また、「我こそば　告らめ」と訓む説に対しては、最初に、娘子の家と名を聞きたいと詠い始めた天皇が、結局、自分の名を告げようと詠い収めることになるのは締まりがなく、最後まで、やはり娘子の家と名をもう一度聞きたいと、この歌を結ぶ方が優れていると思います。

■むすび

これまで、「おしなべて　我れこそ居れ　しきなべて　我れこそ座せ」の二つの「こそ」は、多くの注釈書では強調の「こそ」と理解されてきました。

また、「我許者背歯　告目」の原文に対して、「われ乞はせば　告らめ」と訓む注釈書はなく、「者」の原字を訓まずに無視して「われにこそは　告らめ」あるいは「我こそば　告らめ」と、やはり強調の「こそ」を入れて訓まれてきました。

このように、強調の「こそ」を三つも連ねて訓解するのは、この歌の作者が強面で知られる雄略天皇であるとの印象に影響されていると思われます。

しかし、歌を文法的に解釈すれば、前述のように「……こそ……已然形」の文体は後続の文に対して逆接の確定条件を表しており、家を告げてくれない娘子に手をやいた雄略天皇が「自分は天皇であるが」と本来お願いする立場でないがという気持ちを詠っているのですから、後続の文である「我許者背歯　告目」は原文どおり「われ乞はせば　告らめ」と訓むべきです。

この歌に対しては、出だしの歌句の明快さから牧歌的な歌、日本書紀における雄略天皇の事蹟などの連想から同天皇の強面の歌、さらには娘子に手こずっている天皇を劇化した求婚物語などと評価が分かれていますが、私は三つ目が近い評価だと思います。

難訓 二三 「云子鹿丹」は「云ひしかに」

一八一七 今朝去而《けさゆきて》 明日者來牟等《あすにはこむと》 **云子鹿丹** 旦妻山丹《あさつまやまに》 霞霏霺《かすみたなびく》

【春霞に恋人を思う歌】 巻第十の巻頭にある春雑歌七首のうちの一首です。また、「右柿本朝臣人麿歌集出」との左注があります。

つぎのように、この歌以外の五首にも「霞たなびく」の句が詠まれ、他の一首にも「春霞」が詠われています。

一八一二　ひさかたの天の香具山この夕霞たなびく春立つらしも

一八一三　巻向《まきむく》の檜原《ひはら》に立てる春霞おほにし思はばなづみ来めやも

一八一四　いにしへの人の植ゑけむ杉が枝に霞たなびく春は来ぬらし

一八一五　子らが手を巻向山に春されば木の葉しのぎて霞たなびく

一八一六　玉かぎる夕さり来ればさつ人の弓月《ゆつき》が岳に霞たなびく

一八一八　子らが名に懸けのよろしき朝妻の片山崖《きし》に霞たなびく

右七首は、大和地方にある各山を望んで、そこにたなびく春霞に春の到来を悦び詠んでいますが、特に一八一五番歌以降の四首は、春の訪れは男女の間における春の訪れでもあることを悦び、それぞれの山の名に掛けて春霞を男女の歌として詠っています。

【原文に相違がある】　さて、古写本によれば、本難訓歌については、漢字の原文も、仮名で併記されている訓についても、つぎのように異なっています。

元暦校本　「明日者来年等　云子鹿」　「あすはこんと　いふしかすかに」
類聚古集　「明日者来年等　云子鹿丹」　「あすはこんと　いふしかすかに」
広瀬本　「明日者来年東　云子鹿」　「アスハコシト　イフシカスカニ」
紀州本　「明日者来牟東　云子鹿丹」　「アスハコムト　イフシカスカニ」
西本願寺本　「明日者来牟等　云子鹿丹」　「アスハキナムト　イフコカニ」
神宮文庫本　「明日者来牟等　云子鹿丹」　「アスハキナムト　イフコカニ」
陽明本　「明日者来牟等　云子鹿丹」　「アスハキナムト　イフコカニ」
京都大学本　「明日者来牟等　云子鹿丹」　「アスハコムト　イフコカニ」
寛永版本　「明日者来牟等　云子鹿丹」　「アスハコムト　イフコカニ」

各古写本間の漢字の表記を比較すれば、右の「年」は「年」か「牟」か判別し難く、「等」が「東」であるもの、「丹」と丹が無いもの、などの相違があります（なお、原文の「鹿」に傍線を引いた箇所は、「庶」に似た文字が書かれていますが、「鹿」の草書体と判定されます）。

仮名表記の最も大きい相違は、「いふしかすかに」と「いふこかに」の相違です。そして、この仮名表記の相違は、必ずしも漢字表記の相違に対応していない点が注目されます。

■私の試訓

「**云子鹿丹**《いひしかに》」すなわち「**云ひしかに**」と訓みます。

一首全体は、「**今朝**《けさ》**去而**《ゆきて》　**明日**《あす》**者**《には》**來**《こ》**牟等**《むと》　**云子鹿丹**《いひしかに》　**旦妻山丹**《あさつまやまに》　**霞霏霺**《かすみたなびく》」で、

今朝行きて　明日には来むと　云ひしかに　朝妻山に　霞たなびく

です。

歌の解釈は、今朝去って行って、また夜には戻って来るよと言いたいかのように、朝妻山に春霞がたなびいてたゆたうている、の意です。

原文に「来年」と「来牟」、「云子鹿」と「云子鹿丹」の相違があることは前述しましたが、私はいずれも後者を選択して訓解しました。私が「云子鹿丹」を選択した理由は、元暦校本には仮名表記で「しかすかに」と「に」の表記があるのに、漢字表記には「丹」の文字がないのは「丹」が脱字していたものであり、その後の写本によってそれが補正されたと考えたからです。

【男の歌か女の歌か】　この歌は、恋人が自分のところから去ってもまた戻ると云ってくれたらいいのにとの後朝《きぬぎぬ》の願望をもつ女性が、朝妻山に去り難くたゆたうている霞の姿が、まるでまた戻ってくると言いたいよう

な動きだと詠んでいるものです。

当時、男が女のもとへ通うのが一般的ですから、朝妻山は女性で、霞は男性であり、歌の作者は女性であることになります。

その歌意から、一八一五番歌は男性、一八一六番歌は女性、一八一八番歌は男性の立場から詠まれた歌でありますので、一八一七番の本歌を女性が詠っている歌として、男女の歌が各二首配置されていることになります。

春霞や雲がたゆたうていることを男女の関係で詠んだ歌に、つぎの歌があります。

三七二　(長歌の一部分) 御笠の山に　朝さらず　雲居たなびき　(中略) 雲居なす　心いさよひ

二八一六　うらぶれて物な思ひそ天雲のたゆたふ心我が思はなくに

三三八八　筑波嶺の嶺《ね》ろに霞居《かすみゐ》過ぎかてに息づく君を率寝《ゐね》て遣《や》らさね

三五一一　青嶺ろにたなびく雲のいさよひに物をぞ思ふ年のこのころ

また、雲や煙の「たなびく」状態を「行きはばかる」「行き過ぎかねる」と詠んだ歌として、つぎの歌があります。

三二一　富士の嶺を高み畏《かしこ》み天雲もい行きはばかりたなびくものを

三五三　み吉野の高城《たかき》の山に白雲は行きはばかりてたなびけり見ゆ

三五四　縄《なは》の浦に塩焼く煙夕されば行き過ぎかねて山にたなびく

【「云子鹿丹」をどう訓むか】　前述のように西本願寺本以下の古写本は、いずれも「云子鹿丹」を「イフコカニ」と訓んでいますが、私は「いひしかに」と訓みます。「子」を「し」と訓む例は、八三〇番「佐吉和多流《さきわたる》倍子《べし》」にあります。

「しか」は、「実現の難しい自分の願望を表す」願望の終助詞で、動詞の連用形に接続します。「に」は、比喩を意味する格助詞で、「のように」です（以上、古語林）。

「しか」を用いた歌として、つぎの旋頭歌があります。

二三六六　まそ鏡見しかと思ふ妹も逢はぬかも玉の緒の絶えたる恋の繁きこのころ

ところで、「云子鹿丹」は「いひしがに」と訓むことも一応考えられます。

しかし「……するほどに」の意である接続助詞の「がに」は活用語の終止形に付くとされていますので、「いふがに」では「子」は不要になり、「いひしがに」と「し」を助動詞「き」の連体形で読むと、終止形に繋がらなくなります。

また、願望などの理由や目的を示す「がに」は、動詞の連体形に付くと言われていますが、その用法例は上代東国語であるか、平安時代の和歌の第五句に限るとされています（旺文社古語辞典、古語林）。

本難訓歌の場合、明らかに大和地方の歌であり、かつ第五句に用いられている場合ではありませんので、やはり「いひしがに」ではありません。

古代においては、現代とは逆で、一日が太陽の沈んだ後から始まると考えられており、この歌の「明日」は次の日の夜、現代流にいえば、今日の夜ということになります。

先訓と批評

近年の注釈書における本難訓歌の訓を掲げます。

「明日は來《き》なむと　言ひし子が」　岩波古典大系　中西全訳注

両者とも、元暦校本に「丹」の字がないから、「丹」を訓まないとする立場です。

解釈については、岩波古典大系は「明日はまた来ようと言った人の妻であるという意味から、朝妻を導く序と見る。」といいます。しかし、それでは「朝妻山に　霞たなびく」と詠んだだけの歌となりますので、序詞ではないと考えます。

新古典大系では「訓釈を保留する。」としています。

中西全訳注は「私が『今朝は帰っていって、また明日は来よう』と言ったあの子、その朝妻山に霞がたなびくよ」と解釈し、言ったのは男性、言われた子は女性と解釈しています。したがって、男性の歌となります。

「明日には來《こ》ねと　言ひし子を」　新潮古典集成

第二句、第三句を、元暦校本の「明日者來年等云子鹿」の「年」を「ね」と訓み、「庶」を「鹿」の草書体と見ずに「を」と訓んでいます。

この訓によれば、「明日には來ね」と「言ひし子」は女性で、女性のもとへ男性が通っている歌で、歌の作者は男性となります。

「明日には來《こ》ねと　言ひし子か」　伊藤訳注

元暦校本の原文「明日者來年等云子鹿」の「年」を採用し「ね」と訓み、「鹿」を疑問の助詞「か」と訓んでいます。

【訓を付さず】　小学館古典全集、澤瀉注釋、新編古典全集および岩波文庫

難訓あるいは定訓を得ないとして、原文のまま掲記しています。

【「子」は子《こ》ではない】　以上、これらの先訓の共通点は、「子」を「子《こ》」の意に訓むことと、「丹」を訓まないことです。

さらに、「云子」を「言ひし子」と訓んでいますが、「し」は助動詞「き」の連体形「し」であるところ、原文には「し」に当たる文字がありません。「云」を「云ふ」の活用語尾「ひ」を含めて訓むことは許されても、助動詞の「し」を含めて「云ひし」と訓むことに無理があります。

前記諸古写本でも「イフコ」と訓み、「言ひし子」とは訓んでいません。

一八一五番歌は、あの娘の手を巻くという名の巻向山、一八一六番歌は、さつ人（猟人）の男がそこから夕方着くという「ゆふつく」の弓月《ゆつき》が岳、一八一八番歌は、娘らの名に懸けて呼ぶに相応しい朝妻山の崖《がけ》と、それぞれの山の名と、その山にたなびく春霞の状態から、男あるいは女の姿を想像し、擬えて詠んでいる歌です。

難訓歌の一八一七番歌も、朝妻山にたゆたうている春霞を、後朝《きぬぎぬ》の別れのときに男がよくいう言葉に擬えて詠んでいるものです。先訓は「言ひし」と回想の助動詞「し」を入れて訓読していますが、この歌は男女の現実の会話を回想して詠んでいる歌ではないのです。

難訓 二三　「多我子尓毛」は「君我が子にも」

三七五四　過所奈之尓《くわそなしに》　世伎等婢古由流《せきとびこゆる》　保等登藝須《ほととぎす》　**多我子尓毛**　夜麻受可《やまずか》　欲波牟《よはむ》

【逢い難き夫婦の贈答歌】　この歌は、目録に「中臣朝臣宅守《なかとみのあそみやかもり》、蔵部《くらべ》の女嬬《によじゆ》狭野弟上娘子《さののおとかみのをとめ》娶《めと》りし時に、勅《みことのり》して流罪に断《だん》じ越前《こしのみちのくちまえ》の国に配《なが》す。ここに夫婦、別れやすく会ひかたきことを相嘆きて、おのもおのも慟《いた》む情《こころ》を陳《の》べて贈答する歌六十三」（三七二三～三七八五番歌）との長い説明文のある歌群のうちの一首、中臣宅守の歌です。

この難訓歌の訓を考える場合に、この目録の記載内容を常に念頭に置いておく必要があります。

さて、この歌の表記は紀州本、神宮文庫本、京都大学本、陽明本、広瀬本、寛永版本によると「多我子尓毛」でありますが、これらより古い時代の類聚古集は「公入我子尓毛」となっています。

そして、多くの先訓は当然のように原文に「多我子尓毛」を採用して訓解しています。

先訓には「多我子尓毛」を「あまたが子にも」、「多くが子にも」と訓む訓（それらの訓自体に無理があることは後述します）および「多我《たが》」は「誰《イツレ》」を誤読したものとして「いづれの子にも」と訓む先訓がありますが、前記目録に記載されているような境遇にあった中臣宅守と狭野弟上娘子との間で交わされた贈答歌の一首として、これらの訓による歌の内容はあり得べからざるものと考えます。

これらの訓によると、中臣宅守がわが身と違い、関所を越えるのに通行手形がいらない時鳥と詠う前半部分はともかく、その時鳥が多くの女性、またはいずれの女性のもとへも、常に逢いに通うだろうと詠っている後半部分を、そのように詠む中臣宅守の気持ちが理解できないからです。

この歌の三首後の歌に

三七五七　我が身こそ関山越えてここにあらめ心は妹に寄りにしものを

と詠っている中臣宅守が、狭野弟上娘子一人のもとへ逢いに通いたいと思いこそすれ、時鳥のことであっても、「あまたが子にも」「多くが子にも」また「いづれの子にも」やまず通うだろうと詠う心が知れません。

私は、その原因は、これらの先訓が採用している「多我子尒毛」の原文、特に「多」に問題があるからだと考えます。

【「多」の原字を推定する】　一群の歌六三首の表記は一字一音表記によっていますが、第四句のうちで、例外的につぎのように「山道」「戀」「君」の正訓字を用い、このように訓みを誤ることがない語を含む歌は、五字または六字による表記となっています。

「許《こ》能《の》山道《やまみち》波《は》」（三七二八番）
「伊《い》母《も》尒《に》戀《こひ》都《つ》都《つ》」（三七四三番）
「君《きみ》尒《に》古《こ》非《ひ》都《つ》都《つ》」（三七五二番）

したがって、三七五四番の難訓歌の第四句は「多我子尒毛」と五字であるため、この中にも訓みを誤ることのない一字または二字の正訓字があったに相違ないと推定できます。

「我」が正訓字として「わが」あるいは「あが」と二音に訓めますが、「多」は前述の理由により正訓字として用いられているとは考え難いのです。

この点に関し、前述の類聚古集は「多」のところに「公入」との記載があることが注目されます（佐佐木信綱ほか編『校本萬葉集』八）。澤瀉注釋は、「『多』を『公入』とある事から何かの示唆が得られるのではないかと考へたが、まだ適當な新見を得られなかつた。」と述べていますが、私はつぎのように考えます。

この記載を「公」を挿入することと解すれば、第四句は「公我子尒毛」となります。

「公」は正訓字として「きみ」と二音に訓めますので、「公」「我」のそれぞれが二音となり、難訓句は七音となります。

なお、右「公入」は、誤字あるいは脱字を見つけた人が「公を入れる」との趣旨で「公入」と別紙に書いた訂正紙を、別人が誤って指示語の「入」まで含めて書いてしまったため意味が通じなくなり、後世の各写本では「公入」を草書体で書いた場合に、「多」の草書体と極めて近似しているので「多」と誤解され筆写されてきたものと推断されます。

すなわち、古写本の京都大学本および広瀬本の「多」に該当する文字は、「公」と「入」を続けて書いた場合の字形に極めて近似しています。「多」の上の「夕」は、ほぼ「公」と読める字形であり、下の「夕」の二画、三画目が「入」の形と同じで、ただ「入」としては最終画の右下に撥ねる線が短いだけです。「公入」の表記に疑問を抱いた写本筆記者が、この二字の書体と似ている「多」の一字として書くようになった経緯が推測できます。

類聚古集は、この歌に関する最も古い写本ですから、それ以降の写本である前記六写本のすべてが「多」となっているのは、この理由によります。

■私の試訓

「公我子《きみわがこ》尓《に》毛《も》」すなわち「君我が子にも」と訓みます。

一首全体は、「過所奈之尓《くわそなしに》　世伎等婢古由流《せきとびこゆる》　保等登藝須《ほととぎす》　公我子尓毛《きみわがこにも》　夜麻受可欲波牟《やまずかよはむ》」で、

過所《くわそ》なしに　関飛び越ゆる　時鳥《ほととぎす》　君我が子にも　止まず通はむ

です。

前述の理由で、「多」を「公」に改めて訓みます。

歌の解釈は、手形なしに関所を飛び越えて行ける時鳥よ、君は私の愛する子のところにも絶えず通って行ってくれるだろう、の意です。

「公」は時鳥のことを指します。時鳥は万葉集において「霍公鳥」「郭公」と表記されることが多く、その一字の「公」を用いたものです。「君」の字を使わないのはそのためです。

また、六三首の歌群において、「きみ」に「君」と「伎美」、「やま」に「山」と「夜麻」、「ひと」に「人」と「比等」と正訓字と音仮名の双方による表記が用いられていますので、「わが」に対しても「我」と「和我」の双方が用いられているのです。

「我が子」は当然、狭野弟上娘子です。万葉集において、男が愛する女性を「子」と呼ぶことは、一三四四番、一四一四番、一四九六番、一九九九番、二三九四番、二四二九番、二九四六番などの歌にその例があります。

特に六六三番では、妻を「子」と詠んでいます。

この歌において、「妹」「我妹子」「我妹」と詠まないのは、歌で呼び掛けている相手の時鳥に対し、狹野弟上娘子のことを第三者として指示しているからです。

【「む」は希望・願望を表す】　時鳥を詠った歌で、助動詞「む」（已然形「め」を含む）を用いている歌が、つぎのとおりあります。

一四六六　神奈備の石瀬の社の霍公鳥毛無の岡にいつか来鳴かむ（いつ来て鳴いてくれるであろうか）

一四八一　我が宿の花橘《はなたちばな》に霍公鳥今こそ鳴かめ友に逢へる時（今こそ来て鳴いておくれ）

一九四〇　朝霞たなびく野辺にあしひきの山霍公鳥いつか来鳴かむ（いつになったら来て鳴いてくれるのであろうか）

一九四七　逢ひかたき君に逢へる夜霍公鳥他時《こととき》よりは今こそ鳴かめ（今こそ声を限りに鳴いておくれ）

一九五一　うれたきや醜《しこ》霍公鳥今こそば声の嗄《か》るがに来鳴き響《とよ》めめ（鳴き立ててくれればよいのに）

三九一七　霍公鳥夜声なつかし網ささば花は過ぐとも離《か》れずか鳴かむ（飛び去らずに鳴いてくれるだろうか）

各歌の下の括弧内は、「む」「め」を含む句の解釈（出典は新潮古典集成）ですが、いずれも「む」を希望・願望の「くれ」と訳しています。

「む」に、希望・願望の意味があることは、多くの古語辞典にも掲げられています（古語大辞典、古語林）。

よって、本難訓歌の「通はむ」は「通ってくれるであろう」の意です。
本難訓歌の「通はむ」には、手形がなくても関所を越えて行ける時鳥が、逢いに行けない自分（中臣宅守）に代わって、狭野弟上娘子に毎日通ってくれるだろうとの希望・願望が込められているのです。
自由に逢いに行ければ、毎日でも逢いに行きたい気持ちを、宅守は時鳥に詠い掛けることによって、狭野弟上娘子に伝えています。
宅守以外にも、自分の恋心を時鳥に託して詠った歌が、巻第八「夏相聞」につぎのようにあります。

一四九八　暇《いとま》なみ来まさぬ君に霍公鳥我れかく恋ふと行きて告げこそ

一四九九　言繁み君は来まさず霍公鳥汝《な》れだに来鳴け朝戸開かむ

一五〇五　霍公鳥鳴きしすなはち君が家に行けと追ひしは至りけむかも

一五〇六　故郷の奈良思《ならし》の岡の霍公鳥言告げ遣りしいかに告げきや

■先訓と批評

「アマタガコニモ」　「萬葉集大成」

「多くが子にも」　武田祐吉「萬葉集全註釋」

万葉集において「アマタ」という語の表記は「安麻多」が六例、「數」が三例、「數多」が二例、「餘」「安麻田」各一例で、「多」の一字だけで「アマタ」と訓む例はありません。

また、「多《おほく》が子」のように形容詞の連用形が助詞「が」を伴って体言を修飾する例はないと澤瀉注釋が指摘しています。

したがって、右二例の訓は、前述のように歌の解釈においても、また訓においても不自然で、誤っています。

「まねく吾子《あこ》にも」　岩波古典大系

「まねく」はしばしばの意としています。「原文に誤脱あるか。」というのみで、「まねく」と訓む理由の記載がありません。

「まねく」は形容詞の連用形であるところ、それが修飾する語は、最末尾の「通はむ」以外にありません。そうすると、「通はむ」を修飾する詞が直前の「止まず」と二つあることになり、その意味も「しばしば」と「止まず」で同じ意味の詞を二つ重ねたことになり、これまた不自然です。「まねく」と「通はむ」が離れ過ぎているのも不自然で、適切な訓とは言い難いと考えます。

しかし、「我子」の「我」を助詞の「が」と訓まず、「吾子」と訓んでいる点、および結句を「絶えず通って行っておくれ」と解釈している点は私訓に近いものです。

なお、新古典大系においては、「多我子尒毛」に訓を付さず、「第四句は解義困難。」としています。

「いづれの子にも」　澤瀉注釋

第四句の原句は「誰子尒毛」であり、「誰子」を「イヅレノコ」と詠んでいたが「タガコ」と誤読され、「多我子」と書き換えられたとする蜂矢宣朗氏の説を紹介し、澤瀉注釋は「いづれの子にも」と訓んでいます。

しかし、この説によれば第四句の字数が極端に少ない四文字であったことになること、また「誰子」で「いづれのこ」と表記していたというが、「誰」を「いづれ」と訓むことはあっても、「誰」と「子」の間に「の」

に当たる文字の存在が必要です。なぜなら、前述のようにこの歌群は、原則一字一音表記であるので、「誰」だけで正訓字として「いづれの」と四音に訓めない以上、「の」に当たる文字が必要であったはずです。

そして、「誰」と「子」の間に、「の」に当たる文字が表記されていれば、論者の言う「タガコ」と誤読される余地は全くなくなり、いずれにしてもこの説は牽強付会《けんきょうふかい》といわざるを得ません。

「わが思ふ子にも」 中西全訳注

理由は「多」は「和」の誤り、オモフ意の字脱落か、とするものです。

この歌群には、「和我」と表記して「わが（我）」と訓ませる例が数例ありますので、「多」が「和」の誤記の可能性が考えられますが、そうするとこの句は二音不足になります。その不足分を「思（オモフ）」の脱字があるとして埋めようとしていますが、そのように判断できる何らの手懸かりもありません。しかし、歌の解釈は、最も私訓に近いものです。

【訓を付さず】 小学館古典全集、新潮古典集成、新古典大系、新編古典全集、伊藤訳注および岩波文庫いずれも訓義未詳あるいは難訓として、訓を付さず原文のまま掲記しています。

なお、新編古典全集は、「難訓箇所があり、歌意不明だが、過所なしに関所が抜けられる鳥になれたら、という内容だとすれば、珍奇と言うべく、この前後の重苦しい歌群の中で異色の作である。」と評釈していますが、「過所なしに関所が抜けられる鳥になれたら」との思いから、それも叶わないので、時鳥に自分に代わって狭野弟上娘子のところへ飛んで行ってほしい、という心情を詠った歌と解すべきで、「珍奇」と評釈する方がよほど「珍奇」だと思います。

歌を訓解するためには、「うたごころ」（歌心）が必要です。歌は、散文とは異なり、歌心の中より生まれます。

したがって、歌心のない人は、歌を真に理解できないおそれがあります。特に本難訓歌は、恋歌を詠う歌心のない人には理解が難しいと思います。

むすび

本難訓歌は、原文をどのように想定するかが問題です。

類聚古集より後の六古写本には前述のように「多我子尒毛」と表記があり、先訓の多くはこの表記をもとに訓解しています。

しかし、私は類聚古集に「公入我子尒毛」とあること、および「多」の文字に基づく訓解ではこの歌の歌心を捉えることができないと思う理由から、原文を「公我子尒毛」と想定して訓解しました。

一体、

過所なしに　関飛び越ゆる　時鳥　数多が子にも　止まず通はむ
過所なしに　関飛び越ゆる　時鳥　多くが子にも　止まず通はむ
過所なしに　関飛び越ゆる　時鳥　いずれの子にも　止まず通はむ

の、いずれであっても、このような内容の歌が狭野弟上娘子のもとに贈られてきた場合、これらの歌によって中臣宅守の愛情を感じ取ることができるでしょうか。

そこには、時鳥が通行手形なしに、多くの、あるいはいずれの女性の所にも常に通って行くだろう、と詠っているだけで、狭野弟上娘子のことも、中臣宅守自身のことも詠われていません。

贈答歌ですから、中臣宅守が狭野弟上娘子に伝えたい何かがあって、それを歌に詠み、贈っているものです。「伝えたい何か」、それが歌心です。

中臣宅守は、毎日でも狭野弟上娘子に逢いに行きたいが、自分は関所を越えられないので逢いに行けない気持ちを、自由に関所を越えられる時鳥に、自分に代わって狭野弟上娘子に逢いに行ってくれと、詠い掛けているのです。

時鳥は、古来、切なく耐え難い声で鳴く鳥として知られています。その時鳥に詠い掛ける内容の歌とすることにより、毎日逢いに行けない切ない気持ちを狭野弟上娘子に対して伝えているのです。これが、歌心というものです。

歌は、歌を詠むときにはもとより、訓解するときも、訓解された歌に歌心が感じられる訓解でなければなりません。

歌の訓解は、本来の作者に代わって、歌を詠む作業でもあるのです。

三八首の難訓歌を訓解した、私の結論です。

歌の情況把握ができないことによる難訓歌

難訓歌の解訓作業をする場合、その歌がどのような情況下で何を詠んだ歌であるかが予《あらかじ》め分かれば、訓の選択が容易になり、かつ正しい訓解ができます。

題詞および前後の歌の内容から予測できる場合もありますが、難訓歌として残っている歌は、その歌が詠まれた情況の把握が難しく、それゆえに難訓歌として残っているものといえます。

歌が詠まれている情況把握が困難であることは、また誤った情況把握がなされる危険性も高いことになり、誤訓が生まれる土壌ともなります。

歌の情況把握が正確にできるかどうか、正に訓解者の総合的判断力に依存します。

難訓 二四 「妻吹風之」は「切妻《つま》吹く風の」

五九 流經《ながらふる》 妻吹風之 寒夜尓《さむきよに》 吾勢能君者《わがせのきみは》 獨香宿良武《ひとりかぬらむ》

この歌は、譽謝女王《よさのおほきみ》作歌の歌です。

第二句の原文の「妻吹風之」は、諸写本ともに一致しています。

これに対する先訓は「つまふくかぜの」と「妻」を「つま」と訓む点においては一致していますが、後に紹介しますように、「つま」の語義が著しく相違しています。

そういう意味においては、本歌はなお「難訓歌」に属します。

私の試訓

「**妻吹風之**《つまふくかぜの》」すなわち「**切妻《つま》吹く風の**」と訓みます。

一首全体は、「**流經**《ながらふる》 **妻吹風之**《つまふくかぜの》 **寒夜尓**《さむきよに》 **吾勢能君者**《わがせのきみは》 **獨香宿良武**《ひとりかぬらむ》」で、

長らふる　切妻《つま》吹く風の　寒き夜に　我が背の君は　一人か寢《ぬ》らむ

です。

歌の解釈は、長い間止みそうになく、風がわが家の切妻屋根の妻に吹き付けている寒い夜に、（旅にある）私

の夫は一人で寝ているのだろうか、です。

【切妻屋根の形】　わが国の建物の屋根の形には、切妻、入り母屋、寄せ棟などがあります。

最も多い「切妻屋根」について、古語大辞典は、「棟（むね）から屋根を両側に葺（ふ）き下ろし、棟の両端を切り落とした造りの屋根。『きりづま』とも。」と説明しています。

現代も、よく見かける住宅の屋根の形で、棟の端から見た場合、五角形の壁面が地上から立ち上がっているところが「切妻」です。地面に垂直に立ち上がっていますので、風が強く当たる部分であり、風が強いと激しく風音を立てる部分です。また、「端（つま）」は、建物の側面のことでもあります（古語大辞典）。

五九番歌で詠われている「妻」は、右の切妻の妻です。

「流らふる妻吹く風の」は、ずっと吹き続けている風の切妻屋根の妻に当たる音を聞いて、寝つかれず一人寝している留守居の妻が、旅に出ている夫も寒いところで一人寝しているのだろうかと思い遣った歌です。

■先訓と批評

「妻吹く風の」　岩波古典大系

「空虚な日々を送っている妻（である私）を吹く風」と訳していますが、「妻を吹く風」とか「私を吹く風」は、歌の詞として未熟の感を免れません。

「雪吹く風の」　澤瀉注釋

「チラチラと流れ散る雪を吹く風の」と訳し、「妻」を「雪」とする誤字説をとり、「くるしいこじつけをしてまで舊本の文字に執着する事は、學者がみづからの道を尊重する所以ではない。」と自己弁護していますが、他の説が「こじつけ」といえるかどうかです。

「つま吹く風の」　小学館古典全集

未詳とするも、「つむじ風吹く」と訳しています。愛媛県の周桑郡地方の方言で旋風を「ツマカゼ」という、との注釈があります。しかし、方言を用いて本歌を詠っているとは思われません。

「つま吹く風の」　新潮古典集成

「横なぐりに吹きつける風の」と訳し、「つまふく」を「家の切妻の部分に風の吹きつけることを言うか。」と疑問を呈していますが、私はこれを肯定します。

「われ吹く風の」　新古典大系

上二句、甚だ難解である。しばらく以上のように解して、後考を俟《ま》つことにしたい。

「つま吹く風の」　新編古典全集

未詳。愛媛県東予市（現西条市）辺りでは旋風を「つまかぜ」という。ツマに夫《つま》をかける。

「妻吹く風の」　中西全訳注

「旅衣の端に吹く風」と訳し、「妻」を「衣のはし。褄。」と解説しています。

しかし、衣類に関する詞の後に「つま」であれば「褄」の意が通じますが、「妻」だけでは言葉足らずで、その意に訓むことに無理があります。

「つま吹く風の」　伊藤訳注

「家の切妻に吹きつける風」と解しています。「つま」には妻の意がこもると説明があります。

「われ吹く風の」　岩波文庫

「妻」では歌意が読み解けないので、「妾」の誤字と見て、「われ吹く風の」と訓んだ、とするものです。

以上、この歌について、家の屋根の形状である切妻に言及したのは、新潮古典集成と伊藤訳注だけです。

難訓二五　「我袖用手　将隠乎」は「わが袖もちて隠《こも》らむを」

二六九　人不見者《ひとみずは》　**我袖用手　将隠乎**　所焼乍可将有《やけつつかあらむ》　不服而來來《きずてきにけり》

この歌には、「阿倍女郎の屋部坂の歌一首」との題詞があります。「屋部坂」の所在は、不明です。

後述の「先訓と批評」のように、この歌に対して若干の相違はあるものの、訓が付され、解釈されていますが、いずれも不自然・不明瞭で納得できるものではありません。

その原因は、この歌は「屋部坂の歌」とありますが、何を詠っている歌か、論者によって歌の情景把握が異なるからです。

【機知に富む歌】　これまで、「屋部坂」は「やへさか」と訓まれていますが、私は「やぶさか」と訓むと考えます。「部」は万葉集においては、「ふ」と訓まれていますが、日本書紀巻第十九において、「舸陀部古」（かたぶこ）の「ぶ」と訓まれています。

また「やぶさか」は、もとは「やふさか」であったといわれています。「やぶさか」は、「物惜しみするさま。けちなさま。未練がましいさま。」（以上、古語大辞典）の意です。

この歌は、実際にあった「屋部坂」という固有名詞から日常語の「やぶさか」を連想し、女性である作者が機知に富んだ「やぶさか」の一首を詠んだものです。

女性が機知に富んだ歌を詠むことは古来尊ばれていたもの（注）で、小倉百人一首の中の、清少納言、小式部内侍、伊勢大輔および周防内侍《すおうのないし》の各歌により、そのことが顕著ですが、既に万葉の時代からそうであったことは、この歌、および「墨坂」を「わが住み坂」と詠った柿本人麻呂の妻の歌である、つぎの歌からも明らかです。

五〇四　君が家に我が住坂の家道《いへぢ》をも我れは忘れじ命死なずは

なお、この歌は難解とされていますが、第三句の「家道をも」に、二つの思いを込めて詠っています。一つは、初句の「君が」が「家道を」に直接繋がる「君が通ってきてくれる家道」、もう一つは「あなたの家に私が住むということ」を連想させてくれる（それは現実ではありませんが）「墨坂」が途中にある家道です。この二つの思いがこもった家道を、私は生きている限り忘れないだろうと詠った、やはり機知に富んだ歌です。

■私の試訓

「**我袖用手《わがそでもちて》　将隠乎《こもらむを》**」すなわち「**わが袖もちて　隠《こも》らむを**」と訓みます。

一首全体は、「**人不見者《ひとみずは》　我袖用手《わがそでもちて》　将隠乎《こもらむを》　所焼乍可将有《やけつつかあらむ》　不服而來來《きずてきにけり》**」で、

人見ずは　我が袖もちて　隠らむを　焼けつつかあらむ　着ずて来にけり

です。

歌の解釈は、「もし他人が見ていないのなら、私の着物の袖をもちいて二人が袖の下に身を潜《ひそ》められたのに、結局、私はあなたに袖を着せかけないで来てしまった。あなたは今ごろ思い焦がれているだろうか。そうでし

ょう」というもので、「物惜しみするさま、けちなさま、未練がましいさま」を詠った「やぶさか」の歌です。

【「隠」はこもる】　第三句の「将隠乎」をも、先訓は「かくさむを」と訓んでいますが、「隠す」は他人の視界から消えることですから、初句の「人見ずは」の句と整合しません。すなわち、他人が見ていなかったら、他人の目から隠す必要はないのです。

ここは、「隠」を「こもる」と訓んで、「潜む」意に解するべきと考えます。

「焼けつつ」の「焼く」は、「誤訓歌二九　三九四一番」と同様に、「思い焦がれる。思い悩む。」の意（古語大辞典）です。

第四句の字余りは、句中に母音「あ」があるので、許容されます。

■先訓と批評

先訓は、すべて「我袖用手　将隠乎」を「わが袖もちて　隠れむに」と訓んでいます。

第四句、第五句については「焼けつつかあらむ　着ずて来にけり」が主流ですが、若干の小異訓があります。

解釈については、つぎのとおり分類できます。なお、岩波古典大系は、難解として解釈していません。

1　「屋部」から「焼け」、あるいは「山焼き」を想定した解釈

小学館古典全集　人が見ていなかったら　わたしの袖で　山焼きの火を隠してやるのだが　焼けつづけていることであろうか　あいにく着せかけてやるようなものも着ないできた

澤瀉注釋　「やけつゝかあるらむ着せずて来にけり」と訓む。人が見ないなら、苦しさうに燃える火を自分の袖でかくさうものを、袖に包みもしないで来たことだ。まだ焼けつゞけてゐることであらうか。

新古典大系　「焼けつつかあらむ着せずて来にけり」と訓む。人が見ないならば、私の袖で隠しましょうものを、今もそのまま焼け続けているでしょうか。着せずに来てしまいました。

新編古典全集　人さえ見ていなかったら　わたしの袖で　隠してやるのだが　焼け続けていることであろうか　あいにく着せかけてやるようなものも着ないで来た

岩波文庫　「焼けつつかあらむ着せずて来にけり」と訓む。人が見ていなかったら、私の袖で隠しましょうものを、今もそのまま焼け続けているでしょうか。着せずに来てしまいました。

2　「屋部坂」の地肌が赤茶けていると想定した解釈

新潮古典集成　人目を憚らなくてすむ時なら、私のこの袖で隠してあげたいのだけれど、この屋部の坂は、これからも赤茶けた色を見せ続けるのでしょうか。今までもずっと地肌をむき出しにしたままでいたのね。

伊藤訳注　人が見ていない時だったら、私のこの袖で隠してあげたいのだけれど、この屋部の坂は、これからも赤茶けて焼け続けるのであろうか。お前さんはずっとこれまで何も着ないままで居続けて来たのですね。

3　恋人の里の境の坂を想定した解釈

中西全訳注　「燃えつつかあらむ着せずて来にけり」と訓む。袖をかけてあなたを隠せばよかったものを、人目をはばかってそのまま来たので、今もあなたの心は燃えつづけているだろうか。袖をかけずに来たことだなあ。

むすび

前記の各自の解釈に対し、新古典大系は、「飽き足りない。訓も釈も今後の検討に委ねるの他ない。」とし、新編古典全集は、「歌意に不明な点があり、後考を待つ。」と注記しています。岩波文庫も「全体として意が通らない。後考にまつ。」とあります。

この歌は、題詞の「屋部坂」を題材にした、機知を働かせた歌であり、かつ、題詞の文字の訓が歌の解釈を決める、珍しい歌です。

「やぶさか」あるいは「やふさか」の言葉が万葉の時代にあったかどうか、疑問を呈する論者がいるかも知れませんが、「悋か《やぶさ》」の「悋」は日本書紀巻十八に現れていること、万葉集の歌の詞に「やぶさか」は出てきませんが、「やぶさか」は口語（会話語）で、歌に相応しい言葉でなかったことを挙げることができます。

たまたま、旅の途中で「屋部坂」という名の坂に出会った作者が、日常口語の「やぶさか」と同音であることに気づき、機転を利かせて詠んだ歌がこの歌でしょう。

「やぶさか」という口語そのものを歌に詠み込んだのではなく、恋歌としてやぶさかの状態を詠んだところに、この作者の機知が光ります。

「屋部坂の歌」との題詞の歌が、なぜこのような内容の歌になるのか、読者が気づくかどうか、作者が楽しんでいる歌です。

注　清少納言　　夜をこめて鳥のそらねははかるともよに逢坂の関はゆるさじ

小式部内侍　　大江山いく野の道のとほければまだふみもみず天の橋立

伊勢大輔　いにしへの奈良の都の八重桜けふ九重ににほひぬるかな
周防内侍　春の夜の夢ばかりなる手枕にかひなく立たむ名こそ惜しけれ

これらの歌に関し、丸谷才一「新々百人一首」は、「折り（機会）に奇想が訪れることを神仏の加護として尊重する呪術的＝宮廷的な感情もかなり作用してゐたにちがひない。」としています。

右は、平安時代の女性たちの歌ですが、万葉集に女性として最多の歌をのこしている大伴坂上郎女には、つぎの歌があります。

五二七　来むと言ふも来ぬ時あるを来《こ》じと言ふを来むとは待たじ来じと言ふものを

難訓 二六 「指進乃」は「さしすぎの」

九七〇　指進乃　栗栖乃小野之《くるすのおのの》　芽花《はぎのはな》　将落時尓之《ちらむときにし》　行而手向六《ゆきてたむけむ》

この歌には「三年辛未《かのとひつじ》、大納言大伴卿の、寧楽《なら》の家に在りて、故郷を思ひし歌二首」との題詞があり、他の一首はつぎのとおりです。

九六九　しましくも行きて見てしか神なびの淵はあせにて瀬にかなるらむ

右の「三年」は、天平三年（七三一年）のことで、大伴卿すなわち大伴旅人は、同年七月二五日（太陽暦では九月上旬）に亡くなっていますので、これらの歌（特に、萩の花）を詠んだときは、既に重篤の身で病床にあったものです。「あせにて」は「浅くなって」の意です。

いずれの歌も、子供のころ過ごした明日香の土地を懐かしみ、もう訪れることができないことを知りながら、九六九番歌は「しましくも」行ってみたいと詠んだ歌、九七〇番歌はそれよりさらに後に、死を予期しながら詠った歌と考えます。

九七〇番歌の原文は、この歌の最も古い写本である元暦校本は「進」に当たる部分が草書体で、かろうじて「進」と読めるほか、他の写本はすべて「指進乃」となっています。訓は、類聚古集には付されていませんが、ほとんどが「サシスギノ」とあります。

近年の注釈書では訓を付さないものがあり、付しているものも、その訓は様々です。

私の試訓

「**指進乃**《さしすぎの》」すなわち「**さし過ぎの**」と訓みます。

一首全体は、「**指進乃**《さしすぎの》　**栗栖乃小野之**《くるすのおのの》　**芽花**《はぎのはな》　**将落時尓之**《ちらむときにし》　**行而手向六**《ゆきてたむけむ》」で、

さし過ぎの　栗栖《くるす》の小野の　萩の花　散らむ時にし　行きて手向けむ

です。

歌の解釈は、年月が過ぎていった昔に暮らし巣立った「栗栖」の小野の萩の花を、（もう見に行けないだろうが、）私の命が散ってしまうだろうときに霊となってもう一度訪れ、自分の旅立ちに、そこの萩を神に供えたい、というものです。

旅人の従僕の資人《つかいびと》・余明軍《よのみようぐん》のつぎの歌が、この歌に呼応しています。

四五五　かくのみにありけるものを萩の花咲きてありやと問ひし君はも

「指進乃」は、「サシススノ」「サシススム」「サシススミノ」「サシズミノ」など種々の訓が提唱されていますが、私はつぎの句の「栗栖」（くるす）の「暮る」に繫げていると考えますので、古写本の訓である「サシスギノ」、すなわち「さし過ぎの」を採ります。

なお、万葉集に「進」を用いている歌において、「ススム」と必ずしも訓んでいない歌がつぎのようにあります。

一九七番歌「進留水母（流るる水も）」三八六〇番歌「情進尒（さかしらに）」「さし過ぐ」は、程度が過ぎることを意味し、この歌の場合は、旅人が人生を振り返って、あまりにも日々が早く過ぎていったことを表現しています。

「栗栖」は旅人の故郷にある地名だと推察しますが、「栗」の「くる」に「暮る」、「栖」の「す」に「巣」を響かせて「生まれ暮らして」「巣立ちした地」のことをも言っているとと考えます。

また、「萩の花　散らむ時にし　行きて手向けむ」の歌句は、尋常ではありません。

通常は、萩の花が咲いている間に行って花を手向けむと詠うもので、「散ってしまうだろう時に」、しかも強調の「し」を付けてまで詠むことは、よほどの思いがこもった表現です。

それは、故郷の栗栖の小野の萩を今一度見たいと思うが、それも叶わないことを悟り（資人・余明軍の歌を参照）、「花の散る」に自分の死を掛けて、自分の死がやってきて霊となるときに、そこを訪れ、まだ咲き残っている萩の花を手折って神に供え、あの世への旅路が安らかなことを祈りたい、との思いを詠んでいるものでしょう。

「散らむ時にし」には、間もなく自分の生命が散ることがこめられており、「行きて」は「逝きて」の意です。功成り名を遂げ、天寿を全うしようとしている旅人ですが、臨終の間際にまで執着した故郷への思いを、霊となっても訪れたいと見事に詠いあげた歌です。

■先訓と批評

近年の注釈書の訓と、この歌の解釈はつぎのとおりです。

岩波古典大系　**「さしずみの」**

栗栖の小野の萩の花が散る時になってから、行って手向けることになるだろう。

小学館古典全集　**訓義未詳**
栗栖の小野の　萩の花が　散るころには　行ってたむけをしよう。

澤瀉注釋　**「さしすみの」**
栗栖の野の萩の花の散らう時に出かけて神に手向けをする事であらう。

新潮古典集成　**「さすすみの」**
栗栖の小野の萩の花が散るころには、きっと出かけて行って神祭りをしよう。

新古典大系　**訓を付さず**
栗栖の小野の萩の花が散る頃にこそ、行って手向けをしたいものだ。

新編古典全集　**訓を付さず**
栗栖の小野の萩の花が、散る頃になったら行って手向をしよう。

中西全訳注　**「さしずみの」**
指進の栗栖の小野に萩の花が散るだろう頃には、故郷に行って神祭りをしよう。

伊藤訳注　**「さすすみの」**
栗栖の小野の萩の花、その花が散る頃には、きっと出かけて行って神祭りをしよう。

岩波文庫　**訓読できない**
（指進乃）栗栖の小野の萩の花が散る頃にこそ、行って手向けをしたいものだ。

以上、すべての解釈は、旅人が病床から再び元気になることを想定していますが、そうであれば、早く元気になって萩の花の咲いているのを見に行きたいと詠うのが普通でしょう。「萩の花　散らむ時にし　行きて」

と、ことさらに「花が散るだろう時」に行きたいと表現している真意をよく理解しないで、「花が散るころには行って」などというような平板な解釈をしては、旅人の深い思いが伝わらないと思います。

むすび

この歌は、訓も解釈も難しい歌です。

柿本人麻呂が死を予期したときに、自分を待っている別れた妻にもう逢えないと詠ったように、旅人はもう訪れることができない懐かしい故郷を、臨終時に詠いました。

万葉集に七八首も歌をのこしている歌詠み旅人の絶唱です。後世の私たちは、できるだけ旅人の歌の心にそった訓解をしたいものです。

最後に、旅人の歌に唱和した、私の哀傷歌一首を掲げます。

君がゆく栗栖の小野の萩叢《むら》はひたと枝垂《しだ》るも花は零《こぼ》さず

難訓二七　「少可者有來」は「稀《まれ》にはありけり」

一一五八　黙然不有跡《もだあらじと》　事之名種尓《ことのなぐさに》　云言乎《いふことを》　聞知良久波《ききしらくは》　少可者有來

各古写本において、結句の原文「少可者有來」およびその訓が「スクナカリケリ」であることは一致しています。

【誤字説の横行】　しかし、この「スクナカリケリ」では、一首の意味が通じないとし、しかも「少可」を原文のまま訓もうとしないで、江戸時代より誤字説で訓まれてきました。

加藤千蔭の「萬葉集略解」によると、本居宣長は「少可」は「奇」の誤りとして「あやしかりけり」と訓んだといい、鹿持雅澄の「萬葉集古義」においては、「少可」を「苛」の誤りとして「カラクゾアリケル」と訓まれています。

画数の多い難しい文字を二つに分けて誤記したというのならまだしも、画数の少ない簡明な文字である「奇」や「苛」を「少可」と、二文字に書き誤ったというのは、甚だ理解できないことです。

私の試訓

「少可者有來《まれにはありけり》」は「**稀《まれ》にはありけり**」と訓みます。

一首全体は、「**黙然不有跡《もだあらじと》　事之名種尓《ことのなぐさに》　云言乎《いふことを》　聞知良久波《ききしらくは》　少可者有來《まれにはありけり》**」で、

黙然《もだ》あらじと　言《こと》の慰《なぐさ》に　言ふことを　聞きしれらくは　稀《まれ》にはありけり

です。

歌の解釈は、黙っていられないとばかりに、口先だけの気休めに言っていること（リップサービス）を、聞いていて分かることが稀にはあるものです、という意です。

「少可者有來」は、「少し有りうべし」の語意で、「少可者」を「稀には」と義訓で訓みます。この作者は、「不可者有來」すなわち、そのようなことがあってはならないと詠っているわけではなく、そのようなことも稀にはありけりと許容しているのです。

「まれにはありけり」は八字ですが、句中に「あ」の母音が入っており、この場合は字余りが許されます。

■先訓と批評

近年の注釈書の訓および訳は、つぎのとおりです。


「あしくは」　岩波古典大系　「いい気持のしないものである」

「悪しくは」　小学館古典全集　「好ましいことではない」

「悪しくは」　新潮古典集成　「あまり気持のよいものではありません」

「苛《から》くは」　澤瀉注釋　「つらい事であるよ」

「悪しくは」　新古典大系　訓釈については、なお後考を俟《ま》つ。

「辛《から》くは」　新編古典全集　「つらいものです」

「つらくは」　中西全訳注　「こんなに辛いのですね」

「悪しくは」　伊藤訳注　「何とも気持の悪いものだ」
「悪しくは」　岩波文庫　「厭《いや》なものですね」

いずれも、「少可」を善悪あるいは感情を表した詞で訓釈をしています。これらの訓は、いずれも全否定であり、「不可」とあれば納得できますが、「少可」であることが考慮されていません。

▨むすび

本歌と同じように、加藤千蔭の「萬葉集略解」に「宣長云……と訓んだといへり」とあることを理由に、現在においてもその訓が通用あるいは尊重されているものが、多数あります。

本書で取りあげたものでも、本歌以外につぎの四首があります。

誤訓歌一〇　一三〇四番　「忘」は「下心」の誤写とし、「したごころ」と訓む
誤訓歌一二　二七五八番　「思而」を「男」の誤写として、「益荒男心」の「ますらを」の「を」と訓む
誤訓歌一三　三三〇〇番　「有雙」を「ありいなみ」と訓み、「否と言ひて争ふ事」と解釈する
誤訓歌一九　一五六二番　「之知左留」を「乏蜘在可」の誤写とし、「ともしくもあるか」と訓む

このように、「萬葉集略解」のいう本居宣長の訓は、二字を一字の誤写、一字を二字の誤写あるいは四字すべてを誤字とするなど強引なものですが、その理由は明らかではなく、ただ「宣長」が訓んだということが理由となっています。

江戸時代の宣長の門弟が師の説をそのまま信じたのはともかくも、現代に生きる者として、「宣長」が言ったということだけで、他に合理的な理由を解明できないままに、その訓に従い続けることは真摯な態度といえるでしょうか。

難訓 二八 「言者可聞奈吉」は「言ふはかもなき」

一六五四 松影乃《まつかげの》 淺茅之上乃《あさぢがうへの》 白雪乎《しらゆきを》 不令消将置《けたずておかむ》 言者可聞奈吉

巻第八「冬雑歌」の「大伴坂上郎女雪歌一首」との題詞のある歌です。

第四句までの訓は、前記のとおりで争いがありませんので、この歌の大意は、松の木の下に生えている、浅茅の草の上に積もっている雪を、取り除いて消さないでおきましょう、というものです。

【少しだけ積もった雪】 松の下は、降る雪が上にある松の枝で遮られますから、他の場所より雪の積もる量は少ないはずです。

また、浅茅は背丈五〇センチメートルほどで、大量の雪をその上に支えられるほどの強い草ではありません。歌に詠われている「松影の　浅茅が上の　白雪を」は、ほんの少しの雪で、浅茅の上に薄く降り積もっている状態のものを、それが風情のあるものとして、人の手で取り除いて消さずにおこうと詠んでいるものと思われます。

雪の消えることを惜しんだ歌は、二九九番および一六四六番にもあります。

私の試訓

「言者可聞奈吉《いふはかもなき》」すなわち「**言ふはかもなき**」と訓みます。

一首全体は、「松影乃《まつかげの》　淺茅《あさぢ》之《が》上乃《うへの》　白雪乎《しらゆきを》　不令消将置《けたずておかむ》　言者可聞奈吉《いふはかもなき》」で

松陰の　浅茅が上の　白雪を　消たずて置かむ　言ふはかもなき

です。

歌の解釈は、松の木の下に生えている浅茅の上に積もった雪を、除雪して消してしまわないでおきましょう、言うほどの量もない（どうせすぐに消えてしまう）ものです、の意です。

後に掲げる先訓に見るように、この歌においては「者可」が難訓です。

【「者可」の意味】 私は、「者可」を「はか（計・果）」と訓み、「はか」は「量（はかり）」と同源の「分量」の意（古語大辞典「語誌」）と解しました。

すなわち、「消たずて置かむ」と言ったけれど、言うほどの雪の分量ではない、との意味に解します。

また、「はか」は「仕事の進みぐあい。効果。」（小学館古語辞典）の意味がありますので、「消たずて置かむ」と詠ったけれど、自然にすぐに消えてしまうから残しておいても効果がない、の意とも解しました。

もっとも、万葉集には「者可」を含む文体の歌が、つぎのようにありますので、検討の必要があります。

一六四四番　折者可落（をらばちるべみ）　二一七三番　取者可消（とらばけぬべし）
二五七〇番　戀者可死（こひばしぬべみ）　二九〇七番　吾者可死（われはしぬべし）
三二六六番　消者可消（けなばけぬべく）　四一四九番　見者可奈之母（みればかなしも）

これらは、いずれも、「者」を接続助詞の「ば」、あるいは係助詞の「は」と訓み、「可」は「べみ」「べし」「べく」、あるいは音訓で「か」と訓んでいます。

右例により、本歌の「者」を係助詞の「は」、「可」を「べく」と訓み「言ふはべくもなき」と訓むことがで

きますが、八字で、句中に母音のない字余りであるので、採用できません。

また「可」を「か」と訓み「言ふはかもなき」と訓むことができます。「かもなき」は、一二七五番歌に「奴《やっこ》かもなき」とありますが、係助詞「かも」は体言あるいは活用語の連体形に付くとされていますので、「言ふは」には付かず、この訓も成立しません。

■先訓と批評

各注釈書の訓と訳は、つぎのとおりです。

「ことばかも無き」

岩波古典大系　何かまじないの言葉はないだろうか。

「ことはかも無き」

中西全訳注　「ことは」は無いだろうか。

「ことはかもなき」

澤瀉注釋　事は出来ないかナア。

小学館古典全集　てはないものか。

新潮古典集成　てだてはないものだろうか。

新古典大系　方策はないものでしょうか。

新編古典全集　てはないものか。

伊藤訳注　手だてもないのが残念だ。

岩波文庫　そんなことはおぼつかないのです。

岩波古典大系は「こと」を「言葉」と解していますが、それ以外は「事」あるいは「手段」の意に解しています。

また、多くの訓は、「者」を係助詞の「は」、「可」を疑問の係助詞「かも」の「か」と解していますが、それは文法的に疑問があると岩波古典大系、小学館古典全集および新潮古典集成が揃って指摘しています。

岩波文庫は、「はかもなき」と、「は」を係助詞とせずに、「刈りばか」（五一二番）の「はか」とみて、「頼りにならない、確かでない」の意味に解しています。

難訓 二九　「我家牟伎波母」は「わが家《へ》向きはも」

四一〇五　思良多麻能《しらたまの》　伊保都追度比乎《いほつつどひを》　手尒牟須妣《てにむすび》　於許世牟安麻波《おこせむあまは》　牟賀《むが》
思久母安流香《しくもあるか》　一云　**我家牟伎波母**

この歌は、「京の家に贈らむが為に真珠を願ひし歌」との題詞のある長歌一首と短歌四首のうちの、末尾の短歌一首です。左注によれば、「五月十四日に、大伴宿禰家持の興に依りて作りしものなり。」とあります。すなわち、家持が国守として越中に赴任していた間である七四九年（天平感宝元年）五月一四日に詠んだ歌です。

この歌の本文の歌詞は前記のとおりに訓むことが定訓となっていますが、「一云」すなわち結句のもう一つ別の歌句として記載されている「我家牟伎波母」については、難訓とされています。

【本文歌の歌意】　まず、本文の歌の歌意を明らかにしますと「たくさんの真珠の玉を手にすくい取り、よこしてくれるだろう海人は、どんなにもありがたいことか」です。

結句の「むがしく」は、万葉集に他例がない詞ですが、「ありがたい」の意と解されています。

この歌の前にある長歌一首および短歌三首は、題詞にあるように家持が離れて京に住んでいる妻を思い、任地でとれる真珠を妻に贈りたいという歌詞ですが、この本文の歌の内容は、妻に真珠の玉を贈りたいということを詠っているわけではないようです。

つぎに、難訓句の原文を検証しますと、左のとおりです。

「我家牟伎波母」　紀州本　西本願寺本　京都大学本　陽明本　神宮文庫本　寛永版本
「我家牟波母」　元暦校本　広瀬本
「我A牟B母」　類聚古集　（Aは「宀（うかんむり）」の字であるが不明、Bは「流」と読める）
古い写本の欠字・不明字が気になりますが、大多数の「我家牟伎波母」を原文とします。

■私の試訓

「我家牟伎波母《わがへむきはも》」すなわち**「わが家《へ》向きはも」**と訓みます。

一首全体は、**「思良多麻能《しらたまの》　伊保都追度比乎《いほつつどひを》　手尓牟須妣《てにむすび》　於許世牟安麻波《おこせむあまは》　我家牟伎波母《わがへむきはも》」**、

白玉の　五百《いほ》つ集ひを　手に結び　おこせむ海人は　わが家《へ》向きはも

です。

解釈は、たくさんの真珠の玉を手にすくい取り、よこしてくれるだろう海人がわが家の方に向いているんだなあ、というものです。

万葉集において、「吾家」と書いて「わぎへ」と訓ませている場合が多いのですが、「我家」を「わぎへ」と訓ませている例はありませんので、ここは「わが家《へ》」と訓みます。

ちなみに、「我が家《へ》」と訓む例が八一六番歌および八三七番歌に、「わが家《いへ》」と訓む例が三二七二番歌にあります。

「はも」の「は」は係助詞で、「強調」の働きをしています。同じく「も」は、「感動」を表現する係助詞です。

「はも」は「わが家に向いている」ことを強調し感動しているものです。

【歌に秘められた家持の昂《たかぶ》り】　四一〇五番歌（「二云」の難訓歌を含む）は、前述のように家持が京にいる妻を思い、任地でとれる真珠を妻に贈りたいと詠んだ歌群の一首ですが、つぎのように、この歌の直前にあった出来事、およびその後、家持が立て続けに詠んでいる歌を検討すると、秘められた別の側面が浮かび上がってきます。

七四九年四月一日　陸奥国で発見された金が大仏建造用に献上され、聖武天皇が詔書を出して喜び、諸臣に叙位があり、家持も従五位下から従五位上に昇進した。

同年　五月一二日　右詔書に「大伴、佐伯宿禰は、常も云はなく、天皇《みかど》が朝守り仕へ奉る」とあったことを家持が喜び、詔書を賀《ほ》ける長歌・反歌を作った（四〇九四～四〇九七番歌）。

一四日　「芳野《よしの》離宮に幸行したまふ時の為に、儲《ま》け作りし」長歌・反歌を作った（四〇九八～四一〇〇番歌）。

同日　本難訓歌を含む「京の家に贈らむが為に真珠を願ひし」長歌・短歌を作った（四一〇一～四一〇五番歌）。

閏五月二八日　「京に向かふ時に、貴人に見《まみ》え、及び美人に相《み》て飲宴する日に懐《おもひ》を述ぶる為に、儲け作りし」短歌を詠った（四一二〇番歌・四一二一番歌）。

（つぎの歌の間までに、家持は上京し、京に居た妻を越中に連れて帰っている。）

七五〇年三月二〇日　妻が京にいる母に贈るために、家持が頼まれて詠んだ長歌・反歌（四一六九番歌・四一七〇番歌）。

以上の出来事・経過から、家持は聖武天皇の詔書で大伴一族が名を挙げて褒められ、かつ昇叙されてからは、にわかに自分の将来に運気を感じたのか、精神が高揚し、興奮状態にあったことが窺われます（将来に備《そな》える歌を複数詠んでいます）。

四一〇五番歌を詠んだときは、妻がまだ京に居るときであり、その妻に真珠の玉を贈りたいと考えたことにも精神の高揚を感じますが、四一〇五番歌の「たくさん真珠玉をくれるだろう海人はありがたい」（本文）とか、「たくさん真珠玉をくれるだろう海人が我が家に向いている」（一云）などの歌詞には、むしろ「真珠の玉」を「幸運」に譬え、「自分に幸運をもたらしてくれるだろう人は有り難い」「幸運をもたらしてくれるだろう人が自分の家の方に向いている」と、自分に運気が向いてきたことへの満足感と将来への楽観を詠んでいる歌と考えます。もちろん、「海人」は家持の庇護者のことを暗に指しています。

▒ 先訓と批評

「我家むはも」　岩波古典大系　澤瀉注釋

両者とも、不明、わからないとし、解釈はしていません。

「むがしけむはも」　中西全訳注

原文を「(牟) 我 (思) 家牟波母」と改め、上記の訓に対し「りっぱだろうなあ」と解釈しています。しかし、原文の改変には、無理があると考えます。

【訓義未詳・難訓】　小学館古典全集、新潮古典集成、新古典大系、新編古典全集、伊藤訳注および岩波文庫

ただし、小学館古典全集および新編古典全集は、「ワギヘムキハモと読めそうだが、意をなさない。」としています。

■むすび

家持は、妻に真珠の玉を贈るという幸せの裏に、自分は今もっと大きい幸せの中にいることを実感し、妻に真珠の玉を贈る歌の群に、そのことも付け加えて詠まざるを得なかったのです。左注に「大伴宿禰家持の興に依りて作りしものなり。」との記載があることは正にその精神状態を指しています。しかも、本文の歌（過去・現在のこと）だけでは満足できずに、結句に「一云」という別の歌句（将来のこと）まで付け加えているのです。

しかし、家持が得意の絶頂でこの歌を詠んだ僅か二か月後、庇護者と思っていた聖武天皇は退位し、六年後には最も頼りにしていた橘諸兄《たちばなのもろえ》が失脚し、かつ聖武天皇も崩御し、家持の苦難の道が始まるのです。

語彙の理解不足に起因する難訓歌

難訓歌の解訓が成功するかどうかの条件として、これまで先入観を排除することや、語学以外の知識を必要とすることなどを述べてきましたが、最後の決め手は、古語の語彙《ごい》に対する豊さとその理解度に帰着すると考えます。

例えば、難訓歌四　一二〇五番の「癈《し》ぶ」、難訓歌一四　三五〇二番の「稔《とし》」、難訓歌二〇　三八八九番の「灰差し」、難訓歌二三　二三三八番の「上《へ》」、難訓歌三六　二八〇五番の「音取《ねと》る」、難訓歌三八　三八九八番の「歌占」、誤訓歌四　七七二番の「もどく」、誤訓歌一六　三八五番の「まな」、誤訓歌二〇　一八四九番の「水樋」、誤訓歌二一　二四八八番の「廻《もとほ》る」、誤訓歌三〇　四〇八一番の「片食《かたは》む」などは、これらの詞を知らない限り訓解できません。

難訓 三〇 「物戀之 鳴毛」は「物戀しきの 音《ね》に泣くも」

六七 旅尓之而《たびにして》　**物戀之　鳴毛**　不所聞有世者《きこえざりせば》　孤悲而死萬思《こひてしなまし》

【原文の混乱】 この歌の原文は、各古写本の表記がつぎのとおり異なります。なお、「物戀之 鳴毛」「物戀鳴毛」の各古写本にも「伎」「乃」「事」の書き込みがあります。

元暦校本、類聚古集、広瀬本、紀州本　「物戀之　鳴毛」
西本願寺本　「物戀　鳴毛」
京都大学本、陽明本、寛永版本　「物戀之　伎乃鳴事毛」
神宮文庫本　「物戀之　伎鳴事毛」

それは、「物戀之　鳴毛」の原文のままでは、歌として意味の通ずる訓が成立しないと考えられて、「物戀之　伎乃鳴事毛」と補足されたことによります。

そして、武田祐吉「萬葉集全註釋」は、さらに「物戀之伎尓鶴之鳴毛」と原文に「伎尓鶴之」の四字を補足して「**物戀《こほ》しきに　鶴《たづ》が音《ね》も**」と訓み、岩波古典大系、澤瀉注釋、新潮古典集成および伊藤訳注は、これに従っています。

しかし、小学館古典全集、新古典大系、新編古典全集、中西全訳注および岩波文庫は、訓を付していません。

■私の試訓

「**物戀《ものこひしき》 之《の》　鳴毛《ねになくも》**」すなわち「**物戀しきの　音《ね》に泣くも**」と訓みます。

一首全体は、「**旅尓之而《たびにして》　物戀《ものこひしき》 之《の》　鳴毛《ねになくも》　不所聞有世者《きこえざりせば》　孤悲而死萬思《こひてしなまし》**」

旅にして　物戀しきの　音《ね》に泣くも　聞こえざりせば　戀ひて死なまし

です。

解釈は、旅に出てホームシックに罹《かか》っていることを、声をあげて泣いていますが、私の気持ちを分かってくれてないとしたら、私は悲しくて独りで死んでしまいそうです、の意です。

この歌は、「雑歌」の部立にあり、題詞に太上天皇が難波宮に行幸したときの歌とあって、太上天皇は持統天皇といわれています。難波宮への行幸に従駕《じゅうが》し、都をしばらく離れている人が、行幸先ではげしい郷愁（ホームシック）に襲われて詠んだ歌です。

「旅にして　物戀しき」は、男女間の恋慕ではなく、「戀ひて死なまし」の「こひ」を「孤悲《こひ》」と表記しているように、郷里を離れていることによる人恋しさです。

「物戀しきの」の格助詞「の」は、「希望や好悪などの主観的な意味の対象を表す」とされ、用例として万葉集につぎの歌があります（古語大辞典）。

五八四　**春日山朝立つ雲のゐぬ日なく見まくのほしき君にもあるかも**

この歌の「見まくの」は「見まくを」の意ですから、六七番歌においても「物戀しきの」は「物恋しきを」

の意味に解することができます（なお、誤訓歌一四　一五一番を参照）。

したがって、「物戀之伎尓」と「尓」を補足することは無用であり、原文の「之」を「もの恋しき」の「し」と訓んで、さらに「伎」を補足することも誤っています。

「鳴」の字は、通常、鳥・獣・虫などが声を立てることに用いられ、「鳴」を人に用いる場合は、「悲鳴」というように声をあげて激しく泣くことですので、「鳴毛」は単に「泣くも」ではなく、「音《ね》に泣くも」と訓みます。

また、「聞こえざりせば」の「聞こゆ」は、この歌の場合、「耳にはいる」だけではなく、「わけがわかる。理解できる。」の意です（古語林）。

先訓と批評

先訓は前述のとおりです。「物戀《こほ》しきに　鶴《たづ》が音《ね》も」と訓む論者は、「鳴」に鳥の声を想定して、「鶴之」の脱字があるものとして訓んでいるものですが、そのような想定は無用であり、「鶴が音も」とすれば相聞歌となり、かえって歌意を損ないます。

先入観に囚われず、「物戀之」「鳴毛」の詞をよく吟味すれば、この歌は原文のまま訓解できる歌であることが分かります。

難訓三一　「枕之邊人」は「枕の邊《へ》つ人」

七二　玉藻苅《たまもかる》　奥敝波不榜《おきへはこがじ》　敷妙乃《しきたへの》　枕之邊人　忘可禰津藻《わすれかねつも》

この歌は、大行《たいこう》天皇（天皇〈ここは文武天皇〉の崩御後のしばらくの間の尊称）が生前、難波宮に行幸したときに、藤原宇合《うまかひ》が詠んだ歌です（ただし、「目録」には、作主未詳歌とあります）。

この歌句の原文は、神宮文庫本と寛永版本には「人」の字がなく「枕之邊」となっていますが、元暦校本、類聚古集、広瀬本、紀州本、西本願寺本、京都大学本、陽明本はすべて「枕之邊人」と、「人」が入っています。

後に掲記するように、「人」を訓む論者と、訓まない論者に分かれ、訓まない論者は「枕のあたり」と訓み、訓む論者は「之」と「邊」の順が逆さになって誤記されているとし「枕辺の人」と訓む傾向にあります。

私は、「枕之邊人」を原文と考え、原文のまま訓む立場をとります。

【沖には辺が対】　第二句に詠まれている「沖へ」の「おき」と、第四句にある「邊」すなわち「へ」は、古歌の世界では対で用いられることが多い詞です。

万葉集には、つぎのように「沖」との対で「辺」を「へ」と訓んでいる歌があります。

二四七　**沖つ波辺《へ》波立つとも我が背子が御船の泊り波立ためやも**

九三九　沖つ波辺《へ》波静けみ漁《いさり》すと藤江の浦に舟ぞ騒ける

一二〇六　沖つ波辺《へ》つ藻巻き持ち寄せ来とも君にまされる玉寄せめやも〔一云 沖つ波辺《へ》波しくしく寄せ来とも〕

二七三二　沖つ波辺《へ》波の来寄る佐太の浦のこのさだ過ぎて後恋ひむかも

三一六〇　沖つ波辺《へ》波の来寄る佐太の浦のこのさだ過ぎて後恋ひむかも

三三一八　（長歌の一部分）沖つ波　来寄る白玉　辺《へ》つ波の　寄する白玉　求むとぞ

四二四六　沖つ波辺《へ》波な越しそ君が船漕ぎ帰り来て津に泊つるまで

【「邊」を「あたり」と訓まない】　右を含め万葉集全体で「邊」の文字が用いられている歌は本歌を除き一九六首ありますが、「山邊」「野邊」「海邊」「浜邊」などの複合語が多いものの、「邊」が単独で用いられている場合でも、すべて「あたり」と訓まず、つぎのように「へ」と訓まれています。

「辺《へ》見れば」（二二二〇番）、「辺《へ》には吹けども」（七八二番）、「海原の辺《へ》にも沖にも」（八九四番）、「辺《へ》に近づくも」（一一六二番）、「遠山の辺《へ》に霞たなびく」（一四三九番）

他方、万葉集で「あたり」と詠われている歌は本歌を除き三一首ありますが、一字表記の場合はすべて「當」の字が用いられています。

「妹之《いもが》當《あたり》 見《み》武《む》」（八三番）、「家當《いへのあたり》 不見《みず》」（二五四番）、「君之《きみが》當《あたり》 乎《を》婆《ば》」（一八九七番）

以上の結果、本歌において、「邊」を「あたり」と訓むことは相当高い確率であり得ない、と考えます。

■私の試訓

「**枕之邊人**《まくらのへつびと》」すなわち「**枕の邊《へ》つ人**」と訓みます。

一首全体は、「**玉藻**《たまも》**苅**《かる》　**奥敝**《おきへ》**波**《は》**不榜**《こがじ》　**敷妙乃**《しきたへの》　**枕之邊人**《まくらのへつびと》　**忘可禰**《わすれかね》**津**《つ》**藻**《も》」で、

玉藻刈る　沖へは漕がじ　しきたへの　枕の邊つ人　忘れかねつも

です。

歌の解釈は、別の女性を求めて沖の方には漕いで行かないでおこう、一夜を共にした岸辺の人を忘れかねているので、の意です。

「玉藻」は女性の髪のイメージがありますので、「玉藻刈る」は女性を求めての意で、「沖へは漕がじ」は、沖の女性を求めて漕ぎ出して行かないと詠んでいます。

その理由は、「枕」を女性と一夜を共にしたことを知っている存在として用いており（注）、「枕」だけで情事を表し、「邊つ人」は岸辺の人のことで、その人との情事が忘れられないものであるから、というのです。

すなわち、「枕の邊つ人」は、情事を共にした岸辺の女性のことです。

「しきたへの」は、枕にかかる枕詞。

「邊」の付く詞として、「邊つ櫂」「邊つ風」「邊つ波」「邊つ方」「邊つ宮」「邊つ藻」などがあります（古語大辞典）。

「邊つ人」の掲記はありませんが、万葉集には、昔馴染《むかしなじ》みの人を「本人《もとつひと》」（一九六二番）、「古人《もとつひと》」（三〇〇九番）と詠まれており、「邊の人」の意味で「邊つ人」と詠まれることはあり得ます。「つ」は所属の意を表し、連体修飾語をつくる格助詞です（旺文社古語辞典）。

この歌は女性の姿態を連想させる「奥（沖）」の玉藻と、「邊」の枕を対比している歌です。また「奥」の人は上流の女性、「邊」の人は市井の女性を意味しています。

前述のように「枕之邊人」は「枕邊」の「人」ではなく、「枕」の「邊人」の意です。

前者であれば「枕のあたりにいた人」の意に繋がり、「一夜の寝床の近くにいた女性」ということになりますが、後者は「枕を交わした岸邊の女性」の意で、「一夜の情を交わした岸邊の女性」ということになり、本歌においては後者であることは明らかです。

「邊人」を「へびと」と訓まずに、「へつびと」と訓むのは、字余りになっても、一首の声調を整えるためです。

「枕のへびと」と訓んだ場合、声調が流れ過ぎますが、「枕のへつびと」と訓むと声調を溜《た》めることができ、「邊人」への思いが深くなります。前記三三一八番歌においても、「邊浪之」を「へなみの」と訓まず、「へつなみの」と訓んでいます（字余り句については、四一一頁参照）。

▒ 先訓と批評

「枕辺の人」　岩波古典大系　澤瀉注釋

「之」と「邊」の転倒という誤字説によるものですが、転倒を是認すべき何の根拠もありませんので、採り難い訓です。

また、「枕」の「辺人」であり、「枕辺」の「人」でないことは、右に述べたとおりです。

「枕のあたり」 小学館古典全集、新潮古典集成、新古典大系、新編古典全集、中西全訳注、伊藤訳注および岩波文庫

前述のように、「邊」を「あたり」と訓む可能性はほとんどありません。この歌においてだけ、例外的に「あたり」と訓む可能性を考えてみても、「人」をあえて読まず、その二音の減少を補充するために「あたり」と三音で訓んでいるもので、合理性はありません。

「枕きし人」 伊丹末雄「万葉集難訓考」

「辺人」の語の存在を確認しながら、「辺」を訓まず、単に「ひと」と訓むものです。この歌において「辺」は重要な語ですから、これを読まない訓読はあり得ません。

注

新古今和歌集下「恋歌三」に、和泉式部のつぎの歌があります。

一一六〇　枕だに知らねばいはじ見しままに君語るなよ春の夜の夢

難訓三二　「吾者于可太奴」は「我れは穿《うか》たぬ」

二〇二二　水良玉《しらたまの》　五百都集乎《いほつつどひを》　解毛不見《ときもみず》　吾者于可太奴　相日待尓《あはむひまつに》

第四句の原文を見ますと、西本願寺本は明らかに三字目が「于」と書かれており、元暦校本および類聚古集も「于」とも読めます。

他の古写本は「干」と読めますが、私は「難訓歌六　三二二一番」と同様に、「于」の最終画の縦線を誤って撥ねないものが「干」となっていると判断し、「于」を原字と考えます。

■私の試訓

「吾者于可太奴《われはうかたぬ》」は「我れは穿《うか》たぬ」と訓みます。

一首全体は、「水良玉《しらたまの》　五百都集乎《いほつつどひを》　解毛不見《ときもみず》　吾者干可太奴《われはうかたぬ》　相日待尓《あはむひまつに》」で、

白玉の　いほつつどひを　解きもみず　我れは穿《うか》たぬ　逢はむ日待つに

です。

歌の解釈は、たくさんの玉が連なった緒をまだ解かない私は、いろいろと考えて詮索することはしません、お逢いする日を待っておりますので、です。

「つどひを」の「を」は、「緒」を掛けています。「緒解きもみず」は、床を共にしていない、の意です。

「于可太」を「うかた」と、「穿《うか》つ」の未然形に訓みます。「于可知天」を「穿ちて」と訓む例は、日本霊異記・上巻にあります。古くは、「うがつ」ではなく、「うかつ」でした。

【「うかつ」の意味】「穿つ」は、「隠された事情・真相を指摘し、人情の機微を明らかにする」の意があるとされています（古語林）。

「解きもみず」すなわちまだ男性と結ばれていない女性が、相手のことを十分知らないので、いろいろ隠された事情があるのではないかと考えたりしますが、お逢いすれば分かることですから、それまではそのようなことをしないと、健気に詠っている歌です。「穿たぬ」の「ぬ」は、打消の助動詞「ず」の連体形ですが、古くは終止形としても用いられました。

この歌の直前にある男性の歌はつぎのとおりで、女性のこの歌と対をなしています。

二〇一一　**天の川い向ひ立ちて恋しらに言《こと》だに告げむ妻問ふまでは**

男性が「言だに告げむ妻問ふまでは」と、直ぐに妻問いせずに言葉だけをかけようと詠ったことに対する女性の不安を詠った歌です。

「穿つ」には、「貫く」という意味もあり、上句の玉の集まりを緒から解いてばらばらにすることと、下句の玉を貫くこととを対にして表現しています。また、「いほつつどひ」は「いろいろな」事情という意味を醸しています。つぎの諸先訓の訳のような率直な歌でなく、相当繊細な技巧的な歌です。

■先訓と批評

近年の注釈書の訓および訳は、つぎのとおりです。

原字を「干」とすることと、「可太奴」を「かてぬ」と訓むことが共通しています。

「吾《あ》は乾しかてぬ」
岩波古典大系　「私は涙にぬれた袖を乾かすことができない」

「我《われ》は寝かてぬ」
小学館古典全集　「干」の字は「年」の誤りとみて改める。「太」はテの仮名。「わたしは寝られぬ」

「吾《わ》はありかてぬ」
澤瀉注釋　「干」と「在」との誤字の可能性の乏しいところになほ問題がある。「私はじつとしてゐる事が出来ない」

「我れは寝かてぬ」
新潮古典集成　「私は独り寝られないでいます」
伊藤訳注　「私は独り寝られもせずにいます」

「我《わ》はありかてぬ」
新古典大系　「干」を「在」と改める。「私はじっとしてはいられない」
岩波文庫　「私はじっとしてはいられない」

「我《あ》は離《か》れかてぬ」
新編古典全集　「干」はカ（離）レの借訓。「太」はテの音仮名。「わたしは離れていられない」

以上のように、本歌は誤字説による訓解が多いのに、最も誤って筆写される可能性が高い「干」を「于」の誤字ではないか、との見解に基づく訓解がないことは不思議なことです。

難訓三三　「板敢風吹」は「板上《へ》風吹き」

二三三八　霰落《あられふり》　板敢風吹《いたへかぜふき》　寒夜也《さむきよや》　旗野尓今夜《はたのにこよひ》　吾獨寐牟《わがひとりねむ》

紀州本が「坂敢」となっているほかは、古写本はすべて「板敢」と表記され、また訓については、元暦校本において「イタウフル」とあったものが「イタマ」と訂正されているほか、すべて「イタマ」の訓が添えられています。

【誤字説の競演】　しかし、「敢」を「マ」と訓むことが難しいため、江戸時代から多くの誤字説が登場しています。

「敢」を「玖《く》」の誤字として「いたく風吹く」、あるいは「聞《も》」の誤字として「いたも風吹き」があります。右は「板」を表意文字として訓まない例ですが、「板隔《へ》」と訓んで「板圍」と解する説（土屋文明「萬葉集私注」）および「板暇《ま》」と訓んで「板間」と解する説（澤瀉注釋）もあります。

■私の試訓

「板敢風吹《いたへかぜふき》」すなわち「**板上《へ》風吹き**」と訓みます。

一首全体は、「**霰落《あられふり》　板敢風吹《いたへかぜふき》　寒夜也《さむきよや》　旗野尓今夜《はたのにこよひ》　吾獨寐牟《わがひとりねむ》**」で、

霰降り　板上《へ》風吹き　寒き夜や　旗野に今夜《こよひ》　我ひとり寝む

です。

歌の解釈は、霰が降り、板敷きの上に風が吹いて寒い夜であることよ、今夜も旗野で私はひとりで寝よう、です。

「板」は、「いた」と訓み「板敷き」の略です。用例として、古語大辞典、旺文社古語辞典および古語林は「夜ふくるまで板の上にゐて」（落窪・二）を、古語大辞典および小学館古語辞典は「つややかなる板のはし近う」（枕草子・三六）を掲げています。

「敢」は「へ」と訓み、「上《へ》」です。「敢」も「上」も、乙類の「へ」です。

つぎの歌の「上」の原字は「倍」で、これも乙類の「へ」です。

八一〇　**いかにあらむ日の時にかも声知らむ人の膝の上《へ》我が枕かむ**

よって、難訓歌の「板敢」は、「板敷きの上」の意味です。

この歌の作者が旗野に建てた仮の小屋は、屋根板と敷板だけの粗末なもので、屋根板には激しく霰が打ちつけ、板敷の上には風が吹きさらしていたのでしょう。

■先訓と批評

「いたく風吹き」　岩波古典大系　中西全訳注

「いたも風吹き」　小学館古典全集　新潮古典集成　伊藤訳注

「板間風吹き」　澤瀉注釋
「板敢《ま》風吹き」　新編古典全集　原字のまま「いたま」と訓んで、板葺屋根の板の隙間と解しています。
「板屋風吹き」　新古典大系　岩波文庫

「敢」を、「く」「も」「ま」「や」と訓むことについては、誤字説や推定などによるもので、何の確かな根拠もありません。

「板」は「板敷き」の省略語として用いられること、「へ」は「上」の意味があることに気づかないことによる混乱です。

難訓 三四 「徃褐」は「行きかねて」

二五五六 玉垂之《たまだれの》 小簀之垂簾乎《をすのたれすを》 徃褐 寐者不眠友《いはなさずとも》 君者《きみは》通速爲《かよはせ》

「徃」は「ゆく」と訓みますので、「褐」をどう訓むかの問題です。

「褐色」という詞があり、こげ茶色のことといわれています（漢和大字典）。

【お歯黒について】 歯を黒く染める「お歯黒」の習慣が、万葉の時代以前からあった、といわれています。どの古語辞典にも「お歯黒」に対し、「御歯黒」の文字のほか「鉄漿」と併記されています。そして、お歯黒をする方法として、「鉄片を米のとぎ汁などに入れて酸化させて作る。歯に五倍子《ふし》の粉を塗り付けて、これを含むと歯が黒く染まる。」とし、この液を「かね（鉄漿）」といい、「茶褐色の液」であると説明しています（以上、古語大辞典）。

よって、褐は褐色の液を、褐色の液はお歯黒の鉄漿を連想させ、褐は「かね」の表記に用いられていると考えます。

■私の試訓

「徃褐《ゆきかねて》」すなわち「**行きかねて**」と訓みます。

一首全体は「**玉垂之《たまだれの》 小簀之垂簾乎《をすのたれすを》 徃褐《ゆきかねて》 寐者不眠友《いはなさずとも》 君者《きみは》通速爲《かよはせ》**」で、

玉だれの　小簀《をす》の垂簾《たれす》を　行きかねて　寝《い》は寝《な》さずとも　君は通はせ

です。

歌の解釈は、あなたが私の部屋の仕切りの簾を持ち上げて入ってゆけなくて、私と一緒に寝なくとも、通って来てください、の意です。

前述のように「褐」は「かね」と訓めますので、「することができない」意の接尾語「かぬ」の連用形「かね」と訓み、「徃褐」は「行きかねて」となります。

■先訓と批評

近年の注釈書は、つぎのように見解が分かれています。

岩波古典大系は**「行きかてに」**、小学館古典全集、新編古典全集、新潮古典集成、中西全訳注および伊藤訳注は**「ゆきかちに」**、澤瀉注釋、新古典大系および岩波文庫は訓を留保しています。なお、「行きかちに」と訓んでいる新編古典全集は、「カテニ（二〇〇四）の音転とみる。ただし、二音仮名の下にニなどの助詞を読み添えるのは異例。」としています。

難訓 三五 「八目難為名」は「傍目《をかめ》難《なん》すな」

二七六七 足引乃《あしひきの》 山橘之《やまたちばなの》 色出而《いろにいでて》 吾戀南雄《あはこひなむを》 八目難為名

第四句までは、「あしひきの山橘の色に出でて我《あ》は恋なむを」と訓まれ、ほぼ定訓となっています。

しかし、結句の「八目難為名」特に「八目」について古来難訓とされています。

各古写本では「やめむかたしな」「やめむかたなし」「ヤメカタクスナ」と訓が付されていますが、澤瀉注釋によれば、賀茂真淵の「萬葉考」が「八は人の字也」との誤字説により「人目《ひとめ》難《かたみ》 為《す》名《な》」と訓み、「今よりわが顕れて戀んからは、そこにも人めをはゞかることなくあらはれて相思ひてよといふ也」の意と解し、多くがそれに従ったと注解されています。

澤瀉氏自身は「人目難み」という言葉が少しおちつきかねるように思うことと、字余り例の例外になるので、後考を俟つとしています。

■私の試訓

「八目《をかめ》難《なん》為《す》名《な》」すなわち「傍目《をかめ》難《なん》すな」と訓みます。

一首全体は「足引乃《あしひきの》 山橘之《やまたちばなの》 色出而《いろにいでて》 吾戀南雄《あはこひなむを》 八目《をかめ》難《なん》為《す》名《な》」で、

あしひきの　山橘の　色に出でて　我《あ》は恋なむを　傍目《をかめ》難《なん》すな

です。

解釈は、藪柑子《やぶこうじ》の実の色のように、はっきりと人に分かってしまうように私は恋をするでしょうが、傍にいる人は恋の行方についてああだこうだと非難してくれるな、の意です。

山橘は藪柑子のことで、人目を引く、真っ赤な色の実をつけます。恋をしていることを隠すのが、上代の人の常ですが、この歌の作者は、藪柑子の赤い実のように誰にもはっきり分かるように恋をするでしょうが、と詠っています。

「八目」は「傍目八目《をかめはちもく》」の「八目」で、「傍目八目」は「《他人の囲碁をそばで見ていると、対局者より冷静で、八目先まで手が読める意から》第三者のほうが、物事の是非得失を当事者以上に判断できるということ」（「大辞泉」小学館）です。

したがって、本歌においては、作者の恋を傍で見ている人のことを「八目」と戯書しているもので、「傍目《をかめ》」と訓みます。

隠すべき恋を隠せないぐらいのぼせ上がり恋に夢中になっている歌の作者の姿を、傍の人が冷静に見ていて、その恋の将来を予想していろいろ言うでしょうが、という意味です。

【遊び用語の戯書】　万葉集の表記として、このように遊び（ゲーム）の用語を戯書として用いている例は他にもあります。以下の説明は岩波文庫の記述を参考にしたものです。

諸伏（七四三番）

ばくち「樗蒲（ちょぼ）」で、思うようにできる采の目「諸伏」をもって随意の意の「まにまに」の戯書としています。

析木四（九四八番）　切木四（二一三一番）

椈戯（かりうち）というばくちに用いる四本の木片を「かり」と云ったことに依り、「雁」の戯書としています。

三伏一向（一八七四番）　一伏三起（二九八八番）　一伏三向（三二八四番）

椈戯（かりうち）で、投じた木片四枚の三が下向き（三伏）、一が上向き（一向）を「ツク」と云ったことに依り「月」の戯書、同じく「一伏三起」あるいは「一伏三向」は「コロ」と云ったので、「頃」の戯書としています。

「難《なん》ず」という詞は古語辞典に登載されています。その用例としては源氏物語のもので、万葉集のものの引用はありませんが、万葉の時代から「難」という漢字は「非難」「難詰」の「人の非を責める。そしる。」意のあることは知られていたので、「難」に「する」の「為」をつけて、他人を非難する詞として「難為」すなわち「なんす」と用いられたものと考えます。名詞に「為」を付けて、動詞化する表記は、万葉集に多数あります。

最後の「な」は、強い禁止を表す終助詞です。

したがって、傍の人は非難してくれるな、の意となります。

■先訓と批評

1　人目難《かた》みすな

岩波古典大系　「人目」の誤字とする。

人目をはばかるなの意とする。あるいは、八目を會の誤でアヒガタミスナと訓み、逢う

小学館古典全集　ことを難しいと思うなの意と解するか。ただしカタシの語義が疑わしいこと、字余りであることなど、疑問がある。
新潮古典集成　おまえも人目を憚るな、の意か。
新編古典全集　だからあなたも人目など気にせず逢っておくれ。
伊藤訳注　おまえも人目を気にしないがよい。ただし、字余りで、訓義に疑問がある。
2　やめ難くすな
澤瀉注釋　なのに、あなたが人目を気にするなんて……。まわりのことなんか気にしないでくれ。
3　止め難《かて》にすな
中西全訳注　やめる事の出来ないものとは思ひなさるな。ただし、「人目難みすな」と両説をあげる。
4　逢ひ難くすな
新古典大系　中途はんぱなそぶりをなさるな。
岩波文庫　「合」「會（会）」の誤字とする。
原文「八目」は「合」「会」などの一字を二字に誤った形か。
どうぞもっと逢いやすくしてください。

以上に対し、1の「人目難み」に「人目を憚る」「人目を気にしない」の語義があるかどうか疑問であり、2は上句と下句の歌意の繋がりが不自然、3の「かてに」と訓むには「に」に当たる文字がないこと、4には「人目」の二字を一字の「合」あるいは「會（会）」の書き誤りとすることには相当無理があると考えます。

すべて、「八目」が戯書であると気づかないことによる誤訓です。

難訓 三六 「音杼侶毛」は「声とろも」

二八〇五 伊勢能海従《いせのうみゆ》 鳴来鶴乃《なきくるたづの》 音杼侶毛 君之《きみが》所聞者《きこさば》 吾将戀八方《わがこひめやも》

これまで、多くの先訓は「音どろも」と訓むことは一致していますが、意味は未詳とされ、「音とどろ」の約音、あるいは「音づれ」の音転かといわれています（以上、岩波文庫）。

【「とろ」とは何か】 私は、「音」は鶴の鳴き声で、訓は「おと」「こゑ」「ね」を想定しました。一〇六四番「白鶴乃《しらたづの》妻呼音者《つまよぶこゑは》」、一一六四番「鳴鶴之《なくたづの》音遠放《こゑとほざかる》」のように、鶴の鳴き声は、「音」と表記され、「声《こえ》」と訓まれています。

そして、この難訓句の解読のカギは「杼侶」の「とろ」が何を意味するかにあると考え、前記「おと」「こゑ」「ね」と「とろ」の組み合わせでできる語で、本歌の歌趣に相応しい語を古語辞典において探索しました。

そして、ついに「音取《ねと》り」「音取《ねと》る」の語を発見したのです。

動詞「音取《ねと》る」の意味は「雅楽などで、演奏前に楽器の調子を合せる。音程を聞き取って調える。」（古語大辞典）です。

なお、「杼」を「と」と訓む例は、四一一四番に「許登安氣世受杼母《ことあげせずとも》」とあります。

■私の試訓

「音《こゑ》杼《と》侶《ろ》毛《も》」すなわち「声とろも」と訓みます。

一首全体は、「伊《い》勢《せ》能《の》海《うみ》従《ゆ》　鳴《なき》来《くる》鶴《たづ》乃《の》　音《こゑ》杼《と》侶《ろ》毛《も》　君《きみ》之《が》所聞《きこさ》者《ば》　吾《わが》将戀《こひめ》八《や》方《も》」で

伊勢の海ゆ　鳴き来る鶴《たづ》の　声とろも　君が聞こさば　わが恋めやも

です。

歌の解釈は、伊勢の海の方から鳴き渡って来る鶴のように、せめて私と調子を合わせるようにあなたがお声を掛けてくださいましたならば、私は恋をしてしまうでしょうか、の意です。

鶴の雄は、雌の妻に呼び掛けるように鳴き（一〇六四番歌）、雌も声を合わせて鳴くことで知られていますが、その鶴の雄が呼び掛けて鳴く声のように、あなたが声をかけてほしい、そうすれば、私もあなたに恋をして声を合わせることでしょう、という女性の歌です。「やも」は、疑問に詠嘆を添えた意を表しています（古語大辞典）。

前述のように、楽器の音を合わせるときは名詞で「音取り」と「ね」でありますが、この歌の場合、鶴や人が相手に呼び掛けて、相手の「こゑ」がそれに合わせる場合ですから、「声取り」となります。

また、「取り」を「取ろ」と詠っているのは、「り」を親愛の情をこめた音である「ろ」音に音転させたものと考えます。

「聞こさば」の「聞こす」は、「言ふ」の尊敬語で、本歌の場合は「声を掛けてくださる」の意です。

先訓と批評

近年の注釈書における訓と解釈は、つぎのとおりです。

岩波古典大系 **「音どろも」** 未詳。音の乱れひびく意か。あるいは、音とどろの約か。
小学館古典全集 **「音どろも」** 未詳。
澤瀉注釋 **「音どろも」** 未詳であるが、音づれの意かと思はれる。
新潮古典集成 **「音どろも」** 未詳。高い音などの意か。
新編古典全集 **「音どろも」** 音ドロは未詳。遠く聞える音響の意か。
新古典大系 **「音どろも」** 「音どろ」は未詳。口語訳を保留する。
中西全訳注 **「音どろも」** オトヅレに同じか。
伊藤訳注 **「音どろも」** 音沙汰だけでも。ただし「音どろ」は未詳。
岩波文庫 **「音どろも」** 未詳。

むすび

西洋のオーケストラの演奏においても、演奏前にステージで楽器の音合わせをしている光景をよく見ます。「音を取る」という言葉は、現代も音楽の世界で使われているようです。

この歌は、私の解訓作業の中でも難しいものでしたが、音楽の知識を兼ね備えておれば、もっと容易に「音取る」と訓み得たかも知れません。

難訓 三七 「麻由可西良布母」は「間ゆかせらふも」

三五四一 安受倍可良《あずへから》　古麻乃由胡能須《こまのゆこのす》　安也波刀文《あやはとも》　比登豆麻古呂乎《ひとづまころを》　**麻由可西良布母**

各古写本における結句の原文は一致しており、付されている訓は一字一音ですから「マユカセラフモ」と同じですが、その意味が解せない難訓句です。

第四句までの訓は「あずへから　駒の行《ゆ》このす　危《あや》はとも　人妻児《こ》ろを」で、その解釈は「崖の上を馬が行くように、危なっかしくとも、人妻であるあの子を」であることは、各注釈書においてほぼ一致しています。

「あず」は崖、「へ」は「辺」と解している注釈書もありますが、「上《へ》」です。

「行このす」は東国の訛《なま》りで、「行くなす」のことです。また、「児ろ」の「ろ」は、親愛を示す語です。

■私の試訓

「**麻由可西良布母**《まゆかせらふも》」すなわち「**間ゆかせらふも**《ま》」です。

一首全体は、「**安受倍可良**《あずへから》　**古麻乃由胡能須**《こまのゆこのす》　**安也波刀文**《あやはとも》　**比登豆麻古呂乎**《ひとづまころを》　**麻由可西良布母**《まゆかせらふも》」で、

あず上《へ》から　駒の行《ゆ》このす　危《あや》はとも　人妻児《こ》ろを　間《ま》ゆかせらふも

です。

歌の解釈は、崖の上を馬が行くように、危なっかしくとも、人妻であるあの子を密通させ続けていることよ、です。

「麻」を「間」の「ま」に訓ませている例は、三三七八番、三三九六番、三五二二番、三六六〇番などにあります。

「ま」は、「間男」の「間」で、妻が夫以外の男性と密通することを意味しています。

「ゆかせ」は、「行く」の未然形「行か」に、使役の助動詞「す」の未然形「せ」が付いたもので、意味は、夫と歌の作者の「間」を行かせることで「密通させ」です。

「ら」は存続の助動詞「り」の未然形で、さらに「ふ」は動作の反復・継続を意味する助動詞、「も」は感動を表す終助詞です。

密通させていることが続いていること、反復していること、および感動していることを、助動詞・助詞を重ねて表現しているものです。

先訓と批評

近年の注釈書による訓と、それに対する訳注は、つぎのとおりです。

「目《ま》ゆかせらふも」
岩波古典大系　「目で見てだけいられようか。」
中西全訳注　「まばゆく思うよ」

「まゆかせらふも」
小学館古典全集　「未詳。こっそりと逢う、などの意か。」
澤瀉注釋　「この句の解釈はなほ考ふべきであらう。」

新潮古典集成　「未詳。関心を示さずにおられない状況を言い表わす句か。」
新古典大系　「結句は意味不明。諸説あるが首肯するに足りるものはない。」
新編古典全集　「難解。ひそかに逢った、というような意味か。」
伊藤訳注　「関心を示さずにはいられない意らしいが、未詳。」
岩波文庫　「結句は未詳。」

「目で見てだけいられようか。」「まばゆく思うよ」のいずれの訳も、「危《あや》はとも」と詠んでいる第三句までの歌詞と調和していないと考えます。

四句までの歌詞の意が、男が人妻との関係で危ない情況を譬喩的に詠んでいますから、難訓句の「ま」は、人妻との危ない「間柄」である密通を連想させる語の「間」であることが推察できます。

「ま」を一字の詞として訓まず、「まゆ」「まゆか」「まゆかせ」などのように、他の文字と一体として訓むと、訓解が行き詰まります。

難訓 三八 「歌乞和我世」は「歌占《うら》ふ我が背」

三八九八　大船乃《おほふねの》　宇倍尒之居婆《うへにしをれば》　安麻久毛乃《あまくもの》　多度伎毛思良受《たどきもしらず》　歌乞和我世

結句の「歌乞和我世」の「歌乞」が、難訓とされてきました。

それ以外の訓は、「大船の　上にし居れば　天雲の　たどきも知らず　○○○○我が背」で争いはありません。そして、その部分の解釈は、大きな船に乗って海原に出ているので、空の雲の状態が分からず、すなわち船の航行上、雲のこれからの情況が心配だが分からず、という意です。

「たどき」は「たづき」の母音交替形といわれ、「手段、方法」のほか「有様、状態」の意があります（古語大辞典、古語林）。

また、ほとんどの注釈書は原文として「乞」を採用していますが、紀州本、京都大学本および陽明本は、「乞」の字ではなく、「占」の草書体の字形と著しく似た表記です。

「占」の「口」の部分の右側の部分（第四画、五画）を草書体で書けば「乙」（ただし、最終画の収筆を撥ねない）のようになり、「乞」の下の部分（第三画）の「乙」と同じ字形になります（「草書韻会」における「占」の草書を参照―「楷行草　名跡大字典」木耳社）。

この「占」の最終画の収筆を留めるべきであるのに撥ねている点が（反対のケースとして、難訓歌六の「汙」が「汗」）、「占」を「乞」の草書体として見誤って誤写させた原因と考えます。

それゆえに、明瞭に「乞」と表記されている古写本もありますが、むしろそちらの方が誤写により生まれた文字であり、元の原文は「占」であり、原文を「占」と改めるべきと考えます。

■私の試訓

「歌乞和我世」を**「歌占和我世」**と改め、**「歌占和我世《うたうらふわがせ》」**すなわち**「歌占《うら》ふ我が背」**と訓みます。

一首全体は**「大船乃《おほふねの》　宇倍尓之居婆《うへにしをれば》　安麻久毛乃《あまくもの》　多度伎毛思良受《たどきもしらず》　歌占和我世《うたうらふわがせ》」**で

大船の　上にし居れば　天雲の　たどきも知らず　歌占ふ我が背

です。

一首の解釈は、大きな船に乗って海原に出ているので、船の航行上、天の雲のこれからの状況が分からず心配で、歌占いをしている、我が仲間よ、です。

「歌占」（うたうら）は、歌で吉凶を占うことで、歌が書いてある短冊を引かせ、そこに書いてある歌の内容に依って吉凶を占ったようです（古語大辞典）。古代人が日常的に占いを好んだことは、万葉集の多くの歌に出てきます（一〇九番、七三六番、二五〇六番、二五〇七番など）。

特に、気象条件の変化により命を失う危険がある海洋の航行においては、現代のように科学的な気象予報がない万葉の時代では、占いによって情報を得ていたと思われます。

本歌は、その「歌占」をすることを、「歌占ふ」と動詞化して詠っているものです。

なお、「歌占《うら》ふ我が背」は八字の字余りですが、句中に母音「う」がありますので、許容されます。

▒ 先訓と批評

「歌ひこそ吾が背」 澤瀉注釋
歌でも謡つて下さい。我が背よ。

「歌ひこそ我が背」 新潮古典集成
歌でも歌って元気づけて下さい、あなた。

「歌乞はむ我が背」 伊藤訳注
船頭たちに景気づけの歌でも歌ってもらおうではありませんか、皆さん。

【訓を付さず】 岩波古典大系　小学館古典全集　新古典大系　新編古典全集　中西全訳注　岩波文庫

多くの注釈書は、「天雲の」を「たどきも知らず」の枕詞と解していますが、誤りと考えます。前述のように、私は「天雲の　たどきも知らず」を天の雲のこれからの状況が分からないことと解しますが、多くの注釈書は「たどきも知らず」を歌の作者が船上に居る頼りない、心細い心境と解し、「天雲の」に実質的な情景を捉えていないのです。

第二部

定訓歌にみられる誤訓

（準難訓歌）

詠まれている事象を誤解した誤訓

「花鳥風月」と言いますが、昔の日本人は現代の私たちより豊かな自然に囲まれて生活していました。
万葉集に歌をのこした万葉人は、身近な自然をよく観察し、歌に詠みました。
しかし、時代を経るほど、自然にふれる生活が少なくなり、万葉集に詠まれている、例えば、

植物　**榛**　誤訓歌一　一九番、誤訓歌二八　三四三五番
　　　萩　難訓歌一　二一一三番、**あざさ**　難訓歌一一　三〇四六番
　　　あさがお　難訓歌一四　三五〇二番
鳥　　**鶯**　難訓歌六　三二二一番、誤訓歌二九　三九四一番
　　　ほととぎす　誤訓歌五　一九七九番

などについて、後の世の人はその生態の理解が困難となり、難訓となったり、あるいは誤訓されることになりました。

そのことは、自然ばかりではなく、昔の人が日常的に用いていた物、および生活様式についてもいえます。万葉の時代の人にとっては、日常的な物や行動であったものでも、一三〇〇年後の現代では、想像すらできないものがあるからです。そのような物や行動が詠まれた歌も、誤訓されやすいものです。

例えば、**東枎**　難訓歌二　二六四七番、**左頭**　難訓歌九　一三二六番
　　灰差し　難訓歌二〇　三八八九番、**留め火**　誤訓歌三　二五四番
　　素衣　誤訓歌六　二八六六番

誤訓 一 「衣《きぬ》に付《つ》くなす」は「衣《ころも》に付《つ》きて」

一九原文 綜麻形乃 林始乃 狭野榛能 **衣尓著成** 目尓都久和我勢

従来の定訓 へそかたの 林のさきの さ野榛《のはり》の **衣《きぬ》に付くなす** 目に付く我が背

新訓 へそかたの 林のさきの さ野榛《のはり》の **衣《ころも》に付きて** 目に付く我が背

天智六年（六六七年）三月一九日、後の天智天皇は、飛鳥から近江へ都を遷しました。それに関連して、万葉集に「額田王、近江の国に下《くだ》る時に作る歌、井戸王《ゐのへのおほきみ》が即ち和《こた》ふる歌」との題詞の下に、つぎの一七番歌の長歌と、反歌として一八番歌および右の一九番歌の二首があります。

一七 味酒《うまさけ》 三輪の山 あをによし 奈良の山の 山の際《ま》に い隠《かく》るまで 道の隈《くま》 い積もるまでに つばらにも 見つつ行かむを しばしばも 見放《みさ》けむ山を 心なく 雲の 隠さふべしや

一八 三輪山を しかも隠すか 雲だにも 心あらなも 隠さふべしや

この両歌の後に、

「右の二首の歌は、山上憶良大夫が類聚歌林《るいじうかりん》には「都を近江の国に遷《うつ》す時に三輪山の御覧《みそこなは》す御歌なり」といふ。日本書紀には、「六年丙寅《ひのえとら》の春の三月辛酉《かのととり》の朔《つきたち》の己卯《つちのとう》に、都を近江に遷す」といふ。」

との左注があり、一九番歌には、

「右の一首の歌は、今案《かむが》ふるに和《こた》ふる歌に似ず。但し、旧本、此《こ》の次に載《の》す。故に以《もつ》て猶《なほ》載す。」

との左注がそれぞれ付記されています。

【「三輪」の名の由来】　右の歌に詠われている三輪山の由来について、古事記の崇神《すじん》紀によれば、昔、通ってくる男の身元を知るために、活玉依姫《いくたまよりひめ》は巻いた麻糸（へそ）を針に通し男の衣の裾に付けておいたところ、翌朝、部屋に三勾《みわ》（三輪）の糸が残っており、その先を辿《たど》ってゆくと、美和山の神社の中にあり、男は神の子であることが分かった、それゆえ、この地が三輪と言われるようになった、といいます。

「へそ」は「綜麻」または「巻子」と書き、「紡いだ麻糸を環状に巻き付けたもの」（古語大辞典）です。

一七番の長歌に「三輪の山」が詠われていますので、一九番の反歌の「綜麻」は、三輪山を暗示していることは明らかです。

【榛の花序について】　「榛」は、今では「はんの木」と呼ばれています。

落葉高木で、開花時は三月ごろ、雄花序は四〜五センチで長く尾状に垂れ下がり（「日本の樹木」山と渓谷社）、早春の山野でよく見かけます**【口絵7】**。

その雄花序の「形」が、「綜麻」の形（長楕円形）に非常によく似ているので、「綜麻《へそ》形《かた》の林のさきのさ野《の》榛《はり》の」と詠まれているものです。

初句の「綜麻形の」は、「綜麻」の「形」をしている「さ野榛」であると、第三句の「さ野榛」の花序の形を説明しています。また、第二句の「林のさきの」の「林」は、初句の「綜麻」をうけて当然に三輪山の林を暗示し、その林の崎にある「さ野榛」であると、第二句は「さ野榛」の生えている場所を示しています。

すなわち、初句の「綜麻形の」の句は、前記神話によって第二句の林の場所が三輪神社であることと、第三句の「さ野榛の」の花序が「綜麻形」であることを導いているのです。

ところが、これまでの注釈書は、初句の「綜麻形」は場所を示すだけであると理解し、「綜麻形」を三輪山の異名（新潮古典集成、伊藤訳注）あるいは三輪神社神話によった地名など（小学館古典全集、新古典大系、新編古典全集、岩波文庫）とするものはともかくとしても、「綜麻形」の「形（がた）」の意味が分からないままに「アガタ」の「ア」の脱落形として、滋賀県栗太郡栗東町（現・栗東市）綣（へそ）の地名をかかげているもの（岩波古典大系）がありますが、見当違いです。

いずれにしても、これまでの解釈は、初句の「綜麻形」が第三句の「さ野榛」の花序の形を示していることに気づかなかったのです。

私の新訓解

へそかたの　林の崎の　さ野榛《のはり》の　衣《ころも》に付きて　目に付く我が背

第四句の「衣尓著成」の訓につき、多くの注釈書は、榛の樹の皮や果実が染料として用いられていたことが先入観となって、榛の「色が衣にしみ付くように」と訓解していますが、私は、三輪神社の林にある榛の樹の花序が、背子の衣に付着した情景を想定して、「へそ」の形をした愛らしい（「さ」の意味）榛の「花序が衣にくっ付いて」と訓解します。

なお、「形」を、物の形状という意味に詠った歌として、「形乎宜美」と詠ったつぎの歌があります。

三八二〇　夕づく日さすや川辺に作る屋の形をよろしみうべ寄そりけり

原字の「著」を「染み付く」の「付く」ではなく、「付着する」の「付く」と訓み、「衣」も「きぬ」ではなく「ころも」と訓みます。

「成」は「ように」の意味の「なす」とは訓まずに、接続助詞の「て」と訓み、「付きて」となります（「成」を「て」と訓む例については、「難訓歌一五　一四五番」参照）。

これにより「衣《きぬ》に付くなす　目に付く我が背」の訓にみられる「付くなす」「目に付く」の「付く」「付く」が重なる歌の調べの稚拙さが解消されます。

また、「成」を「なす」と訓むと、澤瀉注釋が指摘するように、第四句の「なす」までが序詞となり、例の少ない「四句の序」をもつ歌となりますが、それも解消されます。

【別れを惜しむ榛の花序】　歌意は、三輪山の林の突き出た所で、野榛の愛らしい花序が衣《ころも》にくっ付いて、好ましく見える我が背子であることよ、の意です。

「目に付く」は、好ましく見えるの意（古語大辞典）で、この歌の場合、心に沁《し》みる情景だという意味です。

すなわち、三輪山との別れを、そこの林にある三輪山と縁の深い「綜麻」の形をした榛の樹の花序も、近江に去りゆくわが背子との別れを惜しんで、背子の衣に離れ難く付いて、それは惜別の情を見る好ましい光景だ、と詠っているのです。

遷都のときは三月であり、榛の花序が枝にたわわなころで、その下を進む遷都の行列に花序が落ちてきて、背子の衣に付着した実景が詠われている歌であって、「成」を「ように」と比喩的に訓解する余地は全くありません。

一九番歌の蘇生《そせい》

多くの注釈書が、「従来の定訓」に記載した訓を付して、「野榛が衣に染みつくようにこの目にしみついて仕方のない我が背子よ」との意と解釈しています。恋歌との解釈です。

榛の花序が三輪神社に関係のある「綜麻」の「形」に似ていること、「著」は花序が衣に付着する意であること、「成」が接続助詞の「て」であることなどを、全く考慮していないことによる誤訓です。

【左注の解釈】　それはまた、一九番歌の左注にある「今案《かむが》ふるに和《こた》ふる歌に似ず。」の意味を、三輪山との別れを惜しんだ長歌一七番歌の反歌ではないといっていると誤解すれば、一九番を恋歌として訓解をすることが許容され、それが左注の内容とも整合しているかのようにもみえます。

しかし、左注の意味は、一九番歌は一八番歌のように、一七番歌に対して和えた反歌として詠まれた歌ではないと言っているにすぎず、むしろ三輪山との別れを詠った歌であるとの理解があるからこそ「旧本、此の次に載す。故に以て猶載す。」と記載されているものと解すべきです。

したがって、三輪山との別れと関係のない恋歌としての訓解は、一九番歌の訓解としてあり得ないのです。

なお、この歌の作者について、題詞によれば、一七番歌および一八番歌は額田王、一九番歌は井戸王が詠んだことになりますが、前述の左注の類聚歌林の記載により、一七番歌および一八番歌は後の天智天皇の作であるとも読めます。しかし、額田王が後の天智天皇に代わって詠った歌との意に解します。

いずれにしても、一九番歌は井戸王の詠歌で、歌に詠まれている「背」は後の天智天皇（当時は称制の中大兄）と考えられます。

むすび

一七番歌および一八番歌の解釈については、江戸時代の伴信友「長等《ながら》の山風」以来、額田王をめぐる中大兄と大海人皇子の三角関係の中で、「中大兄のために近江の都へ召された額田が大海人との別れを歎く歌」とする解釈がなされ（直木孝次郎『額田王』）、戦前まで興味本位に喧伝《けんでん》されており、また戦後は額田王を巫女とみて三輪山に奉った歌とする巫女・呪歌説が登場するなど、はなばなしい論議がなされてきた陰で、一九番歌については前記左注の誤解もあり、あまり注目されてきませんでした。

しかし、私は、遷都に際し三輪山に対する惜別の情を詠った歌として、一八番歌に劣らず一九番歌は優れていると思います。

井戸王が詠んだ秀歌を、一三五〇年の歳月を経て、ようやく後世に明らかにすることができ、嬉しく思います。

誤訓二 「たなびく雲の」は「つらなる雲の」

一六一原文 向南山 **陳雲之** 青雲之 星離去 月矣離而

従来の定訓 北山に **たなびく雲の** 青雲の 星離れ行き 月を離れて

新訓 北山に **つらなる雲の** 青雲の 星離れ行き 月を離れて

この歌は、天武天皇が崩御した後に、持統天皇が詠んだ二首の歌の一首で、もう一首は、「難訓歌七 一六〇番」の「燃ゆる火も」の歌です。

【向南山とは何か】 「向南山」を「北山《きたやま》」と多くの注釈書は訓んでいますが、中西全訳注は「神山《かむやま》」と訓み、「天子南面の思想による。南ニ向クを北とは訓めない。」としています。

私は、平安時代において現れた「北面の武士」という言葉があるように、「天子は南向きにすわり、臣下はそれに向きあって北向きにすわったこと」（漢和大字典）に由来するもので、一六一番歌の「向南山」を「北山」と訓むことは、正しいと考えます。

ところで、「北山」と訓む説も、「神山」と訓む説も、すべて、山を実景の「山」として解釈しています。

具体的に山の名を挙げている注釈書は少ないのですが、新潮古典集成は「香具山らしい」、伊藤訳注は「明日香北端の香具山らしい」としています。他方、岩波文庫は「飛鳥には北山と称すべき山がない」と注釈しています。

私は、「北山」は実景ではなく、天皇、この歌においては天武天皇がいる場所、すなわち天武天皇自身を指していると考えます。中国の「詩経」に「天子の仕事に従っているために父母を養うことができないという嘆き」を「北山之感」という詩に作ったとの故事があります（漢和大字典）。

前述のように、わが国においても、臣下との関係で北に座しているのが天皇です。

■私の新訓解

古写本における原文および訓は、つぎのように分類できます。

陳雲之（ツラナルクモノ）　類聚古集、紀州本、広瀬本

ただし、紀州本には「タナヒク」、広瀬本には「タナヒク、モノ」の訓が、併記されています。

陳雲之（タナヒククモノ）　西本願寺本、京都大学本、陽明本

陣雲之（タナヒククモノ）　神宮文庫本　寛永版本

【「たなびく」は誤訓】　これにより、原字としては「陳」が多く、「訓」は「つらなる雲の」から「たなびく雲の」へと変わっていったことが分かります。

それは、直前の句「北山」を実景の山と誤解されるようになり、「山」に「雲がたなびく」と誤訓されるようになったからです。

私の解釈のように「北山」を天武天皇のことと解すれば、「陳雲之」は天皇の前に一列あるいは平らに並んでいた臣下を、雲に譬《たと》えたものであることが分かります。

「陳」は「ならべる」「つらねる」の意です（以上、漢和大字典）。今でも、「陳列」などと並べる意に使われて

います。

下三句の「青雲の星離れ行き月を離れて」は、天武天皇が生前に、ことのほか関心が深く、かつ愛した天体をいっているもので、かつ、いまはその天上の世界に天武天皇がおられることを表現しているものです。「青雲」「星」「月」は、すべて天体を意味しているもので、一つ一つを何かに譬えているものではありません。

したがって、一首の解釈は、生前の天武天皇にお仕えし、いつもお側に連ね並んでいた臣下たちは、雲のように、いま天皇がおられる天上の世界から離れ消え去ってゆく、と詠んでいるものです。

むすび

天皇崩御の後、お仕えした者が散り散りに別れていく様の悲しみを詠うことは、挽歌の常套《じょうとう》で、天智天皇に対しては額田王が詠んだ一五五番の挽歌に「ももしきの　大宮人は　行き別れなむ」および皇太子の草壁皇子に対して柿本人麻呂が詠んだ一六七番の挽歌に「皇子の宮人　ゆくへ知らずも」があります。

持統天皇の天武天皇に対するこの歌は、一六〇番歌と共に、生前の天武天皇の人柄・人徳を冷静に偲《しの》び、いたずらに感情に流されることなく、深い愛情により詠いあげた挽歌として、額田王の歌に優《まさ》るものです。

「向南山　陳雲之」を、「何処か分からないが、山にたなびく雲」と訓解したのでは、持統天皇の天武天皇に対する愛情が伝わらず、この名歌を鑑賞したことにはなりません。

誤訓三　「ともしびの」は「留《とど》め火の」

二五四原文　留火之　明大門尒　入日哉　榜將別　家當不見

従来の定訓　ともしびの　明石大門に　入る日にや　漕《こ》ぎ別れなむ　家のあたり見ず

新訓　留め火の　明石大門に　入る日にや　漕ぎ別れなむ　家のあたり見ず

「柿本朝臣人麻呂羇旅歌八首」の一つとして、右の歌があります。

【「ともしびの」は明石の枕詞か】　初句の「留火」をすべての注釈書は「ともしび」と訓み、多くの古語辞典において「ともしびの」は「明石」の枕詞とされています。

しかし、万葉集に「明石」を詠んだ歌は、二五四番のほかにつぎのように八首（括弧内は「明石」の原字）ありますが、「ともしびの」を「明石」の枕詞として詠んでいる歌は全くありません。

むしろ三六二七番歌においては、「我が心」が明石の枕詞として用いられています。

二五五　**天離《あまざか》る鄙《ひな》の長道《ながち》ゆ恋ひ来れば明石**（明《あかし》）**の門より大和島見ゆ**（一本云家のあたり見ゆ）

三二六　見わたせば明石（明石《あかし》）の浦に燭《とも》す火の穂にぞ出でぬる妹に恋ふらく

三八八　（長歌の一部分）居《ゐ》待月《まちづき》　明石（開《あかし》）の門《と》ゆは　夕されば　潮を満たしめ　明けされば　潮を干《ひ》しむ

九四一　明石（明《あかし》）潟潮干の道を明日よりは下笑《したゑ》ましけむ家近づけば

一二〇七　粟島に漕ぎ渡らむと思へども明石（赤石《あかし》）の門《と》波《なみ》いまだ騒けり

一二二九　我が舟は明石（明石《あかし》）の水門《みと》に漕ぎ泊《は》てむ沖へな離《さか》りさ夜更けにけり

三六〇八　天離る鄙の長道を恋ひ来れば明石（安《あ》可《か》思《し》）の門より家のあたり見ゆ

三六二七　（長歌の一部分）さ夜更けて　ゆくへを知らに　我が心　明石（安《あ》可《か》志《し》）の浦に　船泊めて　浮寝をしつつ　わたつみの　沖辺を見れば　漁《いざり》する　海人の娘子《をとめ》は　小舟乗り　つららに浮けり　暁の　潮満ち来れば　葦辺には　鶴《たづ》鳴き渡る　朝なぎに　船出をせむと

また、万葉集に「ともしび」を詠んだ歌として、二五四番のほかにつぎのように六首ありますが、いずれも「ともしび」の原字が異なり、「留火」の表記例はありません。かつ、「ともしび」は、実態を詠う詞として用いられており、枕詞に使用されている歌は一首もありません。

一一九四　紀の国の雑賀《さひか》の浦に出で見れば海人のともしび（燎火）波の間ゆ見ゆ

二六四二　ともしび（燈）の影にかがよふうつせみの妹が笑まひし面影に見ゆ

二七四四　鱸《すずき》取る海人のともしび（燭火）外にだに見ぬ人ゆゑに恋ふるこのころ

三六二三　山の端に月傾けば漁《いざり》する海人のともしび（等毛之備）沖になづさふ

四〇五四　霍公鳥《ほととぎす》こよ鳴き渡れともしび（登毛之備）を月夜になそへその影も見む

四〇八七　ともしび（等毛之火）の光りに見ゆるさ百合花ゆりも逢はむと思ひそめてき

二五四番歌の諸古写本の原字は、いずれも「留火」と表記されています。「ともしび」と訓む理由として、「燭」の旁《つくり》の「蜀」であった原字が「留」と書き誤ったとする誤字説、あるいは「留まる火」を「ともし火」と訓むようになったとするものです（注1）が、いずれも強引過ぎ、説得性に欠けます。

そこで、私は「留火」は「ともしび」ではなく、また「ともしびの」は「明石」の枕詞ではなく、つぎのように実質的な内容をもつ歌句であると考えます。

▒万葉集に出てくる「○火」の分析

【万葉集に詠まれた火】　万葉集の歌に詠まれている「○火」と、下に火の付く語は、つぎのとおりです。

燃料を表した火

「油火《あぶらひ》」（四〇八六番）　植物の種を搾った油

「葦火《あしひ》」（二六五一番）、「葦火《あしふ》」（四四一九番）　乾かした葦

用途を表した火

「漁火《いざりび》」（三一六九番、三一七〇番、四二一八番）　夜、魚を寄せ集めるために漁船でたく火

「鹿火《かひ》」（二二六五番）、「蚊火」（二六四九番）、「香火」（三八一八番）　田畑の鹿を追い払うための火、蚊を寄せ付けないための火

「野火《のび》」（二三〇番）　枯れ草を焼き払って、新しい草が生えるようにする火

「手火《たひ》」（二三〇番）　手に持って足元を照らす火

「飛火《とぶひ》」（一〇四七番）　変事を知らせる烽火

「燈火《ともしび》」（歌番は前掲）　明かり（照明）

このように、「○火」の○は、燃料を示す語か、用途を示す語ということになります。

「留火」は、「留」が燃料を示す語と思えないので、用途を示す火ということになります。

もう一つ注目すべきことは、「油火（安夫良火）の光りに」と詠んだつぎの大伴家持の歌と、介内蔵伊実吉縄《すけくらのいみきなは》麻呂《まろ》が前記四〇八七番の歌で「ともしび（等毛之火）の光りに」と詠んだ両歌は、同じ宴席にあった光を詠んだものですが、家持は「ともしび」と詠んでいないことです。

四〇八六　油火の光りに見ゆるわが縵《かづら》さ百合の花の笑《え》まはしきかも

家持は、単に「ともしび」と詠うより、火の穂がまたたいて「さ百合の花」を笑っているようにみせているのは油火であることを詠みたかったのです。同じ照明の火であっても、その火の燃料や、用途を意識して詠むときは単に「ともしび」とは詠まず、例えば「油火」とか、「留火」とか、それと分かるように詠んでいると考えます。

■明石海峡の航行と停留

【明石海峡に港があった】　明石海峡は潮の流れが速く、かつ一日に二度、その流れが逆方向に変わります。潮の干満が激しかったことは、三八八番歌に「夕されば　潮を満たしめ　明けされば　潮を干しむ」および九四一番歌に「潮干の道を」と詠まれています。

ここを航行する船は、今も万葉の昔も危険が伴いました。

万葉の時代、今の大阪の御津の浜から、朝、九州方面に出航して行く船は、一日目の夕べに明石海峡を通過することになりますが、夜の航行を避け、また航行に都合のよい潮を待つためにも、明石海峡の周辺で停泊したことは、つぎの二首に明らかに詠まれています。

一二二九　我が舟は明石の水門に漕ぎ泊てむ沖へな離《さか》りさ夜更けにけり

三六二七　朝されば　妹が手にまく　鏡なす　御津の浜びに　大船に　真《ま》楫《かぢ》しじ貫《ぬ》き　韓国《からくに》に　渡り行か

むと　直向《ただむか》ふ　敏馬《みぬめ》をさして　潮待ちて　水脈《みを》引き行けば　沖辺には　白波高み　浦廻《うらみ》より漕ぎて渡れば　我妹子に　淡路の島は　夕されば　雲居隠りぬ　さ夜更けて　ゆくへを知らに我が心　明石の浦に　船泊めて　浮寝をしつつ　わたつみの　沖辺を見れば　漁《いざり》する　海人の娘子は　小舟乗り　つららに浮けり　暁の　潮満ち来れば　葦辺には　鶴鳴き渡る　朝なぎに船出をせむと　船人も　水手《かこ》も声呼び　にほ鳥の　なづさひ行けば　家島は　雲居に見えぬ我が思《も》へる　心なぐやと　早く来て　見むと思ひて　大船を　漕ぎ我が行けば　沖つ波　高く立ち来ぬ　外のみに　見つつ過ぎ行き　玉の浦に　船を留めて　浜びより　浦礒を見つつ　泣く子なす　音《ね》のみし泣かゆ　わたつみの　手巻《たまき》の玉を　家づとに　妹に遣《や》らむと　拾ひ取り袖には入れて　帰し遣る　使《つかひ》なければ　持てれども　験《しるし》をなみと　また置きつるかも

奈良時代、僧・行基によって、潮待ちの港として築港されたといわれている「魚住泊《なきすみのとまり》」（現在の兵庫県明石市魚住町近辺）は、万葉集のつぎの歌に詠まれています。

九三五　（長歌の一部分）名寸《なき》隅《すみ》の　舟瀬ゆ見ゆる　淡路島

九三七　行き巡り見とも飽かめや名寸隅の船瀬の浜にしきる白波

そこで、二五四番歌について考えてみますと、「明石大門に　入る日にや」は一二二九番歌の「我が舟は明石の水門に漕ぎ泊てむ」と同様に、明石大門の港に停泊する日であることを詠んでいるものであり、夕刻、明石海峡にある港に入ろうとして、いままで見えていた大和の家のあたりも見えるのが最後であるのに、それを見ることもせず流れの速い海峡に舟を漕ぎ進めていると感慨に耽《ふけ》っている歌と解します。

単に、海峡に入って航行して行くというだけでは、大和の家が見えずと詠まないだろうことは、この歌のつぎの二五五番歌に「明石の門より大和島見ゆ」と詠んでいることで明らかです。

「水門」は港のことであり、「大門」は大きな海峡、すなわち明石海峡のことですが、「大門を行く」ではなく「大門に入る」とありますので、明石海峡にある港に入る意が含まれています。万葉集において、舟が港に向かうことに、一八〇七番の長歌において「港入りに　舟漕ぐごとく」（水門入尒　船己具如久）、二七四五番および二九九八番において「港入りの葦別け小舟」と「入る」の詞が用いられているからです。

そして、さらに万葉集において、舟が港に停泊することは、つぎのように「留（とど）め」る、と詠まれています。

二〇四六　秋風に川波立ちぬしましくは八十の舟津にみ舟留めよ

三三四八　夏麻《なつそ》引く海上潟《うなかみがた》の沖つ洲《す》に船は留めむさ夜更けにけり

三六二七　（長歌の一部分）　玉の浦に　船を留めて　浜びより　浦礒を見つつ

■「留火」の用途

【「留火」は「とどめ火」】　このように、二五四番歌においては、船が港に停泊するときに用いられる詞（縁語）が「門」「入」「留」の三つも用いられていますので、「留火」は、「留《とど》め火《ひ》」と訓み、船が停泊することができる港の在り処《か》を示す火であると解します。

すなわち、「留め火」とは、船の係留場所を示す火という、火の用途に基づく名称です。

万葉時代の船は、つぎの歌にあるように、水中に「かし」という杭を立てて、船を係留して停泊しました。

港には、かしを立てるのに安全な場所を示す明かりが必要だったと考えます。

一一九〇　舟泊《は》ててかし振り立てて廬《いほ》りせむ名児江《なごえ》の浜辺過ぎかてぬかも

三六三二　大船にかし振り立てて浜清き麻里布《まりふ》の浦に宿りかせまし

四三一三　青波に袖さへ濡れて漕ぐ舟のかし振るほとにさ夜更けなむか

明石海峡は、万葉の時代から朝廷の官船も頻繁に航行したところです。そこに、停泊港があったことは前記の検討により明らかであり、そうであれば通行する船に港の所在、すなわち、かしを立てて舟を安全に係留することができる場所を知らせる火が夜に焚《た》かれていたと考えられます（注2）。

それゆえに、二五四番歌の上三句は、「停泊の場所を示す火が焚かれている明石海峡の港に入る日には」と解釈できます。

万葉の時代に魚住泊にあった留め火の名残が、今の明石港にある江戸時代初期に建造されたという「旧波門崎燈籠堂」に連なっているといえます。

■むすび

【明石は赤石である】　明石の地名の由来は、大化二年（六四六年）正月「西は赤石の櫛淵《くしぶち》より以来」を「畿内国とす。」と定められたことによります。

明石市役所のウェブサイトによりますと、「赤石の伝説」として、「その昔、明石の北にある雄岡山（おっこさん）、雌岡山（めっこさん）の近くに住む男が、小豆島（しょうどしま）に住む美人に会うため、鹿に乗って海を渡っている途中、猟師が放った矢が鹿にあたって鹿は死に、男はおぼれて死んでしまいました。血で赤くなった鹿はそのまま岩になってしまい、それが赤石と呼ばれるようになりました。」との説明をしています。

万葉集においても、「古集」出の古い歌である前記一二〇七番歌においては、「赤石」と表記されています。すなわち、「赤心」という語があるように、「赤」は「心」あるいは「思ふ」を連想させる詞であるので、一二〇七番においては「思へども」の後に「赤石」と表記され、三六二七番において「我が心」が「赤石」の枕詞として使用されているのです。同歌において「安可志」の原文を多くの注釈書は「明石」と訓んでいますが、「赤石」と訓むべきです。

同様に、三六〇八番の「安可思能門欲里」も「明石の門より」と訓んでいますが、「赤石の門より」と訓むべきでしょう。三五三四番「安可胡麻」は「赤駒」と訓まれています。

多くの古語辞典は、現在の明石市の地名は「明石」と表記され、「明るい」という文字が用いられているので「ともしびの」は明石にかかる枕詞と説明していますが、用例として本二五四番歌のみであること（古語大辞典は「拾遺愚草」の歌一首を併記しています）、前述のように、「留火の」を「ともしびの」と訓む誤字説には大きな疑問があること、そして「明石」の地名の由来によれば、元来は「赤石」であり、「あか」は「明るい」の意ではなく、「赤心」の「赤」の意（美人に逢いたい思いの男の一途《いちず》な思い）であったことなどを考えますと、「灯火は明るいから明石にかかる枕詞」とする根拠は、薄弱であると結論します。

注

1　岩波古典大系「留は蜀の誤写という。蜀火でトモシビと訓む。」新編古典全集「原文『留火』は火を点ずるトモ（ボ）スと留マルとを同源と考えた表記か。正確には両語はアクセントが異なり別語と思われる。」

2　海上保安庁のウェブサイト「灯台の歴史」に、「日本では、今から約一三〇〇年昔、天皇の使いの船が唐の国（今の中国）に渡った帰りに、行方不明になることがあったので、船の帰り道にあたる九州地方の岬や島で、昼は煙をあげ、夜は火を燃やして船の目印にしました。これが日本での灯台の始めといわれています。」とあります。

　そのころ、大和朝廷は、都まで変事を知らせるため、四〇里ごとに烽火台を設置し、烽子を配置すべしとの軍防令や、港・橋・道路を毎年修理せよとの津橋道路令を定めていました。現に、烽火台すなわち「飛火」が生駒山にあったことは、一〇四七番歌に「生駒山　飛火が岳に」と詠まれています。また、防人《さきもり》歌を詠った防人の肩書に「火長《くわちやう》」の語が出てきます（四三七四番以下）が、右の烽火台の烽子の長のことです。

また、海上に舟の航路を示す杭が立てられており、「澪標」として、三一六二番歌、三四二九番歌に詠まれています。

　このように、約一三〇〇年前から、軍防や航行の安全のための施設が各地に設置され管理されており、明石海峡には、後世の常夜燈のようなものが設置されていたことが十分推察できます。

誤訓 四　「ほどけども」は「もどけども」

七七二原文　夢尓谷　將所見常吾者　**保杼毛友**　不相志思者　諾不所見有武

従来の定訓　夢にだに　見えむと我れは　**ほどけども**　相し思はねば　うべ見えずあらむ

新訓　夢にだに　見えむと我れは　**もどけども**　相し思はねば　うべ見えずあらむ

「大伴宿禰家持、久邇《くに》の京より坂上大嬢《さかのうへのおほいらつめ》に贈る歌五首」のうちの、三番目の歌です。
七七二番歌を訓解するについては他の四首の理解が重要ですので、つぎに掲げます。

七七〇　人目多み逢はなくのみぞ心さへ妹を忘れて我が思はなくに

七七一　偽りも似つきてぞする現《うつ》しくもまこと我妹子我れに恋ひめや

七七三　言とはぬ木すらあじさゐ諸弟《もろと》らが練りのむらとにあざむかえけり

七七四　百千《ももち》たび恋ふと言ふとも諸弟らが練りのことばは我れは頼まじ

【家持の心境】　七七〇番歌は家持が大嬢に逢いに行けない理由を言い訳している歌、七七一番歌は現実には愛していないだろうと大嬢を疑っている歌、そして七七三番歌および七七四番歌は捻《ひね》くれていて内容が明らかではありませんが、両歌とも末句に「あざむかえけり」とか「我れは頼まじ」とありますから、家持が大嬢を信じないと詰《なじ》っている歌とみえます。

この時期、家持は許嫁の大嬢を奈良に残し、単身、新都の久邇京に内舎人として転勤していました。家持は、大嬢のもとへ行きたくても行けない寂しさを、年上の紀女郎《きのいらつめ》との交際で紛らわしており（注）、そのことを仄《そく》聞《ぶん》した大嬢は家持の愛を失わないよう「諸弟」を使者に遣わし、家持への愛を熱烈に、かつ執拗に伝えたのでしょう。

そのことが、家持には自身の行為の後ろめたさもあって、鬱陶しく、押しつけがましく、自分が責められている心境になったと思われます。

まず、七七〇番歌で自分の行為の言い訳をしておいて、本歌を含む後の四首で、相手の行為を詰っている構図です。

■「ほどけども」に対する疑問

「保杼毛友」の原文の字音を、素直に訓めば定訓のように「ほどけども」となります。

否《いな》、それ以外に訓みようがないようにも思われます。

【「ほどく」の詞は存在しない】　しかし、定訓を採る注釈書である新古典大系は、動詞「ほどく」は古代の傍証を欠くとし、岩波文庫は、「動詞「ほどく」は古代の用例がなく、また「ほどく」だけで下紐《したひも》を解くことを意味しうるかも疑問、後考に待つ」としています。また「毛」の訓み方が分からないとして留保し、「保杼《ホド》毛友《トモ》」としている澤瀉注釋は、「思はれれば紐が解けるといふ俗信に対して、誘ひ水のやうに、自分で紐を解いてねる」という説を紹介した上で、「「ほどく」の用例が古くは見えない點にいささか不安があり、且つ「ほどけども」とだけあるのを右の如き意に解するのも少し無理なやうに考へる」と指摘しています。

これらの指摘は、正鵠《せいこく》を得ています。

万葉集中、「解く」と訳されている歌は八五首の多くを数えますが、同じ意の「ほどく」と詠んだ歌は全くないのです。古語辞典にも「ほどく」は掲載されていません。古語大辞典は掲載していますが、用例として本歌を挙げているだけです。

また、「解く」と詠われている万葉集の歌において、解く対象は「紐」が圧倒的に多いものの、そのほか「心」「標」「帯」「袖」「緒」など多岐にわたっていますが、「解く」の対象を明らかにして詠んでいます。

前記指摘のように、万葉集当時「ほどく」の詞がない上に、「ほどく」だけで「自分の紐をほどく」意に解することには、大きな疑問や無理があります。

■「紐を解く」へのもう一つの疑問

【連作の一首である】　「ほどけども」と訓む論者は、前述のとおり家持が「思はれれば紐が解けるといふ俗信に対して、誘ひ水のやふに、自分で紐を解いてねる」と想定しているようです。

しかしこの歌を、前記の五首の中の一首と考えると、こういう想定は成り立ち得ません。

「家持の心境」で検証しましたように、この五首は家持と大嬢の間に感情的な縺《もつ》れがあるときに詠まれた歌です。七七二番歌も、下句は「相し思はねばうべ見えずあらむ」と、お互いに思い合っていないのだから夢に見えないのも当然だ、と大嬢に素っ気なく詠っているのです。情熱的に相思相愛を詠っている歌ではないのです。

そんな一首の中で、誘い水をかけるように、男が自分の紐を解くというようなことはあり得ないことです。

■私の新訓解

【「保」を「も」と訓む】 私は、「保杼毛友」を「もどけども」と訓みます。「もどけ」は「もどく」の已然形で、意味は「非難する」「あげつらう」です（古語大辞典、古語林、旺文社古語辞典、小学館古語辞典）。

「もどく」は、宇津保物語、源氏物語、枕草子に出てくる詞です。

一首の歌意は、（私に逢えなくとも）夢にでも見えるだろうと私が非難しても、お互いに思い合っていないのだから、私を夢に見えないのは当然だ、というものです。

「保」は多くの論者において、当然に「ほ」と訓むと信じられていますが、この歌では正訓である「保つ」の音の一音「も」によって訓みます。

古語大辞典によれば、「保つ」は「た持つ」で、「た」は接頭語であり、意味は「もちこたえる」とあります。すなわち、「保」は、「もつ」であって、「も」と訓まれることは自然です。

同様の例として、「妹（いも）」が「も」、「面（おも）」が「も」、「思（おも）ふ」が「もふ」、「守（まも）る」が「もる」と、いずれも「も」の上の音が約されて訓まれます。

万葉集中、「保」を「も」と訓んだ例は他にありませんが、「畝」（一八番）、「門」（一四二一番）および「裾」（一六七二番）を、「も」と訓んでいるのも一例のみであり、他の文字についても一例しかない訓み方は多数存在することですから、問題ではありません。

再三論述しましたが、この歌は五首の連作の一首ですから、他の四首から、どういう心境のときに詠まれた歌かを推察すれば、この歌を正しく訓解できます。

前後の歌との比較は、歌の訓解において有用な方法であることを改めて知る一首です。

注

家持と紀女郎の交際を窺《うかが》わせる歌は、つぎのように万葉集に多数あります。

七六二番、七六三番、七六九番、七七六番、七七七～七八一番、一四六〇番、一四六一番、一五一〇番

誤訓五 「すがるなす野の」は「巣借るなす野の」

一九七九原文 春之在者 **酢軽成野之** 霍公鳥 保等穂跡妹尓 不相来尓家里

従来の定訓 春されば **すがるなす野の** 霍公鳥 ほとほと妹に 逢はず来にけり

新訓 春しあれば **巣借るなす野の** 霍公鳥 ほとほと妹に 逢はず来にけり

この歌は、巻第十「夏の相聞 鳥に寄す」の冒頭にある歌です。上三句までが第四句の「ほとほと」を引き出す序詞であり、かつ、上二句が第三句の「ほととぎす」を引き出す序詞である二層構造となっています。

【「酢軽成」の訓と解釈】 各注釈書は、第二句の「酢軽」を「すがる」と訓んで、「すがる」および上三句までの訳を、つぎのように注釈しています。

岩波古典大系 蜂の一種。**ジガバチ**と解するのが普通。

〔大意〕には、上三句の訳を省略している。

小学館古典全集 スガルは、**じがばち**。

春が来ると　すがるが音を立てる野の　ほととぎす

澤瀉注釋　**じが蜂**。

春になるとすがるがなす―羽音を立てる―といふ那須野のほととぎすではないが

新潮古典集成　蜂の一種。**じがばち**。

春になるとすがるの飛び立つ野の時鳥《ほととぎす》の名のように

新古典大系　「すがる」は、**似我（じが）蜂**。「なす」は、鳴らす意。

春が来ると、すがる蜂がブンブン羽音を立てる野のホトトギス

新編古典全集　スガルは、**じが蜂**の古名。

春が来るとすがるが音を立てる野のほととぎす

中西全訳注　スガルは**ジガバチ**。何がスガルの如きか不明。

春になると一せいに飛ぶスガルのような野の霍公鳥

伊藤訳注　「すがる」は**じがばち**。

春になるとすがるの飛び立つ野の時鳥

岩波文庫　**ジガバチ**のこと。

春が来ると、すがる蜂がブンブン羽音を立てる野のホトトギス

このように、各注釈書は「すがる」を「ジガバチ」とすることに一致し、「酢軽成野」を「すがるの飛び立つ野」あるいは「すがるが羽音を立てる野」の意に解していますが、「成」を「飛び立つ」あるいは「羽音を立てる」の意に解することに無理があります。その上、なぜ時鳥を引き出すのに、「すがるの飛び立つ野」あるいは「すがるが羽音を立てる野」を持ち出さなければならないのか、全く釈然としません。

現に、定訓を採る中西全訳注が「何がスガルの如きか不明」と言い、澤瀉注釋は「成野」を固有名詞の「那須野」と訓んでこれを解決しようとしています。

■私の新訓解

【ほととぎすの習性】 私は「酢軽」を「巣借《すか》る」と訓みます。

時鳥は、鶯や、ミソサザイ、アオジなどの巣に自分の卵を産みつけ、抱卵、育雛《いくすう》を鶯などに託する繁殖習性を持っていることが知られています【口絵8】。

この習性を、万葉時代の人もよく知っていたことは、つぎの歌により明らかです。

一七五五　鶯の　卵《かひご》の中に　霍公鳥　独り生れて（後略）

「酢軽成」すなわち「すがるなす」は、時鳥がこの巣を借りる行為をすることを指しているものです。

したがって、「酢軽成野之 霍公鳥」は、「巣借りする野の時鳥」の意になります。その野には鶯も鳴いているることでしょう。鶯の繁殖期である晩春から初夏にかけて、時鳥は巣借りをするからです。

初句の「春之在者」は、定訓では「春されば」と訓まれていますが、原文どおり「春しあれば」と訓む方が自然であると考えます。「春であるから」の意です。

「春しあれば」は六字ですが、句中に母音「あ」が含まれていますので、字余りが許されます。

【「寄す」の理由】 一首全体の訓は、前記「新訓」のとおりで、その意はつぎのようになります。

「春であるから巣借りする野の時鳥のように、もう少しのところであの娘子に逢えずに来てしまうことだったよ」

「ほととぎす」の「ほと」が「ほとほと」を引き出していますが、それだけではなく、時鳥は鶯や、ミソサザイ、アオジなどの巣の持ち主の留守を見はからって巣に卵を産み落とし、卵を預けますが、巣の持ち主の監視を上手くくぐり抜けなければ成功しません。巣の持ち主の鶯や、ミソサザイ、アオジが、なかなか巣を離れず、卵を産みつけるチャンスがないときもあります。

歌の作者は、時鳥のこの習性を知っていて、自分も娘子と逢うには娘子の親の監視をくぐり抜けなければならないが、もうちょっとのところで上手くいかなかったかも知れないと、時鳥に寄せて詠んでいるものです。「ほとほと」は、もう少しのところでの意（古語大辞典）で、万葉集につぎの歌があります。

三七七二　**帰りける人来《きた》れりと言ひしかばほとほと死にき君かと思ひて**

一九七九番歌は、前述のように二層に序詞をかけ、かつ、時鳥の巣借り行為の状況を逢瀬のときの状況にうまく寄せて詠んでいるところが評価され、部立の冒頭に置かれているものと考えます。

むすび

澤瀉注釋によれば、江戸前期の荷田信名「萬葉集童蒙抄」に「時鳥は鶯の巣をかりて生ずるもの也。（中略）鶯の巣をかりて生る野の時鳥と云義と見る也」の記述があったが、その後、「春であれば蜂が音を立てる野の霍公鳥」となっていった経緯が記載されています。

その中に「されど二の句穏ならず、誤字あらむか」「似我蜂のやうに瘠《や》せてゐる郭公の意であらう」との古注釈書の記載の引用があり、これらによって判断すると、時鳥の「巣借り」の習性を知らない古注釈書の論者が現れ、「蜂が音」と訓むことに誤導していったものと思われます。

誤訓六 「さ衣の」は「素《す》衣《ごろも》の」

二八六六原文 人妻尓 言者誰事 **酢衣乃** 此紐解跡 言者孰言

従来の定訓 人妻に 言ふは誰が言 **さ衣《ごろも》の** この紐解けと 言ふは誰が言

新訓 人妻に 言ふは誰が言 **素衣の** この紐解けと 言ふは誰が言

第三句の「酢衣乃」は、「さ衣の」と訓むことが、ほぼ定訓となっています。そして、その理由について、主な注釈書の解説はつぎのとおりです。

岩波古典大系

さ衣—衣に同じ。サは接頭語というが、袖（衣手）・襲（オスヒ）などのso、osuなどと同源の語か。酢は万葉集中サと訓む例が他になく、すべてスと訓むので、ここもスゴロモと訓むか。スは、オスヒのスと同じか。朝鮮語os（衣）と関係あるか。

小学館古典全集

さ衣—サは接頭語。ただし、原文「酢」は、呉音ザク、漢音サクで、サの音仮名としてやや不適当なため、スゴロモと読む説もある。

澤瀉注釋

略解に「酢は音を借りてさの假字とせり。又作か佐の誤にても有べし」とある。「酢」の字はス（七・

一一二二、十一・二七八六）の訓仮名にのみ用ゐられ、サの音仮名に用ゐたのはこれ一つである。ここは「作夜《サヨ》」（七・一一四三）と同じく**サ**と訓んで接頭語と思はれる。

（筆者注）右の「略解」は加藤千蔭「萬葉集略解」、また「七・一一二二」の原文は「細竹為酢寸《しのすすき》」、同じく「十一・二七八六」は「翼酢色乃《はねずいろの》」です。

新古典大系

「さごろも」は東歌に後出（三三九四）。「すごろも」と訓む説もある。

（筆者注）三三九四番の原文は、「左其呂毛能《さごろもの》」です。

新編古典全集

す衣―染めないままに織り縫った下着の意か。

中西全訳注

「さ」は接頭語（さ夜→一一四三）。原文「酢」はふつうス。

岩波文庫

「さ衣」のサは接頭語。→三三九四。原文は「酢衣」。「すごろも」と訓む説もある未詳の表記。

新潮古典集成および伊藤訳注

いずれも**「さ衣」**と訓んでいるが、その注釈はない。

以上総じて、「さごろも」と訓む論者は、「酢」を「さ」と訓むことを無理、あるいは疑問を呈しながら、しかも「すごろも」と訓むことにも言及しながら、結局「さごろも」と訓んでいます。

その理由は解しかねますが、旧説（特に前述の「略解」の訓）を強く尊重する万葉集研究の一般的風潮の表れと思われます。

■私の新訓解

「酢」は万葉集において、本歌を除き一八首に用いられていますが、すべて「す」と訓まれています。

したがって、私は、「酢衣乃」を「すごろもの」と訓み、「素衣の」の意に解します。

素（す）は、素顔、素肌、素手、素足の素です。「素」の意味は、「（名詞に冠して）他の物を付け加えない、つくらず飾らない、それだけの、ありのままの、などの意を表す。」（古語大辞典）とされています。

「素衣」は、漢語読みで「そい」と読まれ、「白い着物」の意（漢和大字典）です。

「素」は元の状態という意味ですので、衣の場合は色を付ける前の「白」です。

したがって、この歌の場合、白い衣はすなわち白い下着を指しているもので、「素衣のこの紐解け」は「下着のこの紐解け」の意味です。

この歌は、「民謡的な内容の歌」（小学館古典全集）、「謡《うた》い物風の歌」（新潮古典集成）、「集団歌謡が短歌化したもの」（中西全訳注）などと評価されています。

そのような民間歌謡で、「衣のこの紐解け」と男と女の掛け合いの中で誘っている詞ですから、男が女の衣に冠する接頭語として、詩的な表現になるという「さ」（古語大辞典）を用いるより、直接的な表現である「す」（素）の方が優れていることは明らかです。

誤訓七　「かる臼《うす》は」は「刈る蓮葉《はすば》」

三八一七原文　**可流羽須波**　田廬乃毛等尓　吾兄子者　二布夫尓咲而　立麻為所見

従来の定訓　**かる臼《うす》は**　田廬《たぶせ》の本に　我が背子は　にふぶに笑みて　立ちませり見ゆ

新訓　**刈る蓮葉**　田廬の本に　我が背子は　にふぶに笑みて　立ちませり見ゆ

古写本によれば、初句の「可流羽須波」はすべて「カルハスハ」と訓が付されていますが、江戸時代に契沖、賀茂真淵、鹿持雅澄らが「唐臼」、「韓臼」あるいは「柄臼」と解したことにより、現代の注釈書はこぞってこれに従い、「かる臼」と訓み、「唐臼《からうす》」と解しています。

しかし、なぜ、「かる臼」が「唐臼」と同じなのか、また「羽須」が「うす」と訓むことができるのか、説明が十分されていません。

「かるうす」と訓んでいる岩波文庫は、「羽」字は、万葉集では「は」の訓仮名に用いられるのが常であり（約四十例）、「う」の音仮名の例は他にない、と注釈しています。

また、一首の歌意は、岩波古典大系によれば、「から臼は、田廬のそばに横たわり、そこに親愛なあなたは、大いに笑って立っていらっしゃるのが見える。」というもので、他の注釈書もほぼ同じ解釈です。

ただし、新古典大系は、「かるうすは」を未詳とした上で、「刈る」に関係する意味未詳の枕詞「かるはすは」とみて、田廬のそばに収穫を終えた夫がにこにこと笑っているさまを詠うものと理解することも可能であろう、としています。

私の新訓解

「可流」が「刈る」と訓まれる例は、三四九九番、三六三八番、三八九〇番にあります。

「羽須波」は「はすば」と訓み、「蓮葉」のことです。

したがって、上二句は「刈る蓮葉　田廬の本に」となり、刈り取った蓮葉が田の中の小屋の軒下にあるとの意です。しかし、それは譬喩《ひゆ》であり、「刈り取った蓮葉」は手に入れた美しい女性を意味しています。

「蓮歩」は「美人がしなやかに歩くさま」、「蓮腮《れんさい》」は「美人のほお」とされており（漢和大字典）、蓮は美しい女性の形容に用いられます（後掲三八二六番歌参照）。

したがって、一首の歌意は、手に入れた美しい女性を田の中にある小屋の軒下に連れ込んで、わが背子がにこにこと笑って立っているのが見える、というものです。

万葉集に「蓮」を詠んだ歌が、本歌以外に四首あります。そして、いずれも「はちす」と訓まれていますので、「蓮」は「はちす」であり、本歌の「はす」は蓮を意味しないとの反論が予想されます。

■「蓮」が「はす」と詠まれている理由

「はちす」は「蓮」の花托の形が蜂の巣に似ていることによるもので、「はす」はその転訛《てんか》であるとされています。転訛して「はす」といつごろからいわれ始めたのか定かではありませんが、枕草子および源氏物語においては「はす」と用いられています。

【散文的な歌】　本歌が登載されている巻第十六は、巻頭に「有由縁幷雑歌」との題があり、これについて蔵中進氏は、「要するに巻十六における由縁は、他巻における題詞・左注の類とは大いに性格を異にするもので、歌と散文とが一体になって、あるいは散文によって歌が補われつつ一つの作品として完結するものであり、（後略）」と論述しています（万葉集講座　第三巻「万葉集と散文」有精堂）。

「はちす」が「はす」と転訛され、口語および散文において「はす」といわれるようになってからも、歌の世界においては後世まで（現代でも）「はちす」と詠われています。

したがって、歌において「はちす」と詠われているからといって、その時代に口語や散文において「はす」といわれていなかったと結論するのは無意味なことです。

すなわち、万葉の他の歌に「はちす」といわれているからといって、万葉の時代に「はす」という詞がなかったという証左にはならないのです。

蔵中氏が論ずるように、本歌は散文的に詠まれているものですから、当時散文で用いられていた「はす」の詞をあえて用いて詠んでいると考えられます。また、「刈るはちすば」では字余りになるので、散文に用いられていた「はす」と詠い、字余りを避けたことも考えられます。

さらに、第四句において、「笑み」の文字に「咲」が用いられているのも、初句において「蓮」を詠んでいることからの文字選択と考えます。

なお、本歌の九首後にあるつぎの歌も、蓮の葉に美女を譬えている歌です。

三八二六　**蓮葉はかくこそあるもの意吉麻呂が家なるものは芋の葉にあらし**

この歌に対し、新潮古典集成は「気高い蓮の葉に美女を譬《たと》え、似て非なる手近な芋の葉に自分の妻を譬えた道化《どうけ》歌《うた》。」と注釈しています。

意図的な誤訓

八　熟田津に船乗りせむと月待てば潮もかなひぬ今は漕ぎ出でな
額田王

四八　東《ひむがし》の野にかぎろひの立つ見えてかへり見すれば月かたぶきぬ
柿本人麻呂

右二首の歌は、少しでも万葉集に関心のある人であれば、知らない人はいないでしょう。右訓による両歌の歌詞は、それらの人の血肉の一部となっているといってもよく、この両歌が誤訓歌であると聞けば、生理的に不快を覚える人もいることでしょう。

そうは言っても、両歌の原文を知っているとか、江戸時代の中期まで違う訓で読まれていたということを知ってのことではないのです。学校でそう習ったとか、市井の万葉集の講座でそのように聞いたというにすぎないのです。

江戸時代中期に、わが国の上代社会を理想化する復古思想が勃興し、その手段として万葉集の歌が利用され、それまで普及していた訓が都合のよいように意図的に改訓されました。

江戸時代末期から、明治を経て第二次世界大戦終結まで、復古皇国思想が尊重された社会体制の中で、改訓された歌が広く国民の間に浸透していったのです。

誤訓 八 「今は漕《こ》ぎ出《い》でな」は「今は漕ぎ来《こ》な」

八原文 熟田津尓 船乗世武登 月待者 潮毛可奈比沼 **今者許藝乞菜**

従来の定訓 熟田津に 船乗りせむと 月待てば 潮もかなひぬ **今は漕ぎ出《い》でな**

新訓（旧訓） 熟田津に 船乗りせむと 月待てば 潮もかなひぬ **今は漕ぎ来《こ》な**

額田王が詠んだ有名な万葉集八番歌は、右「従来の定訓」のように訓まれ、ほとんど争いがありません。

【出航説と舟遊び説】 この歌の解釈については、軍船の出航に際し詠まれたという説と舟遊びのときの歌とする二説があり、今のところ前者の「出航説」が優勢です。

出航説をとる論者は、その根拠を主張するときに、この歌の声調が力強い、あるいは緊張感があることを決定的理由に挙げていることが多いのです（注1）。

いうまでもなく、歌の声調に対する感受性は個人差があります（注2）ので、歌の鑑賞においては重要な要素であり得ても、歌の解釈では決定的理由とはなり得ません。

さらにその声調は現在の訓読から生まれているもので、仮に訓みが変われば声調も変わり、歌の解釈の決定的理由にはなり得なくなります。

そこで以下は、現在訓まれている八番歌の訓読に疑問を呈し、それが正しいかどうかを検証することを主眼とし、併せて出航説が背景としている百済《くだら》救援の出兵が八番歌が詠まれたときに既に切迫していたかどうかの検証をし、さらに出航説の論者が引用の誤りとする八番歌の左注の内容の再検討をも行い、もって八番歌の解釈の再構築を試みるものです。

■「イマハコギイデナ」の訓みに対する検証

【八番歌の訓の歴史】　まず、八番歌が昔から今のように訓まれていたかどうか、を検証します。元暦校本、類聚古集、紀州本、西本願寺本、神宮文庫本、陽明本、京都大学本、寛永版本および広瀬本の九古写本は、すべて八番歌の結句を「今者許藝乞菜」と表記し、添えられた訓は、神宮文庫本および広瀬本は「イマハコギデナ」、類聚古集は「いまはこけこな」ですが、他の六古写本は明らかに「イマハコキコナ」となっています。

ところが、江戸時代中期の契沖が、その著「萬葉代匠記初稿本」の文中で「いまはこき出な」か「今はこけこそな」かと提案したことが最初でしたが、その契沖も「萬葉代匠記精撰本」では「イマハコキコナ」と訓を改めています（注3）。

その後、荷田春満は「イマハコギイデナ」または「イマハコギテナ」と訓みましたが、続く賀茂真淵は「イマハコギコソナ」、本居宣長は「イマハコギテナ」（「乞」は「氐」の誤りとする田中道麿説を可としています）、橘千蔭は「イマハコギコナ」とそれぞれ訓んでいます。

江戸時代後期の富士谷御杖が「イマハコギイデナ」と訓んでからも、幕末の万葉集研究者・鹿持雅澄は「イマハコギテナ」と訓んでいますが、明治時代から今日まで「イマハコギイデナ」と訓まれるようになりました。

このように、江戸時代中期から末期にかけて、多くの学者によって様々な訓が提唱されてきましたが、確定訓を見出し難かったといえます。にもかかわらず、明治時代以降、「イマハコギイデナ」との訓に収束していったのは、この訓を推奨した富士谷御杖が「言霊《ことだま》」の存在を強調し、歌の解釈を「言」と「霊」とに分けて説明し、歌を主情的ではなく、一種の道徳的見解に基づき解釈すべきものと主張し、八番歌を霊により解釈すれば天皇が援軍のための出航を待つ歌と解すべきとしたこと（注4）が、明治時代以降の皇国観念に合致したからであると考えられます。

ともかくも「イマハコギイデナ」と一般的に訓まれるようになったのは、約一三〇〇年の万葉集の歴史の中で、明治時代以降の一五〇年のことであり、またそれは明治時代以降の時代精神が同訓を一般的なものとして定着させたことを確認しておくべきです。

【「搒《こ》ぎづ」であり、「搒《こ》ぎいづ」ではない】　万葉集の時代、「搒《こ》ぐ」と「出《い》づ」の複合語は「コギイヅ」ではなく、「コギヅ」でした。

前述のように八番歌は現在「イマハコギイデナ」と訓まれていますが、万葉集の時代は「搒ぐ」と「出づ」の複合語は「コギヅ」であり、「コギイヅ」という詞はありませんでした（注5）。

別表1に示しますように、万葉集に一字一音で表記された歌において、「コギデ」あるいは「コギヅ」と一字一音で明確に表記された歌が八首もあるのに対し、「コギイデ」あるいは「コギイヅ」と「イ」音を表す文字を加えて表記した歌の例は全く無いのです。

また「こぐ」という漢字の「榜」「搒」「己藝」「水手」の後に「出」の漢字を続けている万葉集にある一五首の歌においても、「コギデ」あるいは「コギヅ」と訓まれています（ただし、一部の解説書は、うち六首について「コギツ」「コギデ」と訓めば五字あるいは七字になる句を、「コギイデ」「コギイヅ」と訓んで六字あるいは八字の句としています。そのように訓んでも、句中に母音が入っていますので字余りは許されますが、明らかに誤訓です）（注6）。すなわち、万葉集の時代は「コギイデ」と詠むことはなかったのです。

【「乞」を「イデ」と訓ませる理由】　「今者許藝乞菜」の「乞」を「イデ」と訓む理由を多くの注釈書は説明していませんが、一部の注釈書では、「乞」を「イデ」と訓む例が、万葉集に「乞吾君《いであがきみ》」（六六〇番）、「乞如何《いでなぞ》」（二八八九番）、「乞吾駒《いであがこま》」（三一五四番）とあり、「出で」の意の借訓であると言います（注7、注8）。

しかし、「乞」を「出で」の意の借訓で用いたといっても、「コギイデ」という詞が無い以上、借訓はそもそも成立しようがないのです。

別表2のように、万葉集の歌において「いで」（動詞）に「出」を用いている歌は一四七首の多くに及んでいますが、ただの一首も「出」の代わりに「乞」を借訓として用いている例はないのです。

それのみか、別表3に示すように万葉集において「乞」を「こふ（動詞）」と訓む例は一三首、「こそ（終助詞）」と訓む例は一一首、「こち（指示代名詞）」と訓む例は六首、そして「いで（感動詞）」と訓む例は前記の三首でありますが、いうまでもなくこれらの「いで」は出るという動詞の「出で」の借訓ではありません。

この点に関し、万葉学者の稲岡耕二氏は「それは『出』という字を書いたら『漕ぎでな』とも読まれるから、そうじゃなくて、『いで』と読むことを明らかにすることと、さあとみんなを勧誘して、みんな一緒に船出しようという、そういう気持もわかるように、『出』ではなくて『乞』という字を使ったんだと思います。」と発言しています（注9）。

しかし、この説明にはつぎのような問題点があります。

①「『出』という字を書いたら『漕ぎでな』とも読まれるから」との説明は、別表2のように「出」は一四七例において「いで」と読まれていますが、「漕ぐ」に続く場合は「漕ぎでな」であったことを認めています（「許藝出《こぎで》」の表記例は、三五九三番歌にあります）。

②「そうじゃなくて、『いで』と読むことを明らかにすること」との説明は、「漕ぎいで」という詞もあることを前提にしているように思われますが、そうであれば、前述のように「漕ぎいで」という詞はありませんので、説明の前提が誤っています。同氏の説明では、「漕ぎで」と「漕ぎいで」の両方が用いられていたという前提になります。

③「さあとみんなを勧誘して、みんな一緒に船出しようという、そういう気持もわかるように、『出』ではなくて『乞』という字を使ったんだと思います。」との説明は、「漕ぎいで」という詞がない以上、その「いで」に「乞」の字を当てる理由がありませんから、勧誘の気持ちがわかるように「乞」の字を使って「漕ぎ乞（いで）」という詞を恣意的に合成したにすぎません。また、「さあ」と勧誘することが目的の用字であれば、感動詞「いで」の位置は「漕ぐ」の前にあるべきです。すなわち「今はいで漕がな」です。

同氏の説明は、勇ましい軍船の出航の歌としたいがために、何が何でも「イデ」と訓みたいだけのことで、牽強付会と言うほかありません。

【八番歌の声調について】　「イマハコギイデナ」と訓読できず、「イマハコギコナ」「イマハコギコソナ」「イマハコギテナ」と、いずれの訓で読んでも八番歌の声調が大きく変わることは認めざるを得ないでしょう。八番歌を力強い、緊張感のある歌と、出航説の論者が説明していた声調は、そこにはなくなるのです。

歌の意味も「イマハコギイデナ」と訓読していた場合は、他に向かってさあ漕ぎだしましょうと呼びかけるような意になりますが、「イマハコギコナ」「イマハコギコソナ」「イマハコギテナ」と訓読した場合は、さあ漕いで欲しいと自分の願望を述べる意になります。

このように、「イマハコギイデナ」と訓読できないとすれば、八番歌の解釈に出航説の論者が唱えていた声調を決定的な理由とする論拠は瓦解するのです。

■八番歌と百済への救援出兵の切迫性について

【作られた切迫性】　出航説をとる論者の中には、八番歌と百済への出兵の関係について、古くは前記富士谷御杖が「つらつら思ふにもと外蕃の亂のために筑紫にあはす路なれば、つねの行幸のやうに一所に時をうつしたまはむ事あるまじき事也。されば片時もはやくかの亂をしづめてその國人を安からしめまほしけれど、潮干たればやむことを得ず時をまち給ひしその程、いたく御心いられ給ひし事を思はせてよみ給ひしなるべし。」（注4）と八番歌は百済出兵が切迫する中で詠まれたといい、近くは犬養孝氏が「一行は二万七千の軍隊です。」と言い、「みんなが武具を整えて、早く月が出ないかと、まっ暗な中で随分待っていたのでしょうね。そうしたら月が山の端を出て、みんなの武具がキラキラとするようになり、（後略）」（注10）と、熟田津出航の時点で二万七〇〇〇名の兵士が揃っており、既に武具を整えて九州経由でそのまま朝鮮半島に出撃するかのように緊迫した場面を想像し描写しています。

そこでつぎに、日本書紀により百済救援遠征の経過を検証することにします。

（熟田津に停泊までの経過）

六六〇年　九月　百済の使者が、百済が新羅《しらぎ》と唐に侵略され亡ぼされたと報告に来た。

一〇月　百済の遺臣が百済再興の国主とするために、王子豊璋《せしむほうしやう》の帰国および日本の援軍を申し出てきたので、これに応じることになった。

一二月　天皇が難波宮に行幸し、軍器の準備をした。

六六一年　一月　六日、難波から船で出航し、一四日、熟田津に停泊した。

このときの軍船の数、兵士の数の記載はない。百済救援を決定して三か月しか経っておらず、軍船・兵士の調達が十分ではなかった（注11）。むしろ、まず宮居を筑紫に移して、そこで期間をかけて宮殿や軍備を整えて、前線司令部とする計画だったと思われる。「救援」といっても、いま百済が新羅と唐に攻められていて滅びそうだから緊急救援のため百済に出兵するという事態の「切迫性」はなく、既に亡んだ百済をその遺臣たちが再興する軍事行動を当面後方支援しようというものである。

（六六三年二月までの二年間の経過）

六六一年　三月　娜大津《なのおほつ》に到着し、磐瀬行宮《いはせのかりみや》（長津と改名）に滞在した。
　　　　　五月　この間、朝倉橘広庭宮《あさくらのたちばなのひろにはのみや》を建設し、移転した。
　　　　　七月　斉明天皇崩御する。中大兄が皇太子として称制《まつりごときこしめ》した。
　　　　　八月　百済に将軍を派遣すると共に、武器・食糧を援助した。
　　　　一〇月　天皇の遺体を海路難波に護送し、翌月、飛鳥の川原で殯《もがり》した。
六六二年　一月　百済に武器・軍需物資を援助した。
　　　　　五月　軍船一七〇艘を率いさせて、豊璋を百済に送還した。

六六二年の記載の最末尾に「是歳《ことし》、百済を救はむが為に、兵甲《つはもの》を修繕《をさ》め、船舶を備具《そな》へ、軍《つはもの》の粮《くらひもの》を儲設《ま》く。」とあるように、筑紫に到着してからの二年間、軍備を整えていたのであり本格的な出兵は行っていない。

（百済救援出兵と敗退）

六六三年　三月　新羅を討つため、前・中・後の三軍を編制し、二万七〇〇〇人を出兵させた。
　　　　　八月　白村江で唐軍の戦船一七〇艘と戦い、日本軍は敗れ退いた。

九月　百済が唐に降伏した。二五日、日本軍が帰還の途についた。

以上の経過の中で、豊璋の百済送還については、六六一年九月に送還したかのように読める記載がありますが、そのときは斉明天皇の殯の前で、大軍を動かすことはなかったと考えます。

いずれにしても、六六一年、熟田津で八番歌が詠まれた時点で、九州を経由してすぐに百済にそのまま出兵するような切迫性は、全くなかったのです。

出航説がいう「片時もはやく」とか「武具を整えて」は、事実に基づかない観念的な想像であって、八番歌の歌には、緊張感や力強さを求める背景はどこにもないのです。

それのみか、日本書紀は、百済救援の前に起こった数々の異変・怪事を伝え、「救軍《すくひのいくさ》の敗績《やぶ》れむ怪《しるまし》といふことを知《さと》る」「宮の中に鬼火《おにび》見《あらは》れぬ」「大倭《やまと》の天《あめ》の報《むくい》近きかな」と記載しているのです。これらの記載は敗戦の後に書かれたものですが、戦の前から不吉な兆候を当時の人々が感じていた西征であったのです。富士谷御杖や出航説の論者が描く西征像は、現実とはかけ離れたものです。

八番歌の左注について

【左注を曲解する】　八番歌が詠まれた経緯について、山上憶良の類聚歌林《るいじゅかりん》の記載を左注に引用しています。

要約すれば、斉明天皇が、昔、夫・舒明天皇と訪れたことのある伊予の熟田津の石湯《いわゆ》の行宮に久しぶりに来て、まだ残っていた昔日の物を見て感動し「歌詠《みうた》を製《つく》りて哀傷《かな》しびたまふ」というものです。

八番歌の解釈について出航説に立つ多くの論者は、八番歌には哀傷の意がないから、左注は他の歌について書かれたものを、誤ってここに載せられていると断じています。

それは、論者の八番歌の解釈を前提にすれば、哀傷の意がないというだけのことにすぎません。八番歌をどのように解釈しても、明らかに哀傷の意がないならばともかく、そうでないのに、自説に不都合であるから誤りとして抹殺しようとする態度は、厳に慎まなければならないものです。

左注の引用が間違いであれば、万葉集の一〇〇〇年以上にわたる伝承の過程で、この長文の左注は誤解を生み、無用のものとして削除されたでしょう。片や、八番歌の結句を「イマハコギイデナ」と訓読し、左注を誤った引用とする説は、僅か一五〇年以内のことです。

これまで検証してきたように、結句は「イマハコギイデナ」と訓むことが誤っており、「イマハコギコナ」「イマハコギコソナ」「イマハコギテナ」となれば、この三つの訓のいずれであっても、斉明天皇がさあ漕いで欲しいと自分の願望を強く述べている歌意であり、その動機が後記「歌の解釈（まとめ）」に述べるように、昔、亡夫帝と共にした月夜の舟遊びへの哀傷の情から出ているものと考えれば、左注の記載との間に何らの齟齬《そご》も存在しないのです。

よって、左注の記載を引用の誤りとする説は、根拠がありません。

八番歌の解釈の再検討

【正しい訓を選ぶ】　八番歌について、結句を「イマハコギイデナ」と訓めないとすれば、いかに訓むべきでしょうか。

前記「八番歌の訓の歴史」で述べたように、これまで八番歌の結句についてはつぎの四つの訓が競い合っています。以下、これらについて検討します。

「イマハコギコナ」

鎌倉時代より江戸時代初期まで訓まれてきた訓で、江戸中期の契沖も最終的にはこのように訓み、江戸時代後期の橘千蔭もこのように訓んでいます。

「今者許藝乞菜」の「乞」を「コ」と訓み、「来《ク》」の未然形の「来《コ》」とするものです。

「乞」は万葉集において「乞ふ」「こそ」「こち」と訓まれていますので、「こ」と訓めます。三六四六番歌には「許藝許之」の例があり、「漕ぎ来し」と訓まれています。

そして契沖は、その意は「今ハコキコナハ漕コンナ云心也。」とし、「漕行ンナト云事也ト知ヘシ。」と解釈しています。

「イマハコギコソナ」

「イマハコゲコソナ」は契沖が最初に提案した訓みの一つで、江戸時代中期の賀茂真淵は「イマハコギコソナ」と訓んでいます。

「乞」を「コソ」と訓むことは万葉集に他に一例あり、その点の問題はありません。

そして「こそ」は、他にあつらえ望む意の終助詞で、動詞の連用形に付くといわれていますので、「イマハコギコソ」との訓みは文法に適っています。しかし、願望を表す終助詞「コソ」に、願望あるいは勧誘を表す終助詞「ナ」を続けることは不自然です。

「イマハコギテナ」

江戸時代中期の本居宣長および江戸末期の鹿持雅澄が訓んだものです。「テナ」は、完了の助動詞「ツ」の未然形「テ」に希望の助動詞「ナ」を加えたもので「……したいものだ」の意（古語大辞典）でありますので、文法にも解釈においても問題はありませんが、「乞」を「氐」の誤字として、「乞」を「テ」と訓むものです。

他に「乞」は「天」「手」の誤字とする説もありますが、諸写本にそれを推認させる痕跡があればともかく、書体が似ているからといって軽々に誤字と断じることはできません。

「イマハコギイデナ」

この訓の問題点は、既に詳述しました。

以上四つの訓例のうち、私は最も古くから永く訓まれてきた「イマハコギコナ」が正しいと考えます。


【「行く」に「来」を用いる場合】 「乞《こ》」を「来《こ》」と訓み、「行く」の意に解することに、違和感を懐くかも知れませんが、古語の「来」に「行く」の意があったことは、多くの古語辞典が認めるところです。

①「（目的地を基準にして）そちらにやってゆく」（小学館古語辞典）
②「目的地に行くとき、その目的地に自分がいる気持ちで「来《く》」と表現する。」（古語林）
③「行く。話し手が先方に身を置いているような心理でいう。」なお、用例に万葉集七〇番歌の「大和には鳴きてか来らむ（来良武）」を掲げています（古語大辞典）。

他にも、一九五六番歌「大和には鳴きてか来らむ（将來）」、一九九八番歌「過ぎて来べしや（應來哉）」の「來」は、「行」の意で用いられています。

本歌において、斉明天皇は、後述のように昔、夫帝・舒明天皇と楽しんだことのある月夜の舟遊びの場所（目的地）に既に思いを馳《は》せて待っていたので、古語辞典の説明のように斉明天皇が目的地にいる気持ちで、「行く」を「来」と表現しているのです（注12）。


【八番歌の配列順】 万葉集の初期の歌の解釈に際しては、歌の配列を考慮する必要があります。

万葉集の編纂《へんさん》者は原則として同じ範疇《はんちゅう》の歌は纏《まと》め、かつ歴史的順序で配置しているからです。七番歌から九番歌まで「額田王が歌」「額田王が作る歌」との題詞の歌が三首並んで配列されています。

歌の作者が額田王か、斉明天皇か、争いがありますが、歌の内容はいずれも斉明天皇が過去の旅を懐かしんで詠んでいるものであります。最初の曾遊《そうゆう》歌といわれる所以《ゆえん》です。

歌の作られた時の歴史的順序は、七番歌、九番歌、八番歌でありますが、歌の主人公が懐かしんでいる過去の出来事の歴史的順序は、配列どおり七番歌、八番歌、九番歌です。

すなわち、七番歌は、斉明天皇が舒明天皇と共に比良の行宮に行幸したときの途上の宇治の仮宮を回想したものですが、その行幸年は日本書紀に記載がなく、舒明天皇の即位前という説と舒明天皇在任の間という説があります。

他方、舒明天皇が舒明一一年（六三九年）一二月伊予温湯宮へ行幸し、翌年四月に帰ったと日本書紀に記載があります。その一年半後の同一三年一〇月に舒明天皇が崩御していますので、比良行宮行幸は伊予温湯宮への行幸より前であったことは確かです。

九番歌は斉明天皇が六五八年紀の湯に行幸した後に詠われた歌で、上二句に確定訓がないものの、第三句以下は「我が背子がい立たせりけむ厳橿《いつかし》が本《もと》」と訓まれています。

斉明天皇が「背子」と呼ぶ男性は年下の親しい身内であり、紀の湯行幸時に天皇の脳裏を離れなかった人は、孫の建王《たけるのみこ》と甥の有間皇子でしょう。共にそのころ亡くなった身内ですが、下三句の内容から、紀の湯に来たことのない建王を詠った歌とは思われません。

同天皇は、前に牟婁《むろ》の温湯で湯治した有間皇子の話を聞いて同湯に行幸することになりましたが、同湯に滞在中に起こった有間皇子事件で刑死した同皇子を悼み、皇子を偲《しの》んで詠んだ歌と思われます（詳しくは「難訓歌一八　九番」参照）。

以上の検証で明らかなように、七番歌も、九番歌も、斉明天皇が旅先における、在りし日の身内を偲んで詠った歌でありますから、その間に配列されている八番歌も旅先の熟田津で夫・舒明天皇を偲んで詠った歌であると推断できます。

　特に、二〇年前の夫・舒明天皇との伊予温湯宮への行幸は、一二月から翌年四月までという長期間に及びましたが、その一年半後に舒明天皇が崩御しており、斉明天皇にとっては、夫と人生最後の楽しい日々を過ごした土地として、伊予温湯宮の地は生涯忘れられない場所であったのです。

出航説をとれば、この歌が八番歌に配列されている理由が説明できません。西征航行の経路からいっても印南国原〈加古川市・明石市の一帯〉が詠われている一四番歌の数首も前に、熟田津出航の歌が配列されていることはあり得ないからです（注13）（注14）。

【左注の内容は正しい】　山上憶良は、七二一年ごろ首皇子《おびとのみこ》の侍講を務めていたことがあります。ちょうどそのころは万葉集の巻第一および巻第二が完成していた時期にあたり、憶良は万葉集編纂のための資料としてか、あるいは首皇子に教える万葉集の歌の教材としてか、「類聚歌林」を作成していたものと思われます。したがって、右巻の完成の時期に極めて近い時期に著作されたもので、その内容の信頼度は高いとみるべきでしょう。

　これを具体的に検証しますと、「天皇・大后、伊予の湯の宮に幸《いでま》す」の記載は、日本書紀の記載（年は一年の齟齬がありますが）によって確認でき、「天皇、昔日《むかし》のなほし存《のこ》れる物を御覧《みそこなは》して、その時にたちまちに感受の情《こころ》を起したまふ。」の記載も、身内に深い愛情を示し、それまでも事あるごとに身内を慕う歌を多く残している斉明天皇の姿に合致しています。

　すなわち、斉明天皇が身内を慕って詠った歌としては、日本書紀に、早世した皇孫建王に対する「今城《いまき》なる小《を》丘《むれ》が上に　雲だにも　著《しる》くし立たば　何か歎かむ」ほか二首があること、また前述のとおり万葉集には七番歌として夫・舒明天皇との比良行幸時を偲んだ歌、九番歌は確定訓がないが牟婁の温湯の話をしてくれた甥の有間皇子の刑死を偲んで詠ったと思われる歌があり、斉明天皇は身内に情の深い女性であったことは間違いありません。

よって「この故によりて歌詠を製《つく》りて哀傷《かな》しびたまふ」の左注に引用されている「類聚歌林」の一文は、憶良が斉明天皇の情懐を言い尽くして余りある文章です。

【山部赤人の歌の存在】　山部赤人が伊予の温泉で詠んだという長歌〈三二二番〉と、つぎの反歌があります。

三二三　ももしきの大宮人の熟田津に船乗りしけむ年の知らなく

「熟田津に船乗りしけむ」と詠んでいるので、赤人が約七〇年前に詠まれた八番歌を想い詠った歌であることは間違いないでしょう。

「大宮人の」「船乗りしけむ」と詠んでおり、この歌から赤人が斉明天皇の舟遊びを回想していると解釈できても、軍船が勇ましく出航して行く光景を回想している歌とは思えません。

赤人が、八番歌を百済救援の出航を詠った歴史的な歌であるとの認識があれば、「年の知らなく」とは詠まないでしょう。赤人は出航歌とは思っておらず、それが当時の人々の共通認識だったと思われます。

■むすび

【総まとめをする】

① 八番歌の結句を「イマハコギイデナ」と訓むことは誤っており、また、百済出兵は切迫していないので、八番歌は出航説がいうような声調からも、戦況からも、軍船の進発を呼び掛けた歌ではありません。

② 八番歌の結句について、これまで唱えられてきた他のいずれの訓によっても、結句は「さあ船を漕いでくれるよう願います」という意味です。

③　七番歌から九番歌までの三首は、斉明天皇が旅先での出来事を偲んで詠んだ曾遊歌として配列されており、八番歌は熟田津の石湯の行宮での夫との想い出を偲んで詠った歌です。出航歌とすれば、印南国原が詠われている一四番歌の数首も前に配列されている理由の説明ができません。

④　斉明天皇は他にも身内を偲んだ歌が多く、八番歌は舒明天皇と訪れたことのある熟田津の石湯の行宮に再び来て、昔を偲び哀傷して詠った歌との左注の記載は信用できます。

以上に基づき八番歌を解釈すれば、つぎのとおり「月夜の舟遊び」を詠った歌であることになります。

斉明天皇が熟田津の石湯の行宮で、昔、夫と来た時の物が残っていて感受の情を起こしたというが、それは残っている物そのものを懐かしむというだけではなく、その物を通して、昔、その場所で夫と共にした出来事を想い出し懐かしんでいるということでしょう。

そうであれば、月の出を待ち潮がかなうのを待つ行為は、海面に浮かぶ月影を見る舟遊びのほかになく（注15）、既に六八歳の老境にある斉明天皇が、一二〇年余前に四か月も長逗留した熟田津で、その間、夫と共に幾度か楽しんだことのある月夜の舟遊びを懐かしく想い出し、季節も時あたかも同じ春の二月か三月のある夜、その再現をもう一度と乞い願い、今か今かと月の出を待っていた時の歌でありましょう。

そして漸く月も出て、船に乗って海面の月影を眺めるのに良い潮加減となった（注16）ので、さあ船を漕いで行ってくれるよう願います、と詠ったものです。月の出を待ち遠しく待っていた老人特有の逸る思いが伝わってくる歌です。出航説の論者は、この老女帝の逸る思いの声調を、軍船の出航の緊迫感と取り違えているのです（原因は、「イマハコギイデナ」と誤訓したことにあります）。

昔の人は、山の端や天中の月は夜何処からでも眺められましたが、池、川、海の水面に浮かび静かにゆらゆら揺れる月影を舟の上から見ることに、現代人には想像できないほどの興趣を覚えたに違いありません（注17）。

　また、熟田津の海は潮が速く、舟遊びに向かないという見解もありますが、「熟田津」の名が示すように、穏やかな水面が田圃のように広がった港であったのでしょう（注18）。

　なお、八番歌を舟遊びの歌であるとする説も、多くは、神事のための舟遊びであると説明していますが、私は以上のように、斉明天皇が亡夫帝とかつて楽しんだ月夜の舟遊びを懐かしむための舟遊びであったと解釈します。

〈別表1〉「こぐ」と「いづ」の複合語を「こぎで」「こぎづ」としている例

一字一音表記による八例

三四〇一　許藝氏奈婆《こぎでなば》	三五九五　許藝弖天久禮婆《こぎでてくれば》	三六一一　許藝弖天和多流《こぎでてわたる》
三七〇五　己藝低奈牟《こぎでなむ》	三九五六　安倍底《あへて》許藝泥米《こぎでめ》	四三三六　保里江《ほりえ》己藝豆流《こぎづる》
四三八〇　己岐涅弖美例婆《こぎでてみれば》	四四〇八　和波《わは》己藝涅奴等《こぎでぬと》	

「出」を用いた一五例

三八八　安倍而《あへて》榜出牟《こぎでむ》	九三〇　榜出良之《こぎづらし》	一一七二　己藝出來船《こぎでくるふね》
*一一八五　眞《ま》梶《かぢ》榜出而《こぎでて》	*一二二七　海人《あま》搒出良之《こぎづらし》	*一二六六　荒海《あるみ》尒《に》榜出《こぎで》
一三八六　水手出去之《こぎでなば》	一五二七　己藝出良之《こぎづらし》	*一六七〇　榜出而《こぎでて》我者《われは》
*二〇五九　率《いざわ》榜出《こぎでむ》	*二七四六　奥方《おきへ》搒出《こぎづる》	三一七一　水手出船之《こぎでしふねの》
三二〇三　搒出去者《こぎでなば》	三二一一　水手出牟《こぎでむ》船尒《ふねに》	三五九三　許藝出而者《こぎでては》

（別表1ないし3の原文および訓の出典は、澤瀉久孝・佐伯梅友「新版　新校萬葉集」創元社であるが、右の＊印を付した歌の訓は、伊藤博訳注「新版　万葉集二」「新版　万葉集三」角川文庫によっている。）

〔別表2〕「いで」（動詞）に「出」を用いている一四七例

二〇七　不止《やまず》出見《いでみ》之《し》
二一三　出立《いでたちの》
二九〇　出來月乃《いでくるつきの》
三〇一　色尒《いろに》將出《いで》八方《めやも》
三一八　打出而《うちいでて》見者《みれば》
三一九　出立有《いでたてる》
三二六　保《ほ》尒《に》曾《ぞ》出流《いでぬる》
三六六　海路《うみぢ》尒《に》出而《いでて》
三九五　色尒《いろに》出來《いでにけり》
四二〇　出立而《いでたちて》
四六一　家従《いへゆ》者《は》出而《いでて》
四六八　出行《いでてゆく》
四八一　家従《いへゆ》裳《も》出而《いでて》
四八一　出立偲《いでたちしのひ》
五三九　出而《いでて》相麻《あはま》志《し》呼《を》
五四三　出去之《いでゆきし》
五八五　出而《いでて》將去《いなむ》
六六九　色丹《いろに》出與《いでよ》
六八三　色莫出曾《いろにないでそ》
七三六　門尒《かどに》出立《いでたち》
七五四　吾出而《わがいでて》來者《くれば》
七五五　出都《いでつ》追《つ》來良久《くらく》
七六四　老舌出而《おいしたいでて》
七六五　門尒《かどに》出立《いでたち》
七九〇　聲尒《おとに》四《し》出《で》名《な》者《ば》
八九〇　出弖《いでて》由《ゆ》伎《き》斯《し》
八九九　出波《いでは》之《し》利《り》
九〇四　産禮《うまれ》出有《いでたる》
九四八　道毛《みちにも》不出《いでず》
九八〇　月乃《つきの》不出來《いでこぬ》
九八一　出來月乃《いでくるつきの》
一〇〇八　將出香《いでむか》常《と》
一〇二〇　國尒《くにに》出座《いでます》
一〇四九　出立毎尒《いでたつごとに》
一〇七一　將出香《いでむか》登《と》
一〇七八　妹之《いもが》出立《いでたち》
一〇八〇　出反等六《いでかへるらむ》
一〇八五　出來月尒《いでくるつきに》
一一一〇　足結《あゆひ》出《いで》所沾《ぬれぬ》
一一六四　共滷尒《ともにかたに》出《いで》
一一九一　出入乃《いでいりの》河之《かはの》
一一九四　出見者《いでみれば》
一二四五　出而《いでて》來家里《きにけり》
一二六四　但獨《ただひとり》 出而《いでて》
一二七四　出見濱《いでみのはまの》
一三三二　出不勝鴨《いでかてぬかも》
一四七九　出立聞者《いでたちきけば》
一五〇七　出見毎《いでみるごとに》
一五六八　出見者《いでみれば》
一五七〇　出而《いでて》不行者《ゆかねば》
一五九五　色《いろに》出《いで》目《め》八方《やも》
一六一九　出而《いでて》曾《ぞ》吾來《あがこ》之《し》
一六二九　庭尒《にはに》出立《いでたち》
一六七四　出立之《いでたちの》
一七二六　塩干《しほひ》尒《に》出而《いでて》
一七三九　出曾相來《いでてぞあひける》

一七四〇　岸尒《きしに》出居而《いでゐて》
一七四〇　従家《いへゆ》出而《いでて》
一七四〇　自箱《はこより》出而《いでて》
一七六三　出來《いでくる》月之《つきの》
一七六八　穂《ほ》尓《に》波《は》不出《いでず》
一七八〇　三《み》船《ふね》出者《いでなば》
一七九二　上丹《うへに》不出《いでず》
一八九三　出　見《いでてみる》
一九一五　出而《いでて》來可聞《こしかも》
一九三七　出立向《いでたちむかふ》
一九九三　色《いろに》不出友《いでずとも》
二〇八三　瀬尓《せに》出立《いでたちて》
二〇八七　舟出《ふなで》爲《し》將出《いでむ》
二一一三　出見者《いでみれば》
二二六六　出去者《いでていなば》
二二七四　色庭《いろには》不出《いでじ》
二二七五　言出而《ことにいでて》
二二七八　色出尓來《いろにいでにけり》
二二八五　穂《ほ》庭《には》不出《いでず》
二三〇七　不出跡《いでじと》念者《おもへば》
二三一八　出見者《いでみれば》
二三二三　出見者《いでみれば》
二三三二　出来牟《いでこむ》月乎《つきを》
二三四三　出去者《いでてゆかば》
二三五七　出乍吾毛《いでつつわれも》
二四一四　出行者《いでゆけば》
二四三二　言出《ことにいでて》
二四八四　君乎《きみを》待出牟《まちいでむ》
二五一九　思恵也《しゑや》出來根《いでこね》
二五二一　思出乍《おもひいでつつ》
二五二三　色者《いろには》不出《いでね》
二五五一　出曾行之《いでてぞゆきし》
二五六六　色出而《いろにいでて》
二五六八　退出米也母《まかりいでめやも》
二六〇四　念出而《おもひいでて》
二六五三　出曾見《いでてぞみ》鶴《つる》
二六八一　出乍其《いでつつぞ》見《み》之《し》
二七一六　出來水《いでくるみづの》
二七二五　色出而《いろにいでて》
二七六七　色出而《いろにいでて》
二七七八　生不出《おひいでず》
二七八四　色二《いろに》出目《いでめ》八方《やも》
二八〇四　待將出《まちいでむ》可聞《かも》
二八二〇　出來月之《いでこしつきの》
二八二八　仁《に》寶《ほ》比《ひ》將出鴨《いでむかも》
二九四七　（或本）門出而《かどにいでて》
二九四七　（一云）出　行《いでてぞゆきし》
二九四八　出而《いでて》見《み》與《よ》
二九七六　色尒《いろに》不出《いでず》
二九九五　出来《いでくる》左右《まで》者《は》
三〇〇五　出之《いでし》月乃《つきの》
三〇〇六　門尒《かどに》出立《いでたち》
三〇一七　音不出《おとにいでず》
三〇二三　灼然　出《いちしろくいでぬ》
三〇三〇　念出而《おもひいでて》
三〇三五　色丹《いろに》出尒《いでに》家《け》留《る》
三一二一　出乍曾《いでつつぞ》見《み》之《し》
三一三九　道尒《みちに》出立《いでたち》
三一九八　出去者《いでていなば》
三二〇一　出居《いでゐ》乍《つつ》
三二〇九　出見毎《いでみるごとに》
三二一八　出見《いでみ》乍《つつ》
三二三〇　楢従出而《ならよりいでて》
三二三八　打出而《うちいでて》見者《みれば》
三二四〇　鞘従《さやゆ》抜出而《ぬきいでて》
三二七四　出居《いでゐ》而《て》嘆《なげき》
三二七六　色出《いろにいでて》
三三〇二　出立之《いでたちの》
三三一二　出行者《いでゆかば》
三三一八　道尒《みちに》出立《いでたち》
三三二九　出居《いでゐ》而《て》嘆《なげき》
三三三一　出立之《いでたちの》
三三三五　海道《うみぢ》荷《に》出而《いでて》
三三三九　道尓《みちに》出立《いでたち》
三三三九　海路《うみぢ》丹《に》出而《いでて》

三三四六　率和《いざわ》出《いで》將見《みむ》
三八〇〇　穂《ほ》庭莫《にはな》出《いでそ》
三八〇三　出來月之《いでくるつきの》
三八〇八　小《を》集樂《つめ》尓《に》出而《いでて》
三八五九　出而《いでて》將訴《うるたへむ》
三八六一　門《かど》尓《に》出立《いでたち》
三八七〇　珠潜《たまかづき》　出者《いでば》
三八七五　奴《ぬ》流《る》久《く》波《は》不出《いでず》
三九五七　出而《いでて》許《こ》之《し》
三九八五　出立底《いでたちて》
四一三九　出立《いでたつ》媿嬬《をとめ》
四一七七　出立向《いでたちむかひ》
四二一一　海邊《うみへ》尓《に》出立《いでたち》
四二一八　保《ほ》尓《に》可《か》將出《いでなむ》
四二五一　道《みち》尓《に》出立《いでたち》
四四〇八　美《み》知《ち》尓《に》出立《いでたち》

〔別表3〕　万葉集における「乞」の訓三三例（八番歌を除く）

「こふ」（動詞）　一三例

二一〇　乞泣毎《こひなくごとに》
二一三　乞哭別《こひなくごとに》
三六〇　濱裏乞者《はまづとこはば》
三八〇　吾波《われは》乞甞《こひなむ》
四四三　神祇《かみを》乞禱《こひのみ》
八九二　乞乞泣良《こふこふなくら》牟《む》
九〇四　我例《われ》乞能《こひの》米《め》登《ど》
一一九六　乞者《こはば》令取《とらせむ》
一五三四　爲乞　兒《ためこはむこのため》
一七三八　不乞尓《こはなくに》
二〇二三　帯可乞哉《おびこふべしや》
三三四一　歎乞禱《なげきこひのみ》
三二八六　神呼《かみを》曾《ぞ》吾乞《わがこふ》

「こそ」（終助詞）　一一例

三三五　淵有乞《ふちにありこそ》
六一五　夢《いめに》所見乞《みえこそ》
一二一一　吾耳《われに》見乞《みえこそ》
二五八七　夢《いめに》所見乞《みえこそ》
二六六一　打棄《うつて》乞《こそ》
二七二二　妹尓《いもに》告乞《つげこそ》
二七七六　妹告乞《いもにつげこそ》
二九五七　夢《いめに》所見乞《みえこそ》
三〇二四　有跡《ありと》告乞《つげこそ》
三二八四　無在乞常《なくありこそと》
三八九八　歌乞和我世《うたひこそわがせ》

「こち」（指示代名詞）　六例

一三〇　乞通來禰《こちかよひこね》　九二〇　越乞尓《をちこちに》　一〇九七　乞許世山《こちこせやま》　一一三五　越乞所聞《をちこちきこゆ》
二七六八　乞痛鴨《こちたかるかも》　二九七三　越乞兼而《をちこちかねて》
「いで」（感動詞）三例
六六〇　乞吾君《いであがきみ》　二八八九　乞如何《いでなぞ》　三一五四　乞吾駒《いであがこま》

注

1　代表的なものを掲げます。
谷馨「額田王」一四頁　早稲田大学出版部
先ず第一に、歌格と声調が船遊時の作歌にふさわしくない。第三句で休止し、第四句で切り、第五句を字余りとして詠み据えた歌格は、重厚な流動を以って迫るところがあり、助詞の緊密な駆使と相俟《ま》って、雄渾《ゆうこん》な気魄と心気の緊張を感ぜしめるのである。
犬養孝「万葉の人びと」九〇～九一頁　ＰＨＰ研究所
この張り切った緊張感、緊迫感というもので、ピシッと区切りをつける。だから次に、上の重さを受けるために、〝今は漕ぎ出でな〟というように、五・七・五・七・七ではなく、五・七・五・七・八という八音が必要になってくるのです。
直木孝次郎「額田王」一四八～一五一頁　吉川弘文館
またこの歌のとくに後半の「潮もかなひぬ　今は漕ぎ出でな」という歯切れのよい颯爽《さっそう》としたうたいぶりは、神事のための船出より、百済救援の本来の目的にむかっての船出にふさわしいと思われる。（中略）「いまは漕ぎ出でな」の結びの句も、力強く、決然としていて、軍船の進発をうたうにふさわしい気迫がある。

2　代表的なものを掲げます。
阿蘇瑞枝「萬葉集　全歌講義㈠」六九頁　笠間書院
歌の調べにほのかなあたたかみが感じられるのは、この月が晩春の月であったからであろう。斉明天皇の側近として詠んだ額田王のこの歌は、全軍に指揮するようなものではなかったが、女帝の心を心として詠じたものであったに相違ない。

福沢武一「解読　額田王　この悲壮なる女性」八三～八四頁　彩流社

この歌は明るくて、喜びに満ちている。（中略）西征、そんな雑音を八歌はいささかもまじえていない。（中略）結句の「いざ漕ぎ出でな」は意気込みとは別だ。喜悦に満ちている。

3　久松潜一監修「契沖全集第一巻　萬葉代匠記一」二八九頁以下　岩波書店

契沖は「イマハコギコナ」に対し「今ハ漕出テ、行宮ヘ歸ラセ給ントナリ。」と解しています。

4　久松潜一　佐佐木信綱氏ほか編「校本萬葉集一　新増補版」四五七頁以下　岩波書店

卽ち言の裏には靈があるとし、従来の言語解釋は卽ち「言」であつてその内にあるものを知るのが靈の研究であるといふ。この兩方面に向つて力を盡さうとしたのが萬葉集燈の註釋の態度である。故に、本文に於いても歌を擧げて解釋を「言」と「靈」とにわけて説いてある。この點に就いて燈はたしかに一の特色をもつてゐる。しかしながら御杖は歌を主情的なものと解せずに一種の道徳的見解を抱いて解釋して居たやうであるために、純粋感情の表現といふ見方からすると、議すべき點がないでもない。たとへば「熟田津尓船乗世武登月待者潮毛可奈比沼今者許藝乞菜」にしてもその靈の所に、

うはべは海路くらければ、月まちてとおぼしけるに、月のみならず潮もみちて御舟漕出むによろしき時となりぬれば、今は漕出むと月いで潮かなへるをよろこび給へる心をよみふせたまへり。しかるにさやうのはかなき事を古人は歌によむものにあらず。つらつら思ふにもと外蕃の亂のために筑紫におはす路なれば、つねの行幸のやうに一所に時をうつしたまはむ事あるまじき事也。されば片時もはやくかの亂をしづめてその國人を安からしめまほしけれど、潮干たればやむことを得ず時をまち給ひしその程、いたく御心いられ給ひし事を思はせてよみ給ひしなるべし。

とある如く、はかなき事をよむのが歌であるといふ態度に反對して、歌に強ひて深い意義を與へようとした點に氣付く。

5　鶴久　久松潜一監修「萬葉集講座　第三巻」二一二頁　有精堂

このことを端的に物語っているのが、漕グと出《づ》が結合して複合語になった「漕ギ出《づ》」であろう。漕ギ出《づ》に限って、東国語は勿論中央語でも、「許芸《こぎ》泥《で》め（巻十七、三九五六）」「許芸《こぎ》弖《で》（巻十五、三六一一）」「許芸《こぎ》豆《づ》

流いづた船（巻二十、四三三六）」……と例外なくコギヅである。これは古語が方言や複合語に残った一例と言える。さればイマハコギイデナと訓まれてきた有名な額田王の一首の結句も熱田津に船乗りせむと月待てば潮もかなひぬ今者《いまは》許藝《こぎ》乞菜《でな》（巻一、八）と施訓すべきである。（「玉藻二号」所収拙稿）。

6　別表1の「出」を用いた一五例のうち「二〇五九　率榜出」のみ「いざこぎいでむ」と「出《い》で」と訓んで字余りとなりません。しかし、一五例中のこの一例をもって、「こぎ出で」という古語が万葉時代にあったというには事例不足です。むしろ、二〇五九番の訓は、伊藤博氏が訓んでいる「率榜出《いざこぎでむ》」が正しいと思われます。「いざわ」の「わ」は勧誘を表す終助詞で、三三四六番「率和《いざわ》」に例があります。

7　澤瀉注釋　巻第一　一〇七頁　中央公論社

8　新古典大系1　二一頁　岩波書店
「乞」は、人を勧誘する「いで」という語の表記を「出（い）で」に借り用いた。「出でな」の「な」は助詞。動詞の未然形を受けて自発の意志、相手に向けた勧誘などを表す。

9　「〈座談会〉月・潮・風―『万葉集』巻第一、八番―」文学　第五十六巻第六号　八頁　岩波書店

10　犬養孝「万葉の人びと」八九頁　九一頁　ＰＨＰ研究所

11　注9掲記の座談会三八頁　歴史学者の直木孝次郎氏は「常備軍のような軍団はなかったわけです。兵役と力役とがはっきり分かれて、兵士を常備兵として集めるようになるのは、この時期よりもまだ三十年くらい後の、浄御原令の出来てくる頃、つまり天武朝の末ないし持統朝のはじめのころと思います。」と発言し、百済出兵のころは臨時に各地の国造の私兵を集めたといっています。

12　「来」の「こ」に「乞」の文字を用いたのは、早く舟を漕ぎ出して欲しいとの斉明天皇の願いを表現したものです。天皇の願いを「乞ひ」と表現している例は、九〇番の左注にあります。漢字の訓の一部の音を用いて表記し、その漢字の持つ訓の意味を歌に反映させている例は多くあります。本歌の「沼《ぬ》」も同じです（注16参照）。

13　一三番歌の「三山の歌」および一四番歌（反歌）の「印南国原」の歌が、西征で熱田津に着く前に詠まれた歌であるといわれています。八番歌が熱田津出航の歌であれば、これらの歌の後に配列されていなければならないことになります。
①　注7前掲書一五四頁「三山の御作は、（中略）伊豫へ向はれる途中でのお作と推定する。」
②　中西全訳注一　五五頁「以上二首によれば播磨の海上にて妻争い伝説を想起した趣に見える。」

③ 伊藤博「萬葉集　釋注一」集英社文庫　八四頁「この歌は、八番歌の熱田津の歌と同様、斉明七年新羅遠征の時の歌であった可能性が濃くなる。」

14 出航説の論者である中西進氏も、伊藤博氏も、共に八番歌以降の歌の配列について、つぎのように疑問を呈しています。

① 中西進　注13前掲書　五三頁「天皇は西征後九州に崩じ、八番歌以後の紀の温泉行幸はない。この点、一二番歌まで、年代上は八番歌より前にあるはず。」

② 伊藤博　注13前掲書　八七頁「巻一の配列が時間を基準にしている点を思えば、ここは、一〇〜一二→九→一三〜五→八の順序になるべきである。」

出航説をとる両氏の右疑問が、相当であるにもかかわらず、これを解明できないということは、そもそも出航説に矛盾があることを物語っているものです。

15 航行のためなら、潮流と風波が最重要で、月明かりは昼の明かりに劣りますから待つ条件ではありません。万葉集に、潮の「なぎ」（四三九八番）や「満ちのとどみ」（一七八〇番）を待って出航したと詠んだ歌や、波を畏れて隠れた（二四九番、三八八番、九四五番）と詠んだ歌はありますが、月夜に出航したと詠った歌は、行程が予定より著しく遅れ、特別に航行を急いでいた遣新羅使の歌以外にはありません。

また、万葉集において、出航のため波や潮の様子をみて待機することは、「さもらふ」と詠われ、その例は、三八八番歌、九四五番歌、四三九八番歌ほか多数あります。

「船乗りせむとさもらへば」と詠われておればともかくも、そうは詠われておらず、かつ潮が満ちたとか、なぎになったとか、出航に適した状態になったとも直接詠われず、「月待てば潮もかなひぬ」と詠っているのは、月夜の舟遊びの条件を待って漕ぎ出すことであったからです。

すなわち、八番歌の歌詞の中には、「出航」と断定できる詞はないのです。

16 前掲注9の座談会において、「潮《しほ》毛《も》可《か》奈《な》比《ひ》沼《ぬ》」と完了の助動詞「ぬ」に、「沼」という字を用いていることに関して、稲岡氏は鋭く指摘し、沼のように潮の流れが止まった状態と発言されています。同氏の結論とは異なりますが、月夜の舟遊びのために、海面が沼のように動かなくなって月影が綺麗に見えるようにようやくなった状況、すなわち月夜の舟遊びの舞台が完了したことを完了の助動詞「ぬ」に「沼」を用いて表記したと考えられます。

したがって、出航説の論者が言うように、「潮もかなひぬ」の解釈は、満潮になったとか、航行のために潮流が良くなったとかいうものではなく、潮が動かなくなったこと、海面が沼のように平らになったことであることは、表記上からも明らかです。

17　万葉集一七一四　落ちたぎち流るる水の岩に触れ淀める淀に月の影見ゆ（作者未詳）
後撰集巻第六　秋の池の月の上こく舟なれは桂の枝に棹やさはらん（小野美材）
金葉集巻第三　池水にこよひの月をやどしても心のままに我物と見る（白河院）
玉葉集巻第五　にほの海や秋の夜わたるあまを舟月に乗りてや浦伝ふらん（俊成女）
18　梶川信行「創られた万葉の歌人　額田王」一〇二頁以下　はなわ新書

誤訓九　「野にかぎろひの」は「野らには焔《ほむら》」「月かたぶきぬ」は「月西渡る」

四八原文　東　**野炎**　立所見而　反見為者　**月西渡**

従来の定訓　東《ひむがし》の　**野にかぎろひの**　立つ見えて　かへり見すれば　**月かたぶきぬ**

新訓　東《ひむがし》の　**野らには焔《ほむら》**　立つ見えて　かへり見すれば　**月西渡る**

右は、柿本人麻呂が詠んだ「安騎野遊猟歌《あきのゆうりょうか》」の中の短歌の一首です。

そして、右の「従来の定訓」により、この歌は万葉集における人麻呂の名歌として、広く人口に膾炙《かいしゃ》しています。

しかし、右「かぎろひ」の訓は江戸時代中期に賀茂真淵によって訓まれ、それ以降に普及したものにすぎず、また、右の訓による「かぎろひ」の解釈については「曙光《しょこう》」であるか、「陽炎《かげろう》」であるか、今日でも見解が分かれています。

【四八番歌の訓の変遷】　鎌倉時代の仙覺以来、江戸時代中期まで上三句の「東野炎立所見而」は一貫して「アツマノノケフリノタテルトコロミテ」と訓まれていましたが、江戸時代中期の契沖は「萬葉代匠記初稿本」では右のとおり訓みましたが、「萬葉代匠記精撰本」では「ハルノノカゲロフタテル」との訓を提案しました。

そしてその後、賀茂真淵が「ヒムガシノノニカギロヒノタツミエテ」と訓み、現在はそのままか、一部修正された「ヒムガシノノニハカギロヒタツミエテ」と訓読されています。「立所見」は「タテルトコロミテ」と訓まれていたものを、「タツミエテ」と初めて訓んだのは真淵であり、この点は評価されます。

また、結句の「月西渡」は、古来「ツキカタブキヌ」と訓まれていますが、契沖は「萬葉代匠記精撰本」で「ニシワタルト字ノママニヨムヘキニヤ」と提案しました。

近年、村田右富実氏および伊藤博氏が「月西渡る」と訓んでいます（注1）。

■「かぎろひ」の訓と解釈

真淵以来「炎」は「かぎろひ」と訓まれていますが、その「かぎろひ」は「曙光」か「陽炎」か、解釈が分かれている上に、そもそも双方につぎの疑問があります。

なお、万葉集の歌において「炎」の文字は、本歌のほかに二例ありますが、一つは三六六番歌「塩焼炎」で、「しほやくけぶり」と訓まれており、他は、次掲の一〇四七番歌です。

【「曙光」に対する疑問】　曙光とは、朝の日の出の前に、東の空を染める赤みを帯びた光といわれています。

万葉集に「かぎろひ」と訓まれている歌は、四八番歌のほかにつぎの五首があります。

二一〇　（長歌の一部分）蜻火之《かぎろひの》　燎留《もゆる》荒野尓《あらのに》

二一三　（長歌の一部分）香切火之《かぎろひの》　燎留《もゆる》荒野尓《あらのに》

一〇四七　（長歌の一部分）平城京師者《ならのみやこは》　炎乃《かぎろひの》　春尓《はるに》之《し》成者《なれば》

一八〇四　（長歌の一部分）蜻蜓火《かぎろひ》之《の》　心《こころ》所燎管《もえつつ》　悲悽《かなしび》別焉《わかる》

一八三五　今更《いまさらに》　雪零目《ゆきふらめ》八方《やも》　蜻火之《かぎろひの》　燎留《もゆる》春部《はるべ》常《と》　成西物乎《なりにしものを》

右のうち、二一〇番、二一一三番、一八〇四番および一八三五番の四首は、「かぎろひの」の後に「も（燎）ゆる」あるいは「も（燎）えつつ」と詠われていますので明らかに陽炎の意です。一〇四七番は前記の後に「春日山《かすがやま》　御《み》笠之《かさの》野邊《のべ》尓《に》」と続きますので、この歌においては「炎」は陽炎そのものではなく、「春」にかかる枕詞として用いられています。

すなわち、「かぎろひ」を曙光を表す詞として用いられた例は、万葉集に見当たらないのです。

また、曙光は東の「空に現れ」「空を染める」もので、「野に」「立つ」ものではありません。したがって、普通に曙光の情景を詠うとすれば「ひんがしの空にかぎろひ」と詠むでしょう。

普通には空を染める曙光が、安騎の野においては野を染めていると詠ませる特別の情景があったのでしょうか。

私は、地平と空が一体と見える広い場所で、空の曙光が地平をも染めているような錯覚におそわれる情景をあえて想像してみました。

また、長歌（四五番）に「夕さり来れば　み雪降る　安騎の大野に」とあるので、一面に雪に覆われた白い安騎の野に、東天の曙光が映えている光景をも想像してみました。

しかし、前者についていは、現実の安騎の野は地平と空が一体と見えるような広い場所でなく、後者についても「み雪降る」は安騎の野の枕詞であり実景ではなく、またこのときの遊猟は晩秋から初冬にかけてのことであり雪景色はないとの見解がありますので、いずれにしても「野」に曙光の立つ光景を確かなものとして想起することは困難です。

【「陽炎」に対する疑問】　陽炎（古語は「かぎろひ」）とは、春の晴れた日に、地表近くの景色がゆらゆら揺らめいて見える現象のことです。

前述のように、万葉集には四八番歌のほか「かぎろひ」と訓まれている歌は五首あります。また、そのうちの一首一〇四七番は枕詞としてですが、「炎乃」と表記されています。

このように「炎」を「かぎろひ」と訓み、陽炎と解することは、一見問題がなさそうですが、この歌が詠われた情況を考えると大きな問題があります。

すなわち、陽炎は春の陽光に地表が温められて起こる現象ですが、この歌が詠まれた季節は晩秋から初冬であるというのが一般的見解です。

詠歌の時期が、陽炎が普通に見られる春ではないのです。

これに対して陽炎説をとる論者からは、晩秋でも、初冬でも、地表が温められ、条件が揃えば陽炎は発生するとの反論があります。そして、論者が陽炎が見えたと推定する時刻は午前一〇時ごろであろうとしています（注2）。

しかし、後述のように、この歌は安騎の野で人麻呂が、昔、草壁皇子に従駕《じゅうが》して遊猟したときの夜を回想し、寝つかれない夜を過ごしたときに詠んだもので、四首の連作です。

四八番歌は三首目の歌で、四首目の歌には「み狩り立たしし時は来向ふ」と早朝の狩りの出発を詠っています。そうであれば、三首目の歌が午前一〇時ごろの安騎の野の情景を詠った歌とは考えられません。また、陽炎であれば、前掲万葉集の歌の四首に見られるように「もゆる」と詠い、「たつ」とは詠わないことも、陽炎でないことの証左といえましょう。
よって、四八番歌においては、「炎」は「陽炎」ではあり得ないのです。

▒「月かたぶきぬ」の訓と解釈

【「月かたぶく」と詠んだ歌】 万葉集に、ほかに「月かたぶきぬ」「月のかたぶく」「月かたぶけば」などと詠んだ歌は、つぎのとおり六首あります。

二二九八　君に恋ひ萎えうらぶれ我が居れば秋風吹きて月かたぶきぬ（月斜焉）

二六六七　真袖持ち床うち払ひ君待つと居りし間に月かたぶきぬ（月傾）

二八二〇　かくだにも妹を待ちなむさ夜更けて出で来し月のかたぶくまでに（傾二手荷）

三六二三　山の端に月かたぶけば（月可多夫氣婆）漁《いざり》する海人の燈火《ともしび》沖になづさふ

三九五五　ぬばたまの夜は更けぬらし玉櫛笥《たまくしげ》二上山に月かたぶきぬ（月加多夫伎奴）

四三一一　秋風に今か今か紐解きてうら待ち居《を》るに月かたぶきぬ（月可多夫伎奴）

「斜」を用いた表記が一例、「傾」を用いた表記が二例、他の三例は一字一音の表記であって、「月西渡」との表記をもって「月かたぶきぬ」と訓ませている例は見当たりません。

右六例をさらに観察すると、「山の端に月かたぶけば」「夜は更けぬらし……月かたぶきぬ」の二例は、月が山の端に近いこと、および夜が更けていることを前提に「かたぶく」と表現していますし、他の四例は、恋人が訪れて来ることを一夜、月を気にしながら待っていたが、もう来ないだろうと諦めざるを得ないことを嘆いている歌で、それは月がもう山の端近くまで移動して、夜が更けて明けそうになったというものです。

このように、万葉集において、「月かたぶく」は山の端近くの月をいい、あるいは恋歌においては待っている恋人が来ないことを嘆いて詠う場合に用いられています。

【「月渡る」と詠んだ歌】　ひるがえって、万葉集に「月渡る」あるいは「渡る月」と詠まれた歌は、つぎの歌を含め相当数あります。

一七〇一　さ夜中と夜は更けぬらし雁が音の聞こゆる空ゆ月渡る見ゆ

この歌の場合、「さ夜中」「雁が音の聞こゆる空ゆ」と詠われているので、天中を渡る月のことでしょう。

「弓削皇子に献る歌三首」との題詞のある柿本人麻呂歌集出典の歌の一首です。

一六九　あかねさす日は照らせれどぬばたまの夜渡る月の隠らく惜しも

人麻呂が詠んだ草壁皇子への挽歌の反歌です。或本に、高市皇子の挽歌の反歌とするとの後注があります。

いずれにしても、夜空を堂々と渡っていた月に皇子を譬え、皇子の急死を月が隠れたと惜しんでいるもので、傾いている月を詠んでいるものではありません。

三〇二　子らが家道やや間遠きをぬばたまの夜渡る月に競ひあへむかも

一〇七七　ぬばたまの夜渡る月を留めむに西の山辺に関もあらぬかも

一〇八一　ぬばたまの夜渡る月をおもしろみ我が居る袖に露ぞ置きにける

二六七三　ぬばたまの夜渡る月のゆつりなばさらにや妹に我が恋ひ居らむ

三〇〇七　ぬばたまの夜渡る月のさやけくはよく見てましを君が姿を

右五首は、いずれも男女の楽しい夜の逢瀬の中で、夜空を渡る月を眺めて詠んでいるもので、「月かたぶく」のように来ない相手を嘆いて詠っている情景とは全く異なります。

また、月が山の端に近いことを思わせる歌は一首も見当たりません。

すなわち、万葉集の時代、「月渡る」と「月かたぶく」の詞は、月の位置が違うことと、また月を見て歌を詠んでいる人の心情が全く違います。

その上、近年、「月かたぶきぬ」と訓んで、「月が傾いている」と訳することに対し疑問が呈されています。

すなわち、語尾の「ぬ」は一般的に「た」と訳するのに、この場合、「ている」と訳されることです。仮に、

「月が傾いている」と訳されることを予定しているのであれば「月かたぶけり」ではないかというものです。

■四八番歌の新しい訓と解釈

四八番歌は、左四首の連作のうちの一首です。

四六　安騎の野に宿る旅人うち靡《なび》き寐《い》も寝らめやもいにしへ思ふに

四七　ま草刈る荒野にはあれど黄葉《もみぢば》の過ぎにし君が形見とぞ来し

四八　東　野炎　立所見而　反見為者　月西渡

四九　日並《ひなみし》の皇子の命《みこと》の馬並《な》めてみ狩り立たしし時は来向ふ

そこで、問題の四八番歌の「野炎」と「月西渡」の二句を、どう訓むべきかを考えます。

【「炎」の訓と解釈】　私は、四八番歌の訓および解釈をするに際し、連作四首の一首として、四八番歌の詠まれた時刻を想定することが重要であると考えます。

最も確かに推定できることは、四九番歌が狩りの出発を詠んでいますので、それは夜が明けて朝明るくなった時刻でしょう。そうすると、四八番歌の時刻はそれより前であると考えられ、夜明け前のまだ薄暗い時刻でしょう。

四六番歌および四七番歌において詠まれているように、草壁皇子と遊猟した安騎野の夜を回想し、寝つかれぬ夜を過ごした人麻呂は、もう夜が明けるころではないかと外に出ました。

そして日が昇る東の方向を見たところ、まだ薄暗い野の中にいくつもの炎《ほのお》の明かりが見えたのです。天中に月影はなく背後に月を探して振り返ってみると、月はまだ西の空を渡っているのが見えました。私はこのように想起します。

人麻呂が見た「炎」は既に起床していた従駕の下僕が暖をとる焚火か、朝餉《あさげ》の準備の炊事の火であったでしょう。真淵以前の訓「アツマノノケフリノタテル」というのも、ほぼ同じ光景を想定してのことだったと思われます。

私は「炎」を「焔《ほむら》」と訓むべきと考えます。

「ほむら」は火の群れの意です。まだ暗い東の野に小さい火炎があちこちに立っているのが見えるという情景です。「ほむら」は、日本書紀および宇津保物語にも用いられている詞です（古語大辞典）。

「炎」の文字のすぐ下に「立」とありますから、「炎」は「立つ」と続く詞でなければなりません。「ほむら（焔）」のほか、「けぶり（煙）」も立つと続く詞ですが、煙と訓まないのは、まだ暗い時刻であるので、煙の立つのが見えないと思うからです。

よって、「かぎろひ」を「焔」に換えて「野らには焔　立つみえて」と訓みます。

「野」を「野らには」と訓む理由は、同様の訓み方が、同じ人麻呂作の歌と思われる柿本人麻呂歌集の歌で、文字数も同じ一四字の歌二四五七番に「大野」を「おほのらに」と訓んだ例、二三七一番に「心」を「こころには」と訓んだ例が、それぞれあるからです。

したがって、第二句は「野らには焔」と訓み、真淵の訓のように第二句の末尾に「の」を入れて訓みません。

それは、格助詞の「の」に対し終止形「立つ」と承けることがないとする説（注3）もあり、また、「の」を入れると歌の声調が走り過ぎるからです。

【「月西渡」の新訓と解釈】　既述のように、四八番歌の「月西渡」は古来「月かたぶきぬ」と詠まれてきました。しかし、「月西渡る」と「月かたぶきぬ」は、前述のように歌の詞として用いられ方が全く異なります。

「月かたぶきぬ」は、恋人を一晩中待っていたが、夜が明けそうになっても来ないときの心象風景として、あるいは山の端に近い月を表現しています。

これに対し、「月西渡」は万葉集に他にその例がなく、「月」が「渡る」と表現されている歌は、月が天中を移動している情景を詠ったものです。

四八番歌において、人麻呂は四六番歌および四七番歌で詠っているように、草壁皇子との安騎野の夜を回想し寝つかれなかったもので、とうとう夜が明けそうだという状況を「月かたぶきぬ」と詠んだようにも考えられます。古来の訓は、このような情景を想定してのことと思われます。しかし、この歌の場合、人麻呂は寝つかれなかっただけで、恋人を待つ夜のように、夜が明けそうになったことを嘆いているわけではありません。むしろ、狩りをする朝の到来を待っているのです。

四八番歌は契沖や伊藤博氏が指摘するように、初句の「ひんがしの」の「東」と結句の「月西渡る」の「西」を意識的に対比して詠んでいると思われること、ほかに「月西渡」を「月かたぶきぬ」と訓んだ例がないこと、「月かたぶきぬ」の訓では「月がかたぶいている」と口語訳できないことなどにより、「月かたぶきぬ」と訓むことは相当でなく、「月西渡る」と訓むべきと考えます。

人麻呂が振り返ってみた月は、中天より西の空を渡っていたが、山の端近くまでかたぶいていないのです。

【総まとめをする】　よって四八番歌は、寝つかれなかった人麻呂が外に出たところ、東の野に焔が見え、まずそれに気を取られたが、まだ薄暗かったので月を探して振り返ったところ、月は西の空を渡っていたという情景を、つぎのように詠ったものです。歌の中で、人麻呂の視線は東から西、下（地）から上（天）に移っているのです。

ひむかしの　野らには焔《ほむら》　立つ見えて　かへり見すれば　月西渡る

真淵の訓と解釈の問題点

【その思想的背景】　江戸時代中期に、徳川幕府の儒教的国家観に対抗して、わが国の上代国家の人々の固有の精神性を明らかにしようとする復古思想が誕生し、その創始者の一人に賀茂真淵がいました。

中井信彦氏によれば（注4）、真淵の言葉である「上つ代には人の心しひたぶるに、なほくなむ有ける。心しひたぶるなれば、なすわざもすくなくて、事し少なければ、いふ言のはも、さはならざりけり。しかありて、心におもふ事あるときは、言にあげてうたふ。こをうたといふめり。かくうたふも、ひたぶるにひとつ心にうたひ、こと葉もなほき常のことばもてつゞくれば、続くともおもはでつゞき、と、のふともなくて、調はりけり。」「（略）世の中てふものは、物なく事なく、いたづらなる心をもさらへ、もうけずつくらず、しひずをしえず、天地にかなひて、まつりごちせまし、いにしへの安国の（下略）」（以上、「歌意考」）などを引用した後に、つぎのように評釈しています。

「真淵にとっての儒教は、（中略）乱れたる世を治めるために、心の動きの自然を制約する治者の作為に出たものであり、制約することによってその有効性をもつがごとくにみえるにすぎず、それは強制された表面的な秩序を齎《もたら》すにすぎない。それに対して古代の日本は『人の心ひたぶるになほく』あったが故に、一切の強制、教訓なく、作為なき自然の平和があったのであり、そこでは『ひたぶるにひとつ心』に思うことあれば、日常の言語をもって表出する。それがおのづから歌として調ったのであるから、『いにしへの事とても、心、言葉の外やはある』、つまり古語＝古歌のなかに、いにしえびとの心はそのままに示されてあるというのである。」「わが国の古典、特に万葉集のうちに、一切の制度的支配や制度化された徳目の教説から解き放たれた、情の自然の自由な世界を空想し、その復活を熱望したのが真淵であったといえるであろう。」

すなわち、真淵は、儒教思想が生まれた中国と異なり、わが国の上代の人々は一途《いちず》であるから心はまっすぐで、心に思うことを素直に言葉にしたことが歌となり、また上代の国家社会は、上からの教訓や強制もなく、人々はおのずと平和の中にあったと想定し、そのことを万葉集の歌の解釈を通して立証しようとしたのです。

そして、このような真淵の思想および実践が最も顕著にみられるのが、「安騎野遊猟歌」の四八番歌の訓と解釈においてであると考えます。

真淵にとって、四八番歌を含む「安騎野遊猟歌」は、持統天皇が軽皇子を次期皇位継承者として公に認知させることを願い、軽皇子を安騎の野に遊猟させたときの歌であることから、従駕した臣民たる人麻呂は、「心ひたぶるに」持統天皇のその願いに応えた歌を詠んだものでなければならなかったのです。

すなわち四八番歌は、真淵にとって、人麻呂が「心ひたぶるに」でなければならないのは人麻呂が回想している草壁皇子に対してではなく、持統天皇が次期皇位継承者と願う軽皇子に対して「心ひたぶるに」でなければならなかったのです。

そこで真淵は、「炎」を「カギロヒ」と訓み、「曙光」と解釈し、「月西渡」を「ツキカタブキヌ」とする訓を利用した上で、「曙光」に軽皇子を、「傾く月」に草壁皇子を連想させ、亡くなった皇位継承者草壁皇子の再来として軽皇子の登場を、人麻呂が謳《うた》いあげた歌としたのです。

真淵は、上代の人々の「ひたぶるになほき」心を讃《たた》えながら、人麻呂が草壁皇子を回想した四八番の「ひたぶるになほき心」の歌を、持統天皇あるいは軽皇子に対する「ひたぶるになほき心」の歌にすり替えて、上代国家を「しひずをしえず、天地にかなひて、まつりごちせまし、いにしへの安国」であるとする真淵の思想、すなわち「皇神をいただく天皇の親政と人民の心からの服従によって成立する状態に、真淵は古代の純粋な在り方を認め」「そのような古代に至るために、真淵は万葉研究を通路とした」（注5）その思想の実践を、まさにこの歌により行ったのです。自己の思想のために、四八番歌の訓を変更し、解釈を恣《ほしいまま》にしたのです。同様の思想により改訓された歌は、他にもあります（注6）。

【真淵の訓と解釈の後世への影響】　真淵の思想につづき、江戸中期から末期にかけて勤皇復古思想が勃興し、その思想が明治維新および明治以降の天皇制国家護持の原動力になったことは周知の事実です。

その中で、万葉集はわが国固有の国体を支える古典として、国民の精神に大きな影響を与えてきました。第二次世界大戦開戦直前の昭和一五、六年ごろ、特に万葉集に関する出版が盛んであったことがそれを物語ります（注7）。

やがて戦争は敗戦により終結し、明治以来の天皇制は変更され、新たに象徴天皇として戦後の国民の間に親しまれ定着していますが、明治以降の天皇制を支えてきた万葉集の歌の解釈については、戦後七〇年経過した今日においてもほとんど変わらずそのまま引き継がれ展開されてきました。

すなわち、戦後、真淵の思想は万葉集の解釈の表面からは消えましたが、内実はほとんど変わっていないのです。

「安騎野遊猟歌」ついていえば、四八番歌の真淵の解釈をさらに発展させて、四九番歌に対し「軽皇子と言わずして日並と歌ったのは、軽皇子の英姿はそのまま日並であって、人麻呂は今眼前に、寸分違《たが》わぬ日並の英姿を仰ぎ見ていたからである」（注8）とか、「（前略）『み狩立たしし時は来向かふ』とうたい納められた時、軽皇子は皇統譜正統の皇子である『日並皇子の命』そのものとして再生されたことを意味する。追慕の達成は、表現における新王者決定の儀式でもあった。ここには、幻視が事実を呼びこんでしまう、古代詩の壮絶な輝きがある。壮絶な輝きがもたらす緊張と感動とは、天皇の宣言でさえ及びもつかぬ底力をもって、軽皇子の霊力を人びとに植えつけたことであろう。」（注9）という超観念的な解釈が、敗戦後も展開されました。

また、近年において、短歌四首に対しては、安騎野において草壁皇子を偲ぶことは、古に繋がる王権の「形見」として、軽皇子が草壁皇子の皇位継承権を引き継ぐことを意味するとの解釈もされています。

村田右富美氏は、この短歌四首が、「過去から紡ぎだされた文武の治世、訪れなければならない文武の治世を予祝する」歌としながらも、「この文武王権への強力な志向が、当時の政治情勢のなかでどの程度まで訴求力を持っていたかは論のわかれるところであろうが、（後略）」と付言しています（注10）。

多田一臣氏は、「安騎野の遊猟は、そうした軽に即位への道を開くいわば呪的な意義をもって企てられた」とし、「この安騎野の遊猟がおこなわれた時点で、軽皇子の立太子にはかなり困難な道が待ちうけていた」と論じています（注11）。

さらに、阿蘇瑞枝氏は、「西の空に入ろうとする月を草壁に、東の曙の光を軽皇子にたとえたのであろう」とした上で、「この時人麻呂を含めた人々が、軽皇子を皇位継承者にと心底考えていたかどうか明らかでない」としています（注12）。

つまり、三氏とも、四八番歌を含む短歌四首を、軽皇子の皇位継承を人麻呂が詠いあげた歌との論理をそれぞれ構築して解釈しながらも、当時の客観的社会情勢はその歌の解釈が全面的に受容される状況ではなかった歴史的事実をも認めざるを得ないのです。

阿蘇氏に至っては、人麻呂自身が「軽皇子を皇位継承者にと心底考えていたかどうか明らかでない」としており、そうであれば人麻呂が「東の曙の光を軽皇子にたとえた」歌として詠んだとする基盤さえも崩れるのです。

人麻呂が持統天皇に「ひたぶるになほき心」をもって詠んだ歌とするのは、真淵の虚構にすぎません。その虚構を新たな論理によって支えようとしても、過去の歴史に照らせば、それらの論者といえども、学問的良心に従い疑問を留保せざるを得ないのです。

現代においてはもはや、真淵の四八番歌に対する訓も、解釈も破綻しています（注6）。

むすび

【新解釈への曙光】 戦後七〇年を経て、「月西渡」に「月西渡る」の訓を付す注釈書が現れ、また、「炎」を「煙」と訓むなど、ようやく真淵の改訓などに疑問を呈する論考が現れるようになりつつあります（注13）。

また、最近年に出版された岩波文庫においては、「かげろひ」を「けぶり」と訓みを変更し、「安騎野遊猟歌」の解釈を「軽皇子の遊猟に従った人麻呂が、父草壁皇子を追懐する皇子の心中を詠んだ」歌とし、軽皇子の皇位継承に言及しない解釈が現れました（注14）。

七歳のときに父草壁皇子を失い、安騎野遊猟時が一〇歳で、まだ幼い軽皇子自身が父を追懐する心中を人麻呂が詠んだ歌とすることは、いささか不自然さがありますが、この歌を追慕による新王者決定の儀式であるとか、文武の治世を予祝する歌であるとする解釈と一線を引いたものとみられ、「安騎野遊猟歌」の新解釈への「曙光」を見る思いがします。

いまや、四八番歌の真淵の訓から完全に離脱し、真淵が覆った厚い靄《もや》の中から、人麻呂を二五〇年ぶりに救い出し、偉大な詩人の真の姿を発見すべきときではないでしょうか。

注

1　村田右富美「安騎野の歌」國文學第四三巻九号　八三頁
　伊藤博「萬葉集　釋注一」一四八頁　集英社文庫
「なお、古葉略類聚鈔にツキニシワタリの訓がある」同書四八〇頁
2　吉永登「万葉　通説を疑う」七一頁　創元社
3　真鍋次郎「四十八番の歌私按」（万葉第五十八号）
4　中井信彦「富士谷御杖における神道と人道―思想の自立性によせて―」哲学　第五八集　二八二頁以下　慶應義塾大学三田哲学会
5　平野仁啓「万葉集の研究史」萬葉集講座　第一巻　三〇〇頁　有精堂
6　同様の例として、本書「誤訓歌一一　一四一八番」「誤訓歌一二　二七五八番」参照
7　昭和一五年、時の政府（教學局）は、「廣く國民をして日本精神の心解と體得とに資せしむる」として、「萬葉集と國民性」「萬葉集と忠君愛国」を編纂し発行しています。
8　伊藤博・橋本達雄編「万葉集物語」（25）（時は来向かふ 橋本達雄）九二頁　有斐閣
9　伊藤博　注1前掲書　一五二頁以下
10　村田右富美　注1前掲書　七七頁以下
11　多田一臣「安騎野遊猟歌を読む―万葉歌の表現を考える―」（語文論叢）三頁以下
12　阿蘇瑞枝「萬葉集全歌講義㈠」一五八頁以下　笠間書院
13　注1前掲村田氏の論文八二～八三頁は、四八番歌の訓はそれぞれ違うけれどもとして「野らには煙」と訓み、注11前掲多田氏の論文一二頁は、「訓みを確定することができない以上、この歌の解釈を一義的に定めることもまたできない。」としています。
14　岩波文庫一　八九頁以下
　四六番歌に対しても、「阿騎の野に宿る軽皇子は、亡父草壁皇子の昔を思って寝付けないことだろうと思いやる。」と解説していますが、私は、これまでの多くの解釈と同様に、人麻呂自身が亡き草壁皇子との昔を思って寝つかれないで詠った歌と考えます。

　「安騎野遊猟歌」は、軽皇子を次期皇位継承者にと念願していた持統天皇が、当時宮廷歌人として令名の高かった人麻呂を従駕させて、軽皇子を安騎野に遊猟させ、誰しもが軽皇子を次期皇位継承者と認め讃える応詔

歌が詠われることを期待しましたが、天武天皇の諸皇子と親交のあった人麻呂は、心底、軽皇子を次期皇位継承者と思っていなかったので、天皇の期待とはいえ、詩人の良心に反した歌を詠めなかったものと考えます。

それゆえ、かつて随行して安騎野に遊猟したことのある軽皇子の父・草壁皇子を回想する歌しか詠み得なかったもの、と解します。

真淵は、持統天皇にひたすら忠実な人麻呂を想定して四八番歌を改訓しましたが、私は正反対に、自己の節操を貫いた詩人・人麻呂が心ひたぶるに詠った歌として「安騎野遊猟歌」および人麻呂を評価します。なお、「新釈歌二　四五番」参照。

誤訓 一〇「我《あ》が下心」は「吾《あ》を忘れめや」

一三〇四原文　天雲　棚引山　隠在　**吾忘**　木葉知

従来の定訓　天雲の　たなびく山の　隠りたる　**我が下心**　木の葉知るらむ

新訓〈旧訓〉　天雲の　たなびく山に　隠りたる　**吾《あ》を忘れめや**　木の葉知るらむ

この歌は、「柿本人麻呂歌集出」の「譬喩歌」で、助詞や活用形語尾を省略した省略体により表記されています。

各古写本の原文を確認する前に、「忘」の字形についての予備知識が必要です。

【「忘」の字形】「忘」は「亡」に「心」と書きますが、「亡」は人が物陰に隠れているさまで、「乚」の内に「人」を書き入れた字形（亾）であり、その下に「心」を書いたもの（㤀）が「忘」の古字とされています。

また、草書体で「忘」は、「亡」の部分は「巨」に近い字形で書かれ、その下に「心」を書きます。

そこで、一三〇四番の各古写本を見てみますと、「忘」と楷書体で書かれているのは京都大学本と寛永版本（ただし、「亡」の「乚」の部分が「丄」）、右で説明した草書体で書かれているのは、元暦校本、類聚古集、紀州本、西本願寺本、陽明本および広瀬本です。

神宮文庫本は、右に説明した古字で書かれています。

したがって、いずれの古写本も「吾忘」の表記であり、かつ、訓もすべて「ワレワスレメヤ」（神宮文庫本は

「ワガ」）となっています。

【宣長による誤字説】 ところが、江戸時代の加藤千蔭「萬葉集略解」に、「宣長云、忘は下心二字の誤て一字に成たる也」とあることから、「ワガシタゴコロ」と訓まれるようになり（以上、澤瀉注釋による）、現在定訓になっています。

しかし、同じ「我れ忘れめや」と詠まれている歌に、つぎの歌があります。

一四八二　**皆人之　待師宇能花　雖落　奈久霍公鳥　吾将忘哉**
　（皆人の　待ちし卯の花　散りぬとも　鳴く霍公鳥　我れ忘れめや）

いま「我れ忘れめや」と訓まれている結句の「吾将忘哉」（省略体の表記ではないため「将」「哉」の字が入っている）の「忘」の字形を、一三〇四番歌の「忘」と比較してみると、つぎのとおりです。

	一三〇四番の字形	一四八二番の字形
類聚古集	「亡」の部分「巨」	「亡」の部分「巨」
紀州本	「亡」の部分「巨」	「亡」の部分「巨」
西本願寺本	「亡」の部分「巨」	「亡」の部分「巨」
京都大学本	「忘」	「忘」
広瀬本	「亡」の部分「巨」	「亡」の部分「巨」
寛永版本	「亡」の「L」が「上」	「亡」の「L」が「上」

すなわち、多くの古写本において、一三〇四番の「忘」の字形が一四八二番の「忘」の字形と全く同じ（筆跡も同じ）です。一四八二番歌において、「下心」と訓めば、この歌が全く解せなくなりますので、一四八二番

においては、「忘」は「下心」の誤写とは到底思われません。

よって、一四八二番歌において「忘れめや」と訓まれている同じ字形の「忘」を、一三〇四番歌においてだけは「下心」の誤りとして、「下心」と訓むことの合理性が全くありません。

歌の内容からも、一三〇四番歌は「天雲のたなびく山の隠りたる我」と詠んでいるのですから、さらにそのつぎに、心の底に秘めた思いの意である「下心」と続けることは歌として稚拙です。初句から第三句までの歌句の「隠りたる」と、「下心」の「下」の意味が重複することと、「下心」を詠うのに「天雲のたなびく山に隠りたる」と上にある事象をもって表現するのも不自然です。

私の新訓解

【恋歌である】　この歌は、女性に対し自分の気持ちを表せずにいる自分の状態を「天雲のたなびく山に隠っている」と譬喩し、女性はそんな自分のことを忘れただろうか、いや、自分が隠っている山の木の葉は知ってくれているだろう、と詠んでいるものです。

山の木の葉が人の心を知ることを詠った歌は、二九一番にもあります。

二九一　**真木の葉のしなふ背の山しのはずて我が越え行けば木の葉知りけむ**

この歌は、家にのこしてきた妹を思い出させる背の山を、私はしのばずに（賞美せずに）越えて行ったので、木の葉はそれを知っていることだろう、という歌意です。

この歌と同様に一三〇四番の歌も、人の行為と対比して、「木の葉は知っているだろう」との構成の歌であり、第四句は「相手の女性が自分のことを忘れただろうか、そうであっても」木の葉は知っているだろうと詠んでいるものです。

それを、「我が下心」と訓んでしまうと、単に、自分の気持ちは山の木の葉が知っているだろうということになり、自分の心（恋心）を知っていてもらいたい相手の女性のことを想定して詠んでいるのに、それが歌から消えてしまい、全く素っ気ない歌となってしまいます。

すなわち、人間である相手の女性は自分のことをたとえ忘れることがあっても、少なくとも自分が隠っている自然の山の木の葉は自分のことを知ってくれているだろうと、相手の女性と木の葉を対比して詠んでいる、この歌の歌趣が失われます。

この歌は、前述のように「譬喩歌」の部立の中にあり、かつ「木に寄せる」との題詞がある歌です。

「天雲のたなびく山に隠りたる」と自分の姿を譬え、その山にあるという人の心を知る「木の葉」に寄せて詠われた歌であるのに、「木の葉」に相手の女性を譬えた歌との誤解が、「下心」の誤訓を招いたものと思われます。すなわち、譬えているものと、寄せているものの区別ができなかったのです。

定訓のように訓む現代の注釈書の多くも、「木の葉」を恋人の譬えと注釈しています。

なお、「吾忘」の「吾」を「吾《あ》を」と訓む例は、二七六三番「吾忘渚菜《あをわすらすな》」にあります。

誤訓 一一 「石《いは》ばしる」は「石《いは》たぎつ」

一四一八原文　**石激**　垂見之上乃　左和良妣乃　毛要出春尓　成來鴨

従来の定訓　**石《いは》ばしる**　垂水《たるみ》の上の　さわらびの　萌え出づる春に　なりにけるかも

新訓　**石《いは》たぎつ**　垂水の上の　さわらびの　萌え出づる春に　なりにけるかも

【旧訓と真淵による改訓】　天智天皇の皇子として、天武朝を生きた志貴皇子の歌です。官職には恵まれなかったようですが、万葉集に六首をのこし、この歌は最も有名な歌です。

各古写本によると初句の原文は、類聚古集は「石灑」ですが、他はすべて「石激」で、訓はすべて「イハソソク」です。この歌が載っている現存の古写本としては、類聚古集が最も古いものですが、澤瀉注釋は、「激」とある文字こそ原本の姿を伝えているとしています（注1）。

このように、江戸時代中期までこの歌の初句は「イハソソク」と訓まれてきましたが、賀茂真淵は、これを「イハバシル」と改訓しました。それ以降、今日まで「イハバシル」が定訓となっています。

真淵は、自己の独自の万葉観に基づき、つぎの歌に、「石流」「石走」が「イハハシル」と訓まれていることを奇貨として、「石激」を「イハバシル」と訓んだものと思われます。

一一四二　命をし幸《さき》くよけむと石流《いはばし》る垂水の水をむすびて飲みつ

三〇二五　石走る垂水の水のはしきやし君に恋ふらく我が心から

▒「石激」は「いはばしる」ではない

【真淵の誤訓】　最新の注釈書である岩波文庫は、鎌倉時代初期の観智院本『類聚名義抄』に「激」の訓として「ハゲシ」がないこと、「激」と「ハゲシ」の対応関係が見られるのは一五五六年の『倭玉篇』であること、「激しい」の表記が急増したのは芥川龍之介の名作「トロッコ」のあたりからであることなどを詳細に論証し、万葉の時代に「激」を「はげしい」と訓むことがなかったので、「石激」を真淵のように「いはばしる」とは訓めないとし、「いはそそく」と旧訓に戻し、つぎのように評しています。

賀茂真淵には「激」から「そそく」を連想する常識はもはやなく、「いはそそく」はあまりにも繊弱に感じられる言葉と堕していたであろう。「いはばしる」こそが、格調高く、春の水の勢いよい流れにふさわしい言葉と信じられたのではないか。そして、そのような漢字意識と語感とにもとづいて、「自ら作歌するが如」く、真淵は「いはばしる」の改訓へと突き進んだのではないだろうか。

私は、約二五〇年の歳月を経て、漸く真淵の訓に対し正面から批評がなされ、従来の定訓と言われるものを否定したことを、画期的なこととして高く評価します。

しかし、万葉時代は「激」に「はげしい」の語義はなく、したがって「ばしる」とは訓めないとしたことは正しいとしても、旧訓の「そそく」について、「激」がなぜ「そそく」と訓まれてきたか、旧訓の検討をせず、「そそく」に戻したことを残念に思います。

■「石激」は「いはたぎつ」である

【「そそく」と「たぎつ」】　前述のように古写本においては、「石激」を「イハソソク」と訓んでいますが、それらの古写本はいずれも平安末期以降のものです。

また、鎌倉時代初期の観智院本『類聚名義抄』に「激」の訓として「ソソク」がありますが、平安末期・鎌倉時代初期より四〇〇年前の万葉時代に、歌において「激」を「ソソク」と訓んだかどうかということは別個のことで、新たに検討を要します。

さて、万葉集に、「そそく」に関連した歌として、つぎの二首があります。括弧内は原字。

八九七　（長歌の一部分）**痛き瘡《きず》には　辛塩《からしほ》を　注《そそ》く（灌）ちふがごとく**

一三八八　**石そそき（石灑）岸の浦廻に寄する波辺に来寄らばか言の繁けむ**

前歌の「そそく（注く）」は「ふりかける」の意で、現在の「そそぐ」に近い用法です。

後歌の「そそき（灑）」は、波が磯の岩に当たりながら流れ進んでくる意です。

澤瀉注釋は、神代紀にある「垂血激越《ソソキテ》」「血激《タハシリ》　越《コエ》染於《テ》」「斬血激灑《ソソキテ》染」の例を掲げていますが、「激」はいずれも「血が流れ出ている」さまに用いられています。

古語の「注く」の意味について、多くの古語辞典では前記「ふりかける」のほか、「流れる」の意があるとし、「もとは、液体・気体がある場所に強く接触してゆく、集中する、の意」（古語林）とされています。古語大辞典は「水が激しく流れ出る」の意があるとしています。

このように、「そそぐ」には、「ふりかける」意と、「水が激しく流れ出る」意の二つがありました。

ところが、後者の「水が激しく流れ出る」意については、万葉の時代になると「水が激しく流れる。激しく沸き上がる。」の意に「たぎつ」（古語大辞典）という別の詞が用いられるようになりました。

万葉集には、「たぎつ」を一字一音表記した歌が一四首、「瀧」などの漢字を当てた歌が五首、そして「激」を「たぎつ」に当てていると思われる歌が本歌を含めると四首、以上計二三首あります。

「たぎつ」も、「そそく」も、「水が激しく流れ出る」の意ですが、「たぎつ」は川や谷の流れの水についてのみ用いられており、海の波や潮には用いられていません。

本歌のほかに「激」を用いている三首、および「激」の訓例はつぎのとおりです。

三六（長歌の一部分）**この川の　絶ゆることなく　この山の　いや高知らす　水激　瀧の宮処は　見れど飽かぬかも**

「そそく」　小学館古典全集、新潮古典集成、新古典大系、新編古典全集、伊藤訳注、岩波文庫

「たぎつ」　岩波古典大系、中西全訳注

「ぎらふ」　澤瀉注釋

一一四一　**武庫川の水脈を早みと赤駒の足掻く激に濡れにけるかも**

「たぎち」　岩波古典大系、澤瀉注釋、小学館古典全集、新潮古典集成、新古典大系、新編古典

全集、伊藤訳注、中西全訳注
「そそき」　岩波文庫

一六八五　川の瀬の激を見れば玉藻かも散り乱れたる川の常かも
「たぎち」　岩波古典大系、小学館古典全集、新潮古典集成、新古典大系、新編古典全集、中西全訳注、伊藤訳注
「たぎつ」　澤瀉注釋
「そそき」　岩波文庫

以上のように、「激」を「そそく」「そそき」と訓む注釈書もありますが（注2）、万葉の時代には、一三八八番歌にみられるように「そそき」に「灑」の字が用いられるようになっていること、また、つぎに述べるように本歌について歌趣を取り違えたため、類聚古集が「灑」と表記し「そそく」と訓んでいた経緯を考えると、「そそく」には「灑」が当てられており、「激」を「そそく」と訓むことはなかったと考えます。

【「そそく」を招いた誤解】　本歌の原文はもともと「石激」ですが、それは、後に注1の引用において、澤瀉注釋が詳しく論証しているように、平安時代から鎌倉時代初期までの間に、この歌が伝承される過程において、この歌は早春を代表する歌としてもてはやされ、「垂見」が「垂氷」と信じられていたために、「石激」の「激」の表記では「水が激しく流れ出る」の意である「たぎつ」と訓まれ、解けた垂氷の水が岩に跳ね返る意と解されないので、この歌には相応しくないとして、類聚古集において「灑」と表記され「そそく」と訓まれてきたものです。

しかし、元の写本（現存しない）には「激」とあり、「垂氷」も「垂見」が原字であることが再確認された類聚古集より後の写本においては、「激」に戻したものであり、訓だけが元の意の「そそく」が引き継がれてきたのです（注2）。

以上の検討により、万葉集の歌において、川や谷の水が激しく流れ出る状態を「たぎつ」と認識し、「激」と表記していたことが明らかですので、本歌においても「激」は「たぎつ」と訓み、上二句の訓は「いはたぎつ　たるみのうえの」であり、「岩にぶつかり急傾斜の谷川の水が激しく流れ下っているほとりの」の意、と解すべきです。

同様の表現は、二三〇八番に「雨降れば　たぎつ山川《やまがは》　石《いは》に触れ」、二七一八番に「高山の　石《いは》もとたぎち行く水の」があります。

なお、「垂水」は垂直に落下する水に限らず、急傾斜を流れ走る水も含まれていることは、前掲の一一四二番に「石流　垂水」および三〇二五番に「石走　垂水」と表記され、「垂水」の水が流れ走る状況を表現していることにより明らかです。

注

1　澤瀉注釋　巻第八　二四頁

この歌、古今六帖（一「む月」）、和漢朗詠集（上「早春」）、綺語抄（上）、古来風體抄（上）、新古今集（一）に、

いはそそくたるひの上のさわらびのもえいづる春になりにけるかな

となつてゐる。そのうち朗詠集のは、関戸本、御物巻子雲紙本は「たるひ」が「たるみ」とあり、御物傳公任筆本には「垂水」とある。しかし御物傳行成粘葉《でっちょう》本や伊豫切には既に「たるひ」となつてゐる。綺語抄にはこの歌をあげて「岩そそくとはいはのうへにみづのかゝりたるをいふ　たるひとはその水のこほりたるを

いふ　それがそばよりさはらびおひいづ」とあるやうに、既に「そゝく」の意が「激」の意ではなく、今日普通に用ゐる「灑ぐ」意になつてをり、「垂見」が「垂水」と書換へられ、それが更に「垂氷」と誤つてしまつたのである。それだから「む月」とか「早春」とかいふ題の下に収められるやうにもなつたので、蕨の出るのは陽春の頃であつて、舊暦といへども正月に蕨が萌え出るといふのはをかしいのであるが、その不自然に氣づかないところに王朝の歌人の心があつた。かうして既に六帖や朗詠に訓みあやまられたこの歌が新古今にもとられ、それがまた類聚古集の「灑」の文字ともなつたのである。

2　三六番歌は「そそく」と訓む例が多いですが、同歌は「吉野宮讃歌」であるところ、他の吉野宮讃歌（三八番、三九番、九〇八番、九〇九番、九二〇番、九二一番）には、「たぎつ」と吉野川のことが詠われていますので、三六番歌においても「たぎつ」と訓むことが自然と考えます。

誤訓 一二 「恋ふるにし ますらを心」は「恋せまし 占《うら》して心」

二七五八原文 菅根之 懃妹尓 **戀西益 卜思而心** 不所念鳧

従来の定訓 すがのねの ねもころ妹に **恋ふるにし ますらを心** おもほえぬかも

新訓 すがのねの ねもころ妹に **恋せまし 占《うら》して心** おもほえぬかも

類聚古集、嘉暦伝承本、西本願寺本、紀州本、神宮文庫本、陽明本、京都大学本、寛永版本、広瀬本の原文は、いずれも右のとおりです（ただし、類聚古集と神宮文庫本は「卜」が「下」と表記されています）。

また、訓は、紀州本が第四句を「ウラオモヒテココロ」と訓んでいる以外はすべて「うらおもふこころ」です。

【原文の恣意的変更】 現代のほとんどすべての注釈書は、第三句・第四句の原文を、つぎ（傍線部分）のように変更して、右の「従来の定訓」のように訓んでいます。

（変更を加えた原文） 菅根之 懃妹尓 戀西 益卜男心 不所念鳧

その理由は、澤瀉注釋によれば、江戸時代の加藤千蔭「萬葉集略解」に「『宣長云、思而二字は男の誤にて、三の句こふるにし、四の句ますらをごころと訓むと言へり、これ穏か也』とあるに諸注従ふに至つた」と記載されています。

しかし、なぜ本居宣長が「思而」を「男」の誤字であるとして、直前の二字「益卜」と合わせて「益卜思而心」を「益荒男心」と訓んだのかが問題であり、解明されなければなりません。

宣長の師である賀茂真淵は、万葉集の歌を「益荒男ぶり」の歌と喧伝したことは、つとに知られています。

その影響を受けていた門下の宣長らが、「思而」を「男」の誤字であると何の根拠も示さず判断したのは、二七五八番歌を師・真淵の喧伝に迎合して、何としても「益荒男心」を詠んだ歌としたかったからです。万葉集に「益荒男心」の歌があることを証明したかったのです。

一文字に対する訓でも、誤字説を唱えることは慎重であるべきであるのに、二文字の表記を一文字の原文の誤記とすることは、余程の理由が必要です。

仮に、「田」「力」と連続する二文字の表記が、一文字の「男」の原文の誤記だというのであればともかくも、「田」の下に「心」がある「思」という字と、「力」より字画数が著しく多い「而」の字、この別個の二文字を「男」の一文字の誤記であるというのであれば、当然その誤った理由を合理的に説明できなければなりません。

すなわち、当初の原文が「男」の一字であったものが、「男」一字の上半分の「田」に「心」を付け「思」の一字と誤写し、下半分の「力」を別の一字「而」と書き誤ったとする経過、痕跡、理由を説明する必要があります。

しかし、各古写本はいずれも「思而」と明確に表記されており、元の字が「男」であったと窺わせるような形跡等は写本上全くありません。

何らの理由を示さず、結論ありきの論法で万葉集の歌を訓みうるというのであれば、原文を恣意的に変更して何とでも訓み、解釈できることになります。

「これ穏か也」とまで評釈している江戸時代中期の一部の万葉集の訓解には、学問としての客観性はなく、思想としての主観性があるだけです。

私の新訓解

四二〇番歌に「石卜《いしうら》」、三三一八番歌に「夕卜《ゆふうら》」および三八一一番歌に「卜《うら》」と訓まれていますので、本歌においても「卜」は「占ひ」の「うら」と訓みます。

そして、三〇〇六番歌には、「足《あ》占為《うらし》而《て》」との用例がありますので、本歌の「卜思而心」は「うらしてこころ」と、誤字説に依らず訓みます。

前掲の「うらおもふこころ」は、「而」の文字を訓んでおらず、「て」と訓むべきであること、および「うら」「思」「心」そして結句の「念」と、下二句に「思う」や「心」に関する詞が四つも重なることは不自然で、「思」は音訓の「し」であるべきと考えます。

本歌一首の解釈は、「あの子との恋が親密な関係になったとしたらいいのにと、占いをしている自分の心は思いがけないことだよ」という意です。「まし」は、「不可能な希望」を意味する助動詞です（古語林）。

恋占いは、昔も今もよく行われています。万葉の時代、占いの方法は前記の「石占」「夕占」「足占」などいろいろあったようです。本歌においてはその方法が明示されていませんが、「占思而心」と詠われていますので、心の中で占ったということでしょう。

気になる女性との将来の親密な関係を願い、気がつかないうちに恋占いをしている自分に気づいた男の歌です。

【ますらを心の不存在】 二七五八番歌は、女性との親密な関係を願う男が真摯に自分の心を詠んだ歌であるのに対し、宣長の訓によれば「ねんごろに妹を恋しているので、男子たるしっかりした心持もなくしてしまった」（岩波古典大系の訳）となり、恋心と男子たるべき心を対置して、恋を否定的に解している歌となってしまいます。

二七五八番歌は、本来「ますらをごころ」を意識したような歌ではありません。

万葉集には「ますらを」を詠んだ歌が約六〇首ありますが、「ますらをごころ」を詠んだ歌は一首もありません。古語辞典にも「ますらをごころ」の登載はありません。

「ますらを」の心を詠った歌はつぎのようにあり、「ますらをのこころ」あるいは「をごころ」と詠まれていますが、「ますらをごころ」とは詠まれていません。

二一二二　大夫之　心者無而　秋芽子之　戀耳八方　奈積而有南
（大夫《ますらを》の　心はなしに　秋萩の　恋のみにやも　なづみてありなむ）

二八七五　天地尒　小不至　大夫跡　思之吾耶　雄心毛無寸
（あめつちに　少し至らぬ　大夫と　思ひし吾や　をごころもなき）

誤訓 一三 「ありなみすれど」は、「舫《もや》ひすれども」

三三〇〇原文 忍照 難波乃埼尓 引登 赤曾朋舟 曾朋舟尓 綱取繋 引豆良比 **有雙雖為** 曰豆良賓 **有雙雖為** 有雙不得叙 所言西我身

従来の定訓 おしてる 難波の崎に 引き上《のぼ》る 赤《あけ》のそほ舟 そほ舟に 綱取りかけ 引こづらひ **ありなみすれど** 言ひづらひ **ありなみすれど** ありなみ得ずぞ 言はれにし我が身

新訓 おしてる 難波の崎に 引き上る 赤のそほ舟 そほ舟に 綱取りつなぎ 引こづらひ **舫《もや》ひすれども** 言ひづらひ **舫ひすれども** 舫ひ得ずぞ 言はれにし我が身

巻第十三の「相聞」の中にある、短い長歌です。

【またまた宣長の誤訓】 その短い長歌に三回も用いられている「有雙」の詞の訓について、従来の定訓は「ありなみ」と訓んでいますが、その理由について、澤瀉注釋は、つぎのように注釈しています。

略解（筆者注 加藤千蔭「萬葉集略解」）に「宣長云、ありなみは、ありいなみにて、人の言ひたつるを、否と言ひて争ふ事也。いなと言ひてあらそひつれども、いなみ得ずして、人に言ひ立られしと也。右の如く見ざれば、言はれにしと言ふ詞、又上の序もかなはずと言へり。是然るべし」とあるが當ってゐよう。

これに対して、多くの注釈書は「ありなみ」と訓んでいますが、岩波文庫は、「古代には「否（いな）む」の語例はなく、「否ぶ」しか見られない点に難がある。（中略）舟を横に二艘並べて航行する例があったことをも参照して、二人並び続ける意の語と見ることも可能か。」、また小学館古典全集は、「当時イナブはバ行上二段活用であった点に、疑問がある。」としています。

■私の新訓解

【「有雙」は「もやひ」】　「舫《もや》ひ」について、古語大辞典は、「船と船とをつなぎ合わせること。船をつなぎとめること。また、そのための綱。」と説明し、つぎの例歌を掲げています。

かへる春今日の舟出はもやひせよなほすみよしの松陰にして（夫木抄・六）

流れやらでつたの入り江にまく水は船をぞもやふ五月雨の頃（夫木抄・八）

すなわち、この長歌は、「赤のそほ舟」一艘に女性を見立て、もう一艘の舟を男性に見立てて、女性の舟に綱を掛けて男性の舟が女性の舟を繋《つな》いで引きずってゆこうとし、また、何度も強く説得しようとしたが、女性の舟は繋がってくれない、舫《もや》ってくれないと詠っているもので、歌の作者は、舟が二艘つながっている光景を想定して「もやひ」を「有雙」と表記したのであり、義訓による表記です。

「難波の崎に　引き上る　赤のそほ舟　そほ舟に　綱取りつなぎ　引こづらひ」の歌詞に続く「有雙」の語を「舫《もや》ひ」と訓むことは、詞の意味から「是然るべし」と考えます。

「言はれにし」は、「道理に合わない。不当である」の意の「言はれぬ」の「ぬ」が打消の助動詞「ず」の連体形であるところ（古語大辞典）、「に」はその連用形であり、続く「し」は過去の助動詞「き」の連体形です。

したがって、「言われにし我が身」は「道理に合わないことをした自分だ」の意で、女性を、舟を舫うように無理矢理繋いで引きずって行こうとしたことを、道理に合わない不当なことであったと、最後は男性が反省している歌です。

■むすび

そもそも、「有雙」の「雙」は「双」の旧字体で、「ふたつ」の意です。「ならぶ」「ならび」と訓むことがありますが、それは「匹敵する」という意（以上、漢和大字典）であり、「雙」を「否《いな》ぶ」「否み」と訓むことも、解釈することも無理があります。

また、「有り否み」という名詞はありません。旺文社古語辞典は、名詞「有りなみ」を登載し「「ありいなみ」の約か」、こばみつづけることあるいは否定しつづけること、と説明していますが、用例として本歌の訓を載せているだけです。

また、解釈（澤瀉注釋による）においても、「丹塗の舟に綱を取りつけ、無理に引っぱる」ことがなぜ「否定しつゞけてゐる」という表現に相応しいのか、また「否定しきる事が出来ないで、噂に立てられた」というのも、釈然としません。「言はれにし」を「噂に立てられた」と解していますが、誤りです。

難波の崎の赤のそほ舟を詠んだ歌であるので、「有雙」を舟に関係のある「もやひ」と訓むことは自然ですが、「ありなみ」と訓むことは舟に何の関係もないことであり、宣長は「ありなみ」と見て解釈しなければ「上の序もかなはずと言へり」と言っていますが、なぜ噂を否定する歌に難波の崎の赤のそほ舟を詠むことが相応しいかの理由が分かりません。

「萬葉集略解」の著者の脚色かも知れませんが、宣長の訓解が、強引過ぎる一例です。

この歌の直前の三二九九番歌も、直後の三三〇一番歌も、「妹」や「妻」を詠った歌で、この歌も「赤のそほ舟」を女性に見立て、舫いたいと詠っているものと解します。

誤字説がもたらした誤訓

元の原字のままでは、一首の意味が理解できるように訓めないとして、意味が通じる他の文字をもって置き換えること、すなわち元の原字が誤って伝えられているとする見解に立って訓解することを、誤字説といいます。

万葉集の歌は、どの写本であっても、毛筆で書き写され、伝えられてきたものですから、写し間違いが考えられます（ただし、本書に掲記の写本の中で、寛永版本は木版本です）。そのような場合、正しい原字を推断し、その文字で訓読および解釈することは、歌の訓解の正当な作業です。

私も、難訓歌一二　三〇四六番、難訓歌一六　二四九番、難訓歌二二　三七五四番、難訓歌三八　三八九八番、誤訓歌一六　三八五番、誤訓歌二三　一〇九番、誤訓歌二四　三四七番において、誤字説によって訓解しています。

しかし、訓解作業の中で、相応しい訓解が容易に見つからないからといって、いたずらに誤字説に走ることは、慎むべきことです。誤字であると判定するには、写本上における痕跡あるいは字形の相似など、客観的な理由が必要であると思料します。

誤訓 一四 「かからむと」は「かくあるの」

一五一原文　**如是有乃**　豫知勢婆　大御船　泊之登萬里人　標結麻思乎

従来の定訓　**かからむと**　かねて知りせば　大御船《おほみふね》　泊《は》てし泊《とま》りに　標結《しめ》はましを

新訓　**かくあるの**　かねて知りせば　大御船　泊てし泊りに　標結はましを

天智天皇の大殯《おおあらき》のときに、額田王が詠んだ歌です。

初句の末尾の文字は、すべての古写本において「乃」と表記されていますが、多くの訓例において「刀」の誤字とされ、初句は「かからむと」と訓まれ、定訓となっています。

【格助詞「の」の用法】　そこで、まず格助詞「の」の用法について、各古語辞典で調べてみると、つぎのような用法（用例は一部のみ引用）があると説明されています。

古語林

対象を示す「の」には次のように対象を示す用法がある。この場合、「を」と同じに訳出してよい。

主《あるじ》のおとど、右大将の君に馬の奉らまほしくおぼさるれば［主人のおとど（は）、右大将の君に馬

を差し上げたいとお思いになったので」〈宇津保・初秋〉

小学館古語辞典

格助詞「を」に近似した用法を示す場合がある。

「いみじき武士、仇敵なりとも見てはうちゑまれぬべき（＝ヒトリデニホホエンデシマイソウナ）さま―し給へれば」〈源・桐壺〉

「と」「に」と意味の通うものがある。

「秋霧―ともにたちいでてわかれなば」〈古今・離別〉。

以上の結果、格助詞「の」は、「を」あるいは「と」「に」と訳出できる場合があることを確認できます。

これまでの訓例

初句および第二句のこれまでの訓例を掲げると、つぎのとおりです。なお、古写本のうち類聚古集および金沢本においては、第二句は「懐知勢婆」と表記されており、古写本の第二句の訓は「カネテシリセバ」と「ココロシリセバ」「オモイシリセバ」が拮抗しています。しかし、初句は「カカラムト」で一致しています。

近年の注釈書の訓は、つぎのとおりです。

「かからむと　かねて知りせば」

澤瀉注釋、小学館古典全集、新潮古典集成、新古典大系、新編古典全集、伊藤訳注、および岩波文庫

「かからむの　懐《こころ》知りせば」

岩波古典大系

「かからむの　懐《おもひ》知りせば」

中西全訳注

【「乃」を「と」とは訓めない】「かからむと」と訓む論者は、「乃」を「刀」の誤字として、「と」と訓んでいるものですが、そのほとんどの論者が助詞の「と」には乙類の仮名を当てるべきであるが、「刀」は甲類の仮名「と」であるから仮名遣いが合わず、不適当であることを認めています（注）。甲類と乙類の万葉仮名の区別に厳格な万葉学の論者が、それでもなお仮名違いの誤字説に拘泥するのか、理解に苦しみます。

あえて憶測すれば、三九五九番歌の原文が「可加良牟等」とあり、文字が全く異なるものの、同歌と同様に「かからむと　かねて知りせば」と訓むことに執着していることと、「かからむの　かねて知りせば」では、「の」の用法が不自然で、歌意が理解できないと考えているからでしょう。

これに対して、第二句を「かねて知りせば」ではなく、「かからむの　懐《こころ》知りせば」あるいは「かからむの懐《おもひ》知りせば」と訓む場合は、「の」と訓んでも第二句との繋がりがよくなります。

しかし、第二句を「かねて知りせば」と訓めば、「如是有」すなわち天皇の死を、歌の作者額田王があらかじめ知っていればということになりますが、第二句を「懐《こころ》知りせば」あるいは「懐《おもひ》知りせば」と訓めば、「懐」は「天皇のこころ」あるいは「天皇のおもい」でありますから、天皇自身が自分の死を心に思っていることを歌の作者額田王が知っておればということになり、歌の内容が異なってきます。

もともと、天皇の心の裡など知るよしもないことですから、後者のように詠うことはないと考えます。ここは、天皇の死をあらかじめ知っておればというだけで十分であり、天皇が自分の死を思っていることまで知っておればと詠う必要がありません。

ということは、「かからむの　懐《こころ》知りせば」および「かからむの　懐《おもひ》知りせば」の訓例は適切でないことになります。

▒私の新訓解

【「の」と訓んで「を」と訳する】「如是有者」を「かくしあらば」と訓む例は、一九〇七番歌にあります。よって、「如是有乃」は「かくあるの」と訓みます。

そして、「かくあるの」の訳は、「このように（天智天皇の死が）あることを」の意です。前述しました、格助詞「の」が有する「対象を示す用法」を適用して、「の」を「を」と訳すべきと考えます。

第二句については「豫知勢婆」の原文を採用し、「かねて知りせば」との訓みに従います。

よって、上二句を「かくあるの　かねて知りせば」と訓み、「このように（天智天皇の死が）あることをあらかじめ知っていたら」と訳します。

これまでの訓の多くは、格助詞「の」に対象を示す用法があり、「を」と訳すことができることを看過し、誤字説を唱え、仮名違いを無視して強引に「と」と訓んできました。

もっとも、前記岩波文庫は「今は仮に通説によっておくが、「かからく（「かくあり」のク語法）の」と訓むのが適切かも知れない。」としています。

なお、本歌の二首後にある一五三番歌「大后の御歌一首」の長歌の末尾「嬬之　念鳥立」を「夫の　思ふ鳥立つ」と訓み、「夫の思いのこもる鳥」「夫の愛していた鳥」などと解釈するのが定説ですが、この歌の「夫の」の「の」も「を」と訳すべきであり、訳は「夫を思う鳥が飛び立つ」と解すべきです。鳥が死者の霊を運ぶとの古代の考えに基づき、亡くなった天智天皇の霊を鳥が運んで飛び立つことを詠っているものです。

注

澤瀉注釋　巻第二　二二一頁

「刀」は甲類の仮名であることを記述した上で、二二二番歌「生跡《イケリト》毛《モ》無《ナシ》」と二二五番歌「生刀《イケリト》毛《モ》無《ナシ》」を引用し、今の場合も「刀」の誤と考へる事は可能である、とする。

小学館古典全集一　一四四頁

原文「乃」はノ（乙）の仮名でト（乙）の仮名ではあり得ないが、しばらく「可加良牟等可弥弓思理世婆」（三九五九）に従ってトと読む、とする。

岩波文庫一　一五七頁

しかし「乃」をトと訓むことは不可能であろう。「乃」を「刀（と）」の誤字と見る（代匠記）のも、「刀」は甲類仮名、助詞トは乙類で仮名遣が合わないので不適当。

誤訓一五「妻待ちかねて」は「嶋待ちかねて」

二六八原文 吾背子我　古家乃里之　明日香庭　乳鳥鳴成　**嶋待不得而**

従来の定訓 我が背子が　古家の里の　明日香には　千鳥鳴くなり　**妻待ちかねて**

新訓 我が背子が　古家の里の　明日香には　千鳥鳴くなり　**嶋待ちかねて**

この歌は「長屋王の故郷の歌一首」との題詞がある歌で、左注に「今案《かんが》ふるに、明日香より藤原宮に遷《うつ》りし後に、この歌を作りしか」との記載があります。

藤原宮遷都は六九四年のことで、六七六年生まれの長屋王は当時数え年の一九歳でした（注）。すなわち、長屋王は一九歳まで明日香に住んでおり、明日香が故郷であったのです。

【わが背子は誰か】 多くの注釈書は、歌に詠まれている「わが背子」が誰かは不明としています。私は、つぎのような事情から、軽皇子、後の文武天皇と推定します。

六八三年生まれの軽皇子は、藤原宮遷都のときは数え年一二歳、軽皇子もそのときまでは明日香に住んでおり、明日香が故郷でした。軽皇子は、皇太子であった父・草壁皇子が六八九年に亡くなるまでは、草壁皇子と共に飛鳥の「嶋の宮」に住んでおり、草壁皇子が亡くなった後も藤原宮遷都までは「嶋の宮」に住んでいたものと思われます。

長屋王は、草壁皇子が亡くなった後、太政大臣となって朝廷の実力者となった高市皇子の子であり、また軽皇子は持統天皇により次期皇位継承者と期待されていましたので、長屋王と軽皇子の二人の年齢差は七歳もありますが、この二人は次世代を担う人物として、持統天皇から嘱望され、互いに親近感を懐いていたものと思われます。

また、左注の「今案ふるに、明日香より藤原宮に遷りし後に、この歌を作りしか。」との記載は、長屋王は都が藤原宮からさらに奈良に遷ってからも二〇年近く生きていましたが、奈良に住んでいる期間に二六八番歌を詠んだものではなく、藤原宮に住んでいる間に詠んだ歌であることを示しているものと思われます。したがって、それは軽皇子が生存している間で、しかも六九七年、軽皇子が文武天皇に即位する前のことと思われます。

私の新訓解

【「嶋」は何を意味するか】　前記のような状況の中で、長屋王はまだ即位前の軽皇子のことを親愛の情をこめて「我が背子が」と詠んだものです。

「我が背子が　古家」は、当然軽皇子が父・草壁皇子と共に、かつ父亡き後も住んでいたと思われる「嶋の宮」を指しています。

「嶋の宮」については、草壁皇子の死を悼む挽歌の後に掲載されている「或る本の歌一首」（一七〇番）および「皇子尊《みこのみこと》の宮の舎人《とねり》等の慟傷《どうしやう》して作りし歌二十三首」（一七一～一九三番）の中において、四首に地名として詠まれているほか、「嶋」が八首に、「鳥（雁を含む）」が五首に、「池」「荒磯」「浦廻」が四首にそれぞれ詠まれており、草壁皇子の宮殿、すなわち軽皇子が住んでいた「嶋の宮」は、その名のとおり、池に嶋があり、鳥が飼われ、あるいは飛来していた宮殿であったことが分かります。なお、古語において「嶋」とは、一般的にも「川や池に臨んだ土地。泉水のある庭園。」を指します（古語大辞典）。

第三句に「明日香庭」と表記されていますが、「嶋の宮」を想定しての用字と考えます。

【軽皇子に対する皇太子待望歌】 二六八番歌の歌意は、藤原宮遷都後、故郷の明日香を訪れた長屋王が、荒れすさんでいる「嶋の宮」を見て、昔、皇太子・草壁皇子の宮殿であったように、もう一度軽皇子に皇太子の宮殿として復活してほしい、それを待ちかねていると、今もそこに来て鳴いている千鳥の鳴き声に託して詠っているものです。

軽皇子が次期皇位継承者と確定される前に、長屋王が軽皇子の皇位継承を望んでいることを詠った歌、すなわち政治色をにおわせた歌であると考えます。

以上の解説において、軽皇子が草壁皇子と「嶋の宮」に同居していた、および草壁皇子が亡くなった後も軽皇子は「嶋の宮」に住んでいたとの推論をしましたが、仮にそうではないとしても、長屋王が軽皇子の故郷にある草壁皇子の「嶋の宮」を見て、子である軽皇子に父と同様に皇太子となってくれることを待っていると詠んだ歌と解することに、何の問題もありません。

誤字説は誤解

つぎの注釈書は、「嶋待不得而」を「妻待ちかねて」と、「嶋」を「嬬」の誤字として訓んでいます。

小学館古典全集、新潮古典集成、新古典大系、澤瀉注釋、伊藤訳注および岩波文庫

ただし、新編古典全集は「夫《つま》待ちかねて」です。

岩波古典大系および中西全訳注の二著は誤字説によらず、「島待ちかねて」と訓んでいます。

【「妻待ちかねて」は矛盾】　新編古典全集は「夫待ちかねて」と訓む理由について、「夫木和歌抄」に第五句が「つままちかねて」とあるのによってとし、澤瀉注釋は「妻待ちかねて」と訓む理由について、「嬬」の旧字体の草書が「嶋」と極めて接近するので誤ったといい、その上でこの歌の歌意を「舊都に立つて千鳥の聲を聞きつゝ、新都に去つた人を思つてゐるのである。妻呼ぶ千鳥の哀音がそのまゝ作者の感慨なのである。」としています。

万葉集において千鳥を詠んだ歌は二六首あり、妻呼ぶと詠んだ歌はつぎのとおり二首あります。

一〇六二　（長歌の一部分）**浦洲には　千鳥妻呼び　葦辺には　鶴《たづ》が音《ね》響《とよ》む**

一一二五　**清き瀬に千鳥妻呼び山の際《ま》に霞立つらむ神なびの里**

「妻待ちかねて」と訓む論者は、「嶋待ちかねて」では一首の歌意が解せないと考え（新古典大系）、右の歌を参考に「千鳥鳴くなり　妻待ちかねて」と訓んでいるものです。

しかし、「千鳥鳴くなり　妻待ちかねて」と訓むと、下二句に限っていえば意味は平明になりますが、かえって一首全体の歌意が不明になります。

なぜなら、この歌は第四句までの歌句から、長屋王が故郷の明日香を訪ね、親しい男性が過去に住んでいた、そこに残っている古い家を見て、そこで鳴いている千鳥を詠っていることは明らかです。

この情況の中で、千鳥が「妻を待ちかねている」と詠んだとすれば、千鳥は夫の仮体であり、歌に詠われている「我が背子」に該当しますが、その背子が明日香の古家に居る想定の歌を詠むことは、第四句までの前記歌趣と矛盾します。

「妻待ちかねて」と訓む論者は、この矛盾を釈明していませんが、唯一、前述のように澤瀉注釋は、「千鳥鳴くなり　妻待ちかねて」を「新都に去つた人を思つてゐる」ことの表現と解釈しています。

しかし、そのような解釈をすることは、この歌に詠まれている「我が背子が」も、「嬬（嶋）」も何の意味もない歌詞となり、この歌の解釈として相当とは思われません。

明日香は、歌の作者の長屋王にとっても故郷であるのに、我が古家の里の明日香と詠まず、上句に「我が背子が古家の里の明日香」と詠んでいる作者の意図を考えない解釈であり、この歌の解釈として不十分です。

この歌において、「我が背子が」も、「嶋」も、歌の根幹をなしている詞です。

これに対して、「島待ちかねて」と訓む岩波古典大系の解釈は、「美しい林泉を求めかねて。（都が移って家々が荒れはててしまったから。）」であり、また中西全訳注は「古家」を草壁皇子の「島の宮」と解釈した上で、「荒廃した庭園に山斎（しま）がふたたびできるのを待ちかねて。」というものです。

その「美しい林泉」や「山斎（しま）」を待つことを、軽皇子による新しい「嶋の宮」（皇太子の宮殿）の再現を望むことと解すれば、前記のように軽皇子が皇太子になることを待ちかねている歌との解釈になります。

なお、折口信夫氏は、「宮廷のあった土地（しま）が待ちきれないで、それで千鳥が鳴いている、といった、したたかな解釈もしてみねばならぬ。」としながらも、結局これを否定し、「君まちかねて」と訓んでいます（折口信夫全集ノート編）。

むすび

私は、既刊「新万葉集読本」（角川学芸出版）において、二六八番歌の「嶋」を「嬬」の誤字とし、「夫《つま》待ちかねて」と訓みました。「嬬」は「夫」を指すこともあるからです（一五三番歌）。

明日香にのこされている古家を古妻と見立てて、妻の身になって、千鳥が新都に去った夫（背子）に対し帰りを待ちかねて鳴いていると解釈したのでした。

その後、「嶋」は「嶋の宮」のことで、「我が背子」は軽皇子であることに気づきました。

持統天皇がどうしても軽皇子を次期皇位継承者にしたいと腐心しているときに、長屋王は、この歌を詠んで持統天皇に歓迎されたと思います。長屋王が、意識的に詠んだかどうか分かりませんが、生来、政治感覚に優れていたため、後に左大臣まで上りつめたのだと考えます。

その後、長屋王が絶頂期の七二九年に、反皇親派の藤原四兄弟の画策に遭って、自害するに至ったことは哀れな結末です。

注　長屋王の生年を六七六年とするのは、没年を五四歳とする「懐風藻」の記載によるものです。「公卿補任」には没年は四六歳とありますので、それによると生年は六八四年となります。

私は、歌の「吾背子」を軽皇子と解し、軽皇子が天皇になったのちは「吾背子」とは詠わないと考えますので、この歌は軽皇子が文武天皇として即位した六九七年以前に詠われたことになります。

よって、長屋王の生年を六八四年とすると一四歳以前に詠われた歌となり、不自然でありますので、生年を六七六年とするものです。

誤訓一六「草取りはなち」は「草取るまなわ」

三八五原文 霰零 吉志美我高嶺乎 險跡 **草取可奈和** 妹手乎取

従来の定訓 霰降り 吉志美が岳を さがしみと **草取りはなち** 妹が手を取る

新訓 霰降り 吉志美が岳を さがしみと **草取るまなわ** 妹が手を取れ

「吉志美我高嶺」については、神宮文庫本、西本願寺本および陽明本には「志」の文字は表記されていませんが、「きしみがだけ」と訓まれています。同岳の所在は、不明です。

「霰降り」は、「きしみがだけ」に懸かる枕詞といわれています。

問題は、「草取可奈和」の「可奈和」の訓です。

「可奈和」については、広瀬本は「所奈知」、および紀州本は「可奈知」と表記されています。

【誤字説の登場】 岩波古典大系、新潮古典集成および中西全訳注は、この「知」を採用し、かつ「可」を「叵《は》」の誤字とする武田祐吉「萬葉集全註釋」に従い「はなち」と訓んで、「放つ」の意としています。

小学館古典全集、新古典大系、新編古典全集、伊藤訳注および岩波文庫は、「可奈和」をそのまま「かなわ」と訓んで、その意味については、小学館古典全集および新編古典全集は未詳とするも「つかまりそこなって」、「つかみそこねて」、伊藤訳注は「かねて」と同じかとして「取りそこなって」と訳していますが、新古典大系および岩波文庫は訳を付していません。

また、澤瀉注釋は、「所奈知」を採用して、「そなち」と訓み、「取りそこねて」と訳しています。

「かなわ」あるいは「そなち」と訓む説に対しては、そのような詞があり、そのような語義があるかどうかが疑問です。

とくに「草につかまりそこなって」「草を取りそこなって」、あるいは「草を取りそこねて」の結果、「妹が手を取る」と詠んだとする解釈は、男が吉志美が岳は険しい山なので、草を握ってわが身を支えようとしたが、草を取りそこなったがために妹の手を取ったという歌意となり、妹に対する優しさが感じとれない歌となり、不審です。

私の新訓解

【「可奈」は「まな」の意】　万葉集につぎの歌があり、「まな」（勿）は、「禁止や制止の意を表す」意の副詞（古語大辞典）です。

三四六二　安志比奇乃　夜末佐波妣登乃　比登佐波尓　麻奈登伊布兒我　安夜尔可奈思佐
（あしひきの　山沢人の　人さはに　まなと言ふ子が　あやに愛しさ）

「まな」は、日本書紀の天智天皇三年一〇月紀に「爵《かうぶりくらゐ》位を争《あらが》ふこと勿《まな》」と用いられています。

禁止の「まな」を「勿」と一字により表記できますが、「勿」は「なかれ」と読まれる漢文調の文字であるので、和歌において使用することを避けたものです。

三八五五番歌における「可奈」のもとの表記は、「間」「前」「萬」のうちのいずれかを用いた「間奈」「前奈」

あるいは「萬奈」であったものが、「可」と草書体の字形が似ていることと、「可奈」との表記の方が「まな」の禁止の意が理解しやすいために「可」と誤写されてきたものと考えます。すなわち、一種の義訓的表記です。なお、四三一番歌の「不可忘」(類聚古集、紀州本、京都大学本)と「不所忘」(神宮寺本、西本願寺本、陽明本、広瀬本、寛永版本)との表記についても、「所」が「可」に誤記されているといわれています(澤瀉注釋)。

「和」の「わ」は、「相手への呼びかけ、勧誘を表す」終助詞です(古語大辞典)。

そこで一首の歌意は、吉志美が岳を険しい山として、草は取らないでおきましょう、可愛い妹の手を取りなさい、の意です。

新潮古典集成や中西全訳注が指摘するように、「歌垣」の系統に属する歌と解されます。「まな」は感動詞的に会話に用いられ(小学館古語辞典)、「わ」も相手への呼びかけの詞であり、歌垣における男女の掛け合いの歌に相応しい詞といえます。また、「まな」は「まなご(愛子)」に通じ、妹に呼びかけるのに適した詞です。

誤訓 一七 「たへかたきかも」は「あへかたきとも」

五三七原文　事清　甚毛莫言　一日太尓　君伊之哭者　**痛寸取物**

従来の定訓　言清《こときよ》く　いたもな言ひそ　一日だに　君いしなくは　**たへかたきかも**

（または）　言清く　いたもな言ひそ　一日だに　君いしなくは　**あへかたきかも**

新訓　言清く　いたもな言ひそ　一日だに　君いしなくは　**あへかたきとも**

この歌は、「高田女王の今城王《いまきのおほきみ》に贈りし歌六首」のうちの、最初の歌です。

多くの注釈書は、この歌の結句にある「取物」が訓めないとし、「取」は「敢」の誤字として、つぎのように訓んでいます。

あへかたきかも　小学館古典全集、新潮古典集成、新古典大系、新編古典全集、伊藤訳注および岩波文庫

たへかたきかも　岩波古典大系、澤瀉注釋および中西全訳注

「あへかたきかも」と「たへかたきかも」の違いは、「たへかたし」の詞が万葉の時代に存在したかどうか、の見解の相違によります。

■私の新訓解

【「取物」をどう訓むか】　私は、「取物」を「とも」と訓むべきと考えます。「取」の正訓は「とる」ですから「と」、「物」の正訓は「もの」ですから「も」と、それぞれ正訓の一部の音を用いた略訓です。

「取」を「と」と訓むことは万葉集において他にありませんが、他にも「と」と訓まれているが他に例がない字として、「澄」（一六〇番）、「礪」（三三三一番）があります。

「とも」の語義は、古語辞典につぎのように記載されています。

古語大辞典　引用の意を表す。

旺文社古語辞典　引用の意を表す。……というようにも。……ということも。

小学館古語辞典　「と」で受ける引用の部分をやわらげていう。

すなわち、引用の「と」といわれる格助詞に、詠嘆の係助詞「も」が付いたものです。

【「とも」は引用する詞】　その上で、一首の訓みは前記「新訓」のとおりで、その歌意は「（心にもないのに）ひどく綺麗事をいうものではありません。一日でも君がいないと堪え難いなどということを」となります。

これに対して、定訓によると、一首の歌意はつぎのとおりです。

「そんなにきっぱりと　むごく言わないでください　一日でも　あなたがいないとたまらないのです」（小学館古典全集の訳）

もちろん注釈書によって訳は若干異なりますが、右に傍線を引いた箇所、すなわち「一日でも　あなたがいないとたまらない」との歌句を作者の高田女王の気持ちとして解釈している点は共通しています。私の新訓解では「一日でも君がいないと堪え難い」と言ったのは今城王であり、定訓の解釈とそこが大きく異なります。

【詰っている歌】　高田女王が今城王に贈った、つぎに掲げる他の五首をみても、二人の恋愛はかなり進んでいる深い関係にあり、高田女王が今城王の言行を詰っています。

五三八　人言を繁み言痛み逢はずありき心あるごとな思ひ我が背子

五三九　我が背子し遂げむと言はば人言は繁くありとも出でて逢はましを

五四〇　我が背子にまたは逢はじかと思へばか今朝の別れのすべなかりつる

五四一　この世には人言繁し来む世にも逢はむ我が背子今ならずとも

五四二　常やまず通ひし君が使ひ来ず今は逢はじとたゆたひぬらし

五三七番歌においても、上二句で「言清くいたもな言ひそ」と今城王の言辞を非難し責めています。したがって、下三句において、今城王の言辞をそのまま引用して詠って、今城王の不誠実を強く詰っている歌と解するべきと考えます。

そして、引用部分を下三句にもってくる倒置法で、さらに強調しているのです。

右定訓の解釈によれば、「むごく言わないでください」と詠った上二句が、どうして「一日でもあなたがいないとたまらない」との下三句の表現に結びつくのか、歌の表現として飛躍があり、他の五首にみられる、高田女王が情念を直截《ちよくせつ》に詠っている歌と異質な歌となります。

なお、一二世紀初期に編纂された「類聚名義抄」に「痛」を「タヘガタシ」と訓む例がありますが、「あへずして」（安倍受之弖）は万葉集三六九九番にあるのに対し、「たへかたし」が万葉の時代にあった詞かどうか確認できないので、「あへかたきとも」と訓みます。

定訓は「取物」を訓めないとし、「取」を「敢」の誤字とした上で訓読し解釈していますが、「取」を「敢」の誤字としないで「とも」と訓んで解釈でき、その解釈は誤字に基づく解釈より、この歌の解釈として相応しいと考えます。

誤訓一八「今は寄らまし」は「今は映《は》ゆらそ」

一一三七番原文　氏人之　譬乃足白　吾在者　**今齒生良増**　木積不来友

従来の定訓　宇治人の　譬《たと》への網代《あじろ》　吾ならば　**今は寄らまし**　木屑《こづみ》来ずとも

新訓　宇治人の　譬への網代　吾ならば　**今は映ゆらそ**　木屑来ずとも

第四句の「今齒生良増」の「生」は、多くの古写本では「王」と表記されています。ただし、広瀬本は「王良」の部分が「生即」であり、陽明本は「王良」の部分の左に小さく「生即ィ」と表記されています。

澤瀉注釋によれば、古葉略類聚鈔には「生郎」と認められる文字があり、陽明本、大矢本、京都大学本に「王良」の左に。符あり、頭書に「生郎ィ」とある、とあります。

現代の多くの注釈書は、江戸時代の加藤千蔭「萬葉集略解」が「王」を「与」の誤字とする誤字説を唱え「イマハヨラマシ」と訓んだことに従っています。

岩波古典大系は、「今は寄らまし」と詠み、つぎのように解釈しています。

宇治の人のたとえによく引かれる網代に、私なら、今こそは寄るだろうに。いつもたまっているはずの木屑などすら寄らなくとも。

小学館古典全集、澤瀉注釋、新潮古典集成、新古典大系、伊藤訳注、岩波文庫は、いずれも右と同じ訓で、澤瀉注釋を除き、解釈もほぼ同じです。

新編古典全集は訓義の決定を保留し、中西全訳注は「王良増」を不明として訓を付していません。

私の新訓解

【原字は「生」】「王」は「生」の誤写と考え、「生」を「生ゆ《は》」と訓みます。

したがって、「映ゆ《は》」と同音であり、この歌の場合、「生」を形容詞「映ゆし」の語幹の「はゆ」と訓みます。

「良」は「ら」と訓み、「ら」は形容詞の語幹について、形容されている状態であることを表す名詞をつくる、といわれています（古語林）。

したがって、「はゆら」は、「映ゆし」の状態を表す名詞であり、「きまりが悪い」「面映ゆい」状態を意味しています。

万葉の時代、交通の要所であった宇治の川に設けられていた網代は、多くの人に知られ、宇治といえば網代、網代といえば宇治を連想する名物でした。

本歌は、旅人が宇治の網代を実際に見て詠ったもので、宇治人に譬えられる川の中の網代を、（旅の）自分に譬えたら、今、自分は面映ゆいことだろう、仮に木屑が網代に集まって来なくとも、の意です。

【すさまじきもの】 この歌を知っていたであろう後の清少納言は、「枕草子」で「すさまじきもの。昼ほゆる犬。春の網代。」といっています。

網代は冬の漁に用いられるもので、春の景色としては、調和がとれず興ざめだ（「すさまじき」の意）と思われていたのです。

一一三七番歌の作者は、宇治川をいつの季節に訪れたか分かりませんが、冬ではなく、有名な網代も「すさまじき」に見えたころでしょう。

それゆえに「今は」と詠い、自分が季節外れの網代であれば、「すさまじき」と見られて面映い、網代に木屑が集まっていれば、さらに興ざめであるが、それがなくとも、と詠っているものです。

「そ」は、断定の強調を表す「ぞ」の古い形の係助詞です。

■定訓への疑問

定訓による解釈では、私なら網代に寄るだろうと詠っている歌になりますが、川の中にある網代に歌の作者が寄ることが、どのような興趣によるものか、理解しかねます。

直前の二首に、「宇治川は淀瀬無からし」（一一三五番歌）および「宇治川に生ふる菅藻を川早み」（一一三六番歌）と詠われているように、宇治川は流れの早いことで知られており、その流れの中に設けられている網代に旅人が寄ることなどは考えられないことです。また、「今は」と時制を限定して詠んでいるのも不自然です。

本歌を相聞歌とする説がありますが、純粋な羈旅《きりよ》歌と解します。

誤訓一九　「ともしくもあるか」は「これしるく去る」

一五六二原文　誰聞都　従此間鳴渡　鴈鳴乃　嬬呼音乃　**之知左留**

従来の定訓　誰れ聞きつ　こゆ鳴き渡る　雁がねの　妻呼ぶ声の　**ともしくもあるか**

新訓　誰れ聞きつ　こゆ鳴き渡る　雁がねの　妻呼ぶ声の　**これしるく去る**

この歌は「巫部《かむなぎべの》麻蘇《まそ》娘子《をとめこ》の雁の歌一首」との題詞のある歌で、この直後に「和せし歌」として、つぎの大伴家持の歌があります。

一五六三　**聞きつやと妹が問はせる雁が音はまことも遠く雲隠るなり**

巫部麻蘇娘子と家持の関係は、題詞などからは分かりませんが、七〇三番と七〇四番に「巫部麻蘇娘子の歌二首」との題詞のある恋歌があり、その歌の位置は、家持が他の複数の女性と贈答した恋歌が並ぶ中にありますので、巫部麻蘇娘子も家持の恋人の一人だったと推察されます。

一五六二番歌の原文は、結句の「之知左」までは各古写本とも一致していますが、最後の文字については、つぎのとおりです。

　類聚古集　「留」（訓は「る」）

　広瀬本　「守」の横に「留」（訓は「ル」）

　紀州本　「守」（訓は「ル」と「ス」）

　西本願寺本、陽明本、神宮文庫本　「守」（訓は「ス」）

　京都大学本、寛永版本　「寸」（訓は「ス」）

　すなわち、原字が「留」―「守」―「寸」と変化し、それとともに訓も「ル」―「ス」と変化したことが分かります。

【四字の誤字説】　ところで、「従来の定訓」をとる論者は、澤瀉注釋によると、江戸時代の加藤千蔭「萬葉集略解」に、「「宣長云、乏蜘在可と有しが誤れるならむ。ともしくもあるかと訓べし」とあり、諸注多く従ふに至つた」という経緯で、右古写本の原文を全く無視して、四字をすべて誤字として訓んでいるものです。「之」を「乏」、「知」を「蜘」、「左」を「在」、「守」を「可」のそれぞれ誤字とするものですが、四字も連続して誤写することは現実にはないことです。

　このような乱暴な筆写が行われていたとすれば、万葉集は約四五〇〇首もあるのですから、他にも四字連続の誤写が多数あるはずですが、そのようなことはないのです。

　なお、宣長説に従いながら「守」を「乎」の誤字として、小学館古典全集、澤瀉注釋、新編古典全集および岩波文庫は、「ともしくもあるを」と訓んでいます。

　新古典大系は「ともしくもあるを」に対し、なお検討を要するとした上で、訳については、「羨ましいほどなのを。」とし、新編古典全集は「あやかりたいほどであるのを」としています。

■私の新訓解

【譬喩している歌】 初句の「誰聞きつ」は、岩波文庫が指摘するように、不定詞「誰」に「聞きつ」という終止形が呼応して、疑問の助詞はありませんが、この「誰」は、「誰がこんなことをしたのでしょう」というような表現であり、相手が不定というのではなく、相手は特定できるが、遠回しに非難する場合に用いられる用法で、疑問の助詞が不要な場合です。初句の、この解釈は一首の歌趣を左右する重要なものです。

つぎに、結句の原文の「知」は「著《しる》し」の連用形「著《しる》く」と訓みます。

二三四三番「裳《も》引《ひき》將知《しるけむ》」は、「知」を「著《しる》し」の未然形「著《しる》け」と訓んでいます。

類聚古集に「しるくさる」、紀州本および広瀬本に「シルクサル」との付訓があります。

「之」は「これ」で、「文脈の中で、前に話題とした事物を指示する」（古語大辞典）語ですが、この歌では「妻を呼びながら（他の女を求めながら）、ここから（歌の作者のところから）、雁（男）が渡ってゆくこと」を指しています。

「著く」は「はっきり認められる」の意ですが、さらに「現在の結果から過去の原因や理由がはっきり思い合わされる」の意があり、「万葉集等古い時代に特に多い」用法とされています（古語大辞典「語誌」）。

したがって、一五六二番歌において「著く去る」は、男がここ（自分のもと）から去ってゆくこと（現在の結果）は、過去の原因や理由からはっきり思い合わされることだ、との意です。

歌の作者巫部麻蘇娘子が、恋人の男を雁に譬えて、「何処の女が聞いたのでしょうね。私のところから、雁が妻を求めて鳴き渡って行くように、あなたがその女のところへ去っていくことは、はっきり分かっていますよ」と詠んで、気が変わった男を詰っている歌です。

【雁は家持のこと】　一五六二番歌において、歌の贈り先の名を明らかにしていませんが、すぐ後に「大伴家持の和せし歌一首」として前述の歌がありますから、歌に詠まれ、「雁」に譬えられている男は、家持のことでしょう。

その一五六三番歌において家持は、「雁が音はまことも遠く雲隠るなり」と詠んでおり、雁に譬えられた自分は、もう遠くに去ってしまって、巫部麻蘇娘子のもとへは本当に戻らないと答えています。

巫部麻蘇娘子が、家持に恋の恨み事を詠い掛けても、家持は「死ぬ」という意味の「雲隠る」を用いて、金輪際逢わないと冷たく答えているのです。

【家持の返歌】　若いときの家持は、多くの女性にもてたようで、一〇人以上の女性からの恋歌あるいは贈答歌が万葉集にのこっています。

巫部麻蘇娘子と家持の右贈答歌に続いて、一五六四番の日置長枝娘子《ひきのながえのをとめこ》と一五六五番の家持のつぎの贈答歌があります。

一五六四　**秋づけば尾花が上に置く露の消ぬべくも我は思ほゆるかも**

一五六五　**我が宿の一群萩を思ふ子に見せずほとほと散らしつるかも**

日置長枝娘子の歌の「秋づけば」の「秋」は、恋に対する「飽き」を仄《ほの》めかしており、家持が疎遠になったので日置長枝娘子は自分の身が露のように消えてしまいそうだと恋の苦しみを訴えたのに対し、家持は日置長枝娘子のことをほとんど忘れてしまうところだったと、つれなく返しているのです。

家持には、坂上大嬢に贈った前掲「誤訓歌四　七七二番歌」および笠女郎《かさのいらつめ》の歌に対する後掲「新釈歌四六一一番歌」にもみられるように、女性から自分が詰られたとき、また別れた後は、素っ気なく、つれない歌を返す性向がありました。

巫部麻蘇娘子の歌に対する一五六三番の返歌にも、そのような家持の傾向が表れています。

誤訓 二〇 「みなぎらふ」は「水樋合《みづひ》ふ」「萌えにけるかも」は「芽生《めお》ひけるかも」

一八四九原文　山際之　雪者不消有乎　**水飯合**　川之副者　**目生来鴨**

従来の定訓　山の際《ま》の　雪は消ずあるを　**みなぎらふ**　川の沿《そ》ひには　**萌えにけるかも**

新訓　山の際の　雪は消ずあるを　**水樋合ふ**　川の傍《そひ》には　**芽生ひけるかも**

巻第十「春雑歌」の柳を詠むという題詞がある、八首のうちの一首です。

第三句の「水飯合」は難訓で、古写本には「ミツイヒアヒ」あるいは「ナカレアフ」と訓が付されていますが、現代の注釈書はこぞって「飯」を「殺」の俗字「殺」の誤字とし、「殺」は「キル」と訓まれたので、「水飯合」は**「みなぎらふ」**であるとしています（ただし、岩波古典大系は、「飯」は「激」の誤字として「みなぎらふ」と訓んでいます）。

そして、「みなぎらふ」は、水があふれ流れる意（岩波文庫）としています。

しかし、「𦤶」と「飯」とは字形が極めて似てゐる」（澤瀉注釋）とする点に疑問がある上に、「山の際の雪は消ずある」ことに対して「みなぎらふ川の」と詠っていることは、上二句と下三句の関係が文字どおり不自然です。

なぜなら、川が春になると水量が増えるのは主に雪解けの水によるものですが、「水飯合」を「みなぎらふ」と訓めば、上二句で「雪は消えずあるを」すなわち雪は解けはしないがと詠いながら、下三句で川の水があふれるほど流れていると、自然現象に反したことを詠んだ歌となるからです。

また、雪解けが本格的になり、川が増水して「みなぎらふ」のは陽春の時期であり、柳が芽を吹く早春の時期ではありません。

連作と思われる一首前の一八四八番の歌では、つぎのように詠われており、柳が萌えるのはまだ山に雪の降ることもある早春であることを、歌が証明しています。

一八四八　山の際に雪は降りつつしかすがにこの川楊は萌えにけるかも

私の新訓解

「水飯合」の「飯」は、「いひ」と訓まれる例は万葉集に多くあります（一四二一番、八九二番、一六三五番、三八五七番、三八六一番など）。

「いひ」の「い」を省略して、「ひ」と訓まれている歌がつぎのとおりあります。

六四五　白栲の袖別るべき日を近み心にむせひ（心尓咽飯）音のみし泣かゆ

七六七　都路を遠みか妹がこのころはうけひて（得飼飯而）寝れど夢に見え来ぬ

【「ひ」は「樋」】　したがって、「水飯合」の「飯」は「ひ」と訓み、「樋」の借訓です。

樋は、「竹や木などを用い、あるいは土を固めて作った、水を導くための仕掛け」（古語大辞典）です。万葉集においても、「下樋」が一一二九番、二七二〇番に詠まれています。

「水樋合ふ」と詠んだ本歌の情景は、「山の際」すなわち山の間にある雪はまだ解けず消えないが、山の傾斜に水を導くために作られている樋の水が合流している川の傍の柳は芽を出している、というものです。本格的な雪解け水ではないが、春になり山の土が緩み、土から滲《し》みだした水がいくつもの樋を流れ、川に集まっていたのです。

樋によって水が運ばれてくる川の辺りは、早春でも水が豊かで、柳が早く芽を出していると詠われているのです。

多くの注釈書は「みなぎらふ」と訓んでいることは前述しましたが、新編古典全集は**「みなひあふ」**と訓んで「水の落ち合う」と解釈し、つぎのように注釈しています。

（前略）ミナヒアフと読む説は「飯」を借訓とみて、ミナイヒ→ミナヒと解するもので、そのミナヒは水+合ヒの約。『名義抄』に「澮、ミナアヒ」「湊、ミズアヒ　ミナアヒ」などとあるのを証とする。「澮」「湊」はそれぞれ、水が溝に注ぐ、小水が大水に入る、の意で、歌意に違背しない。ただ、そのミナヒに更にアフが接することがやや疑問。

このように、新編古典全集の訓解は私訓に近いものですが、「飯」（ひ）を「樋」の借訓と気づいていないものです。

定訓は、「目生」を「萌えに」と訓んでいて、意味はほぼ同じですが、文字に忠実に「目」は「芽」、「生」は「おひ」であり、「芽生ひ」と訓むべきと考えます。

柳を詠んでいる一八四六番から一八四九番までの連続した四首のうち、一八四八番だけは「毛延尔」と表記され「もえに」と訓むことは明らかですが、他の三首は「目生」であり、一八四八番とは異なる訓に読ませる意図があったと考えられます。

なお、「飯」は甲類の「ひ」であるところ、日本書紀・神代上に「樋はがつ」(祕波鵝都)とあり、「祕」は「必」が甲類でありますので甲類、したがって「樋」は甲類と考えます。

誤訓二二　「立てるむろの木　ねもころに」は「廻《もとほ》り難《かた》き　心痛し」

二四八八原文　礒上　立廻香瀧　心哀　何深目　念始

従来の定訓　礒の上に　立てるむろの木　ねもころに　何しか深め　思ひそめけむ

新訓　礒の上《へ》を　**廻り難き　心痛し**　何ぞ深めて　思ひそめけむ

従来の定訓の第二句「立てるむろの木」の訓は、「瀧」を「樹」の誤字とみて、「廻香瀧」を「廻香樹」とし、「むろの木」と訓んだ賀茂真淵『萬葉考』による誤字説に基づくものです。

現代の注釈書は、この真淵の誤字説に従い、「定訓」のように訓んでいます。

■私の新訓解

第二句を「立廻香瀧」の原文とおりに、「もとほりかたき」と訓みます。

「立廻」の「廻」は「もとほる（廻る）」であることは、どの古語辞典にも掲載されています。「立」は、語意を強める接頭語です（小学館古語辞典）。

「香瀧」を「かたき（難き）」と訓むことに何の問題もありません。いずれの古写本においても「香瀧」と表記しているのに、「瀧」を「樹」の誤字として訓むことは、考えられないことです。

第三句「心哀」を「心痛し」と訓みます。一五一三番歌に「吾情痛之《わがこころいたし》」があります。四六七番歌に「情哀」を「こころいたく」と訓んでいる例があります。もっとも、三一三〇番歌は「心哀」を「ねもころに」と訓んでいますが、多くの古写本では「哀」は「裒」あるいは「喪」と表記されており、「心にも」と訓まれていますので、「ねもころに」は誤訓と考えます。万葉集において、「ねもころ」は「懃」の字が当てられるのが通常です。

また、初句の「上」を「うへ」と訓んで六字としても、字余りが許される場合ですが、「上」は「へ」と訓んで、初句を五字とします。

以上により、上句は「礒のへを　もとほり難き　心痛し」と訓み、「歩き易く楽な磯の上を歩き廻ることが難しくて心が痛むことよ」の意です。

そのうえで、下句を「何ぞ深めて　思ひそめけむ」と訓み、「なぜ、あなたのことを深く思い初めてしまったのだろう」の意が繋がります。

すなわち、自分の苦しい恋の思いを、海辺の景物を借りて、浅く歩き易い磯辺を行くように、いつまでも恋することができたらよかったのに、それができなくて、いつの間に深みに入ってしまい苦しい思いをするようになってしまったのだろう、と詠っている歌と解します。

定訓に対する批評

第二句および第三句は、素直に「新訓」のように訓めるのに、定訓はどうして「立てるむろの木　ねもころに」と訓んだのかを推測します。

万葉集に「むろの木」を詠った歌は、つぎの歌を含め本歌以外に六首あります。

四四七　鞆の浦の礒のむろの木見むごとに相見し妹は忘らえめやも

四四八　礒の上に根延ふむろの木見し人をいづらと問はば語り告げむか

三六〇〇　離れ礒に立てるむろの木うたがたも久しき時を過ぎにけるかも

右三首の共通点は「礒」が詠われていることです。

特に、三六〇〇番は「礒に立てる」とあり、本歌の「礒上　立」がそれと同じであること、および四四六番歌では「天木香樹」を「むろのき」と訓んでおり、本歌にも「香」の文字があることにより、本歌の「廻香瀧」を「むろの木」と訓むべきとの方向に誤導されたものと思われます。しかし、「廻香（回香）」と「天木香」とは、厳密には別種の香料といわれています（小学館古典全集）。

誤訓二三　「悪しくはありけり」は「稀にはありけり」

二五八四原文　大夫登　念有吾乎　如是許　令戀波　**小可者在来**

従来の定訓　ますらをと　思へる我れを　かくばかり　恋せしむるは　**悪しくはありけり**

新訓　ますらをと　思へる我れを　かくばかり　恋せしむるは　**稀にはありけり**

結句の各古写本の原文は、広瀬本が「少可者在来」であるほかは「小可者在来」であり、多くは「ウベニサリケリ」と訓が付されています。

「うべ」は、「もっともなことだと同意する」の意であるので、これによると「立派な男子と思っている自分をこのように恋させるあなた（女性）は、もっともなことだ」との歌意となり、なかなか自分から恋などしない男子と思っていたが、（魅力的な）あなたに恋をさせられるようになったのはもっともなことだと、男が納得し、女性を称賛している歌と理解できます。

他方、「従来の定訓」は、「難訓歌二七　一二五八番」で、「少可」を「奇」の誤字として「少可者有来」を「あやしかりけり」、あるいは「苛」の誤字として「カラクゾアリケル」と訓んだ江戸時代の訓の影響をうけて、本歌では「小可」を「悪しく」の意と解し、「小可者在来」を「悪しくはありけり」と訓み、「このように恋をさせたことは、あなた（女性）が悪いからである」と解するものです。

この両者の訓によれば、互いに正反対の解釈の歌となります。

■私の新訓解

【小可は半肯定】「小可者在来」を古写本のように、「ウベニサリケリ」と訓むことも捨てがたいところですが、「うべ」は「全肯定」の義です。

しかし、本歌において「全可」ではなく、「小可」と詠われており、「半肯定」の義と解します。もとより、「小可」は「不可」ではなく、「全否定」ではありませんので、「悪しくは」と「全否定」の意に訓むことは誤っています。

そこで私は、「小可者」を「半肯定」の意である「稀には」と訓みます。

一首の歌意は、「大夫と思っている我れをこのように恋しくさせることは稀にあることです」というものです。

男が恋に陥ったことに驚き、稀であると弁解し、かつそれも相手の女性が素晴らしいからであると讃えているものです。

【大夫の恋愛観】　私は、万葉時代、男性自身が恋をしてはいけないと思っていたこともなく、禁忌とされる特別の場合は別として、恋することが社会的に非難をうけ、否定されるようなことはなかったと考えます。

万葉集の歌はその大半が恋の歌といってよく、おおまかにいえば、そのまた半分が男性の詠んだ恋の歌です。中には、恋をすべきでなかったと後悔する歌、また相手の女性を恨む歌もありますが、それはしてはいけない恋をしたことを反省した歌ではなく、恋の喜びは苦しみでもあることを詠っているものです。

江戸時代中期において、「丈夫」は「益荒男」であり、「雄々しく」「立派である」との観念が喧伝され、したがって立派な男子は恋をしない、してはいけないと、男子から恋を隔離してしまう思想があり、それが万葉集の歌の訓をみだりに改め、男が恋をすることを否定するような歌の解釈をもたらすことになりましたが、本歌は、「誤訓歌一二　二七五八番」とともに、その代表例です。

原文の誤記から生まれた誤訓

現在、正しい原文の文字として訓まれているが、実は別の文字であったものが誤って伝承され、表記されているものがあります。

これこそ、誤字説により誤字として元の漢字に訂正されて訓まれるべきものですが、それが行われず、誤字のまま原字として訓まれているものです。

誤訓歌二三　一〇九番、誤訓歌二四　三四七番がその代表例ですが、難訓歌二三　三七五四番もその例に含まれます。

誤訓二三　「まさしに」は「まさでに」

一〇九原文　大船之　津守之占尓　将告登波　**益為尓**知而　我二人宿之

従来の定訓　大船の　津守が占に　告らむとは　**まさしに**知りて　我がふたり寝し

新訓　大船の　津守が占に　告らむとは　**まさでに**知りて　我がふたり寝し

この歌は、「大津皇子の竊《ひそ》かに石川女郎に婚《あ》ふ時に、津守連《つもりのむらじ》通《とほる》その事を占ひ露《あら》はせるに、皇子の御作歌一首」との題詞がある歌です。

【「まさしに」の詞はない】　現代の注釈書のほとんどは、「まさしに知りて」と訓んで、これが定訓となっています。

しかし、近年、新古典大系および岩波文庫は「まさしく知りて」と訓み、「シク活用の形容詞の語幹に助詞「に」の接続した例は皆無なので、「尓」を「久」の誤写と見て、マサシクと訓む説に拠っておく。」と解説しています。

また、澤瀉注釋は、「正しに知りて」と訓んでいるものの、西行の山家集などにも「まさしく」とあって「まさしに」はないとした上で、「他の形容詞についてもかういふ例は見あたらない。」と訓釈しています。

万葉集の他の歌において、つぎのように「まさでに」と詠まれている例がありますが、「まさしに」と詠んだ例はありません。

三三七四　武蔵野に占《うら》へ象焼《かたや》きまさでにも告《の》らぬ君が名占《うら》に出《で》にけり

三五二一　烏《からす》とふ大《おほ》をそ鳥のまさでにも来まさぬ君をころくとぞ鳴く

古語辞典においても、「まさでに」はどの辞書にも掲載されていますが、「まさしに」は古語林、旺文社古語辞典および小学館古語辞典には登載されていません。

古語大辞典は掲載していますが、「語誌」として「形容詞「まさし」の語幹に「に」の付いた形といわれるが、形容詞語幹が単独に「に」語尾をとることはなく、「いや高に」のように接頭語が付くのが普通。」と記載しています。

■「為」は「弖」の誤写

【「まさでに」ではないか】　以上総合して考えますと、「まさしに」は誤りで、「まさでに」が正しいと考えます。「まさでに」には、「確かに」「本当に」の意があります。

右に掲記した三三七四番歌の「まさでに」の原文を見てみますと、元暦校本、類聚古集、広瀬本、紀州本、西本願寺本、陽明本は、「麻左弖尓」と表記されています。

すなわち、「まさしに」の原字「益為尓」の「為」に当たる字が「弖」であり、「為」と「弖」は字形が著しく似ていますので、一〇九番歌においても、もともと「益弖尓」であったものが、「益為尓」と誤写されたことが十分考えられます。

前述のように、「まさでに」の詞はあっても、「まさしに」の詞がないことを考え合わせると、「益弖尓」が筆写の過程で「益為尓」と誤記されたと断定してもよいと考えられます。

したがって、一〇九番歌の「益為尓」は、「まさでに」と訓むべきです。

なお、前記のとおり「益為尓」を「益為久」の誤写として、「まさしく」と訓む説もありますが、「久」の草書体と「尓」の草書体とが著しく異なること、万葉集に「まさしく」と詠われた歌がないことなどから、「まさしく」ではないと思います。

みだりに誤字説に走ることは慎まなければなりませんが、「まさしに」は語法的におかしいと指摘されていますので、むしろそれは誤写による結果ではないかと探究することが正道と考えます。

右引用歌の三三七四番歌は一〇九番歌と同じように「占い」を詠った歌であり、そこに「まさでに」と詠われ、原文も一〇九番歌の「為」に似た「弖」が用いられているのですから、一〇九番歌も、はじめは「まさでに知りて」と詠われていたものと確信します。

誤訓二四　「楽しきは」は「さすらへば」

三四七原文　世間之　遊道尓　**冷者**　酔哭為尓　可有良師

従来の定訓　世の中の　遊びの道に　**楽しきは**　酔ひ泣きするに　あるべかるらし

新訓　世の中の　遊びの道に　**さすらへば**　酔ひ泣きするに　あるべかるらし

右は、大伴旅人の讃酒歌として有名な一三首のうちの、一〇番目の歌です。

第三句の原字は「冷者」ですが、従来の定訓は「冷」は「怜」の誤字として、「たのしきは」と訓んでいます。もっとも、古写本では「マシラハハ」と訓まれており、また、「すずしくは」（岩波古典大系）、「すずしきは」（小学館古典全集）あるいは「かなへるは」（新編古典全集）と訓む説もありますが、「楽しきは」の訓がほぼ定訓となり、人口に膾炙しています。

【「楽しきは」に対する疑問】　しかし、「楽しきは」と訓むことには、つぎの疑問があります。同じ讃酒歌の一一番目の歌（三四八番）に「楽有者」（たのしくあらば）、一二番目の歌（三四九番）に「楽平有名」（たのしくをあらな）と、直後の二首の「たのしく」に「楽」という字を用いながら、なぜ直前の三四七番歌に対してだけ「楽しき」と訓ませるために「怜」の字を用いているのか、合理的な理由を見出し難いことです。

万葉集において、「怜」の字はつぎのように用いられています。

「㤿怜」（うまし）　二番

「㤿怜」（あはれ）　四一五番、七六一番、一四〇九番、一四一七番、一七五六番、二五九四番、三一九七番

「㤿怜」（おもしろ）　七四六番、一〇五〇番、一〇八一番

「不怜」（さぶし）　二一七番、二一八番、四三四番、二二九〇番、二九一四番、三三二六番、四一七七番、四一七八番

（さび）　二一三番

以上のように、万葉集の歌において「怜」は他の文字と合わせ二文字で表記されており、一文字で表記されている例はありません。

「怜」を「たのしき」と訓む理由として、万葉集において「不怜」「不楽」は「寂し」と訓まれているから、「怜」は「楽しき」と訓める（注1）とするものです。

しかし、「楽」は一文字で「楽しい」の意に万葉集において用いられていますが、「怜」は一文字として「左注」につぎのように用いられ、いずれも「楽しき」の意には用いられていないことは明らかです。

二六〇番　左注「右、今案、遷㆓都寧樂㆒之後、怜㆑舊作㆓此歌㆒歟。」

（右は、今考えるに都を奈良に遷した後、昔を怜《かな》しみてこの歌を作る）

一〇〇四番　左注「於時益人怜㆓惜不㆑厭之歸㆒、仍作㆓此歌㆒。」

（時に益人、厭《あ》かずして帰るを怜《かな》しみ惜しみ、すなはちこの歌を作る）

【一首の歌意は】　つぎに、第三句を「楽しきは」と訓んだ場合の一首の歌意は、「この世の中のいろんな遊びの中で一番楽しいことは、一も二もなく酔い泣きすることにあるようだ」（伊藤訳注）ということになりますが、それには不自然さがあります。

右の歌意によれば、「酔ひ泣き」すること自体が「遊び」の一つと解されています。

しかし、「酔ひ泣き」することが一般的に「遊び」であるということはなく、あくまでも酒宴・飲酒という「遊び」に伴うものです。酒宴・飲酒という遊びを詠まずに、酔い泣きすることが楽しいと詠むことは不審です。

「酔ひ泣き」が詠まれている他の二首である、三四一番歌では「酒飲みて酔ひ泣きするし」とあり、三五〇番歌にも「酒飲みて酔ひ泣きするに」とそれぞれに、「酔ひ泣き」は酒を飲むことに伴うものであることをはっきり詠っています。

つぎに注目すべきは、「酔ひ泣きする」と詠まれている右両歌には「賢《さか》しみと」あるいは「賢《さか》しらするは」と詠われていることです。「賢しみ」「賢しら」にすることと「酔ひ泣き」することが意識的に関連付けられて詠まれていることです。「賢しみ」「賢しら」は「こざかしいこと」の意（古語大辞典）であり、旅人は自己の栄達を願い小賢しく振る舞う人を想定しています。

したがって、同様に「酔ひ泣きする」と詠われている三四七番歌の「遊びの道」の詞は、「酒を飲むこと」「自己の栄達を願って小賢しく振る舞うこと」の両方が含まれる酒宴の場を指しているものと解することができます。

前述のように「冷」は原字「怜」を誤記したものとしていますが、草書体の筆跡で「冷」の「にすい偏（冫）」と似ており、見間違える可能性のあるのは、「にん偏（亻）」「ぎょうにん偏（彳）」「さんずい偏（氵）」「ごん偏

(言)」であり、「怜」の「りっしん偏(忄)」の草書体の筆跡を「にすい偏(冫)」のそれと見誤ることは筆順の上からも考えられないことです。「冷」を「怜」の誤字とする誤字説には、筆順の点からも疑問があります。

後に述べるように、「冷」はむしろ「伶」の誤字である可能性が高いのです。

▩旅人の当時の境遇と讃酒歌の背景

旅人が讃酒歌一三首をいつ詠んだかは、明らかではありません。

しかし、歌の内容から憶測すれば、身辺が自分の思うように進展せず、他人を冷ややかに眺め、自分の世界に閉じこもって、自分を慰めている心境のときに詠まれたと思われます。それは、左記の境遇の後である七二九年の半ばのころと推定します。

【旅人の境遇】 旅人は六〇歳を既に過ぎた年齢で大宰帥に任ぜられ、七二八年初に六四歳の身で大宰府に赴任しました。これが左遷であるかどうか、説が分かれますが、妻と別れて赴任することは旅人の望むところではなかったので、妻を帯同しての赴任でした。

しかし、その妻・大伴郎女は、大宰府において、赴任早々の七二八年四月に急逝しました。

愛妻を失った旅人の悲しみの深さは、「別れ去りて数旬を経て作りし歌」との左注があるつぎの歌によって推察できます。

四三八　愛《うつく》しき人のまきてし敷栲《しきたへ》の我が手枕《たまくら》をまく人あらめや

そして、さらに一年も経ない七二九年二月、長屋王の変で王が死に追い込まれ、翌三月、旅人より一五歳年少の藤原四兄弟の長兄・武智麻呂が大納言に任ぜられる事態となりました。これを都を遠く離れ、大宰府で聞いた旅人の心境はいかばかりだったでしょうか。

長屋王と旅人の関係は明らかではありませんが、両者とも新たに台頭してきた藤原氏と対立する皇親派に属しており、長屋王の失脚、そして旅人より後輩の武智麻呂の大納言就任は、明らかに藤原氏の画策が成功したことを物語るものであり、皇親派である旅人にとっては心穏やかでない日々であったと思われます。

以上の事態により生じたと思われる旅人のある種の絶望感が、讃酒歌のつぎの歌に明らかに詠まれています。

三三八　**験《しるし》なきものを思はずは一杯《ひとつき》の濁れる酒を飲むべくあるらし**

三五〇　**黙居《もだを》りて賢《さか》しらするは酒飲みて酔《ゑ》ひ泣きするになほ及《し》かずけり**

【竹林七賢の影響】　三世紀の中国において、魏から晋に変わる時代に、世俗を離れ竹林において酒を飲んで清談したという七人が「竹林七賢」といわれ、旅人の時代にはわが国においても知られていました。

旅人が、これら竹林七賢の故事を踏まえて讃酒歌を詠んでいることは、つぎの歌から明らかです。

三四〇　**いにしへの七《なな》の賢《さか》しき人たちも欲《ほ》りせしものは酒にあるらし**

七賢の代表格の阮籍《げんせき》は、もともと経世の志があったが、天下に変事が多く、名士として全うできるものは少ない、それゆえ、世事に関わらず常に酒に耽っていたものであるといい、もう一人の劉伶《りゅうれい》も、時の輩《やから》が皆高い地位を得たが、劉伶ひとり無用となったといわれています。

すなわち、長屋王の政変を聞いた後の旅人が、己が身を七賢に仮託して讃酒歌を詠んだものと思われます。

■「遊びの道」の解釈

新古典大系によれば、「遊びの道」は、漢語「遊道」「游道」(交遊・人づき合いなどの意)による翻訳語かといわれ、「游道日々に広し」(史記・陳丞相世家)の例が掲げられています。

「遊び」は一般的に狩猟、歌舞、詩歌、酒宴などといわれていますが、三四七番歌においてはこれら遊び一般をいっているものではなく、旅人は漢籍の素養に基づき、漢語の「遊道」を想定して詠っているものと考えられ、酒宴による交遊を指しているものと解します。

【酒宴の道は世渡りの道】 酒宴はもちろん個人的な楽しみでありますが、昔も今も、酒宴の場は地位や職を得ようとする手段であることも、世間の常として変わりません。

それは、単なる遊びではなく、世間を渡る「道」なのです。それゆえ、旅人はそれを「世の中の　遊びの道」と詠いました(注2)。単なる「遊びの中で」の意であれば、仰々しく「遊びの道」と詠む必要がありません。

旅人も、長屋王の失脚、あるいは後輩の武智麻呂が自分を飛び越して大納言に就任したことを知ったとき、これまで自分が幾たびも酒宴を設け人を招き、あるいはあちこちの酒宴に招かれて馳せ参じ、世間を渡ってきたことを忸怩《じくじ》たる思いで振り返ったことでしょう。

旅人はその心境を、

　世の中の　遊びの道に　さすらへば　酔ひ泣きするに　あるべかるらし

と詠んだのです。

立身の思いを内に秘めて遊びのように酒宴に現《うつつ》をぬかし、世渡りの道に流離《さすら》ってきた結果が、酔い泣きすることだったと詠んでいるのです。

「世渡りの道」すなわち「世俗の道」を「遊びの道」と詠んだところに、七賢に我が身を仮託し、世俗を厭《いと》う旅人の当時の心境が表れています（注3）。

第三句「冷」は、前述の理由により「伶」の誤字と判断し、「伶者」を「さすらへば」と訓みます。「類聚名義抄　佛上一五」に、「伶仃」を「サスラフ」とあります。

下句「酔ひ泣きするに　あるべかるらし」は、前記阮籍および劉伶の故事を踏まえての確信の表現でしょう。

■無常観

【もう一つの人生観】「酒を讃めし歌一三首」とありますが、つぎの二首には酒のことは直接詠まれていません。

三四八　この世にし楽しくあらば来む世には虫に鳥にも我れはなりなむ

三四九　生ける者遂にも死ぬるものにあればこの世なる間は楽しくをあらな

これらの歌の心境は、大宰府に着任早々、妻の死に遭遇し、また大伴宿奈麻呂（大伴坂上郎女の夫）の凶問に接した後に旅人が詠んだ、つぎの歌の延長にあるものと思われます。

七九三　世間は空しきものと知る時しいよよますます悲しかりけり

前記職場における絶望感・失望感のほかに、当時、身内の喪失による無常観の中で、酒に溺れて一三首を詠んだ旅人の姿が浮かび上がります。

むすび

三四七番歌は「楽しきは」と訓まれているほか、「すずしくは」「すずしきは」あるいは「かなへるは」と詠む説があることを最初に紹介しました。

「すずしくは」と訓んだ場合の歌意は「世間の遊興の道に心楽しまないならば、酒を飲んで酔い泣きをすべきものであろう」、「すずしきは」と訓んだ場合の歌意は「世の中の遊びの道でせいせいするものは酔い泣きをすることであるらしい」、そして「かなへるは」と訓んだ場合は「世の中の遊びの道に当てはまるのは酔い泣きをすることであるらしい」と、それぞれ訓釈されています。

どの歌意も「遊びの道」を単なる遊興の道と捉えた上で、その中で「酔い泣きすること」が最も素晴らしいの意に解しています。

なお、古写本の多くは「マシラハハ」と訓んでおり、「交じらはば」の「まじらふ」は「交際する。特に、宮仕え人の仲間になる。宮仕えする。」の意があります（古語大辞典）ので、酒宴において交際する、宮仕えする意と解釈できます。

酒宴の席に「さすらへば」、と訓んだ私訓に近いと考えます。

注

1　澤瀉久孝「萬葉集注釋」巻第三　三一六頁

2　万葉集には、題詞に「宴」とある歌が二一二首、左注に「宴」とある歌が五〇首あります。万葉の時代も、いかに酒宴が多かったかが推察されます。

3　讃酒歌を作歌した後と思われる七二九年一〇月、旅人は藤原房前に「大伴淡等謹状」（八一〇番歌題詞）を添えて、梧桐日本琴一面を贈っています。

当時、旅人は六五歳、房前は四九歳、官人としては旅人が先輩でありましたが、長屋王の事件以来の藤原家の権勢を思うと、藤原家の二男である房前は政界に大きな力を有していたことでしょう。

旅人の贈答目的は明らかではありませんが、一時期、讃酒歌を詠んで世俗を嘲った旅人でありましたが、一日も早い帰京を願う現実に立ち返ったとき、房前に贈答せざるを得なかったと思われます。

旅人は竹林七賢にはなれず、なおも世渡りの道を歩み続けたのです。

誤訓二五 「おほなわに」は「おほなりに」
「止む時なかれ」は「止む時なかり」

六〇六原文 吾毛念 人毛莫忘 **多奈和丹** 浦吹風之 **止時無有**
従来の定訓 われも思ふ 人もな忘れ **おほなわに** 浦吹く風の **止む時なかれ**
新訓 われも思ふ 人もな忘れ **おほなりに** 浦吹く風の **止む時なかり**

「笠女郎の、大伴宿禰家持に贈りし歌二十四首」の中の一首です。
したがって、「われ」は笠女郎、「人」は家持です。

【元暦校本は「多奈利丹」】 第三句の原文は、平安時代中期の元暦校本では明らかに「多奈利丹」と表記されています。

それには万葉仮名で「おほなりに」と訓が付されていますが、「利」の仮名の横に「ハ」と書き添えられ、さらに漢字の「利」の横に小さく「和」と書き添えられています。

いつ、どのような経緯でこのような書き添えが行われたのか不明ですが、「り」の仮名と「わ」の仮名がほぼ同じ「わ」の字形であるため、これを「わ」の仮名と誤解し（ただし、添え書きは「ハ」）かつ漢字の「利」も

「和」に似ているため「和」と誤解され、添え書きされたものと考えられます。

そして、それ以降の時代の写本は、すべて「利」に当たる漢字は「和」と表記されるようになりましたが、訓は「ワ」と「ハ」（神宮文庫本、陽明本）に分かれています。

従来の定訓は、「和」と「ワ」の表記のある写本を採用して、訓んでいるものです。

しかし、私は本歌の原文は元暦校本の「利」が正しく、「り」と訓むべきと考えます。

また、第五句の「無有」を従来の定訓は「なかれ」と訓んでいますが、「なかり」と訓むべきです。「なくあり」の約音です。「無有」を「なかり」と訓む例は、三八七番、四〇四番、五四〇番、一八五七番にあります。

私の新訓解

岩波古典大系、小学館古典全集、新古典大系、新編古典全集、中西全訳注、岩波文庫は「**おほなわに**」と訓んで、未詳としています。新潮古典集成、伊藤訳注は、訓を付さず原文のままで未詳としています。

また、澤瀉注釋は、原文を「多奈乃和乃」と変更した上で「**タナノワノ**」と訓み、和泉国の淡輪《たんのわ》の地名であろうとしています。

このように、本歌はいまだ「難訓歌」に等しいものです。


【「おほ」の意味】　私は、「多奈利丹」を原文として、「おほなりに」と訓みます。古語大辞典によれば「おほ」には、対象を普通・平凡と見なす状態表現と、そう見なすが故に、対象に特別な関心・注意を向けない情意表現とがある［藤本二朗］とし、後者として「心にも留めないさま。いいかげんだ。おろそかだ。」が掲記されています。

笠女郎は、自分の求愛に関心を向けない家持の状態を「おほ」と詠ったと考えます。

「おほなりに」は、「おほ」の連用形「おほなり」に状態を示す格助詞「に」を添えたものです。

一首の解釈は、「私はあなたのことを思っています、あなたも私を忘れないで。あなたが、私のことを心に留めてくれていない状態であるとの思いが、風となって私の心を吹きぬけ、止む時はありません。」の意です。

「浦吹く風」の「浦」（うら）は「心」で、「風」は「心に襲いかかる思い」を表現しています。自分の心情を直接的に詠うのではなく「浦吹く風」と表現しているところに笠女郎の歌才が光ります。

冷たい家持に対し、笠女郎が切ない気持ちを精いっぱい詠っている歌ですが、笠女郎の歌才を認めざるを得なかった家持が、笠女郎を疎んじる結果となって行ったと考えます。

「やや高飛車に歌った歌」（新潮古典集成）とか、「呪願の趣の歌」（中西全訳注）の評は当たっていないと思います。

誤訓二六　「恋はすべ無し」は「恋しきはなし」

二三七三原文　何時　不戀時　雖不有　夕方枉　**戀無乏**

従来の定訓　いつはしも　恋ひぬ時とは　あらねども　夕かたまけて　**恋はすべなし**

新訓　いつはしも　恋ひぬ時とは　あらねども　夕かたまけて　**恋しきはなし**

結句の原文は、古写本ではつぎのとおりです。

嘉暦伝承本　「戀无」　こひしきハなし

広瀬本　「戀无」　コヒハスヘナシ

紀州本　神宮文庫本　西本願寺本　京都大学本　陽明本　寛永版本

「戀無乏」　コヒハスヘナシ

鎌倉時代初期の「嘉暦伝承本」の「戀无」が、元の原文であると考えます。その後、「戀無乏」の表記がどのような理由で生まれたかは定かではありません。しかし、いずれにしても「戀无」あるいは「戀無乏」を、「恋はすべなし」と訓むことは無理と考えます。

【「すべなし」と訓めない】 岩波文庫も、「無乏」がどうして「すべなし」の表記となるか未詳、と指摘しています。

これに関し、澤瀉注釋は、「無」の字を含めずに「『乏』一字をスベナシと訓むこと前（九・一七〇二）に述べたところ」であるとし、その一七〇二番の「及乏」の訓においては、「『夕方任《ユフカタマケテ》 戀無乏《コヒハスベナシ》』（十一・二三七三）の「無乏」と同じくスベナシと訓むべきだと考へたのである」と述べ、完全に循環論法にはまっています。

唯一の根拠は、「戀天《コヒテ》窮見《スベナミ》」（三二五七番）と「戀而《コヒテ》為《ス》便《ベ》奈《ナ》見《ミ》」（三三二〇番）を対照すれば「窮」をスベナシと訓むことは明瞭であり、「乏」もまたスベナシと訓めると思うというものですが、基本的に「窮」は「きわまる」の義、「乏」は「とぼしい」の義で、全く文字が違うので無理です。また、「無」を「乏」の意を打消すのではなく、「乏」だけでは「トモシ」と訓まれることが多いので、親切に「無」を添えたというのも納得し難い説明です。

■私の新訓解

この歌は、恋をすればいつでも恋しいが、夕方になると最も恋しい、すなわち、夕方ほど恋しくなる時はない、という歌意です。

「无」の字は「ない」という意味で、「無」と同じですが、この歌の表記は省略体であるために、通常の「無」を用いて「戀無」と表記すれば、「恋なし」、「恋がない」と誤訓かつ誤解されるので、「无」を用いて「戀无」と表記したのです。

助詞などが省略されていますが、対比の係助詞「は」を入れて訓むと、「恋しきはなし」と、夕方ほど恋しい時はないとの意が十分伝わってきます。

なお、三一九七番歌の結句は、「不言日者无」（類聚古集、西本願寺本）と「不言日者無」（元暦校本、広瀬本、紀州本、神宮文庫本、京都大学本、陽明本）との二通りの表記がありますが、いずれも「いはぬ日はなし」と訓まれています。

【「无」は「尤」の可能性】　さらに、推測しますと、「无」の原字が「尤」の字であったものが、見誤って「无」と誤記された可能性も考えられます。

「尤」は「はなはだ」と訓まれ（漢和大字典）、程度が過ぎる状態のことです。

本歌と同じ柿本人麻呂歌集の歌に、「はなはだ」と詠ったつぎの歌があります。

二四〇〇　**いで何かここだはなはだ利心の失するまで思ふ恋ゆゑにこそ**

原字「无」を「尤」の誤字として、「恋はなはだし」と訓むことも魅力的ですが、嘉暦伝承本に原字「无」とあり、その訓により、「恋しきはなし」と十分訓解できますので、今はこれにより、従来の定訓「恋はすべなし」は改めるべきと考えます。

一字一音表記の歌における誤訓

一字一音で表記された歌句は、音読みはほぼ一通りに限定され、歌句の解釈も一義的に決まることが多いといえます。しかし、読みは同じ音であっても、同音異義の詞がありますので、解釈を誤ることがあります。すなわち、仮名で書けば同じ詞であっても、意味の異なる詞が多くあります。

また、一字一音表記は、正訓による表記とは異なり、表記自体から歌の詞の意味を直接的に判断し、解釈することができませんので、解釈を誤る可能性があります。

以下に掲げる四首は一字一音表記の歌で、一首の音による訓みは争いがありませんが、一首の歌意について誤解のある歌です。

誤訓 二七 「杉の木の間か」は「過ぎの此の間か」

三三六三原文　和我世古乎　夜麻登敝夜利弖　麻都之太須　安思我良夜麻乃　**須疑乃木能末可**

従来の定訓　我が背子を　大和へ遣《や》りて　待つしだす　足柄山の　**杉の木《こ》の間か**

新訓　我が背子を　大和へ遣りて　待つしだす　足柄山の　**過ぎの此の間か**

巻第十四東歌の「相聞」の部にある、相模国の歌です。

ほとんどすべての注釈書は、「従来の定訓」のように訓んでいます。

しかし、同時に多くの注釈書は「待つしだす」を語義未詳としています。

【注釈書の訳文】　したがって、つぎに列挙するように、各注釈書における一首の解釈は十分なものではありません。

岩波古典大系　わが背子を大和へ遣って待ちつつ立つ足柄山の杉の木の間よ、ああ。

小学館古典全集　あの方を　大和に発たせて　まつしだす　足柄山の　杉の木の間であるよ

澤瀉注釋　吾が背子を大和へ出してやって、待つ時は（私が待つのは）、足柄山の杉の木の間よ。

新古典大系　我が背子を大和へ旅立たせて、「まつしだす」足柄山の杉の木の間よ。
新編古典全集　あの方を　大和に送り出して　まつしだす　足柄山の　杉の木の間よ
中西全訳注　わが夫を大和へ送り出してまつしだす、足柄山の杉の木の間よ。
伊藤訳注　いとしいあのお方を大和へ行かせてしまい、私がひたすら待つ折しも、何と、私は、松ならぬ、足柄山の杉――過ぎの木の間なのか。
岩波文庫　我が背子を大和へ旅立たせて、「まつしだす」足柄山の杉の木の間よ。

岩波古典大系、澤瀉注釋および伊藤訳注は「まつしだす」を一応「待つ」の意に解釈していますが、他は原文のままで、訳を付していません。

また伊藤訳注は、唯一、結句の「杉の木の間か」の「杉」に時の「過ぎ」を絡めて解釈していますが、その解釈は十分明らかとはいえません。

私の新訓解

【「ち」が「つ」に】　「麻都之太須」の「まつしだす」は、「待ちしだす」と解釈します。

東国語では、イ列音がウ列音に転じる例が多く、そのことは前記澤瀉注釋にも記述されています。

また、「待つ」に「松」を掛ける意図もあります。

「しだす」は「仕出す」のことで、準備するの意（古語大辞典）です。

そこで、「待ち仕出す」を、大和へ行った背子を待つ準備をする意と、解釈します。

【次歌を参考に】　つぎに下二句の「足柄山の　杉の木《こ》の間か」の解釈ですが、これについては、この歌のつぎにある三三六四番歌が示唆を与えてくれます。

三三六四　足柄の箱根の山に粟蒔きて実とはなれるを粟無くもあやし

この歌は、足柄の箱根地方の産物である粟の「実」に恋が実ったことを掛け、それなのに逢えないと「粟」に「逢は」を掛けて詠んでいる歌です。

それゆえに、この歌の前にある三三六三番歌においても、足柄山の産物である「杉」を持ち出して、相聞の歌を詠んでいるものであることが十分推測できます。

すなわち、「須疑乃木能末可」は、「杉の木の間《こ》か」と足柄山の産物である杉を詠み、杉林の樹間から背子の帰ってくる姿を見ることを連想させていますが、それを表の訓として訓んだだけでは、一首の解釈は成立しません。

「すぎのこのまか」を「過ぎの此の間か」と訓んでこそ、「私の夫を大和へ遣って、帰りを待つ準備をしているが、その日々はすぐに過ぎてくれないかなあ」と解釈できます。

「過ぎの此の間か」は、「過ぎ」に「杉」を、「此の間」に「木の間」を掛けて、足柄山の産物を歌の裏に詠み込んでいる、と解するべきです。

万葉集において「過ぐ」「過ぎ」を引き出すために「杉」を詠っている歌が、四二二番歌、一七七三番歌および三二二八番歌にあります。

「此の間」の「此の」は、自分に最も近いものを指示する語（旺文社古語辞典）で、この歌の場合、背子を待つ準備をしているときから、背子が帰ってくるまでの間が近いことの意です。

「か」は、願望を意味する「終助詞」で、「……てくれないかなあ」の訳となります。

この歌は、「従来の定訓」のように「杉の木の間か」と訓んだだけでは、一首の解釈が成立しません。したがって、「過ぎの此の間か」というもう一つの訓の存在を知らなければ、この歌を訓んだことにはならないのです。

誤訓二八「衣に　着き」は「衣に　付き」

三四三五原文　伊可保呂乃　蘇比乃波里波良　和我**吉奴尓**　**都伎**与良之母与　比多敝登於毛敝婆

従来の定訓　伊香保ろの　そひの榛原《はりはら》　我が**衣に**　**着き**よらしもよ　ひたへと思へば

新訓　伊香保ろの　そひの榛原　我が**衣に**　**付き**よらしもよ　ひたへと思へば

巻第十四東歌の「譬喩歌」の上野国歌三首の中の一首です。

この歌は、榛が衣に「つく」ことを詠んでいます。

各注釈書は、それを「染まる」ことに関連づけて説明していますが、一体どういうことか、必ずしも明らかでありません。

【榛を使った染色方法】　そこで、辻野勘治「万葉時代の生活」から、榛の染色についての記述を引用します。

「榛の木は川岸や湿地に自生する落葉喬木で、はんの木と呼ばれるが、この時代は「はり」と言われていた。その樹皮と実は煎汁にして浸し染に使われ、また実を黒焼きにした灰を使って摺り染にした言われる。色は茶染か黒染ということである。日本書紀の天武天皇紀朱鳥元年正月、高市皇子が天皇から下賜された品物に「秦《はり》摺《すり》の御衣三具……」とあって、これは榛の摺染ということであるので、黒・茶系統色でも気品のある色のように思われる。」

これにより分かることは、榛による染色といっても、「浸し染め」と「摺り染め」という全く別個の染色方法があったことです。

万葉集に詠まれている、本歌以外の「榛」の一三首を分類すると、つぎのとおりです。

「摺り染め」が詠まれている歌

一一五六　住吉の遠里小野の真榛もち摺れる衣の盛り過ぎゆく

一一六六　いにしへにありけむ人の求めつつ衣に摺りけむ真野の榛原

一二六〇　時ならぬ斑の衣着欲しきか島の榛原時にあらねども

一三五四　白菅の真野の榛原心ゆも思はぬ我れし衣に摺りつ

一九六五　思ふ子が衣摺らむににほひこそ島の榛原秋立たずとも

「浸し染め」が詠まれている歌

該当する歌はなし

その他

一九　綜麻形の林のさきのさ野榛の衣に付きて目につく吾が背

五七　引間野ににほふ榛原入り乱れ衣にほはせ旅のしるしに

二八〇　いざ子ども大和へ早く白菅の真野の榛原手折りて行かむ

二八一　白菅の真野の榛原行くさ来さ君こそ見らめ真野の榛原

三四一〇　伊香保ろの沿ひの榛原ねもころに奥をなかねそまさかしよかば

三七九一　（長歌の一部分）住吉の 遠里小野の ま榛持ち にほほし衣に

三八〇一　住吉の岸野の榛ににほふれどにほはぬ我れやにほひて居らむ

四二〇七　（長歌の一部分）明けされば 榛のさ枝に 夕されば 藤の繁みに はろはろに 鳴く霍公鳥

これらより分かることは、「摺り染め」が詠まれている場合は、歌詞に「摺り」(「斑」)と明瞭に詠まれているのに対し、「浸し染め」と思われる歌がないことです。

そして、染めに関係のない歌も多数存在する事実です。すなわち、「榛」が詠われているからといって、すべて、染めに関する歌と解釈するのは危険です。

■従来の訓解

【「衣につき」は染まるではない】　この歌に対する注釈書は全部といっていいほど、「つきよらしも」を「着きよらしも」と訓み、それは榛を染料として、衣がうまく染まったとの意に解し、「ひたへ」は「純栲《ひたへ》」あるいは「一重」のことで、女性が男性を純粋に思っていたので、うまく染まった意と解釈しています。

染色方法が「摺り染め」か、「浸し染め」か、多くの論者は明らかにしていませんが、岩波文庫は「衣に摺り着ける」と注釈し、澤瀉注釋は、鹿持雅澄「萬葉集古義」の「着とは摺着《スリツク》の着」とする解釈を引いています。

前掲記の歌にあるように摺るときは「摺る」と表現するものであって、「摺る」という詞もないのに「着く」だけで、「摺る」とは解釈できません。

一般に「浸し染め」の場合は、万葉集の他の歌において「染む」という詞が用いられており、「着く」の詞は「染め」には用いられず、身に着ける意に用いられています。

三九五　託馬野に生ふる紫草衣に染めいまだ着ずして色に出でにけり

一二九七　紅に衣染めまく欲しけども着てにほはばか人の知るべき

二八二八　紅の深染めの衣を下に着ば人の見らくににほひ出でむかも

したがって、「衣に着き」は、衣を染めることではありません。「着く」の意として「染まる」を載せている古語辞典の用例を見てみても、古語大辞典は本歌のみ、旺文社古語辞典は一九番歌のみを、それぞれ掲げているにすぎません。

小学館古語辞典は、「着く」に「染まる」の意を載せていません。

私の新訓解

【花序が衣に付くこと】　榛の木の花序は、五センチくらいの長さの紐状で、枝からたくさんぶら下がり【口絵7】、その下に入ると、落ちてきた花序が衣服に付着します。

本歌はこの情景を詠んでいるもので、女性が住んでいる伊香保の山沿いの榛の林に行くと、榛の花序が私の衣に好ましく付いてくれます、それは、あなたが私のことをひたすらに思ってくれているからでしょう、と詠んでいる男性の歌です。「ひたへ」は「偏《ひとえ》」の訛《なま》りです。

すなわち、榛の花序を女性に譬えた「譬喩歌」です。

衣に榛の黒い色を摺り染めるという印象が強いためか、それに結びつけやすい詞、すなわち本歌においては「着き」（一九番歌においては「著く」）の詞が出てくると、他に「摺る」とか「染む」とかの詞がなくとも、染めることを詠んだ歌と解釈しがちです。

しかし、同じ榛を詠んだ歌でも、二八〇番歌においては「枝」、三四一〇番歌においては「根」を詠んでおり、そして本歌と一九番歌においては、「花序」が付くことを詠んでいるものであることを看過してはならないのです。

誤訓二九「焼けは死ぬとも」は「焼けは為《し》ぬとも」

三九四一原文 鶯能　奈久々良多尓々　宇知波米氏　**夜氣波之奴等母**　伎美乎之麻多武

従来の定訓 鶯の　鳴くくら谷に　うちはめて　**焼けは死ぬとも**　君をし待たむ

新訓 鶯の　鳴くくら谷に　うちはめて　**焼けは為ぬとも**　君をし待たむ

平群氏《へぐりのうぢの》女郎《いらつめ》が越中守の大伴家持に贈った、一二首の歌の一首です。この歌に対して、各注釈書は、つぎのような訳文を付しています。

岩波古典大系　鶯の鳴く深い谷に、身を投げて、焼け死ぬことがあろうとも、あなたをお待ちしていましょう。

小学館古典全集　うぐいすの　鳴く深い谷に　身を投げて　焼け死ぬことがあっても　あなたを待ちましょう

澤瀉注釋　鶯の鳴く深い崖の谷に身を投げて、焼け死なうとも、君を一途にお待ちしませう。

新潮古典集成　鶯が寂しく鳴く崖《がけ》の底の谷、その深い谷に身を投げこんで焼け死ぬほど苦しくても、あなたをひたすらお待ちしています。

新古典大系　鶯の鳴くくら谷に自分の身を入れ置いて、焼け死ぬとしても、あなたを待ちましょう。
新編古典全集　うぐいすの　鳴く千尋《ちひろ》の谷に　身を投げて　焼け死ぬことがあっても　あなたをお待ちしましょう
中西全訳注　鶯が鳴く崖谷にわが身を投げ入れて、焼け死ぬように辛いことがあっても、あなたをお待ちしましょう。
伊藤訳注　鶯の鳴く崖《がけ》の底の谷、その深い谷に身をはめて焼け死ぬことがあっても、あなただけをひたすらお待ちします。
岩波文庫　鶯の鳴くくら谷に自分の身を入れ置いて、焼け死ぬとしても、あなたを待ちましょう。

【共通していること】　第四句の「夜氣波之奴等母」を「焼けは死ぬとも」と訓み、「焼け死ぬことがあろうとも」あるいは「焼け死ぬほど」「焼け死ぬように」との意にすべてが訳しています。

第二句・第三句の「くら谷にうちはめて」についての訳は、若干の相違はありますが、谷に身を投げ出した人、あるいは谷に身を置いている人ですから、溺れ死ぬことは想定できても、焼け死ぬということは、それが譬喩的な表現であっても不自然極まりないものです。

この点、澤瀉注釋は「火口壁に圍まれた火口などがクラタニのもつ具體的なイメージとして持たれてゐた感があり」と言及し、新潮古典集成も、くら谷を「火口などをいうか。」と注釈しています。

しかし、鶯は木が生えていない火口には棲まず、「鶯の鳴く火口」と詠むことは考えられません。

■私の新訓解

【「死ぬとも」ではない】　「やけはしぬとも」の「やけ」は「やく（自動詞カ行下二段活用）」の連用形です。「焼く」には、「思い焦がれる。思い悩む。」の意（古語大辞典）があり、万葉集にもつぎの歌に用いられています。

五　（長歌の一部分）焼く塩の　思ひぞ焼くる　わが下心

七五五　夜のほどろ出でつつ来らくたび数多《まね》くなれば我が胸断ち焼くごとし

一三三六　冬こもり春の大野を焼く人は焼き足らねかも我が心焼く

三二七一　我が心焼くも我れなりはしきやし君に恋ふるも我が心から

「しぬ」は、「死ぬ」ではなく、「し」は動詞「す（為）」の連用形で、「ぬ」は確認・強調の助動詞「ぬ」の終止形です。

つぎの歌の第四句の原文は「布奈涅波之奴等」で、「波之奴等」は「夜氣波之奴等母」の四文字と同じですが、「之奴」を「死ぬ」とは訓みません。

四四〇九　家人の斎《いは》へにかあらむ平けく船出はしぬと親に申さね

「とも」は、逆接の仮定強調の接続助詞です。

よって、「焼けは為《し》ぬとも」と訓み、「思い焦がれることになっても」の意です。

【一首の解釈】　「鶯の鳴く」の「く」が「くら谷」を導く序詞の働きをしています。もちろん、鶯の鳴き声は己が雌との縄張りを他に知らせるために鳴くことと、鶯は繁みに隠れて鳴く習性があることを、平群氏女郎が知った上で、「鶯の鳴くくら谷にうちはめて」と、鶯が己が愛の巣を守るために鳴いている暗い隠れた谷に、私も身を投げ入れて、と詠んでいるものです。

そこで、一首の歌意を纏めると、鶯が愛の巣を守るために鳴いている暗い隠れた谷に、自分は身を投げ入れて、きっと思い焦がれることになるけれども、あなたをお待ちします、です。

前記各注釈書の訳のうち、新潮古典集成は「焼け死ぬほど苦しくても」、中西全訳注は、「焼け死ぬように辛いことがあっても」と訳しており、現実の焼死と解しているわけではありません。

しかし、焼死を想定した歌句であれば、「焼けは死ぬ」と「焼け」と「死ぬ」との間に強調の係助詞「は」を入れることは不自然です。いずれにしても「しぬ」を「死ぬ」と訓んでいるのは、「焼死」を連想しての訓であり、誤訓と考えます。

誤訓三〇「かたはむかも」は「片食《かたは》むかも」

四〇八一原文　可多於毛比遠　宇萬尓布都麻尓　於保世母天　故事部尓夜良波　比登**加多波牟可母**

従来の定訓　片思ひを　馬にふつまに　負ほせ持て　越辺《こしべ》に遣らば　人**かたはむかも**

新訓　片思ひを　馬にふつまに　負ほせ持て　越辺に遣らば　人**片食むかも**

【二つの応答歌】　この歌は、つぎの歌と共に、大伴坂上郎女が、越中にいる甥で、かつ婿である大伴家持に贈った「戯れ歌」二首のうちの一首です。

四〇八〇　**常人《つねひと》の恋ふといふよりはあまりにて我れは死ぬべくなりにたらずや**

これに対して、家持は四〇八〇番に対しては四〇八二番、四〇八一番に対しては四〇八三番において、つぎのように返歌しています。

四〇八二　天離《あまざか》る鄙《ひな》の奴《やつこ》に天人《あめひと》しかく恋すらば生ける験《しるし》あり

四〇八三　常の恋いまだやまぬに都より馬に恋ひ来ば担《にな》ひあへむかも

【「かたはむ」の語義】　さて、四〇八一番歌の第四句までの解釈は「私の片思いを馬にめいっぱい背負わせてあなたのいる越《こし》の国に持たせてやったら」の大意であることはほぼ一致していますが、結句の「人かたはむかも」の「かたはむ」に対しては、多くの注釈書において、語義不明としながらも、つぎのように訳されています。

岩波古典大系　不明。「あなたはそれに答えて、少しは心を寄せてくることもあるかなあ。」
小学館古典全集　語義未詳。「あなたも心を寄せてくださるでしょうか。」
澤瀉注釋　「人もそれに答へて心を寄せる事もあらうかナア。」
新潮古典集成　「どなたが手助けしてくれるだろうかな。」
「かたふ」は片棒をかついで助けてくれる、の意か。
新古典大系　結句の「かたはむ」も難解。片方に心寄せる意と言われるが、確証がない。
新編古典全集　カタフは語義未詳。しばらく、心を寄せる意と解する説に従う。
中西全訳注　未詳。「人は心を寄せるでしょうか。」
「かた…」の諸語は「心を寄せ親しむ」意という。
伊藤訳注　「どなたが手助けしてくれるだろうかな。」「かたふ」は片棒をかつぐ意。
岩波文庫　解釈を保留する。片方に心寄せる意ともされるが、確証がない。

■私の新訓解

前記のように「心を寄せる」「手助けしてくれる」あるいは「片棒をかつぐ」の意と解釈されていますが、「かたはむ」の語の他例はなく、古語辞典にも掲載されていません。

【「かた」と「はむ」】　私は、「かたはむ」は「かた」と「食《は》む」の複合語として用いられていると解します。

「かた」は、「ひたすら、しきりにの意を表す。」（古語大辞典）の語で、万葉集にも「片待つ」（一七〇五番）、「片待ち」（四〇四一番）の使用例があります。

「はむ」は、「食べる。飲む。口に入れる。」（古語大辞典）の意で、人が食べることにも（八四七番）、馬が食べることにも（三五三二番）用いられています。

したがって、「かたはむ」は「片食む」と訓み、「ひたすら食べる」の意と解します。

四〇八一番歌における意味は、「私がどっさり馬に背負わせて届けた片思いを、あなたは馬のようにひたすら食べるでしょうかね」ということです。

坂上郎女が京都から「片思い」を馬に積んでたくさん届けてあげたら、あなたは、人であるが馬のようにひたすら食べるでしょうね、とふざけ、からかっているのです。

「片思い」を馬に持たせることと、馬のように「片食む」ことは、この戯れ歌の核心であり、これを理解した上で訳すべきです。「草食《は》む駒」（三五三二番）、「麦食《は》む小馬」（三五三七番）など、馬が食むことを詠んだ歌は他にもあります。

【字余りについて】　本歌は一字一音表記で、結句は八字で表記され、「比登加多波牟可母《ひとかたはむかも》」ですから、明らかに字余りです。同様の例は、一五二五番「見毛可波之都倍久《みもかはしつべく》」にもあります。

和歌は五音と七音で詠まれるのが原則ですが、八音の句もあったのです。八音で詠まれている場合は、これまでの研究により知られている「字余りの法則」に該当することが多いといえますが、「字余りの法則」に合致しない字余りの歌も存在したことは、一字一音表記の本歌によって証明できます。この歌は、歌の名手・大伴坂上郎女の作によるものです。

したがって、字余りの歌を「字余りの法則」に合致させるために、例えば誤字説により二五九番「鉾椙之《ほこすぎが》本《もと》尓《に》」の「本」を「末《うれ》」、四七四番「奥槨常《おくつきと》念者《もへば》」の「念」を「今《いま》」と訓んで「字余りの法則」に無理に合致させようとすることは、まさに「本末」転倒であり本来の歌を損なうものです。

■答歌の解釈

【「担ふ」と「背負ふ」】　これに対して、家持が答えた四〇八三番歌は、初句の「常の恋」は坂上郎女の四〇八〇番歌の「常人の」をうけて、自分は常の恋をしているので、そこにさらに馬で「片思い」を届けられたら、うまく二つのつり合いを保ってやってゆけるでしょうか（心配です）と、ふざけ返しています。

しかし、多くの注釈書（例えば、岩波古典大系・小学館古典全集など）は、結句の「担ひあへむかも」を「背負い切れるだろうか」の意に解釈していますが、「担ひ」の「になふ」は「肩に掛けて運ぶこと」「かつぐ」ことであり、「背負ふ」こととは全く違うことに気づいていません。

ここで詠まれていることは、「常の恋」と、新しい「片思い」を天秤棒の両端に掛けて、うまく調整をとりながら肩に担いで行けるだろうかというもので、両者を背負い切れないなどとは詠んでいないのです。

第三部

真相に迫る新釈歌（補追）

万葉歌の再発見

万葉集の歌の解釈および歌の背景に関して、いまだ解き明かされていない最大の謎は、つぎの三点であると考えます。この三点の謎が解明されれば、額田王および柿本人麻呂の新しい人物像はもとより、万葉集の新しい世界が見えてきます。

第一の謎

額田王が「あかねさす」と詠い掛け、大海人皇子が「むらさきの」と答えた二〇番・二一番の応答歌は、恋歌か、宴席の座興歌か、あるいはそれらと全く違う特別の意味が込められた歌か。

第二の謎

柿本人麻呂は、どうして石見《いわみ》の国に滞在したのか。また、「石見相聞歌」（一三一番ないし一四〇番）に詠っている現地妻となぜ別れることになったのか。

第三の謎

人麻呂は、石見の鴨山まで行って、そこで臨終を迎え、「臨死時自傷歌」（二二三番）を詠んだか、あるいは鴨山には行っていないか。

以下に、右三点の謎に対して、私の試論を展開するものです。

新釈一　壬申の乱の先触れである額田王と大海人皇子の応答歌

二〇　あかねさす　紫野行き　標野《しめの》行き　野守は見ずや　君が袖振る

二一　紫草《むらさき》の　にほへる妹を　憎くあらば　人妻故に　我れ恋ひめやも

万葉集の中で最も人口に膾炙している歌である二〇番の額田王の歌、および二一番の大海人皇子の歌が、真摯な恋歌でなく宴席の座興歌であるとの解釈が登場してから久しい。

【座興歌説の誕生】　右の両歌が万葉集巻第一の「雑歌」の部に登載されており、巻第二の「相聞」の部に登載されていないことから、両歌を恋歌ではなく雑歌であるとし、宴席での座興歌と解釈すれば雑歌になるとされたのです。

一三〇〇年も昔の万葉集の歌の解釈に関しては、三十一字の歌詞のみではなく、各歌の題詞、左注、前後の歌の配列および各歌巻に対する編纂目的などの編纂者の行為を、重要な解釈基準とすべきと考えます。

座興歌説は、このような万葉集の編纂行為の一つである「部立」に両歌の解釈基準を求めたことに意義が認められますが、本稿は、さらにこの両歌が「持統万葉」という原初万葉集の重要な編纂行為によって採録された歌であることに着目し、座興歌説とは異なる新しい解釈を試みようとするものです。

■いわゆる「持統万葉」について

【持統万葉の成立と構造】　万葉集二〇巻の成立時期については、多くの研究がなされ、いくつかの段階を経て編纂されたことが明らかになっています。

特に、別表（四四〇頁）に示す巻第一の一番から五三番までの歌群は、最も早く編纂されたもので、「藤原宮本」とか「持統万葉」（注1）とかいわれています。

それは、この五三番までの歌は、六九七年、文武天皇に譲位して太上天皇となった持統太上天皇の発案で、舒明天皇（祖父）、皇極・斉明天皇（祖母）、天智天皇（父）、天武天皇（夫）、持統天皇（自分）そして文武天皇（孫）と続いている、舒明天皇の直系に連なる皇統を誇り、正統化し、かつ将来もこの皇統が持続することを願い、歴代天皇の御代の誇るべき歌、記念すべき歌を集めたものであるからです（注2）。したがって、舒明天皇の直系ではない孝徳天皇に関する歌は採録されておらず、また雄略天皇の一番歌は、後に五四番歌以下の歌が追加され巻第一が成立した際に、この歌が巻頭に置かれたといわれています。

私は、さらに「持統万葉」の原初の姿をつぎのように考察します。

二番歌から二七番歌までは舒明朝から天武朝までの歌二六首でありますが、二六番は「或本の歌」で、二五番歌の重出歌でありますから、両歌は一つの歌として数えられ、実数二五首となります。

二八番歌以降五三番歌までは持統朝の歌で二六首ありますが、五一番歌は後に追補されたもの（注3）で、原初は二五首であったと推定されます。すなわち、原初の「持統万葉」は、舒明朝から天武朝までの歌二五首と持統朝の歌二五首、合計五〇首の歌で編集されていたのです。

そして、各天皇間の継承についてはそれを象徴する歌として、「舒明から皇極・斉明へ」は七番歌および八番歌の皇極・斉明天皇が舒明天皇を追慕する歌、「斉明から天智へ」は一三番歌ないし一五番歌の斉明天皇が崩御した西征途上の歌、「天武から持統へ」は二七番歌の吉野盟約の歌が撰ばれており、「天智から天武へ」についていては、二〇番歌および二一番歌が本稿で後述するように、皇位継承の争いである壬申《じんしん》の乱の先触れ歌として撰ばれているのです。

■二〇番歌および二一番歌の背景

【歌の背景の検証】　単なる歌の鑑賞ではなく歌の解釈をする場合、その歌が詠まれたときの作者個人の境遇およびそれを取り巻く社会的環境、すなわち歌の背景を検証することが肝要です。

これまで永く席巻してきた、二〇番歌を額田王の大海人皇子に対する忍ぶ恋を詠った歌とする恋歌説は、二人の間に十市皇女《とおちのひめみこ》が生まれていることと、この歌の内容が恋歌であるとすることを根拠にしているものです。大海人皇子の妻であった額田王が、自己の意思に反して、天智天皇の後宮に入れられたという憶測も働いているかも知れません（注4）。

約二〇年前に二人の間に子が生まれているから、二〇年後もそれだけで恋が続いているとの推論は成立しません。他に、この歌が相聞歌との題詞があるとか、歌の内容が明らかに恋歌であるとかの確たる証拠があればともかくも、二〇番歌も、二一番歌も相聞の部立に属しておらず、題詞や左注にも恋歌であると推認させる記載が一切なく、万葉集の他の歌にも額田王と大海人皇子の恋を連想させる歌も全くなく、万葉集以外の他の資料にも二人の恋愛を語り継いでいるエピソードも全くない中で、この歌を恋歌であると解釈するというのは、この歌が恋歌であるから歌詞を恋歌として解釈すべきであるというに等しい論理です（注5）。

両歌を解釈するにつき必要な歌の客観的背景として、両歌が詠われた時期の額田王・天智天皇・大海人皇子の各年齢、妻子の存在を含む各人の身辺の情況、そしてこれらの人が身を置いていた当時の宮廷環境などをつぎのように検証すれば、自ずと新しい視点、そして解釈が見えてきます。

【額田王の年齢】　額田王の年齢を客観的に推定する資料として、孫の葛野王《かどののおほきみ》の年齢を知ることができる懐風藻の中の「葛野王伝」の記載「特閲して正四位を授け、式部卿に拝す。時に年三十七。」のほか、資料はありません。

この「時に」をいつと想定するかについて説が分かれています（注6）が、私は「正四位」の官位を定めた大宝令の施行年である七〇一年説をとり、葛野王の生年を六六五年、すなわち同年に十市皇女が一七歳（数え歳。以下、同じ）で葛野王を産んだとし、さらに一七歳で額田王が大海人皇子との間に十市皇女を産んだと考えて、十市皇女の生年を六四九年、額田王の生年は六三三年と推定します（当時の皇女・王の初出産年齢を一七歳との推定に基づくものです）。

二〇番歌を詠んだ六六八年は、額田王は三六歳で、娘・十市皇女は天智天皇の長子・大友皇子の妃であり、四歳となる孫・葛野王も生まれており、母として祖母として満ち足りた境遇の年代であったろうと思われます。

額田王は、孝徳朝および斉明朝を通じて、皇極上皇・斉明天皇の身辺に仕え、歌を詠むことを管掌とする官女でありましたが、この間、孝徳朝のころ大海人皇子の子・十市皇女を産みました。斉明天皇崩御後は、天智天皇の宮廷に入り歌を詠んでいたことは一六番ないし一八番、一五一番および一五五番の各歌から推認できます。

二〇番歌を詠った当時、天智天皇の後宮に入っていたことは確かであり、そのうえ大海子皇子との恋愛関係がなお続いていたかどうかについては、否定的に解します（注7）。

少なくとも二〇番歌では、君（大海人皇子）に袖を振られたことが野守《のもり》（天智天皇あるいはその配下）に見られるとまずいというのですから、額田王は自分を天智側の女性と考えていたこと、大海人皇子も二一番歌で「人妻故に」と返していますので、額田王を天智側の女性と考えていたことは確かです。

【天智天皇の年齢】 天智天皇については、日本書紀の舒明一三年（六四一年）に、一六歳との記載がありますのでこれによると、六二六年生まれです。

二〇番歌が作られた六六八年には四三歳であり、その年の一月に即位しました。天智天皇には、額田王の娘・十市皇女を妃に迎えた二一歳の大友皇子および皇孫として四歳の前記葛野王がいました。二〇番歌のときより約二年半後の六七一年一月に、天智天皇は大友皇子を太政大臣に任命しています。

【大海人皇子の年齢】 日本書紀には皇極天皇は舒明天皇との間に、中大兄《なかのおほえ》、間人皇女《はしひとのひめみこ》、大海人皇子の順で皇子をもうけたとあるので、大海人皇子が中大兄（天智天皇）の五歳年下として、その生年は六三一年です。六四九年、一九歳のとき、額田王との間に十市皇女が生まれました。

六五七年、天智天皇の第二皇女である一三歳の鸕野讃良《うののさらら》皇女を妻に迎え、六六二年、草壁皇子が生まれています。同皇子は、皇女を母に持つ大海人皇子の男子としては最年長です。

大海人皇子が二一番歌を詠ったときは三八歳、鸕野讃良皇女は二四歳、草壁皇子は七歳でした。

【当時の宮廷環境】 中大兄は、六六一年斉明天皇が崩御した後も即位せず、長く称制《しょうせい》しました。それは六六三年の白村江《はくすきのえ》の敗戦後、唐の侵攻に備えることに集中したからで、唐の脅威も去った六六八年、即位して天智天皇となりました。

このように、天智天皇が即位したときはもう四三歳、大友皇子は二一歳になっていました。

即位するまでは自分の後継を現実的に考えなかったであろう天智天皇も、即位をすれば自分の後継者を決めなければと思うようになるのは、人の常でしょう。

大友皇子は詩文に長《た》けており、周りの評判も良く、生母は身分が低いものの、妃に大海人皇子と額田王の間に生まれた十市皇女を迎えており、既に四歳になる孫の葛野王まで育っている状況においては、天智天皇が自分の後継者を大友皇子にと考え始めても不思議ではありません。

天智天皇の後宮にいた額田王は、天智天皇からその意向を打ち明けられ、あるいは察し、額田王としてもその方向に事態が進めば、十市皇女が皇后になれば皇后の生母、さらに孫の葛野王が天皇となれば天皇の祖母として外戚たる地位に就くことになるのですから、それを望まなかったということはないでしょう。すなわち、皇位継承問題に関しては、天智天皇と額田王の気持ちは同方向であったのです。このことは、今まであまり論じられませんが、二〇番および二一番の歌の解釈をするに際し重要です。

これに対し、大海人皇子はどうであったでしょうか。

これまで、大皇弟として中大兄および群臣から信頼を得ていた大海人皇子でありましたが、天智天皇が即位してからの態度の変化に、自分ではなく大友皇子を後継者にしようと考え始めた兄の心の変化を感じ取っていたことでしょう。

しかし、この情況を同皇子以上に危惧したのはその妃・鸕野讃良皇女であったと思います。

同皇女は、前記のとおり天智天皇の第二皇女として生まれ、一三歳で大海人皇子に嫁ぎ、五年後に待望の皇子である草壁皇子を産みました。夫は大皇弟といわれ、夫の兄・天智天皇の後は夫・大海人皇子が当然皇位を継承し、その後さらに自分が産んだ草壁皇子が皇位を継ぐものと信じていた鸕野讃良皇女にとって、受け容れ難い事態の進展であったと思われます。

鸕野讃良皇女としては、天智天皇が後継にしようとしている大友皇子の母・宅子娘《やかこのいらつめ》は伊《い》賀采女《がのうねめ》で、皇女でない母を持つ同皇子を皇位継承者として認め難いばかりではなく、そもそも同皇女が五歳のとき、母方の祖父蘇我倉山田石川麻呂が無実の罪の嫌疑をかけられて自殺に追いやられ、そのことにより母・遠智娘《おちのいらつめ》も傷心のあまり死に至ったという悲劇を経験していますが、それは父・天智天皇（当時は中大兄）の陰謀であったといわれており、あれこれと同皇女は父の遣《や》り方に対し、強い不信感を懐くようになっていたのです。葛野王より三歳も年長の七歳の草壁皇子を見るたびに、大海人皇子と鸕野讃良皇女の二人は、草壁皇子の行く末を案じ、天智天皇と額田王に対する反感を募らせていたことでしょう。

そんな折に起こったのが「藤氏家伝　上」（藤原鎌足伝）が伝える長槍事件で、天智天皇の即位後の宴席で、大海人皇子が天智天皇の膝前の床に、突然長槍を突き立てたというものです。

その場は、中臣鎌足のとりなしで事は収まりましたが、その後も兄弟間に確執が続いていたことは想像に難くありません（注8）。

そしてそれは男同士の確執だけではなく、陰に鸕野讃良皇女と額田王という二人の女性の執念の対峙《たいじ》もあったことを見逃してはならないと思います（注9）。

二〇番歌および二一番歌を解釈するに際して、天武天皇・額田王と大海人皇子・鸕野讃良皇女の二つの勢力間の確執を考えない解釈は、歴史から乖離《かいり》したものとなります。

▩二〇番歌および二一番歌の新解釈

【二〇番歌の題詞について】

二〇　あかねさす紫野行き標《しめ》野行き野守は見ずや君が袖振る

右の歌には、「天皇、蒲生野《かまふの》に遊猟《みかり》したまふ時に、額田王が作る歌」との題詞があります。同様の形式の題詞が、万葉集につぎのようにいくつかあります。

四五「軽皇子、安騎《あき》の野に宿ります時に、柿本朝臣人麻呂が作る歌」

二三五「天皇、雷《いかづち》の岳《をか》に御遊《いでま》す時に、柿本朝臣人麻呂が作る歌」

二三九「長皇子《ながのみこ》、猟路《かりぢ》の池に遊《いでま》す時に、柿本朝臣人麻呂が作る歌」

これらの題詞を冠した歌は、いずれも冒頭に名前のある天皇あるいは皇子が「〈何々〉ます時に」側近の宮廷歌人が詠った歌で、歌の主体は天皇あるいは皇子であって、作者の宮廷歌人ではありません。すなわち二〇番の歌も主体は天智天皇であり、作者の額田王ではないのです。

このように題詞の記載形式から判断して、二〇番歌は、額田王自身の恋歌を大海人皇子に「贈る歌」ではなく、天智天皇に代わって「作る歌」であるのです。

【大海人皇子の「袖振り行為」】　二〇番歌の特徴として、この歌が詠まれる前に大海人皇子の「袖振り行為」が先行していることです。そこで、「袖振り行為」をどのように理解するかによって、この歌の解釈が決まるといってよいといえます。

大海人皇子は、遊猟という宮廷の「晴れ」の日に、天智天皇の後宮として侍《はべ》っている額田王に対して袖を振ったのです。

「袖振り行為」は、前記長槍事件の日に近接しており、そのころどうしても皇位継承への不満を抑え切れなかった大海人皇子は、天智天皇と一体となって大友皇子への皇位継承を進めている（少なくとも、大海人皇子と鸕野讃良皇女には、そのようにみえた）後宮の額田王を標野に見つけると、昔の誼《よしみ》がかえって反撥心を誘い、抑え難い衝動となって、「袖振り行為」に出たのです。

このような解釈に対しては、多くの論者から何の根拠もない空想と非難されるかも知れませんが、大海人皇子の額田王に対する「袖振り行為」も、天智天皇に対し「座前に長槍を突き立てた行動」も、心理学上は容易に説明のできる行為です。

すなわち心理学でいう、自我の内的傾向と生活環境とが適合しない場合に起こる「不適応現象」だったのです（注10）。日常的な言葉でいえば、「いたずら」「悪ふざけ」「からかい」といわれる挙動です。

この時期の大海人皇子は、それまでは自分が次期皇位継承者と思っていた「自我の内的傾向」と、天智天皇が大友皇子を次期皇位継承者として考え始めるようになった「生活環境」とが、まさに適合しない情況に至っていたものであり、天智天皇の座前に長槍を突き立てた行動は、典型的な不適応現象であり、それ以外にこの行動を合理的に説明できません。

同様に「袖振り行為」は、天智天皇と一体となって大友皇子への皇位継承を進めている、額田王に対する不適応現象だったのです。不適応現象は右の情況に陥れば誰にでもみられ、昔の人にも今の人にも変わらない行動であり、大海人皇子の特異行動ではありません。

なお、昔から大海人皇子の前記二つの行動の原因を、額田王をめぐる同皇子と天智天皇の間の三角関係に求める説がありますが、この時期における三人の年齢および境遇から、色恋の感情だけを原因とする説明には無理があります。

この三角関係を考える論者は、大海人皇子の妻・鸕野讃良皇女の存在を無視していますが、鸕野讃良皇女は、後に、大津皇子、穂積皇子、弓削《ゆげ》皇子の各恋愛問題に対して容赦のない対応をしたことで知られる持統天皇です。既に天智天皇の後宮に入っている額田王と夫・大海人皇子との間に恋愛関係が続いていたとすれば、見逃すような女性ではありません。

【額田王のしたたかな対応】

ところで、女性に袖を振ることは、大海人皇子の意図とは別に、一般的に相手に懸想《けそう》を示す行為とみられ、多くの人が行き交う標野において後宮の額田王に袖を振る行為は、公然たる懸想の態度として標野の主である天智天皇に対する挑発とみられる行為といえます。

袖を振られた額田王自身は、それは自分に対する懸想ではなく、皇位継承問題についての不満からでた反撥的行為、すなわち「いたずら」や「悪ふざけ」であると即座に分かりました。

しかし、そこは大海人皇子と過去に関係のあった女の強《したた》かさでしょうか、自分に対する懸想とみなし、懸想を咎《とが》める歌として、「野守は見ずや君が袖振る」と倒置法を用いて強調し、大海人皇子の「袖振り行為」の挑発に対して「天智天皇が見ていないとでも思っているの」と天皇の立場に立って警告する歌を詠んだのです。

すなわち、額田王は大海人皇子の袖振り行為を皇位継承問題が原因の不適応現象とすぐに理解しましたが、それを正面から捉えるのではなく、懸想として歌を詠むことが大海人皇子の挑発に乗ることなく、皇位継承問題を顕在化させることなく、その場を収拾できると機転を利かせて詠ったのです（長槍事件のときの中臣鎌足と同様に、額田王は天智天皇・大海人皇子の兄弟間の争いが深刻にならないように努めたのです）。

大海人皇子の「袖振り行為」に対し、あえて懸想を咎める歌として公然と詠んでも、大海人皇子と額田王の間には当時もはや恋愛関係がないことは、当人たちにも、宮廷の人たちにも公然の事実であり、真摯な恋歌とみられて誤解や非難を受けるおそれがないからこそ、額田王はこのように詠んだのです。恋歌説の論者は、額田王のこの機転を理解できないのです。

この歌の上三句の異様なまでの明るさ、軽快さ、さらに雅《みやび》さは、天智天皇の遊猟を華やかに讃《たた》えることにより、下二句に潜む兄弟間の暗い確執を覆うための額田王渾身の技巧、かつ演出です（上代において、女性が機転を利かせた歌を好んで詠んだことは「難訓歌二五　二六九番」参照）。

このように二〇番歌は、恋歌説がいうような額田王の大海人皇子に対する忍ぶ恋を詠った歌でも、まして額田王の媚態《びたい》を詠った個人的な歌でもないのです。

また、座興歌説では、後述のように大海人皇子の「袖振り行為」を合理的に説明できません。


【大海人皇子の反発】

二一　**紫草《むらさき》のにほへる妹を憎くあらば人妻故に我れ恋ひめやも**

額田王が「袖振り行為」を正面から受け止めず、自分への懸想として詠んだ歌に対し、大海人皇子がさらに反撥せざるを得なかった、返しの歌です。

二一番歌の題詞に「皇太子の答へたまふ御歌」となっていることは、二〇番の歌の主体が天智天皇であると、万葉集の編纂者が理解していた証左です。

他者の歌に歌を返す場合、万葉集では「報《こた》ふる」と記載されている場合が多く、「答ふる」との文字を当てる場合は、二八一番、五一六番の題詞（注11）に見られるように、夫の歌に妻が歌を返すようなとき、すなわち歌を返す人の方が目下の場合です。二〇番の歌が額田王の個人的な恋歌であれば、当代ナンバー2の大海人皇子の歌に「答ふる」との題詞をつけることはあり得ないし、まして「皇太子」と書くこともありません。これは、二〇番の歌の主体が天智天皇であると編纂者が認識していたからこそ、天皇の歌に対して「皇太子」が答える歌と記載しているのです。

もっとも、この歌が詠われた時代にはまだ「皇太子」という制度がなかった（左注には「大皇弟」とある）という説もあり、この歌の題詞に「皇太子」とある記載は、この歌が「天智朝」から「天武朝」への継承に関する歌であることを知っている者により、後年に記載された可能性があります。

さて、大海人皇子は、自分は額田王に懸想して「袖振り行為」をしたのではないのに、額田王がそれを懸想されているかのようにみなして、天智天皇に対する挑発行為として強く咎める歌を作ったことに対し、大海人皇子は、懸想と詠われたことを逆手にとって、上三句では既に三六歳で女の盛りを過ぎた額田王に対し「紫草のにほへる妹を憎くあらば」と最大限の皮肉をいって、懸想しているかのように詠まれたことに反撃し、しかも下二句では「人妻故に我れ恋ひめやも」と、額田王が天智天皇の後宮に居て、一緒に大友皇子への皇位継承を進めている同天皇側の女であるからこそ袖を振ったのだ（反撥心からのからかい行為をしたのだ）と本音を詠いあげているのです。

すなわち、「我れ恋ひめやも」（袖を振ったこと）の理由を、一首の中に二層の構造をもって詠っているのであり、上三句の「紫草のにほへる妹を憎くあらば」は皇位継承問題に対する不適応現象と知りながら額田王が懸想として詠ったことに対する皮肉・反撥であり、第四句の「人妻故に」は天智天皇と一体となって大友皇子への皇位継承を進めている後宮にいる女であるから、袖を振ってからかったとの本音を念押ししているのです。「人妻故に我れ恋ひめやも」の「人妻」は、懸想してはならない対象として一般的に用いられる「人妻」に恋をして袖を振ったのではなく、天智天皇と共に大友皇子への皇位継承を進めている同天皇の後宮にいる女を指して「人妻」といったのであり、そんな人妻に反撥心から袖を振ったことを明らかにしています。したがって「人妻故に」と、当然順接的に詠んでおり、恋歌説のように、「故に」をことさら逆接的に解する必要はないのです。

「持統万葉」編纂者の二〇番歌・二一番歌に対する認識

【両歌の位置づけ】「持統万葉」の企画・編纂にあたって、持統太上天皇は天智天皇から天武天皇への皇位継承を象徴する歌を求めていました。それは、天智天皇から天武天皇への皇位継承は、他の天皇間の継承のように禅譲ではなく、壬申の乱という争いが介在したものであったからです。

持統太上天皇にとっては、夫・天武天皇と共に壬申の乱を闘って皇位を勝ち取り、舒明天皇の皇統を正統に継承したことが、何よりの強い誇りであったでしょう（注12）。

それゆえに、天智天皇が大友皇子に皇位を継承させようと考え始めたころに、夫・大海人皇子が額田王の二〇番歌に対し二一番歌を詠って答えたエピソードは、天智天皇および額田王が意図した大友皇子への皇位継承に対し、大海人皇子が反対の意思を明らかにした壬申の乱の先触れとして、後々まで持統太上天皇の心には強く残っていたことでしょう。

持統太上天皇および編纂者が、天智天皇から天武天皇への皇位継承過程で、天智天皇側の額田王と大海人皇子との間で繰り広げられた見事な攻防歌として、二〇番歌と二一番歌を、「持統万葉」に最も相応しく、象徴的な歌であると考えた所以《ゆえん》です。

■宴席の座興歌説に対する疑問

近年、恋歌説に代わり、遊猟の後の宴席における座興歌との説が支配的になりつつあります。

それは前述のように、恋歌であれば巻第二の相聞の部に登載されるべきでありますが、両歌が巻第一の雑歌に入っていることへの疑問に起因し、その説明として、両歌を宴席の座興歌と解することによって、雑歌に含められている正当性を主張しようとするものです。

しかし、両歌を含む万葉集の最初の形態である「持統万葉」には、もともと雑歌という部立はなく、「持統万葉」の後続部分に、後年に歌が追加され、巻第一と巻第二が成立したときに、巻第二に「相聞」「挽歌」、巻第一に「雑歌」という部立名が付けられたといわれています。

すなわち、「持統万葉」の原初においては、雑歌あるいは相聞という部立を意識して各歌が撰ばれたものではなく、二〇番および二一番の歌を含め、舒明天皇から継承された誇るべき皇統を讃える歌として撰ばれているだけです。宴席の座興歌と解釈すれば、宴席の歌であるから雑歌に含まれるという次元の問題ではなく、両歌の解釈として、持統太上天皇が「持統万葉」に相応しい歌として撰んだといえる解釈が成り立つかどうかの問題です。

【座興歌説の混乱】　まず、座興歌説は、遊猟後に宴席が開かれたことを当然のように想定していますが、両歌の題詞や左注にそれを窺わせる記載はありません。

万葉集の歌の題詞に「宴」との表記のある歌は二一二首、左注に「宴」の表記がある歌は五〇首に及びます。宴は、やはり特別のことであり、宴で詠われた歌であることを明らかにするため、そのことが必ず題詞などに書かれていると考えていいでしょう。座興歌説によれば、「遊猟したまふ時に」の題詞は不適切で、「宴したまふ時に」が普通でしょう。

つぎに、座興歌説の歌の解釈は、その論者によって区々《くく》であります。概略すれば、現実に遊猟の標野で袖振り行為があり、そこで詠まれた歌が後の宴席で披露されたとする①説（注13）と、宴席で作歌された即興歌であるとする説に分かれ、後者は、さらに大海人皇子の宴席における舞の袖の振り方を額田王が見て詠んだとする②説（注14）と、「君が袖振る」の「君」は誰とも想定しないで詠まれた歌とする③説（注15）があります。

①説に対しては、袖振りを懸想を示す行為と解する以上、それは大海人皇子と額田王の昼間の標野における二人の間の秘事であり、それをその日の後の宴席で額田王が一同の笑いをとるためわざわざ暴露することの非常識は、昔も今も考えられません。当時、そのようなことが座興として許されたと考えるのは、幻想です。

天智天皇臨席の宴で舞った大海人皇子の袖の振り方を見て、額田王が自分に対する愛情表現と見立てて即興で詠んだ歌とする②説は、二〇番歌の上三句の「あかねさす紫野行き標野行き」にみられる遊猟の野における臨場感あふれる表現と相容れず、また野守のいない宴席の場で、「野守は見ずや」と詠えば大海人皇子の舞を眼前に見ている天智天皇を指してのことになり、天皇を座興の対象とするのは、例の長槍事件以上に、天皇に対する不敬の最たるもので、あり得ないことです。

また、「君が袖振る」と詠んだ時点で、誰の袖振り行為もなく、「君」は特定の人でなく、唱和してくれる人は誰でもよかったとの③説は、額田王が座興とはいえ道化のように、誰彼なしに自分に対する愛情表現を期待するような歌を衆目の中で詠んだことになり、その想定はあまりに作為的で、額田王の矜持《きょうじ》が見られません。

しかも、唱和した大海人皇子が「本当の夫」であったとする点においても納得できません。

額田王を悲恋の女に仕立てた恋歌説に代わり、座興歌説では、当時の宴席はいかなる座興も許され、額田王はそんな宴席の座興に奉仕した女性と、その人物像を劇的に変化させていますが、長忌寸意《ながのいみきお》吉《き》麻呂《まろ》のような身分の歌人ならともかく、天皇の後宮にいて、十市皇女の母で、大友皇子の義母である身分の女性が、そんな座興を演じるでしょうか（注7）。

また、これらの座興歌説の解釈は、宴席に同席したであろう天智天皇および鸕野讃良皇女の存在・立場を全く無視している点も不当です。

特に、後の持統太上天皇にとっては、自分の夫と元の愛人の恋の座興歌は不愉快なものでありこそすれ、わざわざ、舒明皇統を讃える「持統万葉」に相応しい歌として採録するはずがありません。二〇番歌および二一番歌を「持統万葉」の歌とみる限り、両歌の解釈は宴席の座興歌ではあり得ないのです。

むすび

戦後七〇年を経過し、この間に万葉集の研究は進み、前述のように二〇番歌および二一番歌は雑歌であることが確認され、また万葉集成立過程の研究により、一番歌から五三番歌までは「持統万葉」であるとの研究成果が発表されて共に久しい。

さらに、二〇番歌および二一番歌が詠われたときの額田王と大海人皇子との関係についても、これまでのように恋愛関係だけではなく、二人の背後に皇位継承問題が存在しているとの説（注8）、あるいは当時の宮廷において天智天皇・大友皇子・額田王の勢力と、大海人皇子・鸕野讃良皇女の勢力が微妙なバランスで対峙していたとの考察（注9）が登場しています。

しかし、これらの学説を融合し、二〇番歌および二一番歌を新しい視点から再生する試みがなされてこなかったのです。

以上、これら貴重な先学の学説を融合し、二〇番歌および二一番歌が「持統万葉」に含まれる歌である限り、これらの歌の解釈に、恋歌説も、座興歌説も成り立たず、皇位継承に関わる壬申の乱の先触れにあたる応答歌であると結論し、もって両歌が万葉集巻第一に雑歌として登載されている理由を合理的に理解できる、とするものです。

〔別表〕「持統万葉」歌一覧

歌番号	天皇名	作者	初句	歌の主題	摘要
一	雄略	雄略	籠もよ	求婚	子孫繁栄（後に追補された歌）

二	舒明	舒明	大和には	国見	豊穣
三	舒明	間人連老	やすみしし	遊猟	武威
四	舒明	間人連老	たまきはる	遊猟	武威
五	舒明	軍王	霞立つ	望郷	外交の成功（軍王は百済《くだら》からの人質）
六	舒明	軍王	山越しの	望郷	外交の成功（軍王は百済からの人質）
七	皇極（上皇）	額田王	秋の野の	曾遊《そうゆう》	夫・舒明への追慕
八	斉明	額田王	熟田津に	曾遊	夫・舒明への追慕
九	斉明	額田王	莫囂円隣之	曾遊	有間皇子への追想
一〇	斉明	中皇命	君が代も	御幸	行路の平安
一一	斉明	中皇命	我が背子は	御幸	行路の平安
一二	斉明	中皇命	我が欲りし	御幸	行路の平安
一三	斉明	中大兄	香具山は	西征	行路の平安・神話
一四	斉明	中大兄	香具山と	西征	行路の平安・神話
一五	斉明	中大兄	海神《わたつみ》の	西征	航海の安全
一六	天智	額田王	冬こもり	歌宴	倭歌の誕生　季節感
一七	天智	額田王	味酒《うまさけ》	遷都	惜別
一八	天智	額田王	三輪山を	遷都	惜別
一九	天智	井戸王	綜麻《へそ》形《かた》の	遷都	惜別
二〇	天智	額田王	あかねさす	遊猟	壬申の乱の先触れ

二一	天智	大海人	紫草の	遊猟	壬申の乱の先触れ
二二	天武	吹芡刀自	川の上《へ》の	伊勢参詣	十市皇女の突然死　鎮魂
二三	天武	島人	打ち麻《そ》を	流刑	天皇親政の断行と反抗　鎮魂
二四	天武	麻続王《おみのおほきみ》	うつせみの	流刑	天皇親政の断行と反抗　鎮魂
二五	天武	天武	み吉野の	吉野隠遁	皇位継承決意の回想
二六	天武	天武	み吉野の	吉野隠遁	（二五の少異歌）
二七	天武	天武	淑《よ》き人の	誓約	皇位継承の正統性
二八	持統	持統	春過ぎて	国見	天皇による暦の支配
二九	持統	人麻呂	玉たすき	回想	大津宮への哀惜
三〇	持統	人麻呂	楽浪《ささなみ》の	回想	大津宮への哀惜
三一	持統	人麻呂	楽浪の	回想	大津宮への哀惜
三二	持統	高市古人	古《いにしへ》の	回想	大津宮への哀惜
三三	持統	高市古人	楽浪の	回想	大津宮への哀惜
三四	持統	川島皇子	白波の	回想	有間皇子事件と大津皇子事件　鎮魂
三五	持統	阿閉《あへの》皇女	これやこの	御幸	行路の平安　夫・草壁皇子を追慕
三六	持統	人麻呂	やすみしし	行幸	吉野讃歌
三七	持統	人麻呂	見れど飽かぬ	行幸	吉野讃歌
三八	持統	人麻呂	やすみしし	行幸	吉野讃歌
三九	持統	人麻呂	山川も	行幸	吉野讃歌

四〇	持統	人麻呂	嗚呼見《あみ》の浦に	行幸	伊勢行幸に随伴した人を偲ぶ歌
四一	持統	人麻呂	釧着《くしろつ》く	行幸	伊勢行幸に随伴した人を偲ぶ歌
四二	持統	人麻呂	潮騒に	行幸	伊勢行幸に随伴した人を偲ぶ歌
四三	持統	当麻真人麻呂の妻	我が背子は	行幸	伊勢行幸に従駕《じゅうが》した夫を偲ぶ歌
四四	持統	石上大臣	我妹子《わぎもこ》を	行幸	伊勢行幸の従駕者が妻を偲ぶ歌
四五	持統	人麻呂	やすみしし	遊猟	軽皇子の安騎野遊猟歌
四六	持統	人麻呂	安騎の野に	遊猟	草壁皇子への回想
四七	持統	人麻呂	ま草刈る	遊猟	草壁皇子への回想
四八	持統	人麻呂	東の	遊猟	草壁皇子への回想
四九	持統	人麻呂	日並《ひなみし》の	遊猟	草壁皇子への回想
五〇	持統	不明	やすみしし	新京	藤原宮建設
五一	持統	志貴皇子	采女の	遷都	明日香宮懐古（後に追補された歌）
五二	持統	不明	やすみしし	新京	藤原宮讃歌
五三	持統	不明	藤原の	新京	藤原宮讃歌

注

1　新潮古典集成「萬葉集一　青木生子　井手至　伊藤博　清水克彦　橋本四郎　校注」伊藤博「萬葉集の生いたち（一）巻一～巻四の生いたち」三八四頁　新潮社

2　ただし、「持統万葉」は歴代王朝の讃歌ばかりを集めたものではありません。不幸な死が背景にある歌として二二番の十市皇女を詠った歌、有間皇子事件および大津皇子事件に関すると思われる川島皇子の三四番の歌、天武天皇親政の政治に不満を持った皇族に対する処罰と思われる麻続王父子の流刑の二三番・二四番の歌などがありますが、不幸な死を遂げた人の歌を掲載している理由は、祟《たた》りをおそれての鎮魂と思われます。

3　聖武天皇の時代に、長皇子《ながのみこ》の子孫である長田王らが風流侍従として登場し、持統天皇時代に不遇であった志貴皇子、長皇子および弓削皇子の歌を巻第一や巻第二に追補したといわれています（注1前掲書二九九頁以下）。明日香宮を懐古する志貴皇子の五一番歌は、藤原の宮を讃える五〇番歌と五二番歌の間に挟まれており、違和感があります。長田王らによって、後にこの位置に追補されたものと推断されます。

4　額田王と大海人皇子の間に交わされた恋歌は、同皇子が天武天皇に即位する前も、即位後も、万葉集に一首もありません。もっとも、伴信友の『長等の山風』の影響を受け、大正から昭和期に、額田王の一七番および一八番歌を「中大兄のために近江の都へ召された額田が大海人との別れを歎く歌とする解釈」がありました（注6後掲書一六九頁以下）が、近江遷都の際に大和を去る惜別の歌で、恋歌ではありません（注15後掲書九三頁以下）。

5　恋歌説が隆盛の背景には、「『万葉集』を装飾の少ない、まごころを率直に述べた歌集とするみかた―賀茂真淵にはじまり、明治以後アララギ派歌人によって強調された」（注6後掲書二〇三頁）という、特別の万葉観によって支配されてきた影響があります。

6　直木孝次郎「額田王」六七頁以下　吉川弘文館　「皇太后、其の一言の国を定めたるを嘉《よ》みし、特閲して正四位を授け、式部卿に拝す。時に年三十七。」の「時に」について、つぎの三説を掲げています。

第一説　六九七年　「其の一言」の後、軽皇子の立太子が決ったとき

第二説　七〇一年　「正四位・式部卿」は大宝令制の官位であり、大宝令施行後

第三説　七〇五年　「年三十七」を「享年」と解し、卒《しゅっ》した七〇五年

7　注6前掲書二一四頁は、額田王の人物像について、「天智の権力になびいた不幸な女ではない。」「大海人の妻として、つつましく生きていたのでもない。」「近江朝廷で誇り高く生きていたのである。そういう額田王として、私は蒲生野の贈答歌を理解したいのである。」と記載しています。

8　笹山晴生「従山科御陵退散之時額田王作歌」と壬申の乱　昭和五三年四月号「國文學」六一頁　學燈社　「天皇（筆者注・天智天皇）と大海人皇子との疎隔の第一の原因は、やはり大友皇子のことであったと思われる。

（中略）天皇は皇子（同・大友皇子）への皇位継承を考え、すでに皇嗣とされていた大海人皇子の地位を否定しようとしたと考えられる。」との記述の後、二〇番・二一番歌を掲記し「それはあたかも前記『藤氏家伝』の浜楼の宴の同年にあたっている。兄天智天皇との微妙な対立関係に苦悩する大海人皇子、それに気づかう額田王のそれぞれの心裏をこの歌から察することが可能であろう。」という。

永藤靖「額田王の結婚―交換の原理―」第五十六巻第六号「文学」二一一頁　岩波書店　結婚は「個と個の関係においてのみ完結したわけではなかった。常に集団間の関係を含んでいた」と指摘し、額田王は大海人側から天智側の集団へ移行したという。

9　阿蘇瑞枝「萬葉集全歌講義㈠」一〇二頁以下　笠間書院
「斉明朝から引続いて宮廷歌人として才能を開花させてきた額田王の立場は、天智天皇の寵に加えて、天皇の長子大友皇子の妻の生母として、宮廷における地位は重きを加えていた。天皇と長子大友皇子と、十市皇女とその母額田王、皇太弟大海人皇子と妃鸕野皇女、と、当時の宮廷はちょっとした刺激によっても大きくバランスを崩してしまいそうな複雑微妙な人間関係の中で、辛うじてバランスを保っていた。だが、二〇番歌で、額田王は、（中略）宮廷における自分の立場からくる自信をバックに、ほどよい挑発さえも見せている。」

直木氏の注7の見解、笹山氏らの注8の見解、および阿蘇氏の注9の見解は、深い洞察力に基づく他の論者には見られない二〇番・二一番歌の背景分析であり、かつ、いずれも本稿における私の論旨に先行するものとして、高く評価します。

10　今田恵「心理学」四五三頁　岩波書店
「友達に無視される子供が悪戯や乱暴をして認められようとするようなものである。」

11　黒人が妻の答ふる歌一首
二八一　白菅《しらすげ》の真野《まの》の榛原《はりはら》行くさ来さ君こそ見らめ真野の榛原
阿倍《あへの》女郎《いらつめ》が答ふる歌一首
五一六　我が持てる三相《みつあひ》に搓《よ》れる糸もちて付けてましもの今ぞ悔しき

12　持統天皇が天武天皇崩御後八年の御斎会の夜に、「夢の裏に習ひたまふ御歌一首」との題詞のある一六二番の長歌において「日の御子　いかさまに　思ほしめせか　神風の　伊勢の国は」と詠っており、同天皇は天武天皇と共に壬申の乱において伊勢の国に東征し、皇位を勝ち取った思いを、終生天武天皇と共有していたことが窺えます。

13　菊池威雄「日本の作家1　額田王」二九頁　新典社
14　山本健吉「日本文学全集1　古事記・万葉集」一四二頁以下　河出書房
15　伊藤博「萬葉集　釋注　巻第一　巻第二」一〇〇頁以下　集英社文庫

新釈二　人麻呂が石見に追放される原因となった「安騎野遊猟歌」

軽皇子、安騎の野に宿ります時に、柿本朝臣人麻呂が作る歌

四五　やすみしし　我が大君　高照らす　日の御子　神ながら　神さびせすと　太敷《ふとし》かす　都を置きて　こもりくの　泊瀬《はつせ》の山は　真木《まき》立つ　荒《あら》き山道《やまぢ》を　岩が根　禁樹《さへき》押しなべ　坂鳥の　朝越えまして　玉かぎる　夕さり来れば　み雪降る　安騎の大野に　旗すすき　小竹《しの》を押しなべ　草枕　旅宿りせす　いにしへ思ひて

短歌

四六　安騎の野に　宿る旅人　うち靡き　寐《い》も寝らめやも　いにしへ思ふに

四七　ま草刈る　荒野にはあれど　黄葉《もみぢば》の　過ぎにし君が　形見とぞ来し

四八　あづま野の　煙の立てる　ところ見て　返り見すれば　月かたぶきぬ

四九　日並《ひなみし》の　皇子《みこ》の命《みこと》の　馬並《な》めて　み狩立たしし　時は来向ふ

【人麻呂に対する再評価】　持統天皇の執念であった軽皇子《かるのみこ》の皇位継承を念願して、柿本人麻呂に詠ませた右の

「安騎野遊猟歌《あきのゆうりょうか》」が、これまで一般に流布している解釈や評価と異なり、実は持統天皇の不興を買った歌であったとしたら、それが原因で人麻呂は持統天皇により石見《いわみ》の国に追放されたことが十分考えられます。

また、これまで人麻呂の人物像として、人麻呂が宮廷歌人として終生、持統天皇に忠実であったというのが一般的でありますが、持統天皇と人麻呂の間に何の葛藤も確執もなかったといえるでしょうか。

万葉集に約八〇首の作歌を残している人麻呂ですが、それらの歌から人麻呂の実体が明らかに見えてこないのは、人麻呂の歌に対するこれまでの評価、および人麻呂に対するこれまでの人物像に問題があるのではないか、これまでと全く異なる逆転の発想に基づいてこれらを再検証すれば、新しい発見があるのではないだろうか。

このような発想の下に、以下の第一において「安騎野遊猟歌が人麻呂の石見追放の原因となったか」、第二において「人麻呂は終生持統天皇に忠実であったか」について論ずるものです。

■第一　安騎野遊猟歌が人麻呂の石見追放の原因となったか

【天皇の期待と人麻呂の節操】　一〇歳になったばかりの軽皇子を安騎の野に遊猟させ、人麻呂に歌を詠わせた持統天皇の目的は、歴史学者・北山茂夫氏がいう「まだ幼少であり、皇位をねらう天武の諸皇子も多く、立太子の見通しはたっていなかった。それだけに、この安騎野への冬猟には、政治的には重い願望がかけられていたといえよう。」に要約されており、一般的に異論がないでしょう（注1）。

敷衍《ふえん》すれば、天武天皇の崩御後、その後継者にと持統天皇が執心した子・草壁皇子は六八九年四月急逝して、同天皇はその宿願を断たれ悲歎に暮れましたが、三年を経過した六九二年、ようやくその悲しみから立ち上がりました。

そのことは、安騎野遊猟歌の直前に配列されている歌の左注において、「ここに中納言三輪朝臣高市麻呂、その冠位《かがふり》を脱ぎて朝《みかど》に捧げ、重ねて諫めまつりて曰《まを》さく、『農作《なりはひ》の前に車駕《みくるま》いまだもちて動《いでま》すべからず』とまをす。辛未《かのとひつじ》に、天皇諫めに従ひたまはず、つひに伊勢に幸《いでま》す。」とあるように、六九二年三月、持統天皇は農作前の行幸に反対する臣下の諫言を無視して、伊勢行幸を強行した姿に表れています。

このときの持統天皇は、喫緊の念願である新益京（後の藤原京）の完成と軽皇子の皇位継承を祈願するため、壬申の乱の際に、天武天皇が伊勢神宮に戦勝を祈願し、それが叶えられた先例に倣い、伊勢行幸への思いをどうしても抑え難かったのです。

伊勢行幸を終えた同年の初冬、持統天皇はそれまでは内心に秘めていた軽皇子を次期皇位継承者とする構想を対外的に誘導し、人々にこれを認知させるための具体的行動を開始しました。

その第一弾として、軽皇子を安騎野に遣り、当時「吉野宮讃歌」（三六〜三九番）などで名声を博していた宮廷歌人・人麻呂を従駕させ、誰しもが軽皇子を次期皇位継承者と認めるような歌を詠ませようとしたのです。

それだけ、人麻呂の応詔歌「安騎野遊猟歌」に対する持統天皇の政治的期待は、大きかったのです。

しかし、それは同時に、北山氏のいうように、皇位をねらう天武天皇の皇子たちの存在による、持統天皇の大きな不安と表裏の関係にありました。

人麻呂が天武天皇の皇子たちである忍壁《おさかべ》皇子、長皇子、弓削皇子、舎人皇子、そして新田部皇子らに献じた歌が万葉集に多数登載されていることは顕著な事実であり、人麻呂がこれらの皇子と交誼があったことは明らかです。

この点に関し、歴史学者・直木孝次郎氏は「こうした軽皇子のライヴァルになり得る、また現にライヴァルである皇子のもとに人麻呂が出入するのを、持統はどう見ていたであろうか。」「おそらく持統はそうした人麻呂の行動をよろこばず、眉をひそめて見ていたであろう。」と指摘しています（注２）。すなわち、持統天皇は人麻呂を優秀な宮廷歌人として評価する一方、政治的立場から人麻呂の行動に不安を懐いていたことも確かであったのです。

そしてそれを、人麻呂の側からみると、持統天皇の意に副《そ》わないことを知りながらも、天武天皇の皇子たちとの交誼をやめなかったものであり、そこに人麻呂の詩人としての気位と節操をみることができます。すなわち、人麻呂は持統天皇をただただ畏れ、盲従していたような詩人ではなかったのです。

これまで行われてきた安騎野遊猟歌に対する一般的な解釈および評価は、人麻呂は持統天皇に忠実な宮廷歌人であるから、安騎野遊猟歌は当然に持統天皇の期待に応えた歌であると単純に結論づけている節がありますが、持統天皇がこの歌を下命したとき、既に人麻呂は軽皇子のライヴァルである天武天皇の皇子たちと交誼があり、皇位継承問題について持統天皇の期待に心奥忠実であったといえるかどうか、慎重に考察されるべき問題であるのです。

最近、万葉学者・阿蘇瑞枝氏は安騎野遊猟歌の注釈において「しかし、高市皇子薨後に軽皇子を皇太子に立てるのにかなり紛糾した事実（『懐風藻』葛野王伝）からみて、この時人麻呂を含めた人々が、軽皇子を皇位継承者にと心底考えていたかどうか明らかでない。」と指摘しています（注３）。

【真淵以前の安騎野遊猟歌の特徴】　冒頭に掲げた安騎野遊猟歌の四八番歌は、江戸時代中期に賀茂真淵が提唱した訓以前の訓によるものです。この訓に拠り安騎野遊猟歌の特徴を述べれば、つぎのとおりです。

特徴１

長歌の冒頭に「やすみしし　我が大君」「高照らす　日の御子」「神ながら　神さびせすと」と、それまで天皇に用いられてきた敬仰表現を三つも並べたてています。

これらと類似する表現として「高光る　我が日の御子」が草壁皇子に対する舎人の挽歌（一七一番）に用いられているものの、まだ天皇でも皇太子でもない軽皇子に対し用いられたのは異例です。全体が二五句と比較的短い長歌に、敬仰表現が冒頭に三種類・六句、すなわち約四分の一も占めていることは、いささか大仰で異様です。

特徴2

長歌の内容は、三つの敬仰表現と最末尾の「いにしへ思ひて」の詞のほかは、京から安騎野までの行程を詠ったいわゆる「道行き」です。

人麻呂の草壁皇子に対する挽歌の長歌・反歌（一六七～一七〇番）においては、つぎのように詠われています。

一六七　天地の　初めの時　ひさかたの　天の河原に　八百万《やほよろづ》　千万神《ちよろづかみ》の　神集ひ　集ひいまして　神分
ち　分ちし時に　天照らす　日女《ひるめ》の命《みこと》　天をば　知らしめすと　葦原《あしはら》の　瑞穂《みづほ》の国を　天地の
寄り合ひの極み　知らしめす　神の命と　天雲の　八重かき別けて　神下《かむくだ》し　いませまつりし
高照らす　日の皇子《みこ》は　飛ぶ鳥の　清御《きよみ》原の宮に　神ながら　太敷きまして　すめろきの　敷き
ます国と　天の原　岩戸を開き　神上り　上りいましぬ　我が大君　皇子の尊の　天の下　知ら
しめしせば　春花の　貴からむと　望月の　満《たたは》しけむと　天の下　四方《よも》の人の　大船の　思ひ頼
みて　天つ水　仰ぎて待つに　いかさまに　思ほしめせか　つれもなき　真弓の岡に　宮柱　太
敷きいまし　みあらかを　高知りまして　朝言に　御言《みこと》問はさず　日月の　数多《まね》くなりぬれ　そ
こ故に　皇子の宮人　ゆくへ知らずも

反歌二首

一六八　ひさかたの天見るごとく仰ぎ見し皇子の御門の荒れまく惜しも

一六九　あかねさす日は照らせれどぬばたまの夜渡る月の隠らく惜しも

或本の歌一首

一七〇　島の宮まがりの池の放ち鳥人目に恋ひて池に潜《かづ》かず

右の歌詞において「高照らす　日の皇子は」は天武天皇、「我が大君　皇子の尊の」は草壁皇子を指しており、格調高く天孫降臨神話から詠い起こし、天武天皇を神として詠いあげ、そして草壁皇子が正統な皇位継承者であったことを詠っています。

ところが、安騎野遊猟歌においては、天孫降臨神話および天武天皇の御代については全く触れておらず、これらの詞によって軽皇子を次期皇位継承者と結びつけようとする意図はみられないのです。さらに、歌を下命した持統天皇の御代についても全く触れられていません。あるのは「いにしへ思ひて」の一語だけです。

特徴3

安騎野遊猟歌においては、冒頭の敬仰表現以外に、長歌においても、短歌においても、軽皇子を歌の中で「我が大君」と詠い掛けていません。

人麻呂の草壁皇子に対する挽歌の歌の中には、前記のとおり「我が大君　皇子の尊の」とあります。

また、軽皇子の最大のライヴァルとみられていた長皇子に対する人麻呂の猟路歌（二三九〜二四一番）はつぎのとおりで、長皇子に対しては冒頭の敬仰表現に加え、末尾に「我が大君かも」、さらに反歌においても「我が大君は」と詠われているのと比較すれば、安騎野遊猟歌との違いが著しいことが分かります。

二三九　やすみしし　我が大君　高光る　我が日の皇子の　馬並《な》めて　御狩立たせる　若薦《わかこも》を　猟路の小野に　鹿《しし》こそば　い匍《は》ひ拝《をろが》め　鶉《うづら》こそ　い匍ひ廻《もとほ》れ　鹿じもの　い匍ひ拝み　鶉なす　い匍ひ廻り　畏みと　仕へまつりて　ひさかたの　天見るごとく　まそ鏡　仰ぎて見れど　春草の　いやめづらしき　我が大君かも

反歌一首

二四〇　ひさかたの天行く月を網に刺し我が大君は蓋《きぬがさ》にせり

或本の反歌一首

二四一　大君は神にしませば真木の立つ荒山中に海を成すかも

特徴4

さらに、安騎野遊猟歌は、長歌でも、短歌でも、軽皇子に対し美辞麗句をもって詠いあげていません。長歌には、京から安騎野までの困難な山路を逞しく進行したことを示す硬い詞を連ね（「押しなべ」が再度使われている）、短歌には、亡くなった草壁皇子を回想する暗い詞に満ちており、全体的に華やかな印象をもたらす詞は見当たりません。一〇歳の少年を形容する初々しい、あるいは若々しい詞に欠けているのです。

これに対し、人麻呂は、草壁皇子に対しては前記挽歌で同皇子を「春花の　貴くあらむと　望月の　満《たたは》しけむと」と讃え、長皇子に対しては前記猟路歌の長歌で同皇子を「春草の　いやめづらしき」と褒め称えています。

特徴5

真淵以前の訓による短歌四首の主題は、人麻呂の亡き草壁皇子への純然たる回想です。通常、長歌の後には「反歌」との標題がある短歌一、二首が合わされますが、それ自体が独立したものではなく、長歌の内容の補足あるいは要約です。

ところが安騎野遊猟歌においては、「反歌」という標題が無く「短歌」と表示され、四首もの短歌が並べられており、その内容も長歌の補足および要約ではありません。

すなわち、短歌四首は通常の「反歌」ではなく、形式的にも、内容的にも、長歌から独立した主題の歌群をなしています。

【真淵の改訓と解釈の変更】　江戸時代中期に、賀茂真淵が安騎野遊猟歌の短歌三首目の歌（四八番）の訓を左のとおり変更し、それがほぼ今日まで続いています。

四八　東《ひむがし》の　野にかぎろひの　立つみえて　かへり見すれば　月かたぶきぬ

すなわち、「東野炎立所見而」とある原文を、真淵以前は前記のとおり「あづま野の　煙の立てる　ところ見て」と訓んでいましたが、真淵は「東《ひむがし》の　野にかぎろひの　立つみえて」と訓を変更しました。

平野仁啓氏が言うように「皇神をいただく天皇の親政と人民の心からの服従によって成立する状態に、真淵は古代の純粋な在り方を認め」「そのような古代に至るために、真淵は万葉研究を通路とした」（注4）人であり、また中井信彦氏が指摘するように「わが国の古典、特に万葉集のうちに、一切の制度的支配や制度化された徳目の教説から解き放たれた、情の自由な世界を空想し、その復活を熱望したのが真淵であった」

（注5）のです。
「東《ひむがし》の」「立つみえて」と訓んだのは真淵の功績ですが、真淵にとって、安騎野遊猟歌全体は、持統天皇に服従した宮廷歌人・人麻呂が、軽皇子を次期皇位継承者と讃えた歌であることが必要であったのです。それには、三首目の短歌の「東野炎」を「東《ひむがし》の　野にかぎろひの」と訓んで、「かぎろひ」を曙光と解釈し、東の野に次期皇位継承者としての軽皇子の現出を、結句の「月かたぶきぬ」を西の空に沈む月に草壁皇子の死を、それぞれ連想させる歌としなければならなかったのです。

真淵のこの訓と解釈によって、短歌の三首目だけでなく四首目（四九番歌）も同様の解釈が行われるようになって、安騎野遊猟歌全体が、持統天皇の期待どおり人麻呂が、軽皇子を次期皇位継承者と詠った歌との解釈および評価が確立し、明治以降の天皇制国家の中で受容され、かつ戦後の民主主義の世まで受け継がれてきているのです。

近年、ようやく真淵による改訓「かぎろひ」および旧訓の「月かたぶきぬ」に疑問を呈する論者が現れています（注6）。そしてさらに「野らにけぶりの」あるいは「月西渡る」と、真淵とは異なる訓を付した注釈書（注7）が現れるようになりました。

注目すべきは真淵の訓に疑問をもつようになった大方の論者においても、安騎野遊猟歌全体の評価においては、持統天皇の期待に人麻呂が忠実に応えた歌とする解釈はなお変わらず、真淵の思想の影響から離脱できないでいることです。

例えば、多田一臣氏は三首目の短歌を「日継ぎの皇子再誕の奇跡をうたったものと見る点でたしかに興味深いが、訓みの絶対性が保証されない以上、これを定説とすることにはやはりためらいが残る。」としながらも、四首目の短歌の解釈として「『思ひ』の呪力の発動は、『古』の世界からこの安騎野の地に亡き日並の姿を呼び起こし、そこに軽の姿を写し重ねることによって成就された。それは、もちろん、軽を日並の再生としてとらえ、その即位への資格をたしかなものとして得させようとするためであった。」と述べています（注8）。

このように、三首目の短歌に対する真淵の訓に疑問を呈しながらも、四首目の短歌の解釈においてはなお真淵の思想の影響を温存しています。

前述のように、真淵の思想は、古代国家を「天皇の親政と人民の心からの服従によって成立する状態」とするものでありますが、それが他の資料によって客観的に立証されたというものではなく、むしろ万葉集の歌の解釈によってそれを立証しようとするものです。

端的にいえば、真淵の思想に合致するように万葉集の歌を解釈したものといえます。

したがって、われわれが今日、安騎野遊猟歌を解釈するに際しては、真淵の思想に基づく解釈をそのまま受容することはできません（注9）。

まして、持統天皇が安騎野遊猟歌をどのように解釈し評価したかを推論するに際しては、持統天皇のそのときの心情を直接考察すべきであり、そのときより一〇〇〇年後に生まれた真淵の解釈や評価をそのまま押しつけることができないことは、いうまでもないことです。

【安騎野遊猟歌に対する持統天皇の評価】

安騎野遊猟歌に対し持統天皇がどのように評価したかを記述した物証はありません。

持統天皇が安騎野遊猟歌に満足していたとの、これまでの一般的な常識を立証する物証もありませんが、さりとて反対に持統天皇が安騎野遊猟歌に対し不満であったことを示す物証もありません。すなわち、物証がないという点において対等であります。

しかし、持統天皇が安騎野遊猟歌に対し、何らかの評価をしたことは確かでありますから、それを推論することは可能です。

持統天皇が安騎野遊猟歌に期待していたことが、安騎野遊猟歌の内容によって応えられているかどうかを客観的に判断し、持統天皇の満足度を推断することは可能であるからです。もちろん期待に対する満足度は、持統天皇の固有の判断でありますが、個人差や、時代による相違はあっても、人間は共通の感情や経験則を有しており、基本的にはほとんど変わらないと言ってよいでしょう。

そこで、以下において、軽皇子の皇位継承を確実なものにしようとして、その手始めに人麻呂に応詔歌を命じた持統天皇が、人麻呂によって作歌された安騎野遊猟歌の内容をどのように評価したか、を推断してみます。

① 天孫降臨神話や天武天皇の御代が詠われていないこと

持統天皇が人麻呂を重用するようになったのは、草壁皇子挽歌において天孫降臨神話や天武天皇の御代とのつながりの中で草壁皇子を詠い、吉野宮讃歌では持統天皇自身を神格化して詠ったからであると考えられます。持統天皇が人麻呂を指名して安騎野遊猟歌を詠ませたのも、人麻呂なら軽皇子を神格化して、他の天武天皇の皇子たちを差し置いて次期皇位継承者に相応しい皇子であると詠いあげてくれると期待したからです。

しかし、人麻呂の詠んだ安騎野遊猟歌には、前述のとおりそのような詞はないのです。

あえて人麻呂のために弁護すれば、天武天皇の皇子たちが現実に大勢いる中で、それを飛び越して天武天皇の孫である軽皇子を天武天皇の後継者として、天孫降臨神話や天武天皇の御代に結びつけて詠うことに、論理的困難さと説得性に欠ける点があったからであると思います。

天武天皇の皇子たちと交誼があった人麻呂が、軽皇子を次期皇位継承者と心底考えていなかった場合は、さらに心情的にも困難であったろうと思います。

人麻呂は、天皇の命令であれば論理や心情を無視して、天皇の意に迎合して歌を詠むことができる詩人ではなかったのです。

人麻呂は悩んだ末に、軽皇子の皇位継承を正面から詠うことを断念し、結局、皇太子であった軽皇子の父・草壁皇子のことを詠うほかなかったのです。人麻呂は安騎野において草壁皇子を一夜追想し、それを四首の短歌に詠むことにより、持統天皇の下命に応えようとしたのです（注10）。

しかし、それは持統天皇の最も望むところではありませんでした。

安騎野遊猟歌に天孫降臨神話や天武天皇の御代が詠われていないことだけでも、持統天皇にとっては期待外れでありましたが、本来、軽皇子の長歌に対する「反歌」があるべき所に、亡き草壁皇子を追想する歌が四首も短歌として並んでいることを知った持統天皇は、怒りを抑えることができなかったでしょう。

持統天皇は、草壁皇子を即位させたい執念を、同皇子の急逝により断たれ、失意のどん底で、それでも軽皇子を次期皇位継承者にと内心に秘めて自ら即位し、苦しみに耐えてきましたが、その死から三年経ってようやく過去を忘れ、未来に向けて軽皇子の皇位継承への行動を開始した矢先に、思いもよらず草壁皇子を追想する歌を目の前にしたのです。

持統天皇は、自分の心を無理矢理逆回転させられるような苦痛を味わったことでしょう。持統天皇は人麻呂を許せなかったに違いありません。

②　軽皇子に対し「我が大君」との詠い掛けや美辞麗句が無いこと

持統天皇は、軽皇子を神格化する詞はなくとも、一〇歳になったばかりの孫に対し親愛の詞をもって詠われていたならば、まだしも救われたことでしょう。祖母の孫に対する心情は、今も昔も変わるものではありません。

ところが人麻呂は、安騎野遊猟歌の冒頭に天皇に用いる敬仰表現を仰々しく三つも並べながら、歌の中で、親愛の情をこめて軽皇子を「我が大君」と詠い掛けていないのです。

草壁皇子や長皇子に対しては「我が大君」と親愛の情をこめて詠っていることは前述したとおりです。同様に、草壁皇子や長皇子に対してはその姿を美辞麗句で飾り立てていますが、安騎野遊猟歌においては、一〇歳になったばかりの初々しい軽皇子の容姿を讃える美辞麗句は一語たりとも見当たらないのです。

この点についても、人麻呂を弁護すれば、他の天武天皇の皇子たちと異なり、一〇歳になったばかりの幼い軽皇子と人麻呂は、それまで心を通わす環境や機会が乏しかったからであると思われます。

しかし、それが現実であっても、孫の軽皇子をこの上もなく可愛いと思っている祖母の持統天皇にとっては、肉親の情の常として詞の上の飾りであっても、軽皇子に対し親愛の情を示す人麻呂の詞を期待したことでしょう。人麻呂の才能をもってすれば容易にできたことですが、人麻呂の詩人としての節操がそれさえ許さなかったのです。

他方、持統天皇は、それさえしなかった人麻呂に対し、自分の期待と異なる人麻呂の深奥を見抜いたのでした。

③　持統天皇が安騎野遊猟歌に対し真淵のような評価をしなかったこと

持統天皇が三首目の短歌を見たとき、真淵のように「東野炎」の「炎」を「かぎろひ」と訓み、曙光と解し、軽皇子の世の到来を予祝した歌と評価したでしょうか。

もし、そうであれば、「かぎろひ」という訓は、持統天皇以来、真淵以前にも存在していなければなりません。

また、四首目の短歌を見たとき、持統天皇および当時の人々は「み狩立たしし時は来向ふ」を、軽皇子が皇統譜正統の皇子である「日並の皇子の尊」としての再生を詠った詞と理解したでしょうか。さらに当時、この歌により伊藤博氏が言うように「追慕の達成は、表現における新王者決定の儀式」（注11）と一般に評価され、認知されたでしょうか。

もし、そうであれば、高市皇子没後の日継ぎの皇子決定の会議において、軽皇子にすんなり決定したはずですが、紛糾したことは懐風藻・葛野王伝の伝えるところです。

むしろこの会議において、軽皇子のライヴァルの天武天皇の皇子たちの一人である弓削皇子の発言を制し、軽皇子を日継ぎに決める発言をした葛野王に対して、後に持統天皇により、其の一言の国を定めたるを嘉《よ》みし、特閲して正四位を授け、式部卿に叙せられたと右葛野王伝にありますが、人麻呂が安騎野遊猟歌によって、軽皇子の皇位継承に貢献したことが認められ、持統天皇から誉められたとの逸話は伝わっていないのです。また、その後においても、人麻呂が軽皇子の皇位承継を讃えた歌も、宮廷歌人として文武天皇の御代を讃えた歌もありません。

安騎野遊猟歌、特に四首目の短歌に対する現代の前記評価は、結局のところ真淵の思想の影響から離脱できていない結果にすぎず、持統天皇の時代に持統天皇がなした評価とは全く無関係であることを銘記すべきと考えます。

【天皇の勘気と石見の国への追放】　誰しもが軽皇子を次期皇位継承者と認める歌を期待していた持統天皇にとって、人麻呂が詠んだ安騎野遊猟歌の内容はそれに程遠く、同天皇を落胆させたばかりか、この歌により人麻呂の心底、すなわち軽皇子を次期皇位継承者と思っていないこと（人麻呂が交誼のある天武天皇の皇子の誰かを皇位継承者に相応しいと思っていること）を直感させました。

これまで持統天皇が人麻呂に懐いていた一抹の不安は、はしなくも安騎野遊猟歌によって確信となったのです。

しかし、持統天皇は日本書紀にあるように「深沈にして大度あり」という人物でありましたので、人麻呂が詠んだこの安騎野遊猟歌の受領を拒絶したり、人麻呂に不興を顕《あらわ》にすることはなかったと思います。また、この歌に対する不興を他に吐露《とろ》することもなかったと思います。

持統天皇がこの安騎野遊猟歌を見て、直ちに断行しなければならないと思ったことは、「人麻呂を天武天皇の皇子たちから隔離すること」であったからです。それをスムーズに遂行するためには、周囲に感情を顕にすることではなく、人麻呂の石見の国追放に最も不満を表し、抵抗するであろう天武天皇の有力皇子をまず懐柔することであったはずです。

日本書紀にあるように、持統天皇は安騎野遊猟のすぐ後の翌六九三年（持統七年）正月を待って、天武天皇の最も有力な皇子である高市皇子に浄広壱、人麻呂と最も親しい長皇子および弓削皇子に揃って浄広弐と格別に高い位を授け、人麻呂の石見の国追放への布石を冷静果敢に打ったのです。

【追放を推定する二つの事実】

高市皇子に対しては、二年前の正月に二〇〇〇戸増封、一年前の正月にも二〇〇〇戸増封がそれぞれ行われているのに、この年にまた最高位である浄広壱を授けていること、また当時二一歳になった正月に授位される慣わしであるから、長皇子と弓削皇子の兄弟が同年齢でもない限り、同時に浄広弐を授かることは異例であるのに、弓削皇子にもいきなり浄広弐を授けているのは、天武天皇の皇子の中で最も実力のある高市皇子と、最も不満分子である弓削皇子に照準を合わせた破格の授位であったものです。

その上で、人麻呂の石見への追放を、六九三年の早い月に断行したと思われます（注12）。

この点につき、伊藤博氏のつぎの指摘と符合します。

人麻呂には、持統七年（六九三）正月から持統十年六月に至る間の歌が見あたらない。この間、藤原宮造営、藤原宮遷都など、宮廷あげての重大行事が行われ、それをめぐっての讃歌が巻一に収められているが（中略）、これらはいずれも人麻呂ならぬ人びとによって詠まれている。その頃人麻呂が都の人であったとすれば、この宮廷歌人に宮廷讃歌の詠出が求められなかったはずはなかろう。人麻呂が石見に住んだのは持統七年から十年にかけてのことではなかったか。（注13）

まさに、六九二年（持統六年）初冬に詠った安騎野遊猟歌により人麻呂は持統天皇の勘気に触れ、翌年早々に石見に追放されたとすれば、伊藤氏の洞察に合致するのです。

また、伊藤氏も指摘するように、藤原宮遷都が行われる計画がある時期に、その慶賀行事の讃歌を詠うべき宮廷歌人の人麻呂が、三年以上も都を離れ、石見に役人として赴任させられていたというようなことは通常では考えられません。それは、持統天皇の勘気に触れた追放であったということにより、初めて納得できるのです。

このように、持統天皇による人麻呂の石見の国への追放は、前記授位の記録と、この期間に人麻呂の歌が万葉集に不登載であるという「記録」によって、客観的に傍証されるのです。

【帰還と終焉】　石見の国で現地妻を迎え暮らしていた人麻呂のもとに、都への帰還を許すとの知らせがあったのは、高市皇子が没した六九六年（持統一〇年）七月の年の晩秋でした。

持統天皇としては、壬申の乱戦勝の功労者である高市皇子に対する挽歌を詠ませる歌詠みとしては、人麻呂以外にはいなかったからです。

人麻呂がこの時の現地妻との別れを、後に詠ったものが代表作「石見相聞歌」です。

三年半ぶりに都に戻った人麻呂は、万葉集中最長の「高市皇子挽歌」を作歌しましたが、もはや再び持統天皇の信頼を回復することはなく、また、時代は程なく軽皇子が即位して文武天皇の御代となり、人麻呂の宮廷歌人としての人生は完全に終焉を迎えたのです。

▩第二　人麻呂は終生持統天皇に忠実であったか

【持統天皇の意に忠実な人麻呂歌】　人麻呂が持統天皇の意に忠実に応えた歌として、つぎの歌があります。

1　六八九年　近江荒都歌（二九～三一番）

二九　玉たすき　畝傍の山の　橿原の　ひじりの御代ゆ　生れましし　神のことごと　栂《つが》の木の　いや継ぎ継ぎに　天の下　知らしめししを　そらにみつ　大和を置きて　あをによし　奈良山を越え　いかさまに　思ほしめせか　天離《あまざか》る　鄙《ひな》にはあれど　石走《いはばし》る　近江の国の　樂浪《ささなみ》の　大津の宮に　天の下　知らしめしけむ　天皇《すめろき》の　神の命の　大宮は　ここと聞けども　大殿は　ここと言へども　春草の　茂く生ひたる　霞立つ　春日の霧《き》れる　ももしきの　大宮ところ　見れば悲しも

反歌

三〇　樂浪の志賀の唐崎幸《さき》くあれど大宮人の舟待ちかねつ

三一　樂浪の志賀の大わだ淀むとも昔の人にまたも逢はめやも

右は、六八九年四月上旬、持統天皇が近江の崇福寺に天智天皇供養のための使者を派遣しましたが、その使者の随員として随行した人麻呂が、その途次に詠んだ歌です。このとき、既に草壁皇子の病状が重篤であったので、持統天皇自身は行幸できなかったのです。

2　六八九年　草壁皇子挽歌（一六七～一七〇番）　四五一～四五二頁に掲載済み。

3　六九〇年　吉野宮讃歌二編（三六～三九番）

三六　やすみしし　我が大君の　きこしめす　天の下に　国はしも　さはにあれども　山川の　清き河内と　御心を　吉野の国の　花散らふ　秋津の野辺に　宮柱　太敷《ふとし》きませば　ももしきの　大宮人は　舟並《ふねな》めて　朝川渡る　舟競《ふなぎほ》ひ　夕川渡る　この川の　絶ゆることなく　この山の　いや高知らす　水激《みづたぎ》つ　滝の宮処は　見れど飽かぬかも

反歌

三七　見れど飽かぬ吉野の川の常滑《とこなめ》の絶ゆることなくまたかへり見む

三八　やすみしし　我が大君　神ながら　神さびせすと　吉野川　たぎつ河内に　高殿を　高知りまして　登り立ち　国見をせせば　たたなはる　青垣山　山神の　奉《まつ》る御調《みつき》と　春へは　花かざし持ち　秋立てば　黄葉《もみち》かざせり　行き沿ふ　川の神も　大御食《おほみけ》に　仕へ奉ると　上つ瀬に　鵜川《うかは》を立ち　下つ瀬に　小網《さで》さし渡す　山川も　依りて仕ふる　神の御代かも

反歌

三九　山川も依りて仕ふる神ながらたぎつ河内に舟出せすかも

ただし、草壁皇子挽歌の方が近江荒都歌より前に詠まれたという説もあります。

これらの歌は、人麻呂が持統天皇の意に応えて、天智天皇、天武天皇、草壁皇子そして持統天皇自身に対し、最大限の詞をもってその皇統の正統性を讃えています。

その始期は明らかではありませんが、六九〇年ごろまで人麻呂が持統天皇に忠実であったことは、これらの歌により疑いの余地はありません。

【忠実性に疑いのある歌】 つぎの歌は、人麻呂が持統天皇の意に忠実であったかどうかについて疑いがあります。

1 作歌年不明 雷丘《いかずちのおか》天皇讃歌（二三五番）

二三五 大君は神にしませば天雲の雷の上に廬《いほ》りせるかも

巻第三の巻頭歌で、この歌の「天皇」は、天武天皇か、持統天皇かそれとも文武天皇か説が分かれていますが、巻頭歌に古い歌を置く慣例があったので、文武天皇ではあり得ません。天武天皇と人麻呂の関係が明らかでないので、ここは持統天皇とするのが穏当です。

持統天皇を神格化している点で、前記吉野宮讃歌の後の近い時期に詠まれたと推定できます。ところで、この歌の左注に、「或る本には『忍壁皇子に献る』といふ。その歌には『大君は神にしませば雲隠る雷山に宮敷きいます』といふ」として、小異歌が記載されています。

その趣旨および経緯は明らかでありませんが、ほぼ同じ内容の歌を人麻呂が、持統天皇にも、忍壁皇子にも詠っていたことになります。

持統天皇は軽皇子が文武天皇に即位するまでは、忍壁皇子を冷遇したといわれていること、およびその忍壁皇子および身内のために人麻呂が詠った歌（一九四〜一九八番）があることを考え合わせますと、左注の記載は持統天皇に対する人麻呂の忠実性に疑問を投げかけるものであるといえます。

2　六九二年　留京歌（四〇～四二番）

四〇　**嗚呼見《あみ》の浦に舟乗りすらむをとめらが玉裳《たまも》の裾に潮満つらむか**

四一　**釧着《くしろつ》く答志《たふし》の崎に今日もかも大宮人の玉藻刈るらむ**

四二　**潮騒《しほさゐ》に伊良虞《いらご》の島辺《しまへ》漕ぐ舟に妹乗るらむか荒き島廻《しまみ》を**

これらの歌の後の左注に、三輪朝臣高市麻呂が農作の前に伊勢行幸をすることを重ねて諫めたが、持統天皇は強行したとの記載があります。

この高市麻呂の諫言事件に対して人麻呂はどのように関係したか、持統天皇がこの事件に対する人麻呂の態度をどのように評価したか不明です。人麻呂はこの行幸には従駕せず、京に留まって三首の歌を詠んでいますが、その内容は行幸中の持統天皇自身を思い遣って詠った歌ではありません。

宮廷歌人である人麻呂が行幸に従駕していない事実は、持統天皇への忠実性に疑問を懐く材料になっても、両者間の信頼関係をより確認することができる事実ではあり得ません。

3　六九二年　安騎野遊猟歌（四五～四九番）　四四七頁に掲載済み。

この歌は、持統天皇が軽皇子の皇位継承を念願して人麻呂に詠ませた歌ですが、持統天皇の不興を買い、人麻呂が石見の国に追放されることになった歌であることは、第一で詳述したとおりです。

4　六九六年　高市皇子挽歌（一九九～二〇二番）

同年七月、亡くなった太政大臣高市皇子に対する挽歌を、持統天皇が人麻呂に詠ませたものです。人麻呂は安騎野遊猟歌の後の六九三年から石見の国に追放されていましたが、この歌を詠わせるために、持統天皇が都への帰還を許したことは前述しました。

人麻呂は持統天皇の意を受けて、天武天皇の下で壬申の乱を戦った高市皇子の活躍を万葉集中最長の挽歌として詠いあげました。

しかし、同歌の核心部分である「定めてし　水穂の国を　神ながら　太敷きまして　八隅しし　わが大君の天の下　申し給へば」について、「不明瞭」であるという指摘があります（注14）。

すなわち、この部分の解釈として、壬申の乱による平定後のこの国を統治している人を天武天皇と詠っているのか、持統天皇と詠っているのか、はたまた両天皇であると詠っているのか、それとも太政大臣の高市皇子と詠っているのか、見解が分かれるのです。

歌の脈絡からは、天武天皇から持統天皇が引き継いできた御代で、高市皇子が太政大臣として治めたと明確に詠えばよいところですが、人麻呂はそれをしなかったのです。

人麻呂は、明らかに持統天皇の御代を表面に出して詠いたくなかったのであり、さりとて持統天皇の御代も詠っているとの弁明のできる表現を選ばざるを得なかったのではないでしょうか。

人麻呂は、高市皇子挽歌を詠うために帰還を許されましたが、このように持統天皇に対する心の葛藤と苦渋が、高市皇子の挽歌の中に見られるのです。

【その他の皇子・皇女に対する歌】　以上のほかに、人麻呂が皇子あるいは皇女を詠った歌が、つぎのようにあります。

1　六九一年　泊瀬部皇女・忍壁皇子への献歌（一九四〜一九五番）

この歌は、同年九月川島皇子が亡くなった際に、その妃・泊瀬部皇女および同皇女の兄の忍壁皇子に人麻呂が献じた歌です。

題詞の形式および長歌の内容から、人麻呂が忍壁皇子および泊瀬部皇女との情誼から献じた歌であり、持統天皇の命により人麻呂が詠った応詔歌とは思われません。

2　七〇〇年　明日香皇女挽歌（一九六〜一九八番）

題詞の形式が草壁皇子および高市皇子の挽歌と類似しており、かつ持統天皇が明日香皇女と親しかったことが日本書紀の記載により推認されますので、持統天皇（当時は持統太上天皇）の命により人麻呂が詠んだ応詔歌のようにみえますが、歌の内容は同皇女の夫である忍壁皇子のことを随所に詠っており、人麻呂は永年交誼のあった忍壁皇子および明日香皇女に対し、個人的な情誼から詠んだ挽歌であり、応詔歌とは認められないものです。

前述のとおり、六九六年高市皇子挽歌を最後に人麻呂は宮廷歌人ではありません。

人麻呂がこの時まだ宮廷歌人として持統太上天皇の命により明日香皇女挽歌を詠んだとすれば、その二年半後に崩御した同太上天皇自身に対する人麻呂の哀悼歌がないわけがないのです。

3　作歌年不明　長皇子猟路歌（二三九〜二四一番）　四五三頁に掲載済み。

4　作歌年不明　新田部皇子献歌（二六一〜二六二番）

右両歌を詠った時期は不明ですが、両歌とも両皇子の姿を若々しく詠っているので、軽皇子が文武天皇に即位した六九七年より以前と考えられます。

両歌の内容は、いずれも両皇子を讃えているもので、人麻呂は両皇子との交誼から詠んだ歌であり、持統天皇が両皇子を讃える歌を人麻呂に命じて詠わせたとは思われません。

【以上のまとめ】　人麻呂が天皇あるいは皇子・皇女を詠った作歌の全首について検証しましたが、人麻呂が持統天皇の意に応えて忠実に詠った歌は、近江荒都歌、草壁皇子挽歌、吉野宮讃歌二編の僅か四つの歌にすぎないのです。

その後の雷丘天皇讃歌、留京歌、安騎野遊猟歌および高市皇子挽歌には、人麻呂と持統天皇の確執の形跡が認められます。

また、泊瀬部皇女・忍壁皇子への献歌、明日香皇女挽歌、長皇子猟路歌および新田部皇子献歌はいずれも持統天皇の下命による歌ではなく、人麻呂がこれらの皇子皇女との個人的情誼に基づき詠ったもので、同天皇への忠実性を示した歌ではありません。

このように検討してきますと、人麻呂が持統天皇に忠実な宮廷歌人であったといえるのは六九〇年までです。仮に、確執が存在するとした歌を含めても、六九六年までで、それ以降、人麻呂は持統天皇の下命による歌は全く詠っていないと断じてよいと思います。

七〇二年一二月、持統太上天皇の崩御まで、人麻呂が終生持統天皇に忠実であったという考えは、何ら根拠のないものです。

むすび

万葉集については、永い研究の歴史があります。

後進の我々は先学の成果を享受するとともに、常に先学の解釈および評価を新しい視点に立って再検証することを怠ってはならないと思います。

万葉集の新しい発見は、そこから生まれるからです（注15）。

注

1　北山茂夫「萬葉集とその世紀　上」二七九頁　新潮社
2　直木孝次郎「万葉集と古代史」一〇三頁　吉川弘文館
3　阿蘇瑞枝「萬葉集全歌講義㈠」一五八頁以下　笠間書院
4　平野仁啓「万葉集の研究史」萬葉集講座　第一巻　三〇〇頁　有精堂
5　中井信彦「富士谷御杖における神道と人道―思想の自立性によせて―」哲学　第五八集　二八二頁以下　慶應義塾大学三田哲学会
6　①小学館古典全集「万葉集一」八八頁以下
注釈では、真淵の訓に多々疑問を呈していますが、本文の歌には真淵の訓を付しています。
②村田右富美「安騎野の歌」國文學第四三巻九号　七八頁
「第三短歌に関してはあえて付訓せず、その歌内容を東の野に立つ煙と西に沈む月とを対照的に詠じたものと理解」しています。
③多田一臣「安騎野遊猟歌を読む―万葉歌の表現を考える―」（語文論叢）
「訓みを確定することができない以上、この歌の解釈を一義的に定めることもまたできない。」としています。
7　①「野らにけぶりの」「岩波文庫㈠」九〇頁
②「月西渡る」伊藤博「萬葉集　釋注一」一四八頁　集英社文庫
8　注6③掲載論文
9　最新の注釈書である岩波文庫㈠は、安騎野遊猟歌を「軽皇子の遊猟に従った人麻呂が、父草壁皇子を追懐する皇子の心中を詠んだ。」とし、四八番歌および四九番歌の解釈において、軽皇子の皇位継承に全く関係づけていない点が注目されます。ただし、一〇歳の軽皇子が父・草壁皇子を追懐するということは経験則に反することで、端的に人麻呂自身が草壁皇子を追懐した歌と解すべきです。
10　梅原猛著作集11「水底の歌」二〇五頁　集英社
「文武帝の阿騎野《あきのの》の猟に扈従した歌（巻一・四五―四九番）があるが、その中でも彼は軽皇子《かるのみこ》（文武）よりむしろその死んだ父、草壁皇子をしきりに思い出して讃えているのはどういうわけであろうか。おそらく、専制体制のもとにあっての一種の抵抗だったのであろう。」
11　注7②掲書　一五二頁
12　注2掲書一〇四頁において、直木孝次郎氏は、持統天皇と人麻呂の関係について「豊臣秀吉と千利休の関係を想起せざるをえない。」とした上で、「持統と人麻呂の場合は、持統の器量が大きかったのか、人麻呂が賢明であったのか、破局には至らなかった。」と指摘しています。私は、人麻呂が持統天皇により、石見の国に追放されたと考えるので、破局を迎えたが、人麻呂が利休のように死罪にならなかったのは、やはり持統天皇の器量の大きさであると思います。
13　注7②掲書　二九一頁
14　吉永登「萬葉集」一一三頁　三一書房
15　阿蘇瑞枝・梅原猛・中西進「『万葉集』の世界」二五七頁　筑摩書房
（梅原猛氏発言）「私は、真の意味で『万葉集』が発見されるのは、これからだと思うのですよ。『万葉集』が発見されてきたのは、徳川の国学だといわれますが、それは一面だけです。やはりナショナリズムの狭い目で見ていたわけで、第二次世界大戦までは、そういう見方はまぬがれなかったと思うのです。『万葉集』というのは、インターナショナルな地盤において見られなければならない。そういう眼で見ると、まだまだ見えないものが見えると思いますね。」

新釈 三　辞世の歌ではない人麻呂の「臨死時自傷歌」

柿本朝臣人麻呂、石見《いはみ》の国に在りて死に臨む時に、自《みづか》ら傷《いた》みて作る歌一首

二二三　鴨山《かもやま》の　岩根しまける　我れをかも　知らにと妹が　待ちつつあるらむ
（以下、①歌という。）

柿本朝臣人麻呂が死にし時に、妻依羅娘子《つまよさみのをとめ》が作る歌二首

二二四　今日今日と　我が待つ君は　石川の　貝に一云「谷に」　交りて　ありといはずやも
（以下、②歌という。）

二二五　直《ただ》の逢ひは　逢ひかつましじ　石川に　雲立ち渡れ　見つつ偲はむ
（以下、③歌という。）

丹比真人《たぢひのまひと》　名は欠けたり　柿本朝臣人麻呂が意《こころ》に擬《なずら》へて報《こた》ふる歌一首

二二六　荒波に　寄り来る玉を　枕に置き　我れここにありと　誰れか告げけむ
（以下、④歌という。）

或本の歌に曰はく

二二七　天離《あまざか》る　鄙《ひな》の荒野に　君を置きて　思ひつつあれば　生けるともなし

（以下、⑤歌という。）

万葉集巻第二に登載されている右の五首は、柿本人麻呂の「臨死時自傷歌」といわれ、人麻呂の臨終の地を特定する歌として昔から論議が多く、解釈が分かれています。

しかし、本稿は、これら五首は人麻呂の死を想定しているが、各歌に共通する歌の主題は「人麻呂の死」そのものではなく、「別れた妻が人麻呂を待っていること」である、との観点から論じるものです。

【争いのない二つの事柄】　これまで、臨死時自傷歌については、歌に詠われている鴨山は何処にある山か、石川は何処を流れている川か、人麻呂は山で死んだか、海で死んだか、がまず争点となり、論者によって解釈が著しく分かれ、結論が全く異なっていました。

しかし、臨死時自傷歌の五首を観察すれば、これらの歌から争いのない二つの事柄に気づきます。争いのない事柄から、歌の解釈を推し進めれば、より真相に近い解釈を得るに至ると考えます（注1）。

それでは、臨死時自傷歌において争いのない二つの事柄とは、何でしょうか。

それは「別れた妻が人麻呂を待っていること」と、「臨死時自傷歌に詠われている妻は石見相聞歌における妻として一四〇番歌を詠っている妻と同一人物であること」です。

以下、それぞれについて検証します。

1　別れた妻が人麻呂を待っていること

①歌「妹が待ちつつあるらむ」と詠っており、別れた妻が自分を待っているだろうと詠っている。

②歌「今日今日と我が待つ君は」の「我が待つ君は」は、妻が人麻呂を待っていることであり、「今日今日と」は別れた妻が鶴首して人麻呂を待っている状態を詠っている。

③歌「直の逢ひは逢ひかつましじ」は、人麻呂と別れて永い間待っていた妻が、もう直接に逢おうとしても逢えないだろうと嘆いて詠っている。

④歌「我れここにありと誰れか告げけむ」とは、人麻呂が浜辺にいる（死体となっている）ことを、誰が人麻呂を待っている妻に知らせてくれるだろうかと詠っている。

⑤歌「荒野に君を置きて思ひつつあれば」は、人麻呂を待っていた妻が、人麻呂が遠くの荒野に遺体のまとなっていることを知り、嘆き続けていると詠っている。

以上により、五首はいずれも、人麻呂と別れて暮らしている妻が人麻呂を待っていることを主題として詠っている歌であることは明らかです。

①歌の題詞が「柿本朝臣人麻呂、石見の国に在りて死に臨む時に」とあり、②歌および③歌の題詞が「柿本朝臣人麻呂が死にし時に」とそれぞれあることにより、①歌は人麻呂が現実の死に直面した時に詠った辞世の歌との解釈が一般的ですが、①歌は通常の意味の辞世歌ではありません。

①歌は、人麻呂が自己の死そのものを傷むことに主題がある通常の辞世の歌（注2）ではなく、自分の死によって自分を待っている別れた妻が自分とは金輪際逢えなくなる妻の悲しみを思いやって詠っているのであり、それが人麻呂の自らの心の「傷み」であるのです。

すなわち、題詞の「死に臨む時に、自ら傷《いた》み」は、死によって「生が亡くなること」を傷んでいるのではなく、死によって永遠に「別れた妻と逢えないこと」を傷んでいるのです。それは、「死」を前提としていますが、「死」そのものを傷んでいるわけではありません。そのことは、この歌の後に並べられている②歌ないし

⑤歌の内容によっても、確かめられます。

②歌および③歌は、別れた妻が人麻呂の①の歌に応えた形の歌、そして④歌は人麻呂の別れた妻に対する思い、⑤歌は別れた妻の人麻呂に対する思いを、後の人がそれぞれ共感して唱和した歌です。すなわち、妻も、後の人も、人麻呂の「死」そのものを傷んでそれぞれが詠っているのではなく、「別れた妻が人麻呂を待っていること」を共通の主題として詠っているのです。

これまで人麻呂の「臨死時自傷歌」は、人麻呂の臨終の地を探る歌として解釈され評価されてきましたが、この歌群は人麻呂が晩年になって「別れた妻が自分（人麻呂）を待っている」ことに思いを馳《は》せ、心傷めている歌であることに、その本質があるのです。

2　人麻呂と別れて、待っている妻とは「依羅娘子」である

②歌および③歌の題詞に「妻依羅娘子が作る歌二首」とあり、人麻呂の妻の名が「依羅娘子」であることを明らかにしています。万葉集中において、他に一四〇番歌に「柿本朝臣人麻呂が妻依羅娘子、人麻呂と相別る歌」との題詞のもとに、つぎの歌があります。

一四〇　**な思ひと君は言へども逢はむ時いつと知りてか我が恋ひずあらむ**

万葉集中に、他の例として「石川郎女」という女性の名が度々登場し、その場合必ずしも同一女性とは限らないといわれていますが、一四〇番歌の依羅娘子と②歌および③歌の題詞にある依羅娘子は同一人物と断定してよいでしょう。なぜなら、どちらの題詞にも人麻呂の妻と特定されているからです（もっとも、依羅娘子の名が妻の本名であったか、後の人が人麻呂の妻の名として依羅娘子という名を仮託したものかどうかは別の問題ですが、人麻呂の別の妻に同一の名前を付したとは思われないのです）。

そうすると、人麻呂が臨死時自傷歌において、別れた妻が自分を待っていると詠っているその妻は、一四〇番歌で別れた妻、すなわち「石見相聞歌」に詠われている別れをしたときの女性その人であることになります。当然、臨死時自傷歌で人麻呂が自分を待っていると詠った妻は石見の国にいることになり、多分、石見出身の地元の女性であったでしょう。

ここまでは、論理的に争いのない事実です。

しかし、人麻呂がどうして石見に滞在し、そこで依羅娘子という女性を妻に迎えたのか、それがまたどうして別れなければならなくなったのか、それは何年のことで、人麻呂が何歳のときか、これまで全く不明でありました。

これらが不明であるが故に、臨死時自傷歌も、石見相聞歌も人麻呂の虚構の創作歌ではないかとの疑いも生じています（注3）。依羅娘子の前記三首については、人麻呂の自作ではないかともいわれています。

以下、これらの点につき解明することにします。

■石見相聞歌が生まれた経緯

臨死時自傷歌で人麻呂が詠っている妻が、石見相聞歌で別れた妻と同一人物であるということになると、臨死時自傷歌の歌を真に理解するためには石見相聞歌が生まれた事情（人麻呂が石見に滞在した理由、および妻と別れなければならなかった理由など）を明らかにしなければなりません。言ってみれば、人麻呂にとって臨死時自傷歌は石見相聞歌の続編あるいは結末を意味する歌であるからです。

【人麻呂が石見の国に滞在した時期と期間】　これまで、人麻呂と石見相聞歌の関係について、国司として石見の国に赴任した人麻呂が朝集使として上京する時に詠んだとする賀茂真淵説や、晩年政争に巻き込まれた人麻呂が石見の国に流され水刑の前に詠んだとする梅原猛氏の説がありますが、いずれもその時期および滞在期間などが明らかにされていません。

他方、伊藤博氏は「人麻呂には、持統七年（六九三）正月から持統十年六月に至る間の歌が見あたらない。この間、藤原宮造営、藤原宮遷都など、宮廷あげての重大行事が行われ、それをめぐっての讃歌が巻一に収められているが（中略）、これらはいずれも人麻呂ならぬ人びとによって詠まれている。その頃人麻呂が都の人であったとすれば、この宮廷歌人に宮廷讃歌の詠出が求められなかったはずはなかろう。人麻呂が石見に住んだのは持統七年から十年にかけてのことではなかったか。」と指摘しています（注4）。

私は、人麻呂の石見滞在時期および期間については、この伊藤説に同調します。

私の推定によれば、六九三年から六九六年までの人麻呂の年齢は、三四歳から三七歳までであります（注5）。

【安騎野遊猟歌に対する持統天皇の不興】

六九二年初冬、人麻呂が詠んだ安騎野遊猟歌（四五〜四九番）が持統天皇の勘気に触れ、人麻呂は六九三年早々に、石見の国に追放されました。

持統天皇は、天武天皇の崩御後、草壁皇子の即位を願っていましたが、同皇子が急逝したため、自分が即位し、孫の軽皇子に次期皇位を継がせようと執心したことは、歴史の語るところです。

草壁皇子の死から三年を経てようやくその悲しみから立ち上がった持統天皇は、六九二年初冬、皇位継承の候補者として天武天皇の年長の皇子が何人もいる中で、軽皇子に確実に皇位を継承させるために、一〇歳になったばかりの軽皇子を安騎野に遊猟に遣り、人麻呂に供奉させ、誰しもが軽皇子を皇位継承者に相応しいと認める長歌を人麻呂に詠わせようとしました。持統天皇の「安騎野遊猟歌」に対する政治的期待は大きかったのです。

人麻呂が詠んだ安騎野遊猟歌は、つぎのとおりでした。

四五　やすみしし　我が大君　高照らす　日の御子　神ながら　神さびせすと　太敷かす　都を置きて　こもりくの　泊瀬《はつせ》の山は　真木立つ　荒き山道を　岩が根　楚樹《さへき》押しなべ　坂鳥の　朝越えまして　玉かぎる　夕さり来れば　み雪降る　安騎の大野に　旗すすき　小竹《しの》を押しなべ　草枕　旅宿りせす　いにしへ思ひて

短歌

四六　安騎の野に宿る旅人うち靡き寐《い》も寝らめやもいにしへ思ふに

四七　ま草刈る荒野にはあれど黄葉《もみちば》の過ぎにし君が形見とぞ来し

四八　東《ひむがし》の野《の》らには焔《ほむら》立つ見えて反り見すれば月西渡《つきにしわた》る（訓みについては、筆者の新訓による。「誤訓歌九」参照）

四九　日並の皇子の命の馬並めてみ狩立たしし時は来向ふ

しかし、この歌はつぎの点において、持統天皇の期待に反するものであったのです。

①　持統天皇は軽皇子の皇位継承の正統性を、草壁皇子挽歌（一六七番）のように天孫降臨神話および天武天皇の御代と関連づけて詠われることを期待していたが、そのような歌詞は見当たらない。

②　持統天皇は孫・軽皇子が、草壁皇子挽歌の「春花の貴くあらむ」あるいは長皇子猟路歌（二三九番）の「春草のいやめづらしき」のように詠われることを期待したが、軽皇子を形容する若々しく華やかな歌詞

は何一つない。

③　長歌の冒頭に、主に天皇に用いられた敬仰表現を軽皇子に三つも重ねているが、歌の中で草壁皇子挽歌や長皇子猟路歌の如く「我が大君」と敬愛の情をこめて詠っていない。

④　短歌四首は、草壁皇子を専ら回想したもので、同皇子の死から立ち直り、乗り越えようとしていた持統天皇の心を逆回転させるような歌であった。

持統天皇は人麻呂を優秀な宮廷歌人として重用してきましたが、以前から人麻呂は忍壁皇子や長皇子などの天武天皇の皇子たちと親しく、これらの皇子に関する歌を多く詠っていることを気懸かりに思っていました。その持統天皇が、安騎野遊猟歌を見て、人麻呂は軽皇子を次期皇位継承者と思っておらず、天武天皇の皇子の誰か（おそらく長皇子）を皇位継承者と思っていると、人麻呂の深奥を見抜いたのです。

もとより、人麻呂は、自分が天武天皇の皇子たちと交誼があること、および軽皇子を次期皇位継承者と思っていないことは、持統天皇の不興を買い、勘気に触れることであると知っていましたが、詩人としての気位と節操が持統天皇に迎合することを拒ませていたのです（注６）。

【持統天皇の勘気による人麻呂の追放】

持統天皇は、安騎野遊猟歌を見て、天武天皇の皇子たちと人麻呂の関係を早急に分断する必要性を痛感し、果敢にその処置を実行しました。

日本書紀にあるように翌六九三年（持統七年）正月、持統天皇は天武天皇の最も有力な皇子である高市皇子に浄広壱、人麻呂と最も親しい長皇子および弓削皇子に揃って浄広弐を授け、他方、人麻呂については、遠国石見の国に追放したのです。

すなわち、ただ人麻呂を石見に追放しただけでは天武天皇の皇子たちの反感を買うことになるのは必定であるので、軽皇子のライヴァルとなり得る天武天皇の三皇子には格別高い位を授けて懐柔しておいた後に、人麻呂を石見に追放し、これらの皇子のいわば広告塔の役割を果たしていた人麻呂に、皇子たちが接触できないようにしたのです。

人麻呂の石見の国追放の直接の記録はありませんが、前述のように持統七年正月から持統一〇年六月に至るまでの間、人麻呂の歌に関する記録がないことと、そのころ、持統天皇が人麻呂と親しい天武天皇の皇子たちに、特に長皇子・弓削皇子の兄弟に揃って高い位を授けたという記録は、人麻呂の石見の国追放の事実を推認させるに十分な記録といえると思います（以上のことについて、第三部の「新釈歌二」で詳述しています）。

【人麻呂の都への帰還と石見相聞歌の背景】　前述のように、人麻呂が石見に追放されたときは三四歳、まさに壮年の盛りであり、すぐに都に帰れるあてのない人麻呂は、石見で連れ添う現地妻を迎えたでしょう。

その妻が、万葉集に人麻呂の妻として掲げられている「依羅娘子」です。

人麻呂が石見に滞在して三年半が過ぎた六九六年八月ごろ、都から帰還を許すとの使いが来ました。

それは、その年の七月に太政大臣である高市皇子が薨去《こうきょ》し、持統天皇は壬申の乱の功労者である同皇子に対する挽歌を詠わせる適任者には、人麻呂以外にいなかったからです。

人麻呂は三年以上連れ添った妻との別れは辛いものでありましたが、それ以上に都に帰れる喜びの方が大きかったでありましょう。しかし、妻は、人麻呂が都に帰れば金輪際逢えない別れでありますから、悲しみに暮れ、傍で見るのも哀れであったに違いありません。

人麻呂は、そんな妻の姿を見ながら慌ただしく都に帰って行ったのです。

そして後に、このときの別れを詠ったのが、「石見相聞歌」（一三一～一三九番）です。

この歌の中の反歌一首（一三七番）に「秋山に散らふ黄葉しましくはな散り乱ひそ妹があたり見む」と詠われており、別れの季節が晩秋であったことが、人麻呂が帰京した時期である九月ないし一〇月と一致します。

石見相聞歌は、虚構の創作歌であるとの説がみられますが、私は右の経緯による実詠歌であると解します。

臨死時自傷歌が詠われた経緯

【都に帰還後の人麻呂の作歌活動】　都に帰った人麻呂は、渾身の力をこめて、長大な「高市皇子挽歌」を詠んで奏上しましたが、もはや持統天皇の信頼を回復することはありませんでした。

翌六九七年八月、同天皇が譲位し、軽皇子が文武天皇として即位したことにより、文武朝の御代となり、これにより人麻呂の宮廷歌人としての人生は終焉となったのです。

それからの人麻呂は、それまでも支援をうけていた忍壁皇子や長皇子らの皇子宮家に出入りし、相聞歌、羈《き》旅《りょ》歌および哀傷歌を詠んで、宮家の人々に披露して生活をしていたと思われます。

その手始めが、人麻呂が石見の妻と別れてきたときのことを詠んだ、前述の石見相聞歌です。

この歌は、天皇に寵愛されていた宮廷歌人が、天皇の勘気に触れたため石見に追放され、その地の女を妻として暮らしていたが、やがて都に呼び戻されることになって、もはや再び逢うことのない別れを悲しむ男女の歌物語として、都の人々の評判となったものです。

それは、六九八年、人麻呂が三九歳のときであったでしょう。

人麻呂は、後述のように七〇七、八年ごろ死亡したと推定されますので、宮廷歌人でなくなってからの約一〇年間、相聞歌や羈旅歌および哀傷歌を詠んでいたのです。

すなわち、応詔歌以外の人麻呂作歌の歌のほとんどは、宮廷歌人でなくなった文武朝のこの期間に詠まれたものです。

世上、持統天皇が太上天皇となり七〇二年崩御するまで、人麻呂は同天皇の忠実な宮廷歌人であったといわれていますが、前述のとおり、人麻呂は六九三年に持統天皇により石見の国に追放されてから後は、高市皇子挽歌を別として、応詔歌は一切詠っていないのです（注7）。

【人麻呂の死期】　万葉集巻第三の四一五番以下の挽歌は、挽歌に詠われている人の死亡年順に編纂されています。いま、四二六番から四三〇番までの歌の題詞を掲げると、つぎのとおりです。

四二六番の題詞

　柿本朝臣人麻呂、香具山の屍を見て、悲慟《かな》しびて作る歌一首

四二七番の題詞

田口広麻呂が死にし時に、刑部垂麻呂《おさかべのたりまろ》が作る歌一首

四二八番の題詞

土形娘子《ひじかたのをとめ》を泊瀬の山に火葬《やきはぶ》る時に、柿本朝臣人麻呂が作る歌一首

四二九番・四三〇番の題詞

　溺れ死にし出雲娘子を吉野に火葬る時に、柿本朝臣人麻呂が作る歌二首

注目すべきは、人麻呂の挽歌四首が三か所に分けて掲載されており、一纏めに掲載されていないこと、および田口広麻呂に対する挽歌がその間に挟まれていることであり、万葉集編纂者が挽歌に詠われている人の死亡時順に歌を配列することに拘《こだわ》った結果が認められるのです（挽歌は雑歌や相聞歌と異なり、人の死という厳然たる事実を前提とするので、死亡時順に掲載されるのはむしろ当然といえるでしょう）。

そこで、四二七番の挽歌の死者である田口広麻呂について調べると、慶雲二年（七〇五年）一二月に授位されたとの記載が続日本紀にありますので、田口広麻呂は七〇五年以降に死亡し、刑部垂麻呂によって右挽歌が詠まれたことになります。

田口広麻呂の死亡が七〇五年以降のいつかは特定できませんが、七〇六年以降であると思われます。そうであれば、その後に掲載されている歌に詠まれた土形娘子の火葬は、それよりも後の時点、出雲娘子の火葬は、それよりもさらに後ということになります。

出雲娘子の火葬が七〇六年か、七〇七年か、それとも七〇八年以降か、決め手はありませんが、七一〇年平城京遷都時に人麻呂が生存していた形跡がありませんので、七一〇年の二、三年前である七〇七年ぐらいが穏当でしょう。

そうすると、出雲娘子の火葬を詠った人麻呂は、七〇七年には生きていたことになるのです。

この年、人麻呂は既に四八歳でした。

七〇五年五月、人麻呂が若いころから最も親しかった忍壁皇子が薨去し、さらに七〇七年七月、人麻呂の人生を大きく転換させることになった安騎野遊猟歌の主人公・文武天皇も崩御し、このころようやく人麻呂も自分の死を強く意識したと思われるのです。

【臨死時自傷歌を詠った動機】 人麻呂は歌詠みとしての自分の人生が終わりに近づいたことを意識し、歌詠みとして最後の歌に、自分の名を高らしめた石見相聞歌の蔭で生き別れ、今も待っているかも知れない石見の妻を思い、その妻を詠わざるを得なかったと考えます。それで、一四〇番歌および臨死時自傷歌の①歌ないし③歌を詠んだものでしょう（注8）。

人麻呂は臨死時自傷歌を詠む以前に、「泣血哀慟歌」において、石見からの帰京後に結婚したが早世した別の妻を、「吉備津采女死時歌」では亡くなった采女の夫を、「狭岑島《さみねのしま》石中死人歌」では死人を待つ妻を、「香具山屍悲慟歌」では屍の家人をそれぞれ詠い、また「土形娘子火葬歌」および「溺死出雲娘子火葬歌」では、そのころ都で普及し始めた火葬を詠うなど、晩年に近づくに従い、人の死や死人を待つ家族のことを思い、また火葬にいち早く関心を示して、他者の死および遺された家人を思いやる心情を多くの長短歌に詠ってきました。

そんな人麻呂が、いよいよ自分の死を意識したときに、最も気懸かりに思ったのは約一〇年前に生別した石見の妻のことであったのです。

それまで人麻呂は幾度も行路死人の姿を見、その帰りを待つ妻の思いを他者の悲しみとして多くの歌に詠んできましたが、人麻呂が自分の死を意識したとき、今度は行路死人に自分の姿を見、今も自分を待っているであろう石見の妻の思いを重ねて詠わずにはいられなかったのです。これが「狭岑島石中死人歌」の直後に、「臨死時自傷歌」が配列されている理由です。

それゆえに、臨死時自傷歌①歌は人麻呂が妻に逢うために現実に石見の国まで行って、その地で臨死となり、そこで詠った歌でなく、また②歌および③歌は依羅娘子の作と題詞にありますが、人麻呂が自分を待っている石見の妻の気持ちを思って、依羅娘子に代わり人麻呂が作った歌であるのです。

これらの歌は実詠歌でなく創作歌でありますが、人麻呂が現実に死を意識し、石見の妻を思って詠った歌という意味で虚構歌ではないのです。

死を意識し、歌の中で自分を待っている石見の妻に逢いに行った人麻呂でありましたが、創作歌の世界の悲しさ、現実には逢うことはできない自己の絶望と後悔（①歌）、そして妻の落胆（②歌）を詠わざるを得ず、せめて妻の追憶（③歌）の中に生きたいと願って詠った三首であるのです。

歌人・斎藤茂吉氏は、臨死時自傷歌に人麻呂の現実の死を重ね、その歌詞に人麻呂の死亡地を探索していますが、そのようなことは無意味であり、むしろ歌の鑑賞を妨げるといってよいのです。

■臨死時自傷歌に対する若干の補足

【「鴨山」「石川」の地名について】 ①歌に鴨山、②歌および③歌に石川が詠み込まれています（ただし、②歌の原文は「石水」であるから「イシミズ」かも知れません）。

本稿の立場は、臨死時自傷歌を創作歌であるとするものですから、鴨山も石川も実際にその地で歌が詠まれたところの地名であることを否定します。しかし、創作歌を詠むとき人麻呂の脳裏にあった場所として、何処の場所をイメージしていたかの問題は残ります。

鴨山も石川も、共に山の名、川の名としては各地にある名で、人麻呂が石見の国にもあったことを記憶していて、用いたものと考えます。

【「貝尓　交而」の訓と解釈】 「貝に交りて」と「峡《かひ》に交りて」とが、対立しています。

当時、火葬および散骨が普及していたと考える説は「貝に交りて」と訓み、火葬あるいは散骨が普及していなかったと考える説は「峡に交りて」と訓むことになります。

万葉集の時代に既に散骨が行われていた事実は、万葉集巻第七の「挽歌」の部に、つぎの三首があることで明白です。

一四〇五　秋津野を人の懸《か》くれば朝撒《ま》きし君が思ほえて嘆きはやまず

一四一五　玉梓《たまづさ》の妹は玉かもあしひきの清き山辺に撒《ま》けば散りぬる

或本の歌に曰く

一四一六　玉梓の妹は花かもあしひきのこの山蔭に撒けば失せぬる

これら三首は、挽歌の部立にあり、「撒きし」「撒けば」と詠われているので、遺体を焼いた後に骨を撒いたのでしょう。撒く場所は、山辺の決められた場所であったり、山蔭の谷川であったりしたでしょう。人麻呂も「泣血哀慟歌」で

二一三（長歌の一部分）　大鳥の　羽がひの山に　汝が恋ふる　妹はいますと　人の言へば　岩根さくみて
なづみ来し　よけくもぞなき　うつそみと　思ひし妹が　灰にていませば

と、死んだ妻が火葬にされ、その骨灰が羽がひの山に撒かれていたことを詠っています。

すなわち、人麻呂は火葬や散骨の風習を現に知っていて、自分の死後についても火葬や散骨を想定して、「貝に交りて」と訓んでいるものと解釈すべきです。


【「雲立ち渡れ」について】　七〇〇年に、僧・道昭がわが国で初めて荼毘《だび》に付され火葬にした、と続日本紀に記載されています。

それ以前より、行路死人や行軍中に死んだ兵士などの屍は、焼かれた後に土に埋められていましたが、ここにいう火葬は仏教思想に基づく葬式であって、それとは別のことです。

仏教においては、死人に取り憑《つ》いている悪霊は死体を焼いて消滅させなければならず、その際、死人の魂は煙となって昇天し、霧や雲になってたなびくと考えました。

七〇〇年以降、都周辺では火葬が急速に普及したので人麻呂は常に目にしており、「土形娘子火葬歌」および「溺死出雲娘子火葬歌」において、霧や雲となった火葬の煙を詠んで、死人を哀惜しています。

③歌の「雲立ち渡れ」も、人麻呂が自分の死後、荼毘に付され、遺骨は石川の川辺に撒かれることを想定し、石川の辺りに火葬の煙が雲となって立ち渡る情景を思い浮かべ、妻がその雲を見て自分を偲ぶという構想の歌を詠んだのです。

七〇〇年以降、都で火葬が急速に普及したといっても、臨死時自傷歌が詠まれたころは一〇年も経っておらず、遠国の石見には火葬が普及していませんので、石見の妻が「雲立ち渡れ」と詠う素地はないのです。

これに対して、火葬が普及する前から、雲に人の魂魄《こんぱく》を眺め、歌に詠われている例がありますが、それは死んだ人だけではなく、生きて遠くに離れている人をも雲を見てその人を偲ぶというもので、火葬が普及した後の火葬・煙・雲との連想とは全く異なるものです。

③歌において、人麻呂は火葬を連想しての雲を詠っているのです。

【題詞「石見の国に在りて」と「依羅娘子」の記載について】 臨死時自傷歌五首の各題詞は、各歌が作歌されてから相当の年を経て、万葉集の歌として編入されたときに、編纂者によって書かれたものと考えます。

編纂者は、①歌ないし③歌は、人麻呂が現実に石見に行って詠った歌でないこと、すなわち実詠歌でないこと、および①歌ないし③歌に出てくる人麻呂の妻が「石見相聞歌」に詠われている女性と同一人物であることを知っていたので、同じ名前の「依羅娘子」と表記し、かつ同妻が石見の国の女性であるので、題詞に「石見の国に在りて」との記載をして、読者の鑑賞を助けたものでしょう（①歌ないし③歌の歌詞のみからでは、臨死時自傷歌の妻が石見相聞歌の石見の妻と同一人物であることを、読者が連想することは難しい）。

すなわち、①歌が創作歌であるので、その歌を理解させる設《しつら》えである題詞にも創作を加えて、創作歌を完成させているのです。

また、「依羅娘子」については、臨死時自傷歌の題詞が書かれるまでは、一四〇番歌の題詞にも「依羅娘子」

の記載はなかったと思われますが、④歌を万葉集に編入するに際し、編纂者は丹比が人麻呂と特別親しかったという何かの情報（例えば、人麻呂が晩年に、丹比の支援を受けていたことなど）をもっており、それに基づき「丹比真人、柿本朝臣人麻呂が意に擬へて報ふる歌一首」という題詞を挿入するとともに、②歌および③歌の人麻呂の妻の名前についても、丹比との強い連想により、丹比の本貫地である河内丹比郡の「依羅」の郷の名を人麻呂の妻に被せ、このときより②歌、③歌および一四〇番歌の題詞に「依羅娘子」との記載がされるようになったと推測します。

むすび

臨死時自傷歌（①歌ないし③歌）は、人麻呂の肉体の死が迫ったときに、人麻呂が自己の死を悲しんで詠んだ通常の辞世の歌ではないのです。

人麻呂が肉体的な死が近いことを予感して、もうこれ以上歌を詠めないという情況を悟り、歌詠みとして自分に最高の栄誉を与えてくれた石見相聞歌であるが、その歌の蔭で生き別れのままである石見の妻（もっと現実的にいえば、都への帰還のため石見に捨ててきた妻）への、己が心の傷《いたみ》を思いつつ、歌詠みの最後の歌として石見の妻に対して詠い掛けた歌が臨死時自傷歌であり、人麻呂のまさに絶唱というべきものです。

もちろん、石見の現地まで行って詠った実詠歌ではありません。

以上のように、臨死時自傷歌は、決して人麻呂の臨終の地を探索するために意義がある歌ではなく、晩年、行路死人とその妻の悲しみを幾多の名歌に詠み残した人麻呂が、自己の死の近いことを悟り、石見相聞歌の蔭で生き別れたまま待っているであろう妻を思い、自分自身を行路死人と見立ててその悲しみを「自ら傷みて」詠わざるを得なかった、詩人・人麻呂の宿命の歌であることに、その意義があるのです。

④歌および⑤歌を詠った「後の人」の人麻呂への共感も、万葉集の編纂者が臨死時自傷歌として①歌ないし③歌だけではなく、後の人の両歌を添えて編纂した意図も、そこにあることを知らなければなりません。

注

1　人間社会における過去の事実を認定する方法として、裁判所における民事訴訟では、当事者間で「争いのない事実」をまず摘出し、これを事実認定の前提とし、「争いのある事実」については、証拠あるいは経験則で裁判官が最終的に判断して、全体として一つの事実を認定しています。この方法を、万葉集の歌の解釈に応用したものです。

2　万葉集において、明らかな辞世の歌として、つぎの歌があります。

一四一　岩代《いはしろ》の浜松が枝《え》を引き結びま幸《さき》くあらばまた帰り見む（有間皇子）
四一六　百伝《ももづた》ふ磐余《いはれ》の池に鳴く鴨を今日のみ見てや雲隠りなむ（大津皇子）
九七八　士《をのこ》やも空しくあるべき万代に語り継ぐべき名は立てずして（山上憶良）

いずれも、死を前にして、自分の「生」を強く意識して詠った歌であり、それが辞世歌の特徴でしょう。しかし、人麻呂の二二三番歌には「生」への意識がみられません。

3　石見相聞歌と臨死時自傷歌のそれぞれを実詠歌あるいは創作歌に分類した場合、その組み合わせは、つぎの四組が考えられます。ここで、実詠歌とは、実際の経験に基づき作歌した歌、創作歌とは、実際の経験に基づかず想像により作歌した歌をいいます。

	（石見相聞歌）	（臨死時自傷歌）
第一組	実詠歌	実詠歌
第二組	実詠歌	創作歌
第三組	創作歌	実詠歌
第四組	創作歌	創作歌

第一組、第二組および第四組は、あり得る組み合わせですが、第三組はあり得ません。何故なら、創作歌の石見相聞歌で登場した妻に、臨死時自傷歌で実際に逢いに行くという設定はないからです。

4　本稿は、右の第二組に立って論述するものです。

5　伊藤博「萬葉集　釋注一」二九一頁　集英社文庫

6　人麻呂の生年を推定する資料として、万葉集巻第十の二〇三三番歌の左注「此歌一首庚辰年作之」があります。「庚辰年」の六八〇年に、当時、天武天皇の発意により神話が注目される気運の中で、人麻呂が中国の伝説による七夕の歌にわが国の神話を融合させて詠った二〇三三番歌が高い評価を受け、出仕することになった年と推定します。当時、大舎人として任官できる年齢は二一歳（数え歳）に達したときでありますから、六八〇年に人麻呂が二一歳とすれば、生年は六六〇年（斉明六年）ということになります。

7　人麻呂は死後、後世の人によって歌聖と崇《あが》められ、各地に柿本神社があり、神として祀《まつ》られています。それは、人麻呂が単に歌に優れていたというだけではなく、権力者に迎合せず、追放されたという悲劇が現実にあり、それが後世の人の畏敬と崇拝を呼び、神として祀られるようになったと考えられます。

8　持統太上天皇の崩御まで、人麻呂は同太上天皇に忠実な宮廷歌人であったとすれば、人麻呂の同太上天皇の崩御を悼む追悼歌が全くないのは不自然です。同太上天皇は荼毘に付されたから挽歌がないのは当然としても、娘子たちの火葬を多くの歌に詠っている人麻呂が、同太上天皇の火葬を詠っていないのは、本文に記述のとおり安騎野遊猟歌以来、同天皇と人麻呂の関係が破綻していたからであると考えます。

石見相聞歌群の後にある依羅娘子の作という一四〇番の歌は、人麻呂が臨死時自傷歌①歌ないし③歌を詠んだときに、依羅娘子と別れのときの依羅娘子の悲しみの情景を今一度鮮明に想い出し、改めて妻の気持ちを、そのときに詠ったものと考えます。

何の当てもないのに気休めを言って妻を慰めた人麻呂に対し、妻から「あなたはこの後いつ逢えると知って私に待てというのか」と詰《なじ》られた言葉を昨日のことのように想い出し、そのまま会話体で詠っているのです。この歌を後日、万葉集の編纂者が、石見相聞歌群の後に補追したのです。

新釈 四　別れた笠女郎に冷たい家持の返歌

六一一　今さらに　妹に逢はめやと　思へかも　ここだ我が胸　いぶせくあるらむ

この歌は、「笠女郎、大伴宿禰家持に贈る歌二十四首」のうちの、「右の二首は、相別れて後に、さらに来贈《おく》る。」との左注のあるつぎの二首に対して、家持が答えた歌です。他に、もう一首、後掲の六一二番歌があります。

六〇九　心ゆも我は思はずきまたさらに我が故郷に帰り来むとは

六一〇　近くあれば見ねどもあるをいや遠く君がいまさば有りかつましじ

歌群の一連の歌により、笠女郎は家持に対し真摯に熱烈に恋をしていたことが窺えますが、一方の家持は笠女郎の恋に十分応えていなかったことは、同女のつぎの歌で分かります。

六〇八　相思はぬ人を思ふは大寺の餓鬼《がき》の後方《しりへ》に額《ぬか》つくごとし

笠女郎は、この歌を詠んで報われない恋に見切りをつけ、都を離れ、故郷に帰りましたが、未練抑え難く、家持に贈ったのが六〇九番および六一〇番の歌です。

注釈書の解釈

六一一番の歌に対する各注釈書の解釈は、つぎのとおりです。

岩波古典大系　こんなにひどく私の胸が乱れて苦しいのは、もうこの上妹に逢えないだろうと思うからであろうか。

小学館古典全集　いまさらに　あなたに逢えないだろうと　思うせいでしょうか　こんなにも私の胸が晴れ晴れしないことです

新潮古典集成　あなたが遠くへ行かれた今となっては、もう逢える機会はなかろうと思うせいか、私の胸はこんなに重苦しく閉ざされて晴ればれとしないことです。

澤瀉注釋　もうあなたに逢う事がなからうと思ふので、ひどく私が胸中のいぶせさを感ずるのであらうかナア。

新古典大系　今はもうあなたに会えないと思うので、こんなにも私の心が晴れないのでしょうか。

新編古典全集　もうこれから　あなたに逢えないだろうと　思うせいでしょうか　こんなにもわたしの胸が　晴れ晴れしないのは

中西全訳注　もうふたたびはあなたにお逢いすまいと思うから、私の胸は重くふさぎこんでしまうのだろうか。

伊藤訳注　あなたが遠くに行かれた今となっては、もう逢える機会はないと思うせいか、こんなにもひどく、私の胸のうちはうっとうしくて仕方がないのでしょう。

岩波文庫　これからはあなたに逢えないと思うからでしょうか、こんなにも私の心が晴れないのは。

【注釈書における誤釈】

中西全訳注を除き右の注釈書はいずれも、第二句の「逢はめやと」の「め」について、「め」を推量の助動詞「む」の已然形と解釈して、「逢えないだろうと」あるいは「逢える機会がなかろうと」との意に訳していますが、「む」の主語が明らかに家持で一人称でありますから、意志の助動詞「む」と解して「逢おうと」との意に訳すべきです（古語林、小学館古語辞典）。「や」は反語の意の助詞です。

第三句の「思へかも」の「かも」については、詠嘆、疑問、反語の意があることは、どの古語辞典にも掲載されています。その接続については、体言・活用語の連体形に付くとされていますが、反語の意を示す場合は已然形に付くことがあるといわれています（古語林、旺文社古語辞典）。

これを已然形に接続している本歌の「思へかも」に適用すると、「思うだろうか、いや思わない」との意となり、強く否定していることになります。

すなわち、「逢はめやと　思へかも」は、「や」と「かも」の二つの反語を重ねて、逢おうとするだろうか、いやしない、また、そんなことを思うことがあろうか、いや思うことはない、と逢うことも、思うことも否定して、万が一にも逢うことはあり得ないと詠っているものです。

それは、初句の「今さらに」の解釈にも関係してきます。

注釈書の多くの解釈は、家持は笠女郎と逢いたい気持ちがあるが、笠女郎が遠くの故郷に帰ってしまった今では「もう」逢えないと家持が思っているとの理解に基づいて解釈していますが、ここで家持が詠っている「今さらに」は、家持が笠女郎との関係継続を望まず、それを笠女郎も受け容れ、二人が別れた今さらに、すなわち「今となって」という家持の拒否の意志が込められている言葉と理解すべきです。

■私の新解釈

これまでの注釈書は、家持が笠女郎に逢えないことが、家持の気持ちを「いぶせく」させると解釈していますが、私は、別れた後の今になって、自分が笠女郎と逢おうと思うだろうか、決して思わない、それゆえに、そんなことを思うだけで自分の心はこんなにひどく塞がっているのだろう、と詠んだ歌と解します。

家持が笠女郎に逢えないことが、家持の気持ちを「いぶせく」させるとの解釈によれば、左注にいう「相別れて後」も家持はまだ笠女郎に愛情を示している歌となりますが、私の解釈は正反対で、家持は六〇九番および六一〇番の歌により「相別れて後」も笠女郎がまだ自分に対し未練があることを感じ取り、笠女郎の未練を断ち切るために、冷淡に詠んだ歌と考えます。

もう一首の

六一二　なかなかに黙《もだ》もあらましを何すとか相見そめけむ遂げざらまくに

に至っては、家持は笠女郎との恋の馴れ初めから、完全に否定しているのです。

大方の注釈書は家持に対し好意的な見方をすることによって、家持の真意と異なる歌の解釈をしていると考えます。

弓削皇子に関する歌の謎

天武天皇の皇子たちは、草壁皇子は言うに及ばず、高市皇子、忍壁皇子、穂積皇子、舎人皇子たちは高い地位に就いています。しかし、弓削皇子は二〇代半ばで早世したとはいえ、その兄・長皇子と共に、地位に恵まれた形跡はありません。

しかし、万葉集にのこされた弓削皇子作の歌および弓削皇子を詠った歌は、他の天武天皇の皇子たちに比べて著しく多いのです。もっとも、近年の研究では、その中には後世において弓削皇子の縁者(長皇子の子孫)によって補追された歌が含まれているといわれています。

そのほか万葉集には、弓削皇子の死を悼む挽歌と思われる、仮名および無名の長歌が二首(四二〇番、三三二四番)も存在します。

このように、万葉集における弓削皇子に関する歌は、謎めいています。弓削皇子が没する前の数年間は、持統天皇が軽皇子への皇位継承に執念を燃やしていた時期でした。

比較的多くのこされている弓削皇子の歌を正しく解読できれば、この時期の持統朝の政治史の一部が見えてくると考えます。

新釈五　「いにしへに恋ふる鳥」は葛野王のこと

一一一　いにしへに　恋ふる鳥かも　弓絃葉《ゆづるは》の　御井《みゐ》の上より　鳴き渡り行く

【「いにしへ」とはいつか】「吉野の宮に幸《いでま》す時に、弓削皇子が額田王に贈与《おく》る歌一首」との題詞がある歌です。

これまで、「いにしへに恋ふる」の「いにしへ」について、直木孝次郎「額田王」は「斉明天皇の時代」としていますが、つぎの解説書はいずれも「天武天皇」あるいは「天武天皇の在世時」を指すとしています。

岩波古典大系、小学館古典全集、新古典大系、新編古典全集、中西全訳注および岩波文庫

しかし、私はこれから詳述するように、「近江朝」すなわち「天智天皇の在世時」であると考えます。

■弓削皇子が詠いたかったこと

【葛野王の発言】弓削皇子については、高市皇子が亡くなった後、おそらく六九七年の初めに開催された日《ひ》嗣皇子《つぎのみこ》を決める会議において、弓削皇子が軽皇子以外の皇子を推そうとして発言しようとしたところ、葛野王によって直ちに制され、葛野王の「神代以来　子孫相承　以襲天位　若兄弟相及　則乱従此興」（懐風藻）との主張で、持統天皇宿願の軽皇子の皇位継承が決まったという逸話がのこされています。

当時、天皇家においても直系相続は定着しておらず、天智天皇の時代においても、当時の人々は、弟の大海人皇子が後継者になると思っていました。ところが、天智天皇は天皇になった後に、その子・大友皇子可愛さ

に同皇子を後継にする方向に変更したため、大海人皇子が吉野に隠遁《いんとん》したのち壬申の乱が起こり、結果として弟の大海人皇子が天武天皇として皇位を継承しました。

天智天皇の直孫である葛野王が、父・大友皇子を倒して皇位を継承した天武朝の、その日嗣皇子を決める会議において、声高に直系相続を発言することは、弓削皇子にとっては哀れの極みと思ったことでしょう。

そこには、直系相続という天智朝の夢（それが実現していれば葛野王は、当時天皇になっていたでしょう）をいまだ捨てきれない心の奥に潜む遺恨と、現実的には持統天皇の意向に擦り寄る打算（持統天皇側から事前に前記発言を慫慂《しょうよう》されていたとの見解があります）が、見え見えであったからです。

持統天皇の内心に反する行動をとった弓削皇子への同天皇の眼は冷たくなったのに対し、葛野王は持統天皇から「其の一言の国を定めたるを嘉みし、特閲して正四位を授け、式部卿に拝す。」（懐風藻）と、厚遇されました。

念願の軽皇子の皇位継承が実現することになった持統天皇は、前記会議から三か月後の四月四日、天皇として最後の吉野行幸を行いました。

それは、亡夫帝・天武天皇に、軽皇子の皇位継承決定を報告するためであり、いつにもまして盛大な行幸であり、弓削皇子も、葛野王も随行していました。

【弓削皇子の歌にこめた思い】

一一一番歌は、その時に弓削皇子によって詠まれた歌です。

吉野において、持統天皇の周辺で得々としている葛野王を見て、弓削皇子は堪え切れない思いだったのです。

それゆえ、天智天皇の近江朝の論理を持ち出して天武朝で地位を得た葛野王に対して、同王を「いにしへに恋ふる鳥」と譬《たと》え嘲ったのです。

「弓絃葉」は、新しい葉が出ると古い葉が落ちる常緑樹で、天智朝から天武朝に替わっていること、「御井」

は持統天皇が愛する吉野にある井戸のことで同天皇を指し、「鳴き渡り行く」にはいろいろ同天皇に世辞を使いながら世渡りをしていく、葛野王の姿がこめられています。

すなわち、近江朝が恋しく忘れられない葛野王は鳥であろうか、既に世が替わっている天武朝の吉野宮の上から、鳥が鳴いて飛んで行くように、持統天皇に世辞を言い並べ、尻尾を振って世を渡っていく、と皮肉たっぷりに詠んだものです。

【額田王に贈った理由】　弓削皇子の気持ちとしては、葛野王に直接この歌を贈りつけたかったことでしょう。しかし、それでは、さらに葛野王を刺激し、弓削皇子に反発が及ぶことが明らかであったので、せめて葛野王の肉親である祖母の額田王に自分の気持ちを伝えたいと思い、この歌を額田王に贈ったのです。それまでに弓削皇子と額田王の間で歌の贈答があったと思われませんが、天智朝の人で、天武朝になってからはひっそりと暮らしている天智朝の宮廷歌人だった額田王であれば、この歌の意味を理解できるであろうし、また、事を大きくすることもないであろうと思ったのです。

これに対する、額田王の返歌については、「新釈歌六　一一二番」でとりあげて説明します。

■従来の解釈

これまで、この一一一番歌の解釈において、右のように日嗣皇子を決める会議における葛野王の発言を捉え、弓削皇子が葛野王のことを「いにしへに恋ふる鳥」と詠った歌と解釈した論者はいません。

「いにしへに恋ふる鳥」の「鳥」に、「天武天皇」あるいは「額田王」を仮託していると述べる論者はいますが、ほとんどの注釈書は「鳥そのもの」と理解しているようです。

すなわち、吉野宮の井戸の上から鳥が鳴き渡って行くのを見て、その鳥は「天武天皇の在世時」を懐かしんでいると詠っている歌、との解釈です。

また、この歌が詠まれた時期については、六九三年（持統七年）五月一日から七日までの吉野行幸時とする説が有力で、その根拠を額田王との歌の贈答に要する日数からも、その時であろうとするものです（直木孝次郎「額田王」）。

しかし、私の歌の解釈からは、前述の六九七年四月四日以外にはあり得ません。この時は、同月一四日に帰京していますので、額田王との歌の贈答にも右以上に十分日数がありました。

【孤愁や懐古ではない】　さらに、この歌を弓削皇子がどうして額田王に贈ったかの理由について言及する注釈書は少ないものの、つぎのように「孤愁」あるいは「懐古」によるとするものがあります。

しかし、二〇代半ばの弓削皇子が「孤愁」や「懐古」の思いだけでこの歌を詠み、四〇歳も年上で六〇代半ばの額田王に対し、この歌を贈ったとは思えません。

新潮古典集成

都の額田王も同じ孤愁に暮れているのでは、と吉野の地から謎をかけた歌。

伊藤訳注

同じ孤愁に暮れているのではと謎をかけたもの。

直木孝次郎「額田王」

父の魂は鳥になって、むかしが恋しいと鳴いて、あなたの方へ飛び渡ってゆきますよ、という歌ではないか。（筆者注　父は天武天皇、あなたは額田王）

阿蘇瑞枝「萬葉集全歌講義㈠」

ここは、懐古の鳥として、弓削皇子と額田王とが不如意の人生を嘆き、過去を恋しく思いつつ生きている者同士として共感をこめて詠み交わしたもの。

■むすび

私の解釈によると、この歌を詠んだ二年後の六九九年七月に弓削皇子は薨去しました。

二四二　滝の上の三船の山に居る雲の常にあらむと我が思はなくに

一四六七　ほととぎすなかる国にも行きてしかその鳴く声を聞けば苦しも

弓削皇子の右両歌によっても、弓削皇子は「孤愁」や「懐古」ではなく、精神的に追い込まれていたことが窺われます。

一一一番歌は、宮廷で生きた弓削皇子の現実の生き様の中から生まれた、若者の渾身の叫びであったのです。

新釈 六　孫の葛野王をかばった額田王の歌

一一二　いにしへに　恋ふらむ鳥は　ほととぎす　けだしや鳴きし　我が思《も》へるごと

この歌は、「額田王の和し奉りし歌一首　倭《やまと》の京《きょう》より進《たてまつ》り入れたり」と題詞のある歌で、「新釈歌五　一一一番」でとりあげた弓削皇子のつぎの歌に返歌したものです。

一一一　**いにしへに恋ふる鳥かも弓絃葉《ゆづるは》の御井《みゐ》の上より鳴き渡り行く**

弓削皇子から歌を贈られた額田王は、歌に詠まれている「いにしへに恋ふる鳥」は、愛孫・葛野王を指して詠んでいるものであることは、直ぐに分かりました。

■私の新解釈

【額田王の思い】　葛野王が、日嗣皇子を決める会議において、弓削皇子の発言を制し「子孫相承」と強弁し、そのことによって持統天皇に厚遇されていることは、額田王もよく知っていました。しかし、天武朝の宮廷において、滅ぼされた近江朝側の人であった身を処していかなければならない孫を、不憫《ふびん》に思っていた老祖母の額田王にとっては、弓削皇子より持統天皇に擦り寄る鳥と言われようとも、地位を得て昇進する孫・葛野王の言動を庇《かば》いこそすれ、弓削皇子のように非難する気持ちにはなれなかったでしょう。

そこで、学殖豊かな額田王は、葛野王が「子孫相承」と発言したことを、中国の故事にある、望帝が王位を失ったことを、後に霍公鳥《ほととぎす》となって嘆き鳴いた例にならい、葛野王も失った近江朝を恋い慕って、霍公鳥となってておそらく鳴いたのだろうと返歌したのです。

もちろん、望帝は信頼する宰相・開明に自から位を譲ったのであり、葛野王の場合とは異なります。額田王は十分それを知りながら、また弓削皇子の気持ちも理解しながら、孫のために望帝の例を踏まえた歌を詠んで、弓削皇子の批判をかわしたのです。

そして、下句で、近江朝を恋う気持ちは葛野王ばかりではなく、自分も同じように恋うているのだと、詠んでいます。

弓削皇子は自分の思いを見事にかわされましたが、このとき既に六〇代半ばであった額田王の学殖と歌才に感嘆し、かつ孫を思う老祖母の慈愛を感じたことでしょう。

弓削皇子は、つぎの額田王の歌の題詞にあるように、額田王にさっそく「吉野より蘿生《こけ》ひたる松の柯《えだ》を折り取りて遣《つか》はし」たのでした。

一一三　み吉野の玉松が枝《え》は愛《は》しきかも君がみ言《こと》を持ちて通はく

【心が通った弓削皇子と額田王】　弓削皇子は額田王の長寿を祈って松の枝を贈ったものですが、これに対して、額田王は弓削皇子のこの優しい心を愛《め》で、かつ、（あんな歌を返しましたが）あなたのお気持ちは十分分かっておりますと、再度返歌をしたのです。ここの「み言」は、単なる「み歌」と同じではなく、歌に詠われている弓削皇子の「言いたいこと」です。

お互いの立場、かつ年齢も四〇歳ぐらいの違いがありますが、歌詠みとして、歌によって心が通じたことを、この二人も、また後日、万葉集を編纂した人も後世にのこしたかったのです。

それが、三〇年ぶりの額田王の歌が、ここにのこされている理由です。

この歌に対する従来の解釈

ほとんどの注釈書は、弓削皇子の歌の「いにしへに恋ふる鳥かも」の謎かけに、「いにしへに恋ふらむ鳥はほととぎす」でしょう、と額田王が謎解きをした歌としています。

そして、小学館古典全集、中西全訳注および伊藤訳注は、弓削皇子の歌の「鳥」について、「ほととぎす」のことと注釈していますので、「ほととぎす」を前提に詠われた弓削皇子の歌に対して、額田王がそれは「ほととぎす」ですと答えたことになり、そうであればやさしいクイズではあり得ても、応答歌としてはつまらない、まして額田王の応答歌として万葉集にのこす価値はないでしょう。

私は、弓削皇子と額田王の応答歌は、既に述べたようなもっと現実的なことが背景にあって詠まれた歌で、単なる懐古趣味の歌ではないと考えます。

軽皇子の皇位継承についての葛野王の発言を根拠に、「いにしへに恋ふらむ鳥」とは葛野王を指しているとする私の新解釈については、多くの異論が予想されます。

しかし、これまでの解釈においても、「鳥」は「ほととぎす」であるとされ、さらに二、三の注釈書は額田王は望帝の故事を想起していると言及していますので、望帝の故事は単なる「懐古」ではなく、皇位を失ったことへの「痛恨」の思いと解すべきです。

一連の応答歌には、葛野王の姿は歌の表面に現れていませんが、弓削皇子と額田王の二人に結びつくのは天武天皇以外には葛野王だけであり、望帝の故事に結びつくのも葛野王以外にいないことを理解すべきです。

新釈 七　弟の悲恋を気づかう兄の歌

一三〇　丹生の川　瀬は渡らずて　ゆくゆくと　恋痛《た》し我が背　こち通ひ来ね

この歌には、「長皇子《ながのみこ》、皇弟に與《あた》ふる御歌一首」との題詞があり、歌の訓は結句の原字「乞」を「こち」と訓むか、「いで」と訓むかの相違があるものの、一首としての訓に大きな争いはありませんが、歌の解釈はつぎのように注釈書により大きく異なります。

【弟の恋か、兄の恋か】　最も大きな違いは、初句から第四句の「恋痛し」までの歌句を、弟の行為を詠んでいるとみるか、歌の作者の兄・長皇子の行為とみるか、に分かれます。

以下、前者を「弟恋歌説」、後者を「兄恋歌説」と称します。

なお、多くの注釈書が「皇弟」を弓削皇子かと指摘しているように、私も弓削皇子と考えます。

〈弟恋歌説である注釈書〉

岩波古典大系　丹生の河の瀬は渡らずに恋の心に悶々としている弟よ。さあ私の所へ通って来て心を晴らしなさい。（作歌事情も、ユクユクトの意味も分り難いので、全体の意味のとり方に諸説がある。）

〈兄恋歌説である注釈書〉

澤瀉注釋　丹生の川の瀬を渡らないで、ずんずんとがむしやらに行くやうに一途に戀しさのつのる思ひのわが弟よ。そなたの方からこちらへ通つていらつしやい。（弟恋歌説に対し、それも一つの態度であるが、という。）

小学館古典全集　丹生の川の　瀬など渡らずに　まっすぐに　恋しくてたまらない弟よ　さあ通《かよ》ってきておくれ

新潮古典集成　丹生の川の川瀬を、私は渡りたくとも渡れずにいて、心は一途にはやり恋しくてなりません、あなた、さあ通って来て下さい。（女の立場で詠んだ歌らしい。）

新古典大系　丹生の川の瀬は渡らないで、まっすぐに、恋しさに心痛む我が君よ、さあ通って来ておくれ。

新編古典全集　丹生の川の　瀬など渡らずに　真っすぐに　恋しくてならない弟よ　さあ通《かよ》って来ておくれ

中西全訳注　丹生の川を浅瀬もえらばずどんどん渡ってゆくように、どんどん恋しさのつのって来る弟よ、こちらに通っていらっしゃい。

伊藤訳注　丹生の川、その川瀬を私は渡りたくても渡れずにいて（世間や親に邪魔されていて）、心は一途にはやり恋しくてなりません。あなた、さあ通って来て下さいまし。（女の立場で詠んでいる。）

岩波文庫　丹生川の瀬などは渡らないで、まっすぐに、恋しさに心痛き我が君よ、さあ通って来ておくれ。

以上のとおり、大多数は兄恋歌説ですが、「寓意があるか」との注が小学館古典全集、新編古典全集および新潮古典集成に付されています。

私は、この寓意を解くことこそが、この歌の真相に適った解釈をもたらすものと考えます。

弓削皇子と紀皇女の恋

弓削皇子が詠んだ歌、および弓削皇子を詠った歌は、万葉集に比較的多く存在しますが、まず、「弓削皇子、紀皇女を思《しの》ふ御歌四首」とある、つぎの歌に注目したいと思います。

一一九　**吉野川行く瀬の早みしましくも淀むことなくありこせぬかも**

一二〇　**我妹子に恋ひつつあらずは秋萩の咲きて散りぬる花にあらましを**

一二一　**夕さらば潮満ち来なむ住吉の浅香の浦に玉藻刈りてな**

一二二　**大船の泊《は》つる泊りのたゆたひに物思ひ痩《や》せぬ人の子故に**

【恋が実らない理由】　一首目は、恋がうまく進行しないことを嘆いた歌。二首目は、恋い続けているよりも散って（死んで）しまった方がよいという歌。三首目は、支障の起こらないうちに早く結婚したいという寓意がこめられている歌（岩波文庫の注釈）。四首目は、紀皇女のためにためらって物思いで痩せてしまったとの歌。いずれも困難な恋に悩んでいる姿が詠まれています。

そして、その恋が実らない原因が、普通の恋のように相手がその気になってくれないからというのではなく、弓削皇子と紀皇女が恋愛すること、結婚することを妨げる何かの事情が二人の周りにあることを窺わせます。

すなわち、一首目は誰かの力が恋の流れを淀ませていること、三首目は将来もっと困難な状況に追い込まれそうだから今のうちに結婚したいこと、四首目の「人の子故に」は単に恋の相手の子というのではなく、紀皇女が他の誰かの「人」と関係がある子であるゆえにと、いずれも恋を妨げる存在があることを示唆する表現をしています。

その存在とは、持統天皇であると考えます。持統天皇が弓削皇子と紀皇女との恋愛に反対で、これを妨げる行動に出たと推測できる理由はいくつかありますが、まずつぎの二点は明らかです。

一つは、持統天皇が軽皇子を次期皇位継承者に決めようとした会議において、弓削皇子は明らかにこれに反対する態度を示したことです。持統天皇に弓削皇子に対する遺恨が生じたと思います（「新釈歌五　一一一番」参照）。

もう一つは、弓削皇子は天武天皇と持統天皇の妹・大江皇女の間に生れた子で、兄に長皇子がいること、他方、紀皇女は天武天皇と蘇我赤兄《そがのあかえ》の娘との間に生まれた子で、兄に穂積皇子がいること、この二人が結婚することによって、当時の宮廷において一大勢力の姻戚関係が形成されることになります（注1）。

【持統天皇の執念と圧力】

当時、持統天皇は天武天皇の皇統を継承させたい執念を懐いていましたが、それはあくまでも持統天皇自身の血統につなげることであり、たとえ天智天皇の皇女の同じ姉妹、天武天皇の同じ妻という同じ格式をもつ者であっても、妹・大江皇女の血統ではありませんでした。

持統天皇は、既に子の草壁皇子を失い、頼りにする孫・軽皇子は幼く、軽皇子の姉妹が二人いるだけで、姻戚もまだない状況で、弓削皇子と紀皇女との結婚が実現した場合は、その勢力は皇位保持に最大の脅威となり、絶対に阻止すべきことであったのです。

そのため、持統天皇はあらゆる手段を考えたと思います。最も考えられることは、紀皇女を軽皇子の宮殿に入内させることです。それは、紀皇女の意思もありますから、実現したかどうか、歴史の謎です。

三九〇　軽《かる》の池の浦み行き廻《み》る鴨すらに玉藻の上にひとり寝なくに

右は、巻第三「譬喩歌《ひゆか》」の冒頭にある紀皇女の歌です。歌の真相が分かりにくい譬喩歌ですが、初句の「軽の池」の「軽」は軽皇子を譬喩しているように思われます。

いずれにしても、持統天皇の圧力が、弓削皇子の紀皇女を思う前記歌に影響を与えていると考えます。

私の新解釈

【弟を心配する兄】　弓削皇子と紀皇女の恋愛について、持統天皇が反対であることは、当時の宮廷では皆の知るところでした。当然、弓削皇子の兄・長皇子もそれを知って、弟の身を案じ、本歌を弟に与えたものです。

したがって、「弟恋歌説」で解釈すべき歌です。

「丹生の川」は、紀皇女を暗示しています。四二〇番歌の題詞にある「丹生王」も紀皇女のことと推測しますので、「丹生」の名は何か紀皇女と関係があったと考えます。

「瀬は渡らずて」の「川を渡る」の意味は、男女が一線を越えて結ばれることを意味しています。つぎの歌にも、同様に詠まれています。

一一六　人言を繁み言痛《こちた》みおのが世にいまだ渡らぬ朝川渡る

本歌と右歌は、いずれも「川を渡る」と詠われるとともに「痛」の詞を伴っています。

これは、男女が一線を越えることに、世間の非難が伴うときに用いられる表現です。

よって、本歌の歌意は、（紀皇女と）一線を越えられずにこのまま恋愛を続けていると苦しい我が弟よ、こちらに気晴らしに通っていらっしゃい、というものです。

■むすび

持統天皇が諸皇子の恋愛に介入した例は、大津皇子と石川郎女との関係を津守連通《つもりのむらじとほる》に占わせたこと（一〇九番）、および穂積皇子と但馬皇女の関係を裂いて穂積皇子を近江の志賀の山寺に遣ったこと（一一五番）があります。弓削皇子と紀皇女の場合は、前述のように持統天皇自身の身にも直接影響することで、その反対の圧力は相当のものであったと推察できます（注2）。

弓削皇子が、その後、二六歳の若さで夭折したのも、このことと無関係でないと思われます。

注

1　阿蘇瑞枝「萬葉集全歌講義(一)」笠間書院　二九九頁

「紀皇女は穂積皇子の同母妹であるから、弓削皇子と紀皇女との結婚によって、穂積と長・弓削兄弟が姻戚になることは、皇孫軽皇子に皇位を譲りたい持統女帝にとって最も警戒すべきことであった。弓削皇子の恋は、まず政治状況からみて絶望的であったと推察される。」

2　「新潮日本古典集成　萬葉集一」新潮社　伊藤博「巻一～巻四の生いたち」によれば、本文掲記の一一九番ないし一二二番の弓削皇子の恋歌、本歌の一三〇番の長皇子の歌、二〇四番ないし二〇六番の置始東人の弓削皇子への挽歌の各歌は、現在は巻第二に含まれているが、巻第二が編纂された当初は存在しなかったといいます。

後に長皇子の子孫である長田王らが、第三巻・第四巻の原形の編集に携わったときに、長皇子および弓削皇子関連の前記の歌を既に成立していた巻第二に追補したものであり、それは「歌」による追善供養であったといいます。

これによっても、持統天皇が発意し元明天皇が引き継いで、巻第一および巻第二が成立したころまでは、弓削皇子の恋や死についての歌は、万葉集から故意に除外されていたことが分かるのです。

附録

本書に登場する天皇家の人々

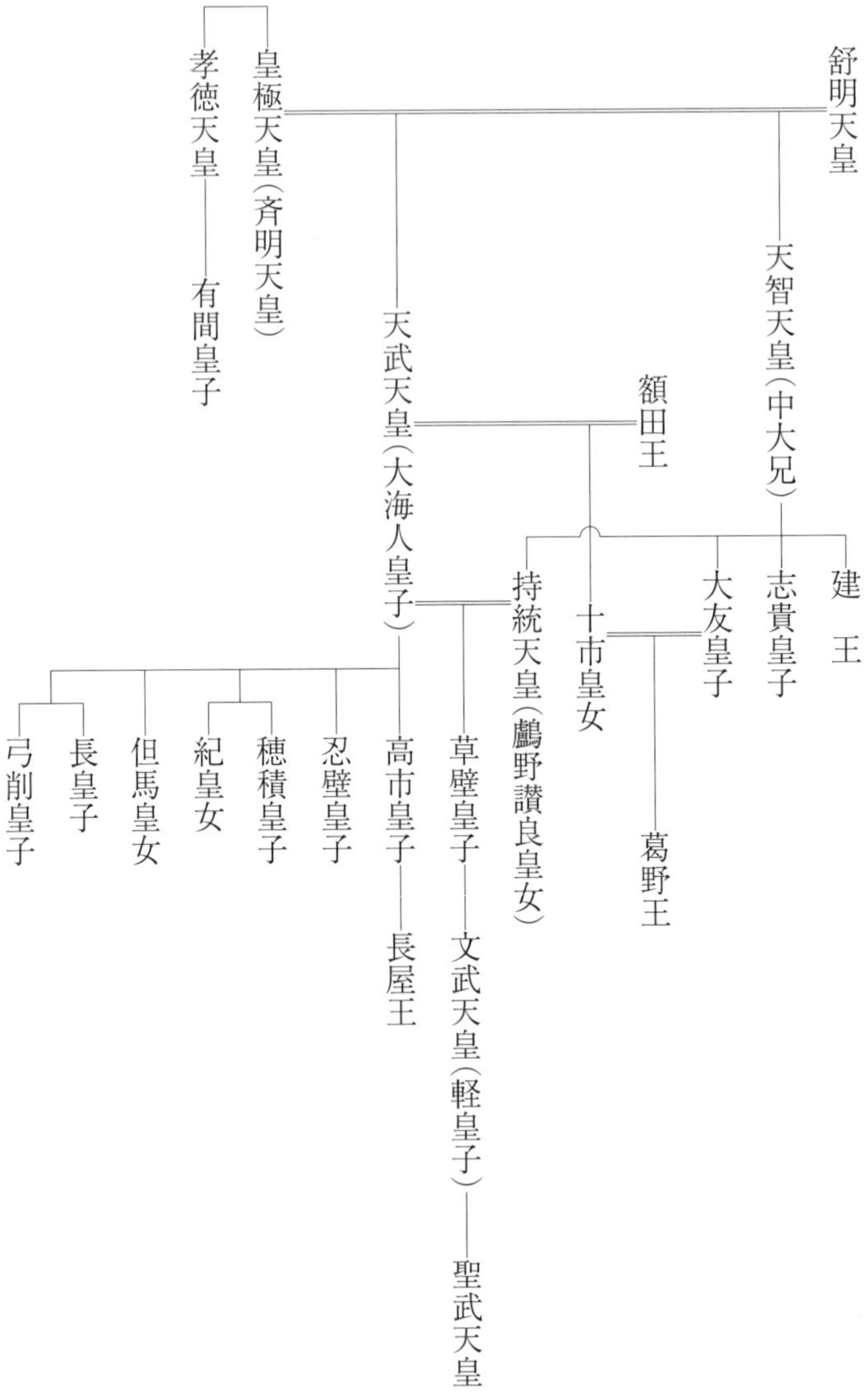

本書に登場する大伴家の人々

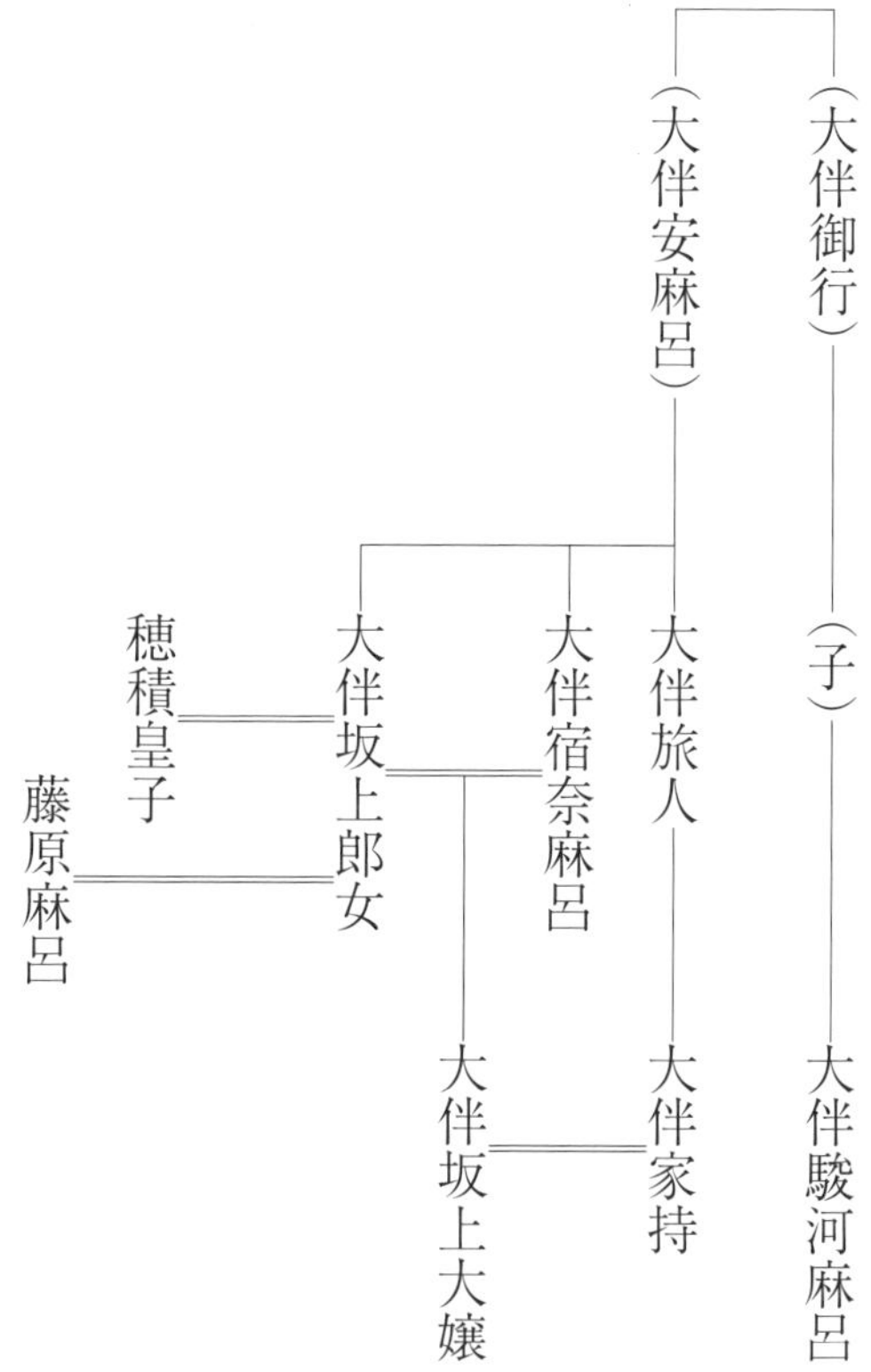

掲載歌年表

西暦年	元号年	主な出来事	本書掲載歌
629	舒明元	1月　舒明天皇即位	
639	11	12月から翌年4月まで伊予温湯宮へ行幸	８番で回想
641	13	10月　舒明天皇崩御	
642	皇極元	1月　皇極天皇即位	
645	4	6月　中大兄・中臣鎌足が蘇我入鹿を暗殺	
	大化元	孝徳天皇即位	
		12月　難波宮へ遷都	
654	白雉 5	10月　孝徳天皇崩御	
655	斉明元	1月　斉明天皇即位	
658	4	10月　紀温泉に行幸	
		11月　有間皇子が謀反の疑いで絞殺される	９番で回想
659	5	1月　天皇が飛鳥に帰京	９番を詠歌
661	7	1月　百済救援のため西征し熟田津に寄港	８番を詠歌
		7月　九州で斉明天皇崩御、中大兄が称制	
663	天智 2	8月　白村江で日本軍が唐・新羅《しらぎ》軍に敗退	
667	6	3月　大津近江宮に遷都	19番を詠歌
668	7	1月　天智天皇即位	
		5月　蒲生野に遊猟	20・21番を詠歌
671	10	1月　大友皇子が太政大臣になる	
		10月　大海人皇子が吉野へ去る	
		12月　天智天皇崩御	151番を詠歌
672		6月　壬申の乱起こる	
		7月　近江軍が敗れる	
673	天武 2	2月　天武天皇即位	
678	7	4月　十市皇女急死	156番を詠歌
681	10	3月　帝紀・上古諸事撰録の詔勅	2033番を詠歌

西暦年	元号年	主な出来事	本書掲載歌
686	朱鳥元	9月　天武天皇崩御	159番を詠歌 160・161番を詠歌
689	持統 3	4月　草壁皇子薨去	167～170番を詠歌
690	4	1月　持統天皇即位	36～39番を詠歌
692	6	初冬、軽皇子が安騎野へ遊猟	45～49番を詠歌
694	8	12月　藤原宮に遷都	268番を詠歌
696	10	7月　高市皇子薨去	199～202番を詠歌
697			111・112番を詠歌
	文武元	8月　持統天皇譲位、文武天皇即位	130番を詠歌
699	3	7月　弓削皇子没	67番を詠歌
701	大宝元	9月　持統太上天皇・文武天皇が紀伊行幸	145番を詠歌
702	2	12月　持統太上天皇崩御	
707	慶雲 4	6月　文武天皇崩御	
708	和銅元	このころ、柿本人麻呂死亡	223番を詠歌
710	3	3月　平城京に遷都	
724	神亀元	2月　聖武天皇即位	
728	5	1月　大伴旅人が大宰府に赴任	
729	6	2月　長屋王事件	347番を詠歌
730	天平 2	12月　大伴旅人帰京	3898番を詠歌
731	3	7月　大伴旅人死亡	970番を詠歌
740	12	12月　恭仁京造営	772番を詠歌
746	18	6月　大伴家持が越中守となる	
748	20	3月	4081番を詠歌
749	21	2月　陸奥国から黄金献上	4105番を詠歌
	天平感宝元	7月　聖武天皇退位	

参考文献

新版新校萬葉集　澤瀉久孝・佐伯梅友　創元社

校本萬葉集　佐佐木信綱・橋本進吉・千田憲・武田祐吉・久松潜一 編　岩波書店

日本古典文學大系 萬葉集　高木市之助・西尾實・久松潜一・麻生磯次・時枝誠記 監修　岩波書店

萬葉集注釋　澤瀉久孝　中央公論社

日本古典文学全集 萬葉集　小島憲之・木下正俊・佐竹昭広 校注・訳　小学館

万葉集 全訳注原文付　中西進　講談社

新潮日本古典集成 萬葉集　青木生子・井手至・伊藤博・清水克彦・橋本四郎 校注　新潮社

新日本古典文学大系 萬葉集　佐竹昭広・山田英雄・工藤力男・大谷雅夫・山崎福之 校注　岩波書店

新編日本古典文学全集 萬葉集　小島憲之・木下正俊・東野治之 校注・訳　小学館

新版万葉集 現代語訳付き　伊藤博 訳注　角川学芸出版

万葉集　佐竹昭広・山田英雄・工藤力男・大谷雅夫・山崎福之 校注　岩波書店

折口信夫全集 万葉集　中央公論社

萬葉集 釋注　伊藤博　集英社

萬葉集全歌講義　阿蘇瑞枝　笠間書院

万葉集物語　伊藤博・橋本達雄 編　有斐閣

萬葉集講座　久松潜一　監修　有精堂
万葉集とその世紀　北山茂夫　新潮社
万葉集と古代史　直木孝次郎　吉川弘文館
額田王　直木孝次郎　吉川弘文館
むらさきのにおえる妹　額田王　菊池威雄　新典社
創られた万葉の歌人─額田王─　梶川信行　塙書房
万葉時代の生活　辻野勘治　短歌新聞社

万葉集難訓考　伊丹末雄　図書刊行会
万葉難訓歌の解読　永井津記夫　和泉書院
万葉難訓歌の研究　間宮厚司　法政大学出版局
万葉異説　歌ことばへの誘い　間宮厚司　森話社

〔雑誌〕
國文學　學燈社
文学　岩波書店
〔ウェブサイト〕
万葉集校本データベース　万葉集校本データベース作成委員会
万葉集検索システム　山口大学教育学部表現情報処理コース

あとがき

本書が他の万葉集の注釈書と著しく異なる特徴として、つぎの二点があります。

一つは、難訓歌を訓解する動機です。

私は、古歌の愛好者として、一三〇〇年間も解読されていない、あるいは誤って解読されている万葉集の歌の作者を思うとき、居ても立ってもいられないのです。多くの注釈書にある「後考を待つ」の心境には到底なれません。

二年前、本書の執筆を思い立ったときは、精々二〇首を想定しておりましたが、つぎつぎと目の前に現れてくる難訓歌・誤訓歌に、急《せ》き立てられるように六八首を訓解しました。

私は、当初、なぜ専門の万葉集研究者が難訓歌の解読に熱心でないのかと不審に思い続けながら訓解作業をしていましたが、そのうち、先人が私のためにわざわざ残しておいてくれた宝の山だと思うようになりました。

毎日、宝探しのように、難訓歌・誤訓歌を万葉集の注釈書から拾い上げ、一三〇〇年の歴史の中で、自分が初めて解き明かしているのだと思う興奮に、身が震えるほどの至福の時を過ごしました。

解けないままに就寝し、翌朝目覚め、起床までの寝床の中で、沸々として解決案が脳裏に浮かび、早速パソコンに向かい、朝食までの二、三時間で論稿として纏《まと》めることが再三再四でした。

一三〇〇年前の万葉歌の歌の作者たちが私に力を授けてくれている、と実感する日々でした。

＊

他の一つは、訓解へのアプローチの方法です。

一般の万葉集の注釈書は、これまでの万葉集研究の主流である訓詁学《くんこがく》の立場から、訓解の冒頭に、主に江戸時代の国学者の訓解を紹介することを常としています。

先人の訓解を知ることは必要ですが、そこが思考の出発点になる弊害があります。すなわち、その歌に対する先入観・固定観念が生まれやすいのです。

私は、難訓歌に向かうとき、その歌が属する部立、題詞、前後の歌を観察することから始めました。

歌自体から歌意を知ることが困難な場合でも、万葉集の編纂者が、その歌をどのような歌と理解し、その部立に入れ、題詞を付け、歌の配列に意を用いているかを考えれば、自ずと難訓歌の姿が客観的に見えてくるからです。

＊

万葉集四五〇〇余首の歌の数は、膨大な数です。原文の漢字を確認しながら、一日三〇首を読んだとしても計算上五か月、実際は半年以上の月日を要します。

歌の数が多いので、全首を対象にしている万葉集の注釈書は、一部の例外を除き、四～五冊の分量であり、一首に割り当てられている注釈文は、短い字数で頭注・脚注・左注に一〇行以内が普通ということになります。

難訓歌・誤訓歌と思われる歌に、これまでの注釈書は意を尽くして注釈されていないと不満に思ったことは幾たびもありましたが、それは、万葉集の歌数が膨大で、各歌の注釈に必要なスペースが十分与えられていないことに起因し、その結果、難訓歌・誤訓歌への考察が進まない遠因の一つになっていると考えます。

他方、万葉集の歌数が膨大であることは、万葉集の全歌を丹念に検索すれば、訓解の過程において生じる疑問を解消してくれるヒントに満ちあふれています。

漫然と読んでいる限りでは、漢字の密林に迷い込んだような気分ですが、訓解についての「疑問の眼鏡」をかけて、漢字の密林に分け入れば、美味しいヒントの果実を発見できる喜びが待っている世界なのです。

＊

本書では三八首の難訓歌を訓解していますが、古来、難訓歌といわれている歌の八割は超えていると思います。このほかに、一般に難訓歌として訓解が定まらない歌句（例えば「乱友」「強佐留」「居明而」「杏人」「中麻奈」など）がありますが、他の研究者によって既に正訓が示されていると私が判断したものは、あえて本書では取りあげていません。

これらを加えると、未訓の難訓歌といえるものは、ほとんどなくなったと思料します。

もちろん、本書で訓解した難訓歌がすべて正解であって、これらの難訓歌の訓みが全部解決したとは思っておりません。いくつかは、できれば一つでも多く、正解であってくれればと願っておりますが、誤りを指摘していただく過程で、新たに正解が発見されれば、それも私が意図したもので、万葉集の歌の作者に応える道であると考えています。

なお、定訓歌といわれていますが誤訓と思われる歌は、本書に掲載したもののほか、さらにあることが予想されますので、引き続き発見し、新訓解に努めてゆく所存です。

読者におかれましては、難訓歌および誤訓歌の私の訓解に対し、どうぞ、忌憚《きたん》のないご批判・ご意見をお願い申し上げます。

＊

本書の執筆にあたっては、万葉集研究の多くの先学の学恩を忘れたことはありません。

しかしながら、『先訓と批評』などにおいて批判がましいことのみを書いてしまったきらいがあります。

ここで、まず参考文献に揚げました「万葉集校本データベース」（万葉集校本データベース作成委員会）および「万葉集検索システム」（山口大学教育学部表現情報処理コース）の関係者に対しまして深甚の感謝をしたいと思います。この二つのウェブサイトなくしては、本書の執筆はなかったと言って過言ではありません。関係者各位のご苦労に思いを致し、万葉集訓読の道を拓かれたことに対し敬意を表したいと思います。

また、つぎの先学二氏のご見識には特に感銘深く、本書執筆の支えにさせていただきましたことを、ここに記してお礼申し上げます。

伊藤博氏「萬葉集の従来の注釈書は、語釈を中心に一首ごとに注解を加えるのを習いとしている。しかし、万葉歌には、前後の歌とともに味わうことによって、はじめて真価を発揮する場合が少なくない。（中略）にもかかわらず、そのような歌々を一首一首切り放して扱い、歌群の構成や組織について無頓着な姿勢を取るというのであれば、それは、万葉びとの心に仲間入りしたことにはならないであろう。」（『萬葉集釋注』の発刊にあたって」）

梅原猛氏「私は、真の意味で『万葉集』が発見されるのは、これからだと思うのですよ。『万葉集』が発見されてきたのは、徳川の国学だといわれますが、それは一面だけです。やはりナショナリズムの狭い目で見ていたわけで、第二次世界大戦までは、そういう見方はまぬがれなかったと思うのです。『万葉集』というのは、インターナショナルな地盤において見られなければならない。そういう眼で見ると、まだまだ見えないものが見えると思いますね。」（新釈歌二　注15に引用済）

＊

数年前までは、万葉集の本、とりわけ難訓歌の本など上梓《じょうし》することは、思いもよらなかったことです。

しかし、振り返って思うに、私をここまで導いてくださった方々がおられてのことでした。

高校時代の国語の先生で和歌に関心をもつように薫陶を授かった木地春子先生（旧姓増田）、六〇代初めに出版した海外旅行の写真集に短歌を添えましたが、それに古語を用いて詠むように示唆してくださった渡部良三氏（歌集「小さな抵抗」の詠著者）、「百人一首に唱和しよう」に古歌風の和歌を詠んで投稿する場を提供してくださった水垣久氏（ウェブサイト「やまとうた和歌」の管理者）、これらの方のお蔭があってのことであること、さらに万葉集の和歌などに関心があったと聞いている早世した父・英正（沖縄戦で戦死）のことを思わざるを得ません。

また、本書執筆の過程で、一部の草稿をこころよく査読いただき、懇切に助言をくださった大学の万葉集研究者、および知人の万葉集愛好者の各位に対しましては、深く感謝申し上げます。

末尾になりましたが、本書の上梓にあたり、山下徹氏および唐澤満弥子氏にご尽力いただきました。ここに記して感謝申し上げます。

平成二十八年十一月二十五日

上野正彦

【著者略歴】

上野正彦（うえのまさひこ）

昭和十七年　和歌山県生まれ
京都大学法学部卒業
職業：弁護士　公認会計士

●主な著書

『新万葉集読本』（角川学芸出版）
『平成歌合　新古今和歌集百番』（角川学芸出版）
『平成歌合　古今和歌集百番』（角川学芸出版）
『百人一首と遊ぶ　一人百首』（角川学芸出版）
（以上、ペンネーム「上野正比古」）
『光彩陸離　写歌集Ⅲ』（東洋出版）
『ヨーロッパの大地と営み　写歌集Ⅱ』（東洋出版）
『ヨーロッパの山と花　写歌集Ⅰ』（東洋出版）

カバー唐紙・題字　上野正彦
装丁デザイン・ＤＴＰ組版　星島正明

万葉集難訓歌《まんようしゅうなんくんか》

一三〇〇年《ねん》の謎《なぞ》を解《と》く

2016年12月26日　初版発行

著　者　上野正彦《うえのまさひこ》
発行者　小島直人
発行所　株式会社 学芸みらい社
〒162-0833 東京都新宿区箪笥町31 箪笥町SKビル
電話番号 03-5227-1266
http://www.gakugeimirai.jp/
E-mail : info@gakugeimirai.jp
印刷所・製本所　藤原印刷株式会社

落丁・乱丁本は弊社宛てにお送りください。送料弊社負担でお取り替えいたします。

ISBN978-4-908637-33-9 C0095